"红色三晋"系列丛书

邓小平在太行
DENG XIAO PING ZAI TAI HANG

王东满 著

山西出版传媒集团
山西人民出版社

图书在版编目（CIP）数据

邓小平在太行／王东满著．—太原：山西人民出版社，2013.5

（"红色三晋"系列丛书）

ISBN 978-7-203-08126-5

Ⅰ.①邓… Ⅱ.①王… Ⅲ.①报告文学—中国—当代 Ⅳ.①I25

中国版本图书馆 CIP 数据核字（2013）第 071348 号

邓小平在太行
著　　者：王东满
责任编辑：贾　娟
助理编辑：何赵云
装帧设计：谢　成
出 版 者：山西出版传媒集团·山西人民出版社
地　　址：太原市建设南路 21 号
邮　　编：030012
发行营销：0351-4922220　　4955996　　4956039
　　　　　0351-4922127　（传真）　4956038（邮购）
E-mail：sxskcb@163.com　发行部
　　　　sxskcb@126.com　总编室
网　　址：www.sxskcb.com
经 销 者：山西出版传媒集团·山西人民出版社
承 印 者：运城日报社印刷厂
开　　本：890mm×1240mm　1/32
印　　张：11.875
字　　数：250 千字
印　　数：1-3000 册
版　　次：2013 年 5 月　第 1 版
印　　次：2013 年 5 月　第 1 次印刷
书　　号：ISBN 978-7-203-08126-5
定　　价：23.00 元

如有印装质量问题请与本社联系调换

序 言

《汉书·司马相如列传》中有这样一句精辟的论述：盖世必有非常之人，然后有非常之事；有非常之事，然后有非常之功。

人的力量，就在于能够以其思想、言论、行为，影响一个时代，改变一个时代，或者重新构架、缔造一个时代，让历史的车轮重新驶上一条全新的轨道。用中国人惯用的一句话讲，就是力挽狂澜，扭转乾坤。

纵观中国近百年的现当代历史，堪称有此"非常之功"者只有三个人，他们就是孙中山、毛泽东和邓小平。孙中山先生以其三民主义的思想伟力领导了辛亥革命，一举推翻了统治中国几百年的清王朝，结束了中国几千年的封建帝制，并且建立了中华民国；毛泽东把马列主义同中国革命实践相结合，以其雄才大略和艰苦卓绝的革命实践，领导中国共产党和中国人民，历经第一次国内革命战争、第二次国内革命战争、八年抗日战争和三年解放战争，从而推翻了蒋家王朝，结束了异国列强在中国960万平方公里的土地上横行霸道、视我为奴的历史，缔造了新民主主义和社会主义新中国，在宏伟的天安门城楼上向全世界庄严宣告：中国人民站起来了！并且一鼓作气领导中国人民进行了社会主义革命和社会主义建设的全新而大胆的尝试；邓小平则以其顺应民意、富国富民的经济建设思想之精髓，举起了"实践是检验真理的唯一标准"的旗帜，提出了"科学技术是第一生产力"和社会主义市场经济的光辉理论，亲手设计并指挥实施了改革开放的宏伟蓝图，打开了长期自我封闭的国门，打破了一统中国几十年的社会主义计划经济体制，毅然将中国的经济建设转向社会主义市场经济的轨道，并与世界接轨。挽狂澜，主沉浮，定乾坤，行此救国救民之"非常之事"，建此富国富民之"非常之功"者，唯此三位"非常之人"，已为世所公认乃耳。

孙中山所领导的革命已经过去，毛泽东开创的社会主义革命和建设仍在继续，他们的时代已经成为历史。邓小平所开创的时代却正如日中天，气象万千，蒸蒸日上。

邓小平是四川广安县人，16岁远涉重洋勤工俭学到法国留学，18岁矢志于共产主义理想和救国救民大业，并为之奋斗终生。但在他生命的长河中，或者说在他70余年的革命生涯中，有整整10个年头在"与天为党"的太行山度过。太行山及其东、南两翼——冀南、冀西与豫北的每个山山峁峁、沟沟岔岔，无不闪耀着他的光辉足迹，铭记着他的光辉业绩。太行山用金灿灿的小米、南瓜养育了伟人，伟人则以宝贵的青春拯救、滋润、壮美了太行山。太行山就是伟人的一面丰碑，太行山就是伟人的化身。

今天是昨天的继续，昨天给今天和明天以启迪。这是人类所以生生不息、历史永不停顿的规律。邓小平在太行山的这段历史，无疑是一段值得回忆、值得纪念、值得大书特书的历史，是一段能够给人以启示和教育的历史。再现伟人当年的足迹，追寻伟人用青春热血所书写的一段历史，必将裨益后世，启迪未来；也是我们责无旁贷、义不容辞的职责。

序言

正是基于这种宏旨大义,作家王东满追踪觅迹,沿着伟人当年走过的道路,重上太行,遍寻故旧,一路走访,一路解读;同时查阅了大量的历史文献与回忆录,以一腔敬仰之情,为我们奉上这部长篇报告文学《红色三晋系列丛书——邓小平在太行》书稿,诚为不易,诚乃盛事。

《红色三晋系列丛书——邓小平在太行》一书沿着邓小平当年在太行山活动的足迹,记叙了八路军东渡黄河,挥师东上抗日,在太行山创建革命根据地,与日寇浴血奋战,直到日寇投降,刘邓大军渡河南下中原,投入解放全中国的解放战争……内容丰富,史料翔实,几乎囊括了一个历史时代所有的重要战役与政治事件,所以具有很高的史料价值。同时,《红色三晋系列丛书——邓小平在太行》又是以报告文学形式来状写、表现真人真事,来反映真实的历史风貌与人文环境,富有文学作品的形象性、生动性、逼真性与可读性,所以它又具有一定的文学价值。

"好雨知时节,当春乃发生"。《红色三晋系列丛书——邓小平在太行》一书的出版发行,对于加强精神文明建设和社会主义与爱国主义教育,有如一场"润物细无声"的甘霖,一定能够收取春风春雨之功。

祝愿我们的出版社多出好书!

祝愿广大读者多读好书!

红日照遍了东方,
自由之神在纵情歌唱。
看吧!
千山万壑,铜壁铁墙,
抗日的烽火,燃烧在太行山上,
气焰千万丈。
听吧!
母亲叫儿打东洋,
妻子送郎上战场。
我们在太行山上,
山高林又密,
兵强马又壮,
敌人从哪里进攻,
我们就叫他在哪里灭亡!
……

——《我们在太行山上》歌词

目 录

第一章　孤军开辟晋西南 …………………………… 001
　　一、洛川决策 ……………………………………… 001
　　二、太原受命 ……………………………………… 007
　　三、组建动委会 …………………………………… 010
　　四、孤军深入 ……………………………………… 014
　　五、反逃亡 ………………………………………… 022
　　六、下堡戒严 ……………………………………… 028

第二章　跃马挥师上太行 …………………………… 035
　　七、出任一二九师政委 …………………………… 035
　　八、三战三捷 ……………………………………… 040
　　九、喋血长乐滩 …………………………………… 063
　　十、率师东进 ……………………………………… 074
　　十一、视察冀西 …………………………………… 078
　　十二、总破击 ……………………………………… 082
　　十三、与卡尔逊谈话 ……………………………… 085

第三章　御寇反顽战太行 …………………………… 091
　　十四、初识卓琳 …………………………………… 091
　　十五、心系太行 …………………………………… 095

十六、战地整训 …………………………………… 100
十七、毛泽东窑洞前的婚礼 …………………… 107
十八、仁至义尽 …………………………………… 114
十九、非教训不可 ………………………………… 123
二十、磁武涉林战役 ……………………………… 131
二一、河边论兵 …………………………………… 136
二二、百团大战 …………………………………… 143

第四章　总算有了一个家 …………………… 162
二三、啊，赤岸 …………………………………… 162
二四、胖儿出生在麻田 …………………………… 167
二五、与文化人座谈 ……………………………… 175

第五章　黎明前的黑暗 …………………… 189
二六、面对拼死的疯狂 …………………………… 189
二七、五根干萝卜条 ……………………………… 200
二八、根本的出路 ………………………………… 208
二九、秘驻黄金庄 ………………………………… 216
三十、代号100 …………………………………… 226

第六章　生死与共战友情 ………………… 236
三一、为刘伯承祝寿 ……………………………… 236
三二、长夜守候报平安 …………………………… 245
三三、浮翼大捷与阳城突围 ……………………… 249

目 录

第七章　挺过难关又逢灾 ················· 261
　　三四、人蝗大战 ······················· 261
　　三五、大生产呀么嗬咳 ················· 267
　　三六、有力的保证 ····················· 274

第八章　把鬼子赶出去 ··················· 276
　　三七、尖刀插向豫西 ··················· 276
　　三八、看不见的战线 ··················· 286
　　三九、迎接最后的胜利——春夏大反攻 ······ 289

第九章　偷桃子的来了 ··················· 303
　　四十、一次"够悬"的飞行 ··············· 303
　　四一、上党战役 ······················· 312
　　四二、别了，赤岸 ····················· 336

第十章　千军万马下太行 ················· 343
　　四三、三破"邯郸梦" ··················· 343
　　四四、两次誓师大会 ··················· 348
　　四五、豫北大反攻 ····················· 351
　　四六、突破"黄河防线" ················· 358

后　记 ································ 363

第一章 孤军开辟晋西南

一、洛川决策

全国动刀兵,
一齐来出征,
你看那大旗,
飘扬多威风,
这彪人马哪里来,
西北陕甘宁。
……

1937年9月15日这天,雨后初晴,陕北韩城县芝川镇渡口又热闹起来。从早到晚,佩戴白底蓝字臂章的八路军,高唱着《抗日出征》、《到敌人后方去》、《打倒日本帝国主义》等歌曲,雄赳赳、气昂昂地朝着这个黄河的渡口小镇源源不断开来。老乡们家家出动,箪食壶浆,夹道欢迎。小镇上军号嘀嘀,战马啸啸,此起彼伏的歌声压过黄河的浪涛声,比过大年还热闹。

小镇的十字街头,赫然张贴着国民革命军第八路军总司令布告。布告前面仰首踮脚围了许多庄稼人、小商、小贩和南来北往的过路人,一群群刚离开,又一群群拥过去。一个

佩戴八路军臂章的小战士显然已经不知向大家高声宣读过多少遍,仍在高声地一遍又一遍地重复念着:

本军奉命抗日,为求民族生存;
拥护中央领导,驱逐日寇出境;
……

总司令　朱　德
副总司令　彭德怀
中华民国廿七年×月×日

正是旺水季节,一向不甘驯服的黄河本该是惊涛拍岸、浊浪排空、狂躁呼啸不止,却仿佛突然变得温顺、忧伤了许多,慢慢悠悠,晃晃荡荡,波澜不惊,连往日闷雷般的咆哮、喘息声都见小多了。

渡口两边排开了一只只大大小小的木船,扳船的汉子们一个个赤脚光膀,有的甚至只在腰间拦了一片布,早已握桨待命。一个个高兴地说,嗨!这黄河也通灵性哩,红军过河去打鬼子,回回是好天气!

芝川镇渡口半个月里这是第三回这样紧张繁忙了——

第一回是8月31日。林彪、聂荣臻率领的八路军一一五师奉命出征,浩浩荡荡,急马追风似的开了过来,一夜之间就抢渡过去,可把扳船的汉子们累得喘不过气;

第二回是9月3日。由陕西富平县庄里镇突然开过来又一支红军部队,唱着《抗日出征》的歌子,听说是贺龙、关向应率领的八路军一二〇师,也打芝川镇抢渡过河。

这一回过河的这队人马又是红军的哪个部分呢?

这些扳船汉中间有的很有些眼力,一眼就认出朝他们笑

第一章 孤军开辟晋西南

嘻嘻地走过来的是朱德总司令。

面对国家蒙难、华北危急,全国人民日益高涨的抗战呼声,1937年8月22日,中共中央在陕北洛川召开了政治局扩大会议。会上,毛泽东作了关于军事问题以及同国民党的关系问题的重要报告,通过了《关于目前形势与党的任务的决定》、《抗日救国十大纲领》和毛泽东为此起草的宣传鼓动提纲《为动员一切力量争取抗战胜利而斗争》,确定了党在抗日战争中的行动路线和基本任务。会议指出,争取胜利的关键,是使已经发动的抗战发展成为全面的全民族的抗战。会议强调,党必须在敌人后方发动独立自主的山地游击战争,使游击战争担负配合正面战场、建立敌后抗日根据地的战略任务。

为实现这一战略任务,同日,中共中央洛川会议决定,扩大中共中央军委组织,成员由毛泽东、朱德、周恩来、彭德怀、任弼时、林彪、贺龙、刘伯承、张浩、徐向前、叶剑英等11人组成,毛泽东任主席,朱德、周恩来任副主席。国民政府军事委员会颁布命令,任命朱德为国民革命军第八路军总指挥,彭德怀为副总指挥,共辖3个师,总兵额45000人。中共中央军委主席毛泽东、副主席朱德和周恩来发布了《关于红军改编为国民革命军第八路军的命令》,宣布将红军前敌总指挥部改为第八路军总指挥部,以朱德为总指挥,彭德怀为副总指挥,叶剑英为参谋长,左权为副参谋长;红军总政治部改为第八路军政治部,以任弼时为主任,邓小平为副主任;林彪为一一五师师长,聂荣臻为副师长;贺龙为一二〇师师长,肖克为副师长;刘伯承为一二九师师长,徐向前为副师长。

8月25日，国民革命军第八路军总指挥朱德、副总指挥彭德怀发表就职通电，宣布为实现抗日救国目标，率师东进，开赴山西抗日前线……

毛泽东为什么要首先在山西发动抗日游击战争呢？或者说，党中央和毛泽东把抗日游击战争的战略部署首先确定放在山西，其客观依据是什么呢？

其一，七七事变爆发后，华北战局的形势一方面是日军的疯狂进攻和步步深入，另一方面则是国民党军队的节节败退和丧师失地。随着华北战局的日趋恶化，日本侵略者不仅把战火从北平、天津、河北、察哈尔、绥远烧到山西之北部边城，而且把恒山山脉当作它侵吞冀、察、晋三省的"战略中枢"，造成向山西纵深进击的态势，致使太原吃紧，山西形势日趋紧张。而阎锡山指挥的第二战区的国民党军队，如同其他战区的国民党军队一样，已被挫伤其锐气，丧失抵抗能力。形势如毛泽东指出的："在华北，以国民党为主体的正规战争已经结束，以共产党为主体的游击战争进入主要地位。"虽然"红军此时是支队性质，不起决战的决定作用。但如部署得当，能起在华北（主要在山西）支持游击战争的决定作用"。因此，挽救华北危机、扭转华北战局的根本力量，唯有中国共产党及其领导的八路军。并必须坚持山西阵地，首先开展山西游击战争，创造山西的战略支点，方能达到支持与发展华北抗日战争的根本目的。为实现此根本目的，党中央和毛泽东当机立断，毅然再度挥师渡河东征，并且改变了国民党原来规定的部署，作出新的战略部署：指示华北党组织和八路军首先在山西实行战略展开，命令八路军迅速分

第一章 孤军开辟晋西南

兵挺进并占据晋东北、晋西北、晋东南、晋西南等敌后及其侧翼的战略要地,发动群众,组织人民武装,开展游击战争,建立敌后抗日根据地,从而造成"使敌人虽然深入山西,但还处在我们游击战争的四面包围中"的有利局面。

其二,1935年12月,中共中央在陕北瓦窑堡召开了政治局会议,正式确定了建立抗日民族统一战线的策略方针。1936年秋天,终于促成了阎锡山与我党的"合作关系",当时在山西的党组织掌握了山西抗日民族统一战线的具体组织——牺盟会的实际领导权。牺盟会在山西各地城乡各界人士中广泛发展组织,形成了一股强大的抗日力量;与此同时,还创建了山西人民的抗日武装——山西青年抗敌决死纵队(简称"决死队"),为我党我军在山西"布置全省游击战争"、"在山西全省创立我们的根据地",为"造成数百万人民的游击战争"的"特殊局面"奠定了坚实的群众基础。

其三,山西特殊的地理位置与复杂的地形地貌。山西地处黄土高原东部,多为山区,太行山、吕梁山、管涔山、五台山、恒山、太岳山、中条山等纵横其间,可谓重门叠户,里山外山,表里山河。山西四周与冀、察、绥、陕、豫五省毗邻,东出娘子关,下太行山,又有平津重地遥遥在望,联手相辅。山西物产丰富,地下有取之不竭的煤炭资源,地上有高粱、玉米、谷子等五谷杂粮和核桃、柿子、红枣、黄梨、苹果、党参等水果药材。山西进可攻,退可守,易守难攻,历来都是兵家必争之军事要地。陈毅当年曾有一首气势磅礴的诗《过太行山书怀》,极赞太行山的山川形势。

周恩来则更认为:

"在地形上，持久战也是可能的。因为敌人兵力的准备，只能适用于铁路公路沿线上，最不适应于山地，且不熟悉中国内地的道路。而山西全境、冀察西部、热冀边地，都是山地，最便于我军活动、存在与扩大。"有此三条，能够肩此历史大任之地，岂不是非山西莫属了？

终于叫这些扳船汉们猜着了：这队将要渡河东进、开往山西抗日前线的人马，正是朱德、任弼时、左权等率领的八路军总指挥部！

几天之前，他们在陕北泾阳县云阳镇冒着大雨召开了抗日出征誓师大会，干部战士同仇敌忾，慷慨激昂，浩浩荡荡向这个黄河岸边的渡口小镇开来。

在这支队伍中，除了朱德总司令、左权副参谋长和政治部任弼时主任外，还有一个非常引人注目的年轻的八路军干部，圆圆的脸庞，宽宽的额头，一对特别有神的眼睛下长着一只高高的圆鼻头，身着整洁的灰军装，臂上佩戴着白底蓝字崭新的"八路军"臂章，目光凌厉，身板壮实，一举一动，都显得精神饱满，干练潇洒，透着英武之气。他个头不算高，在来来往往的队伍中却异常活跃忙碌，一会儿在招呼这个什么事，一会儿在招呼那个什么事，一会儿刚看见他同欢迎的老乡们谈笑，一会儿又瞅见他出现在河边渡口察看水情，向扳船的汉子们问这问那。

他，就是八路军总部政治部副主任邓小平。

邓小平原名邓希贤，曾用名邓斌，1904年8月22日出生于四川省广安县协兴乡牌坊村。11岁他考入广安县高小，14岁升入广安县中学，16岁即远离故土，漂洋过海，到法国勤

第一章 孤军开辟晋西南

工俭学。18岁矢志共产主义理想和救国救民大业,是旅欧共产党支部中最年轻的党员,以后又留学苏联。1927年回国后,他先在冯玉祥部工作,后到党中央机关工作。1929年他在广西发动武装起义,之后辗转到中央苏区,跟随中国工农红军长征到陕北……

1937年9月15日这一天,是邓小平革命生涯中又一个大的历史转折点——从此,他将与朱德、任弼时、左权等共坐一条船,劈开滚滚浊浪,渡过黄河,开赴抗日前线,浴血奋战;他将与刘伯承率领一二九师八路军广大将士,慷慨悲歌,以身许国,共赴国难,在大河彼岸,在雄伟的太行山,度过将近10个春秋的战斗岁月……

本书也将从1937年9月15日这一天开始,追踪着邓小平的足迹,去寻找、重温那逝去的岁月,向着那炮声隆隆、战火连天的岁月,去采摘,去追记……

二、太原受命

在八路军总部东渡黄河之前,一一五师和一二〇师已经像两支离弦之箭,翻山越岭,穿过晋西北的敌人封锁线,以迅雷不及掩耳之势开赴抗日前线。9月25日,一一五师在平型关进行了全国抗战中第一次对敌歼灭战,歼灭日军精锐部队坂垣师团1000余人,击毁敌人的汽车、马车300余辆,缴获大量辎重弹药和军用物资。首战大捷,威震中外。朱德总司令率领的八路军总部渡过黄河之后,马不停蹄地穿过吕梁山南麓,在山西的侯马乘坐同蒲铁路的火车北上,9月21日到达山西省会太原。当天晚上,中共北方局的领导与总部的领导共同讨论了华北抗战形势和八路军的行动方针。同一天,先期到达太原的彭德怀收到毛泽东的电令,再次强调红军必须执行独立自主的山地游击战争的战略方针。毛泽东指出"今日红军在决战问题上不起任何决定作用,而有一种自己的拿手好戏,在这种拿手好戏中一定能起决定作用,这就是真正独立自主的山地游击战。要实行这样的方针,就要战略上有有力部队处于敌之侧翼,就要以创造根据地发动群众为主,就要分散兵力,而不是集中打仗为主"。总部在太原稍事休息后,即继续取道北上,开赴晋东北之五台县南茹村和东茹村驻扎。

就在八路军总部路过太原之时,邓小平突然接到通知,要他立即到周恩来副主席的住地去,周副主席有要事找他。

1937年8月下旬,当红军改编为八路军准备开赴山西进行对日抗战之际,毛泽东从延安电告正在西安的周恩来,要他立即奔赴山西战场,一方面与阎锡山谈判,商定八路军入晋后的活动区域、作战配合原则、指挥关系及装备补充等事宜;另一方面广泛会晤晋、绥、察、冀军政要员,向其明以大义,晓以利害,以我八路军的到来给他们壮胆鼓气,促使他们积极抗战,共赴国难。在朱德总司令率领的八路军总部途经太原之时,周恩来率领彭德怀、林彪、肖克、徐向前等领导已经先期到达太原。经过周恩来与阎锡山的多次谈判,9月20日在山西大学正式宣告成立了"民族革命战争战地总动员委员会"。

刚刚担任了八路军总部政治部副主任的邓小平听到周恩来

第一章　孤军开辟晋西南

召见他的消息后，禁不住一阵激动，立刻预感到周副主席一定有重要指示，连饭也没有吃完就匆匆赶到周副主席的住处。

那年邓小平刚33岁，正值风华正茂，按年龄比周副主席年轻，所以对周副主席特别敬重。周恩来显然对这位留法勤工俭学的年轻人也有一种特别的感情与信任，一见面便说：小平同志，有一个新的重要任务要你去完成。

邓小平两眼特别有神地望着周副主席。

周恩来接着说，我们在阎锡山的第二战区刚刚成立了个"民族革命战争战地总动员委员会"，准备要你出任这个"动委会"的八路军代表。民族革命战争战地总动员委员会，是根据我们党进行全面的民族抗战方针和《抗日救国十大纲领》的精神成立的。实行全国军事总动员，实行全国人民的总动员，是大敌当前的当务之急，也是挽救山西抗战危局的迫切需要。基于这个目的，我与第二战区司令长官阎锡山经过商谈，终于达成协议，于9月20日成立了这个组织。动委会的主任委员就是著名的爱国将领续范亭将军，还有我们党的南汉宸、程子华同志担任动委会的常驻委员，一个担任组织部长，一个担任人民武装部长。其余的副主任委员以及宣传部、动员分配部、除奸部等的负责人，有阎司令长官派出的，也有由国民党的左派人士出任的。

邓小平渐渐明白了，他只觉得身上的热血都往上涌，望着周副主席，默默地点点头。他知道周副主席的话还没有说完，周副主席一定还有更具体的指示。果然，周恩来呷了一口茶，又异常镇定地把北平、石家庄失守，日军正向山西步步逼近的严峻形势讲了一遍，然后说："党中央毛主席决定迅速将我八路军3个师的兵力开赴山西，就是要抢在敌人之前，即使不能阻止日军进攻，也要叫日军不得安生。但光靠正规部队还远远不够，还要实行全山西、全国人民的总动员，要点燃全民族的抗日烽火。所以，你作为动委会八路军代表，主要是为了加强党对这个组织的领导。但你不需要驻会，要带领一支小分队深入下去，首先要在同蒲线以东、正太线以北，也就是我军开进的地区，从组织动委会入手，发动群众，组织游击队，开展游击战争。这是关系我军能不能在敌人的强大进攻面前站稳脚跟，打开局面的重要一步。"

邓小平屏声凝息，暗想，周副主席将这么重要的任务交给自己，这是周副主席对自己的信赖和希望，是关系民族生死存亡的大事，他深深感到自己肩负的责任既重大，又艰巨光荣，不觉精神抖擞，热血沸腾，仿佛已经杀上前线。最后他义无反顾、毅然决然地回答说："请周副主席放心！"

三、组建动委会

周恩来将这么重要的任务交给邓小平，是经过深思熟虑、认真选择的：一来是邓小平是八路军总部政治部副主任，在八路军总部东渡之前，政治部虽由任弼时担任主任，但实际上日常工作都由邓小平主持，领导战地总动员委员会这项工作不同于带兵打仗，领导者要在阎锡山统治了几十年的老窝，在长期的反共宣传使老百姓对红军有许多误解的敌占区点起一把把烈火，陷敌于人民战争的火海，既要有非凡的胆略，又要做大量艰苦细致的思想动员工作；二来是邓小平虽然当

第一章 孤军开辟晋西南

时刚刚33岁，但从他16岁参加革命，无论对军队工作抑或对地方群运工作，都已经积累了一定的实践经验，加之周恩来比较了解小平的个性：办事果敢，又稳健持重，爱动脑筋，有股子百折不挠的劲头，且对同志对革命富有热情。基于这些考虑，这项负有民族使命的重要工作自然就首选邓小平了。

组织动委会，用任弼时的话讲，实际上就是在广大敌占区建立我党领导之下的、"拥有武装的、半政权半群众团体性质的革命组织"。动委会既是战争动员机关，团结群众、争取群众参加抗战的机关，也是游击战争的准备机关、组织机关与领导机关。当邓小平从太原把这个消息带回总部时，干部、战士的情绪立刻高昂起来。当时大家一边行军，一边正为下一步如何开展工作焦虑：根据党中央的决定，在大敌当前，民族矛盾上升为主要矛盾，在全国民众一致枪口对外的抗战救亡的非常时期，八路军所到之地不再搞内战时期的"打土豪，分田地，建立苏维埃"工作，但这不等于放弃发动群众建立工农政权。用什么形式什么办法实现这一目标呢？大家总觉得心中无数似的。邓小平兴致勃勃地回到总部后，把周副主席的指示，以及动委会的《成立宣言》和《组织纲领》一一传达后，大家心头的焦虑这才化解了一大半。

为了把组织动委会的工作迅速、深入、广泛地开展起来，经过八路军总部研究，任弼时召集已经开赴晋西与晋东北一带的一一五师和一二〇师以及各团政治部的领导在总部驻地开会，由邓小平作了详细的部署与各工作团、队群众工作负责区域的划分。邓小平详细讲了动委会的三大任务——组织民众，武装民众；减租减息，合理负担，改善人民生活；实行民主政治，扶植抗日言论出版、集会结社自由。同时对具体工作，诸如动员新兵、组织自卫队和人民团体、筹集粮秣、运送弹药和护理伤病员、铲除汉奸等等也作了安排，要求各部派出的民运工作团、队，要围绕建立动委会，结合战争形势，教育群众，动员群众，雷厉风行、大刀阔斧地开展工作，首先在我军开进的平汉铁路以西、正太铁路以北打开局面。会议之后不久，平汉线以西广大农村便如雨后春笋般纷纷出现了动委会组织，成千上万的群众集结在动委会的旗帜下。与此同时，刚刚组建的河北临时省委的王平、李葆华和刘秀峰等出发前往阜平时，邓小平指示他们要把太原动委会的火种撒向河北，并且抽调了政治部宣传队的十几位同志，随同他们前往河北阜平一带开展组建动委会工作。

在战区开展民运工作是一件政策性很强的工作。按照党的抗日民族统一战线方针，周恩来曾经特别嘱咐邓小平，为了争取阎锡山抗战，以坚其心，我们在晋东北各县开展民运工作，恪守一条杠杠，即"只动员群众，不干涉（阎锡山的）县政"。邓小平深深理解这是一个关系到党的政策与策略的问题。所以每派出一个工作团、队都一再叮嘱要严格执行党的政策，避开已经暂时降为次要矛盾的阶级矛盾，把主要精力集中在抓紧建立区、县两级动委会，尽快组织群众和武装群众。这样，既不过"杠杠"，不惊扰旧"县政"，又稳打稳扎，讲求实效，事半功倍。遵照邓小平的指示，民运工作团、队的同志们像种子撒向田野，像火种投向荒山，一批批深入到大大小小的村庄乡镇，走家串户，宣传鼓动，动员一切不愿做亡国奴的同胞，有钱出钱，有力出力，有粮有枪的出粮出

第一章 孤军开辟晋西南

枪；同时先在工农商学各界组织起工会、农会、商会、青救会、妇救会和学生会等抗日救亡团体，继而成立各村各镇的动委会和区动委会。成立区一级的动委会的政策就出来了：既要吸收各界各阶层的有影响的代表人物参加，又要维护贫苦群众的利益，让积极分子成为区动委会的领导骨干，为改造旧政权、建立抗日民主政权准备条件。

从组建动委会入手开展群众工作，就很快作为一条行之有效的经验被推广开来。当时，部队开进很快，每开进一个地区，战区民运工作就得紧跟上去。为了完成这一任务，邓小平一方面代表总部不断接待来访的记者、爱国人士和从敌占区投奔而来的热血青年；一方面夜以继日，呕心沥血，在干部配备上做了大量的工作，不停顿地抽调强有力的干部和知识分子，组建了一批批进行政治宣传的宣传队和进行地方工作的民运工作团，作为到前线开展战区工作的突击力量，送往各地。当时阎锡山曾经断言红军虽然善于做群众工作，但要在山西这块铁桶一般封闭的土地上把老百姓鼓动起来，让他们去同日军斗，起码也得三五个月时间。然而事实是，不到一个月时间，晋东北的几个县便都率先成立了区一级的动委会，并且每个区动委会都拉起了多至一二百人，少也有五六十人的游击队或者义勇队。总部所在的五台县各乡各村还普遍成立了农民自卫队。这些由动委会领导的游击队和农民自卫队，在配合八路军所进行的几个大战以及以后所进行的忻口战役中充分显示了他们的威力，立下了汗马功劳。此后，当八路军第一二九师开赴山西，到达正太线以南，直插平汉线以东的豫北、冀南等地区时，大批民运工作团、队，

深入各地开展扩军、组织联防队和游击队等工作,无不首先从组建动委会入手。但凡有了动委会的地方,我军有什么任务、行动,首先找当地动委会;老百姓特别是抗日积极分子有什么要求,有什么情况,也乐意向动委会反映。动委会实际上已经成为战区建立抗日民主政权的雏形。

在战区城乡组织、发展动委会的同时,邓小平还特别关注着山西另一支抗日力量的创建与发展,这就是由共产党所领导的山西新军。当时由薄一波领导的山西新军的主力决死一纵队正在五台山一带配合八路军作战。邓小平了解到他们急需加强干部力量,先后向决死一纵队与其他纵队派去数十名红军干部,从而加速山西新军的发展壮大。

四、孤军深入

山西的天气凉得早,特别是北部与五台山一带,节令还是秋末,已是满目荒凉,一片萧条。加之1937年8月26日张家口失守之后,日军沿着正太线向山西疯狂进攻,9月13日,大同被日军占领,日军由繁峙、雁门关和朔县分三路向南进犯,眼看着忻口危在旦夕,太原也岌岌可危,人们的心境像秋雨连绵的天气一样,笼罩着阴冷的凄风苦雨。好在一一五师挥师东进,平型关一战重创日军精锐部队坂垣师团;一二〇师与一二九师也先后渡河东进,开赴山西抗日前线,一二〇师为配合友军保卫太原,向忻口西北之大牛店敌军出击,歼灭日军一部,特别是一二九师偷袭阳明堡机场一举成功,炸毁日军飞机24架……雄师一到,连连报捷,使人们仿

第一章 孤军开辟晋西南

佛从乌云蔽日的天空中见到一缕阳光,人们的抗日热情重新受到鼓舞。

然而,敌强我弱,东北失守,北平、天津以及华北大部分地区连连失守,国民党的部队又抵抗不力,甚至闻风丧胆,不战而退,形势异常严峻。

这时,毛泽东根据目前的形势就八路军开赴山西后开展游击战争这一问题发出指示,指出游击战争主要应深入敌人的侧翼和后方,在山西应分为晋西北、晋东北、晋东南和晋西南四区,向着占领中心城市和交通要道的敌人,采取四面包围袭击的态势;不要集中于五台山脉一区,集中一区,反取劣势,势必难以立足。五台山脉应成为重要的游击区之一,同时应当迅速分兵晋西北的管涔山脉,晋东南的太行、太岳山脉和晋西南的吕梁山脉等地区,形成犄角之势,协同作战,密切配合,方可在敌人大军压境之时顶得住,站得稳,拉得开。特别对尚未被重视的晋西南,毛泽东又明确指出,"吕梁山脉之晋西南,虽然目前距敌尚远,然亦不可不于此时作适当之部署。"

山西的地理大体是东有太行山脉,西有吕梁山脉,南有中条山,北有恒山,一条从宁武山发源,流经晋中平原、晋南平原注入黄河的汾河,纵贯南北。毛泽东显然对山西的地理位置已经了如指掌。

这时我军的形势是:一一五师主力正转战晋东北,并向晋察冀边区拓展;一二〇师主力正由雁门关一线沿管涔山脉向晋西北与晋绥边区发展;一二九师主力取得偷袭阳明堡机场大捷之后正鏖战于娘子关一线,并已跨过正太线,向晋东南挺进。山西全境，只有晋西南是一片空白。这是由于晋西南是山西土皇帝阎锡山以防万一的"大后方"，阎锡山不同意我军主力进驻，所以当时不算战区。根据毛泽东作"适当之部署"的指示，八路军总部决定，既然阎司令长官拒绝我军主力进驻，那就只好另作"适当之部署"了：派出一支以宣传、民运与学员组成的小分队去占领这个"大后方"。

这个艰巨任务就又落到邓小平肩上。这位八路军政治部副主任在开展组建动委会的工作中曾经取得令人鼓舞的成绩，所以，开辟晋西南的艰巨任务自然就又首选他了。

1937年10月中旬的一天，一支由傅钟、陆定一、黄镇等总政宣传部与民运部的同志，以及由韦国清带领的随营学校的3个队组成的、总数不过五六百人的队伍，在邓小平率领下，开始远离八路军主力部队，孤军深入，像一支离弦之箭，开赴群山万壑的晋西南萌芽生根。

这支队伍看似不起眼，却有非凡的生命力与号召力。他们按照邓小平同志的安排布置，出五台，过寿阳，经太原，迤逦南下，一路撒传单，写标语，搞演讲，走到哪里宣传到哪里，走到哪里就把工作做到哪里。同时，日军的飞机像乌鸦一样不断在头上盘旋或者狂轰滥炸，他们既要躲避敌人的飞机轰炸，又要保护逃难的老乡。这同沿途节节败退、仓皇逃命又骚扰百姓、无恶不作的国民党与阎锡山的军队形成强烈的对比。加之，当时正是八路军平型关大捷之后，沿途村镇都知道这一振奋人心的消息，所以一听说是八路军的队伍过来了，老乡们扶老携幼，箪食壶浆，远远就跑出村口镇口夹道欢迎。甚至有一些年轻的学生、知识分子，看了随营学

第一章 孤军开辟晋西南

校贴出的招生布告,纷纷报名加入他们的行列。

经过半个月左右的行军,他们到了吕梁山下的汾阳、孝义一带驻扎。邓小平等住在汾阳县的三泉镇,韦国清与随营学校的三个队住在孝义县西部山区重镇兑九峪,还有一部分同志住在孝义县城关。这支队伍叫什么名号,早在出发之前邓小平同志就取得总部领导的同意,对外仍旧用八路军总部的名义。当地老乡与各界人士一听说八路军总部的队伍过来了,便如大难临头突然有了靠山有了救星一样,纷纷主动找上门来诉说他们不甘蒙受国耻、不甘当亡国奴的忧愤。当地牺盟会与山西省委的同志也主动找邓小平等同志汇报情况,征求意见,听取指示,配合行动。加上他们深入的宣传、动员工作,于是这支孤军深入的队伍,很快便赢得群众,深入人心,在吕梁山麓、汾河西畔广袤的土地上生根开花,立住了脚跟。

然而,战区的形势却越来越严峻。

先是忻口战役失利,接着太原危急,从前线败退下来的国民党军队,像决堤的洪水、盖地的蝗虫,漫山遍野,向晋西南溃逃。到了11月初,太原战动总会机关及游击干部培训班、战地剧社等直属单位,也由太原撤退到汾阳县城。邓小平听说战动总会主任续范亭和程子华、南汉宸、侯外庐等同志来了,立刻就去看望大家,并向他们询问太原前线的战事。

南汉宸依旧不失乐观,风趣地说,情况不妙啊,连咱们这个"中华民族的小宝宝"(指战动会)也免不了有时东躲西藏,自身难保了。阎司令长官已经带着他的五妹子逃往吕梁山避难去了,临走还够朋友,把他安置在战动总会的干部

全撤了去，所谓生死与共哟。现在太原方面实际上只有傅作义将军的两个旅在孤军奋战，死守空城。

南汉宸一向把"战动总会"戏称为"中华民族的小宝宝"。尽管南汉宸讲得很风趣，邓小平听了还是感到十分沉重压抑。邓小平想，虽然太原最终难保能守得住，但傅作义将军这种精神是十分值得敬佩与赞颂的。在这种生死存亡的危难时刻特别应给予声援鼓励。于是他便说，大敌当前，我们不应当让傅作义将军感到他在孤军奋战。我提个建议，我们马上以太原战动总会的名义，给傅作义将军和守城将士发个声援电报，一则表示慰问，二则可以鼓舞士气。邓小平的建议立即得到响应。于是战动总会主任续范亭便推荐曾经起草过战动总会《成立宣言》与《组织纲领》，正在翻译《资本论》的大学问家、翻译家侯外庐当下起草电文。邓小平和侯外庐也算得上是"同窗之友"，邓小平在法国勤工俭学，侯外庐也在法国留过学，所以彼此一见如故，一边字斟句酌起草电文，一边谈起当年在海外留学的生活，谈笑风生，妙语连珠，特别亲切。大有"战地黄花分外香"之意趣。

太原最后还是失守了。这一天是1937年的11月8日。

连日来，从太原方面败退下来的中央军、晋绥军、陕军、川军，丢盔卸甲，杂七杂八，混为一片，像流水一样，看不着头，望不见尾，挤满了汾河两岸南下的大路小路。这些军队见了日军闻风丧胆，比兔子还跑得快，对老百姓耍威风、比厉害可够得上老子天下第一。他们一路溃逃，一路抢掠财物，奸淫妇女，沿途大小村镇无不受到骚扰。面对这种形势，邓小平心上好不气愤焦虑。

第一章　孤军开辟晋西南

就在太原失守的第二天，周恩来由交城县到了汾阳县。他把战动总会的续范亭等同志和邓小平召集到一起，指示战动总会的同志们说，阎锡山撤走他的干部，你们必须坚守岗位。他们拆台，我们干。我们要与华北人民生死在一起。又说，当前国民党从前线退下来的败军对老百姓的骚扰很厉害，使老百姓里外不得安宁。这个问题战动总会要想办法解决。大家有什么好的意见、办法都可以提出来。

邓小平说，国民党扔掉国土，丢下老百姓不管，反过来还加害于老百姓。我们非但不能丢，还要设身处地地保护人民的利益。抗战救亡，保护人民，我们重任在肩，当仁不让，义不容辞。我们要打消一切悲观失望的情绪，要鼓起最大的决心和勇气，站在抗日救国的最前线和日本鬼子拼命，同山西人民一道抗战到底。

周恩来临行前，还特别指示，要邓小平负责统一部署当地牺盟会、战动总会和总政三方面的工作。周恩来走后，邓小平又召开了三方联席会议，商定整治败军扰民的办法。邓小平说，败军溃逃，要吃要喝，于是就入城进村，惊扰百姓。我们要首先堵住他们的口。办法就是在沿路的村口城外广设茶水站、救护站、转运站，给他们以人道主义的帮助。这样就可以把大部分溃逃的兵员拒之于城外村外，解决他们入城进村扰民问题。在邓小平统一指挥下，三方通力合作，一方面动员群众和没有逃走的当地政府官员，在战动总会干部的带领下，在汾阳城外与临大道的村头路口，设了许多茶水供应站、医疗救护站、伤病员转运站等，大家笑脸相迎，热情接待，鼓励士气，安抚伤残，并且帮助运送伤病员，从而使络绎不绝的败军感到无衅可挑，无事可滋，便很快通过；另一方面战地剧社和总政搞宣传的同志们深入到各村各镇，讲演，演出，张贴标语，大张旗鼓地开展揭穿谣言，反对汉奸、守土抗战的宣传活动；与此同时，韦国清同志领导的随营学校的干部、学员和一部分民工还承担了最艰巨最紧迫的任务：转移兵站的粮食和棉花。为了防备日军南下，兵站的粮食要尽快运出县城，分散各地保存，棉花还要穿过崇山峻岭运过黄河去。

几万人的队伍终于退尽了！一时间，仲冬的晋中平原和吕梁边山一带，真个是白茫茫一片大地真干净！

国民党的、阎锡山的高官要员都丢下自己的"衣食父母"跑光了！连阎司令长官委任的县府官员也跑得无影无踪！

一向标榜自己决心"守土抗战"到底、誓与吾民共生死的阎司令长官也早已带着他的亲信躲进了晋西南的避风港。

然而，大地有主！百姓有靠！在汾河西畔、吕梁山麓空旷辽阔的土地上，彤云密布的长天下，一支佩戴着白底蓝字臂章的队伍，与一支佩戴绯红色"战地动员"臂章的队伍，依然持枪跨马、昂然挺立在太原通往晋西南的交通要道上，依然活跃在汾河之畔、吕梁山麓的山庄窝铺，大街小巷，与人民同风雨，共患难。没有了杂七杂八的败军掺杂，反而显得那白底蓝字臂章、与那绯红色臂章更加光彩夺目，亲切可人。

这两支队伍就是由邓小平统一指挥的总政的干部战士与战动总会的干部战士！

行动是最有力的语言。谁个坏，谁个好，老百姓心里自有杆秤。当国民党和阎锡山的官员纷纷携家带眷裹挟了金银

第一章 孤军开辟晋西南

财宝逃跑之时,县城里的和村镇上的老乡们着实紧张了一大阵子,人心惶惶不可终日。可是,当他们发现城街上、村口上、大路上、小巷里、街头巷尾……无处不闪动着那白底蓝字臂章与那绯红色的臂章之时,便高兴得禁不住失声惊呼:八路军还在!八路军没走!我说呢,八路军怎会丢下老百姓不管走了!八路军……八路军……

这一带的老乡对红军——八路军,有一种特殊的感情:1936年毛主席率领红军第一次东渡黄河之后,就从这一带经过,这支被国民党宣传为"红毛野人"、"吃人肉,喝人血"的队伍,虽然匆匆而过,却给老乡们留下了与之完全相反的极好的印象。所以,当此大难临头,国民党、阎锡山的大小官员都各自弃民逃命之时,看到八路军——当年的红军,还与他们同在,仿佛一下子有了主心骨,那种打心底迸发出来的激动与高兴劲简直无法表达。

太原失守之后,日本鬼子并没有马上向太原西南的吕梁山区进攻。利用这一难得的机会,邓小平深入下去,对如何在山西坚持持久抗战、实现毛主席的战略部署,作了调查研究,并且向总部提出将他率领的总政这支队伍与战动总会分别到晋西南8县与晋西北8县开辟工作的意见。总部很快复电表示同意。于是,由程子华、续范亭等率领的战动总会立即向晋西北一一○师的主力部队靠近,负责离石、中阳、临县、方山、清徐、文水、交城、汾阳等8个县的工作开展;由邓小平带领的总政与随营学校的干部学员迅速分兵进驻孝义、平遥、介休、永和、石楼、蒲县、隰县、大宁等8个县开展工作。

当邓小平离开汾阳三泉镇,转移到孝义下堡镇之后不久,程子华、续范亭率领的战动总会传来捷报:他们已经先后在离石、文水、交城等县拉起了8个游击支队!以后,又组建了近万人的晋绥游击军,神出鬼没,转战长城内外,让日军闻风丧胆。邓小平分兵拓展的意见,有如一着活棋,很快就把晋西北与晋西南发动民众抗日救亡、开展游击战争这盘棋走活走赢了。

五、反逃亡

以汾河为界,孝义县分为东西两大部分:汾河以东,地势比较平坦开阔;汾河往西,沟壑纵横,山峦起伏,是晋中平原与吕梁山脉交汇区,俗称边山。下堡镇坐落在晋中平原与吕梁山交汇处一座大山的皱褶里。就其地理位置而言,堪称是晋西南的北大门。

邓小平离开汾阳三泉镇之后,就住在孝义县的下堡镇,领导了有名的平遥牺盟会反逃亡斗争。

下堡镇往西走不远是兑九峪,韦国清带领的随营学校就住在那里,再往西南走不远,便是四面山峦雄峙的又一重镇——大麦郊。大麦郊原是一个荒凉孤寂、鸡犬不闻的小镇,太原失守之后,突然热闹起来:从太原逃出来的阎锡山的高级官员、将领以及宪兵、警察、警卫部队等都蜂拥而来,一下子把个大麦郊塞了个满满登登。甚至阎锡山最铁杆也最反动的保安旅也住在那里。一时间这个鲜为人知的荒村古镇,成了达官贵人、小姐太太、警察大兵的避风港,扰得老百姓

第一章　孤军开辟晋西南

鸡飞狗叫不得一日安宁。

邓小平到达下堡镇的当天，就传来消息：攻占太原南边20公里的榆次县城的一股日军，已经越过太谷、祁县，窜到平遥县城，离孝义县仅隔了个介休县。下堡镇的人们惶惶不安，一些小战士也受感染，低声议论。邓小平异常镇静，对大家说，大家要提高警惕，但不要惊慌。说着，便像往常一样，井井有条、不慌不忙地收拾房子，打开行李，把一条毛毯和一条薄薄的被子叠得整整齐齐，然后又挪动桌凳，将几本随身带的书和文件一件一件摆在桌子上。

第二天一大早，又传来消息，说平遥县的县长带着老婆孩子和县府官员已经逃到兑九峪，还听说平遥县牺盟会特派员李文炯也跟着来了。

这个消息使邓小平震动很大，连早饭也顾不得吃了，立刻飞身上马，赶到兑九峪随营学校，去找韦国清。

韦国清显然是刚吃过早饭，正在同一个青年人说话，见邓小平副主任急匆匆走来，连忙迎上去问道：邓副主任吃过饭没有？

邓小平气喘吁吁地说，先别管这个，你先马上派人到镇上去找一个人。

韦国清见邓副主任这么着急，便问，找什么人？

邓小平说，听说平遥县牺盟会特派员李文炯同志……

话犹未了，韦国清笑了笑，指指身边那位一脸忧郁的青年人说，这不就是他吗！他比你早进来一步，正向我求援呢。接着给李文炯介绍说，这就是你想找的八路军总政治部邓副主任。

在等饭和吃饭中，邓小平非常认真地听取了李文炯的情况汇报。李文炯非常气愤地说，日军还没有到平遥县城，县长程某某便如惊弓之鸟，把县府存的大烟土等物资，装了满满10辆大马车，带了老婆孩子和县府的官员，叫警察局的武装全部出动，还有牺盟会自卫队训练班的人，一路护送，逃出平遥，逃过汾河，一直逃到兑九峪来。听说一两天还要逃奔大麦郊去。

邓小平最关心的是牺盟会自卫队队员们的去向。问到，自卫队有多少人？李文炯回答说，有400多人。邓小平又问，队员们的思想情况怎么样？李文炯说，谁也不愿意当亡国奴。大家情绪很高，只是干着急。邓小平问，此话怎讲？李文炯说，怎能不着急，县上仅有的几十杆枪都在姓程的（程县长）手里掌握着，他拍屁股逃出来了，他要不回去，啥事也办不成。没有枪咋跟鬼子拼？还不是干着急。

邓小平略加沉思，忽然两眼特别凌厉地盯着对方问，你打算怎么办？

李文炯毫不犹豫地说，就是姓程的（程县长）不回去，我也要设法把自卫队这400多号人拉回平遥去，上山跟鬼子打游击！

邓小平一高兴，立即站起来，紧紧握住李文炯的手说，"好！有你这个态度我就放心了。"

然后，邓小平又向李文炯详细讲了敌、友、我三方的形势，讲了党的统一战线政策，最后说，对那位姓程的县长还要争取，你好好做做他的工作，劝他还是回平遥去，组织游击队，让他当司令，你当副司令，我们帮助你。

第一章　孤军开辟晋西南

李文炯说，就怕是姓程的那边难办。姓程的看重的是那10大车东西，那些东西主要是大烟土，是他们的命，怕他舍不下。

邓小平说，你告诉他，可以把物资存放在这里，由随营学校代他保管，保证少不了他的。到处拉着跑，太笨重了，那多不方便。先看看他的态度。

八路军开赴山西后，各地党的组织情况都由邓小平直接掌握。他知道李文炯是共产党员，又十分亲切地鼓励他说，大敌当前，要动员一切力量坚持抗战，反对逃亡。当前阎锡山的逃亡政策对动员民众抗战非常不利，大麦郊住了那么多从太原逃出来的高官要员，上行下效，群众影响很坏，所以我们要理直气壮地领导群众开展斗争，顶住这股逃亡风。

李文炯回队时，邓小平特别要韦国清派了两名侦察员随他一起回去，一方面协助李文炯工作，一方面负责与总部联络，及时报告情况。

不久，派去的侦察员回来报告：平遥县的程县长不但不听李文炯劝说，不肯返回平遥，而且这两天正在加紧修理大车，很可能三五日就往大麦郊逃。邓小平立即派了两名武装警卫，去把姓程的县长和李文炯一起叫来。

看样子姓程的很顽固，邓小平先向他开门见山地讲了作为一县之长、民之父母官，处此民族危急关头应当深明大义，带领县民共赴国难等。姓程的一声不吭。邓小平又说，程县长，我的意见是你应当和牺盟会的同志们一起返回平遥县，领导自卫队和全县人民开展游击战争。"守土抗战"，是阎司令长官的训令。日军来了可以撤出县城，但不可离开本县，要"守土抗战"。你不返回去,无视阎司令长官的训令,不尽"守土抗战"之责,全县人民要责怪你,阎司令也不会无视你的失职抗命,后果的严重性你要好好想想!

李文炯在一旁表示说,程县长,牺盟会和自卫队可以先回去,只要有枪,我们就上山和鬼子打游击。

姓程的终于开口了,作出一副苦相,说,不是卑职不愿回去,上司交代要卑职把这批物资送到省府,这批物资万一有个闪失,卑职不好交代啊!

邓小平严厉地说,身为一方长官,日军打来,丢下老百姓逃跑,你就不怕不好向老百姓交代?

姓程的见这位八路军的长官说话十分严厉,便有些胆怯,连连点头说,是,是,卑职可以回去与同事们再商议商议,卑职难处很多啊!

经过直接对话,邓小平估计到姓程的态度不会有多大转变,私下指示李文炯要相机行事。

回去的路上,李文炯又劝说了一番,姓程的非但不买账,反而一出了门就变了脸,态度变得更加死硬。李文炯也横下心,径直赶到自卫队训练班,先找训练班的骨干和积极分子,把邓小平副主任的指示精神告诉大家,并对行动计划一一作了安排。然后又去找姓程的,说,程县长,大家都不愿去大麦郊,请你到自卫队去给大家讲一讲。

姓程的还真去了。但他一开口说要大家准备去大麦郊,自卫队的骨干和积极分子便带头呼喊起来:回平遥!回平遥!回平遥……有的骨干站出来说,请程县长和李特派员立刻答应我们,回平遥!——大家同意不同意?400多人同声响应,

第一章 孤军开辟晋西南

同意！不答应回平遥我们就哪里也不去！

李文炯率先表态了，我同意大家回平遥！

姓程的却依旧铁青着脸。癞蛤蟆垫板凳——死顶。

这时，随营学校的同志将"代为保管平遥物资"的收据呈上来，李文炯毅然作为担保人在上面签了字，几百名自卫队员一齐瞪着姓程的，呐喊不止。姓程的终于迫于压力，技穷力竭，勉强答应：谁回平遥就把枪发给谁，不愿留队的，发给两元路费，各自回家。

第二天，邓小平到附近几个村巡视，检查动员新兵工作情况（这是他们在开展反逃亡斗争的同时抓的另一项重要工作，他们在孝义县不到两个月时间就给八路军输送了3000多名新兵。1938年2月，邓小平曾在《前线》杂志上发表了题为《动员新兵及新兵政治工作》的重要文章，就是对这一段动员新兵工作的经验总结）。下午回到下堡镇时，李文炯已经兴致勃勃地带领着一支新成立的平遥游击队，个个肩上扛着长枪，雄赳赳气昂昂地开到了下堡镇。邓小平非常高兴，马上给他们选派了几位红军干部，对他们提出严格要求，帮助他们进行了短时间的整训，便很快欢送他们打回老家，向平遥挺进。

平遥县终于有了一支由中国共产党领导的新型的人民抗日武装！邓小平领导的平遥牺盟会反逃亡斗争，终于以建立了一支抗日游击队而宣告胜利！

六、下堡戒严

当从太原逃出来的高官要员一窝蜂涌向大麦郊之后,邓小平所在的下堡镇也随即成了阎锡山各县府官员的避难所。孝义、祁县、汾阳、文水、交城等县的县长,一个个带着随员家眷,如丧家之犬,先后逃奔而来,把个小小下堡镇搅得人心惶惶,鸡犬不宁。

一天,傅钟正要到随营学校去,孝义县牺盟会特派员曹诚匆匆跑来,一见面就说,你吩咐的事我都照办了,只是有件要紧事我拿不定主意,来找你请示。

曹诚说的"照办了"的事,是指几天前,傅钟到孝义城工作时,曾经告诉曹诚,如果孝义县县长要撤走,你们就立刻打开监狱,把政治犯都释放了,并且召开群众大会,号召全县人民组织起来,开展游击战争,同日本鬼子斗。

傅钟对这位特派员的工作很满意,问道,什么要紧事,看把你急得?

曹诚咽下一口唾沫,说,孝义县刘县长撤退时把背不走的枪支、手榴弹都叫人扔到井里,听说他们这回带了好多枪支和公款,还要往大麦郊逃跑。你看怎么办?

傅钟毫不犹豫地说,立刻和县长谈判,劝他留下坚持抗战,他实在不听,非走不可,也必须把枪支弹药和公款给你们牺盟会留下使用!

傅钟看到曹诚有点为难,便告诉他,平遥县的李文炯特派员如何在邓小平副主任的指示下,同顽固的县长展开反逃

第一章 孤军开辟晋西南

亡斗争,最后如何拉出一支人马杀回平遥,取得反逃亡斗争胜利,等等,鼓励他要向平遥县的李文炯同志学习。

曹诚回去之后,对傅钟的吩咐同样"照办了"。

然而,孝义县县长非但不听曹诚的劝说,反而变本加厉,背后搞小动作,就在曹诚找孝义县县长谈判之后不几天,邓小平收到一个情报——随营学校发现有人给阎锡山打电话告了牺盟会的状,阎锡山要派军队来"围剿"。

由于阎锡山的各地官员纷纷逃来,下堡镇本来就够人心惶惶,这一下,形势更加紧张起来,满镇一片惊慌混乱。

邓小平立即找来韦国清,进一步了解了一下情况,对韦国清指示说,现在我们第一要安定人心;第二要提高警惕,准备应付不测,要防止各逃亡县政府的人员逃跑,更不能叫这些逃到下堡镇来的县长们逃出下堡一个!我的意见:随校在兑九峪设警戒线,在下堡实行戒严。

一声令下,下堡镇的大小路口布上了佩戴白底蓝字臂章的八路军岗哨。外面的人可以进,出镇的人则要经过盘查,凡各县逃亡来的政府人员一律不准许离境。

这一下,非同小可,把那些县长大人们都震住了!惊呆了!他们没有想到八路军会来这一手,非但阴谋诡计无法施展,那些心怀鬼胎,准备再往大麦郊逃窜的逃亡县长们,一听到八路军一早一晚嘀嘀嗒嗒嘹亮的军号声,战士们列队出操威武雄壮的口令声和响彻山野的《抗日出征》歌声,就胆战心惊,惊若窘鼠,惶惶不可终日,想飞也飞不了。

实行戒严之后,邓小平与同志们一起分析了那些成了"笼中之鸟"的逃亡县长们可能出现的动向,接着组织力量,采取行动，与孝义县牺盟会的同志们一道，对那些不听劝告的逃亡县长、警察头子，收缴了他们的枪支弹药。同时给孝义县游击队补充了武器，委派了红军干部，使之很快发展壮大，成为继平遥县游击大队之后，在晋西南出现的又一支党的武装力量。

刚把下堡镇的混乱局面收拾好，把人心稳定住，邓小平还没有来得及稍事休息，突然收到省牺盟会的一封电报，查询阎锡山告李文炳和曹诚叛变，投降八路军，有无此事。

邓小平看着电报，久久苦笑不语，突然摇头长吁一声：这个阎锡山呦……

且说阎锡山！

话从日本帝国主义发动侵华战争说起。

1931年九一八事变后，日本军国主义把侵略的魔爪伸向我东三省。到1935年，开始向我华北发动新的进攻，5月间，借口中国政府援助义勇军孙永勤部在长城附近抗战，向北平军分会提出极端苛刻的无理要求，并由关外调集大军集结榆关，另组殷汝耕伪政权于冀东，威胁天津、北平。日军驻华总司令多田声明，华北当局如不能使日本的希望实现，日方即要使用武力。随后，蒋介石被迫与日方秘密签订了丧权辱国的"何梅协定"，并容许日方在晋绥等地设置特务机关和军事委员。殷汝耕在日方指使下，成立傀儡政权冀东防共自治政府，公开叛国。日方又纠合内蒙古伪军李守信和德穆克（德王）等组织所谓"内蒙自治政府"。蒋介石为了满足日军吞并华北——"华北政权特殊化"的欲望，指派了宋哲元、王揖唐、王克敏等，成立"冀察政务委员会"，从而使冀、察两

第一章 孤军开辟晋西南

省成了"满洲国"第二。

就在这种国家蒙辱、民族危急的形势下,中共中央率领中国工农红军主力北上抗日,经过两万五千里长征,于1935年10月胜利到达陕甘宁边区。

也就在中国工农红军举行长征、行将到达陕北之际,山西的"土皇帝"——阎锡山,急急忙忙派其所属杨耀芳七十一师的方克猷旅,进驻山西离石县军渡和陕北绥德的宋家川等地,企图配合陕北军阀井岳秀等趁机消灭陕北红军。

这可谓是阎锡山第一次正面同红军"打交道"!但他失算了:尚未与红军交锋,便被当地群众赶跑。

1935年春,阎锡山又奉蒋介石电令,再次派出正太护路司令孙楚,率领所部马延守、孟宪吉、陶振武3个旅和七十一师的方克猷旅、七十二师的陈长捷旅,共计5个旅的兵力,先后渡河赴陕,协助驻陕的张学良部"围剿红军"。

此可谓是阎锡山第二次同红军"打交道"!

但他又失算了:均遭痛击,死伤、被俘者众。

经过两次"教训",这位阎锡山司令长官终于学得聪明了些,再也不敢小觑工农红军,只求凭借黄河天险,构筑工事,以拒红军于河西,保其自安。

1936年2月17日,以毛泽东为中心的中央工农民主政府和中国抗日红军军事委员会,发表了气壮山河的"东征宣言",说明"为实现抗日,渡河东征",即调驻陕北米脂、绥德、清涧、延川等地红军强行东渡。

这位"土皇帝"于是又慌了,慌忙调集部队,加固河防,在北起河曲、南至永济的黄河东岸,筑起了连绵千余里的碉

堡线，妄图阻止红军东渡抗日。

尽管如此，中国共产党为了推动全国人民武装抗日，决定组织中国人民抗日先锋军，东渡黄河，开赴冀、察前线，作全国人民的抗日先锋。并且由毛泽东亲自率领，于1936年2月20日，同时强攻中阳县三交镇渡口和石楼县的转角、咀头渡口，一举突破阎锡山的防线，东渡成功。其中一支劲旅直捣三交镇，包围中阳县，取汾阳，下文水，所到之地，敌军望风披靡，前锋一直打到太原西南几十里的晋祠镇，直逼阎锡山的老窝太原。后来，红军为了珍惜国力，力行"停止内战，一致对外"之大义，虽然连战连胜，但还是毅然决定于同年5月5日发出了"回师通电"，将胜利之师断然撤回陕北。

这可以说是阎锡山同红军较量的第三个"回合"！

此后，迫于全国人民抗日呼声日日高涨的压力，和共产党统一战线的感召，以及周恩来多次冒着生命危险，上门做工作，阎锡山为了维持他的统治，这才不得不作出愿与共产党联手结成抗日民族统一战线的表示，打起"守土抗战"的招牌。"守土抗战"，说穿了就是告诉日本人，我阎某抗战是有条件的，只要你不侵犯我所占据的土地，别的我都可以不管。十足的滑头！

成立于1936年九一八事变5周年纪念日的"山西牺牲救国同盟会"（简称牺盟会）就是山西特有的具有统一战线性质的抗日救亡的群众组织。

……

邓小平不无感慨地向同志们讲述了这段与阎锡山的"交往"后，告诫大家说，抗日民族统一战线是法定的，我们就

第一章 孤军开辟晋西南

是吃点亏、忍点气也要维护这条路线，丝毫不能因小失大，使抗日统一战线受到损失。然而，这封电文所指的显然是诬告！为了维护统一战线的正常局面，曹诚同志和李文炯同志不妨亲自去大麦郊一趟，主动向阎锡山讲明反逃亡斗争的事实真相，看他有何话说。

曹、李二人脑子一下子没有转过弯来。

邓小平又说，你们二位不必怕，反对逃亡，收取武器是为了抗战，正大光明，一点也不输理，要理直气壮地进行说理斗争。万一有什么事，二位要被扣留，党一定会设法营救你们。阎锡山现在还不敢轻易有什么不顾面子的举动，二位尽可放心前去。

当天下午，曹、李二人按照邓小平的指示向大麦郊出发了。

就在他们出发不久，邓小平又接到一个重要情报——两天前，阎锡山已经离开大麦郊，往吉县和临汾方向去了！

情况紧急！曹、李二人一旦到了大麦郊，阎锡山手下的人很可能跟他们过不去！

邓小平立刻派了两名骑兵通讯员去追赶曹诚和李文炯。

天黑了。没有消息！

半夜了。去追曹、李的通讯员还没有回来！

邓小平挑灯等候，一会儿看看表，一会儿出门望望，心系曹、李安危，长夜不寐。一直等到凌晨两点多钟，两名通讯员才把曹诚和李文炯拦截回来。邓小平看到曹、李二人安全回来，如释重负，一颗悬了半夜的心才落到肚里。

为了主动回击反动分子的挑衅与诬告，第二天，邓小平亲自动手替曹、李起草了给阎锡山的电报，揭露了平遥、孝义等县县长擅离职守，弃土逃跑，宁把枪支扔到井里也不给游击队，因此激起公愤，才有了收缴武器一事的发生等等。其中有表明牺盟会矢志不渝、抗战到底的两句——"有必死之决心，无逃跑之余地"——很快在干部群众中流传开来，一时间成为下堡镇一带仁人志士借以明志的口头禅。

此后不久，形势变化，孝义游击队和平遥游击队实行合并，叫什么队名，发生分歧意见，很多同志主张还按原来的名字叫"八路军晋西游击支队"。为了顾全大局，巩固抗日统一战线，邓小平耐心说服大家，定名为"牺盟会晋西游击支队。"

1937年底，邓小平等接到总部指示：结束工作，返回总部。

就在他们离开下堡镇之前，八路军一一五师的一队骑兵已经来到孝义县察看地形，侦察敌情……

第二章　跃马挥师上太行

七、出任一二九师政委

邓小平奉命离开孝义县下堡镇，策马东上，昼夜兼程，匆匆赶回八路军总部。

这时，八路军总部已经由五台山南下，辗转经盂县、寿阳、昔阳等地，于1937年11月7日驻于和顺县的石拐镇。

总部领导听取了邓小平关于孤军深入开辟晋西南的工作汇报后，对他的工作表示十分满意，并向他通报了当前山西的战局形势：

10月10日，石家庄失守；

10月26日，娘子关失守；

10月29日和30日，平定与阳泉先后失守；

11月2日，太原北部的重要隘口忻口失守；同一天，昔阳县的沾尚和寿阳县城也被日军攻占；

11月6日，日军攻下太原的南大门榆次；

11月8日太原沦陷……

当然，我军在晋西北和晋东北正太线以南，也给了日军许多次有力的打击。根据党中央和毛泽东关于八路军要在晋东北、晋西北、晋东南和晋西南地区控制一部分兵力担负袭击敌人任务,大部兵力分散到各要地发动群众、建立群众武装,并利用我们同阎锡山的统战关系"部署全省的游击战",争取"在山西全省创立我们的根据地"的指示,总部于1937年11月11日在石拐镇召开了军事会议,对八路军三个师主力在山西的活动作了战略部署——一二〇师以管涔山脉为依托,开创晋西北根据地;一二九师以太行山为中心,以晋东南为基地,开创晋冀豫根据地;一一五师除聂荣臻部以五台山、恒山为中心,以晋东北为基地,开创晋察冀根据地外,主力转移至吕梁山区,开辟晋西南根据地……

然后,总部领导郑重告诉邓小平,中共中央军委决定调一二九师的政治委员张浩回延安工作,同时决定由你来接任一二九师政治委员工作。

继一一五师、一二〇师和八路军总部先后开赴山西抗日前线之后,1937年10月6、7两日,刘伯承、张浩和徐向前率领的一二九师,奉命兵发陕西富平县庄里村,也于陕西韩城县芝川镇渡口,完成了渡河任务。

从而八路军的三个师主力除一个旅留在陕甘宁边区外,全部进入山西,开赴抗日前线。

一二九师一进入山西,就奉命北上,开往正太线南侧,驰援娘子关友军;继而挥师西进,以七六九团一个营的兵力,进入代县,于10月19日实施了夜袭阳明堡日军飞机场的战役,一举击毁敌机24架,歼敌100余人,威震敌胆,名扬中外;10月26日,一二九师在平定县七亘村设伏,伏击日军二十师团的辎重部队,歼敌400余人,缴获骡马300余匹;11月2日,他们在昔阳黄岩底伏击日军,此战致敌伤亡700余

第二章 跃马挥师上太行

人;11月4日,他们会同一一五师一部,又于昔阳、广阳伏击日军川岸师团,歼敌千余人,阻滞敌军7天7夜;11月20日,挥师挺进冀南,一举攻克临城……

总部领导最后说,尽管如此,整个战局仍是敌强我弱,我军依然处于绝对的劣势,形势是十分严峻的,总部决定让你出任一二九师政治委员,是经过认真考虑,相信你能胜任的。

1938年1月中旬,邓小平离开和顺县石拐镇八路军总部,挥鞭策马,风餐露宿,开始向一二九师已经开进的辽县西河头村出发。

辽县地处太行山脉的东部偏南,与河北省涉县毗邻。1937年11月8日,一二九师师长刘伯承已经率领先遣队到过辽县。和顺石拐镇会议后,刘伯承师长同副师长徐向前等率领一二九师师部,于11月15日正式进驻了辽县西河头村。

时值隆冬,大雪封山,天寒地冻。白雪皑皑的太行群山,宛如身披银盔银甲的千军万马,腾蹄扬鬃,昂首啸天,无比雄奇壮观;红日一照,银装素裹,真可谓"山舞银蛇,原驰蜡象",一派无与伦比的北国风光。邓小平冒着严寒,顶着太行山凛冽的寒风,沿着清漳河迤逦南下,一路策马赶路,一路欣赏着太行群峰千姿百态的壮丽景色。

在返回八路军总部之后,邓小平曾找来和顺、辽县县志翻看过,粗知太行山脉北起滹沱河之滨,南至黄河北岸,南北绵亘数百里。太行山的老乡形容其如一条巨龙,"在滹沱河喝水,在黄河岸边摆尾","东面面恶,西面面善",势拔东南,俯瞰大河,巍峨险峻,悬崖峭壁比比皆是,兵家曾有"天然堡垒"之誉。

看到一路不乏险关要隘，邓小平不觉感叹，难怪刘伯承师长把司令部设在这一带哟！有此天然屏障，开展山地游击战与日本鬼子周旋，再好不过了！

1938年1月18日，红日衔山之时，邓小平一行数骑、风尘仆仆赶到了辽县西河头村一二九师司令部。

西河头村位于辽县城西、清漳河畔，是一个名不见经传、沟壑中散居着百十户人家的小村子。

非常不巧，就在邓小平到西河头的头一天，由于蒋介石在洛阳召开第二战区师长以上的高级将领会议，刘伯承刚好出发到洛阳开会去了。

司令部有的同志认识邓小平，有的同志虽不曾见过其人，也早听说过邓小平这个名字，但大家都只知道他是八路军总部政治部的副主任，却不知道他已经作了他们的政委，只见他把行李都拎到司令部，像司令部的主人一样，问这个叫什么名字，问那个是哪里人，当兵几年，家里有些什么人……一脸和蔼，总是笑嘻嘻地瞅着大伙乐。战士们一边给"邓主任"搬座倒水，收拾床铺，一边好生纳闷地猜测议论：怪了，邓小平主任来了不住政治部，倒和刘师长住在一起，会不会……

第二天，人们看见邓主任吃过早饭便到西河头村挨家挨户走访村民，察看村容地貌，以及看望师政治部等各个部门的干部战士。

第三天、第四天、第五天……尽管这几天前线打得很激烈，全师营以上干部在辽县城内照样出席了全师政治工作会议，听说邓小平主任还在会上作了重要报告。接着，人们又看到邓小平主任与辽县党政机关的负责人座谈开会，听说是

第二章 跃马挥师上太行

研究辽县的建党、建政、建军工作……哦哦!邓小平主任好像管的事很多呢!

1月24日,师政治工作会议结束,西河头河滩上人呼马叫,笑语频传,出席会议的各部分人马都胸有成竹地纷纷回队……

于是,司令部的小鬼们一个个眼睛发亮,仿佛明白过来:看来刘师长不在家,师里就是邓主任主揽一切……

司令部小鬼们的"敏感"很快就被证实了。

1月27日,刘伯承由洛阳开完会赶回西河头,张开有力的双臂,非常激动地拥抱了这位新到的政治委员,并热情地接待了他的这位新上任的政治同仁与军事合作者!

刘伯承——邓小平!

从此,这两位叱咤风云的时代伟人,同室运筹,同案布阵,同一个战场,同一条战壕,肩负着同一个历史使命……开始了他们的同生共死、救国救民的战斗生涯。

他们是新搭档,然而他们却非陌生人——他们都是四川人,当时一个46岁,一个34岁,按照中国的旧历属相,又都是属龙的。正如毛毛在《我的父亲邓小平》一书中所述:

> 从这一天起,他们正式在一起工作,一个师长,一个政委;一个军事主官,一个政治主官,就这么着,一搭档就搭档了13年。

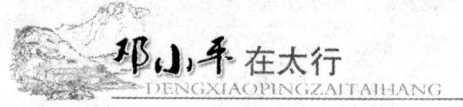

八、三战三捷

作战室的油灯、烛光又是一个通宵不熄。

蜡烛换了一枝又一枝,灯碗里的煤油也续添过两次,两个大大的人影还在那张钉在土墙上的1∶50000的军用地图上晃动。

作战室是一间民房布置的,四壁泥墙,小得可怜。刘伯承从洛阳开会一回来就把邓小平领进作战室,打那以后,这间狭小的作战室就成了他们日夜工作的地方,有时连吃饭也叫警卫员端到这里吃。

自正式出任一二九师政委之后,邓小平几乎一天也没有闲过。

这几日前方的战事频繁,日军的进攻也更加疯狂,而且出动了飞机,配合地面部队进攻。2月19日那天,鬼子就出动了三架飞机轰炸辽县县城,扔了五枚炸弹,炸死炸伤30多人,把牺盟会特派员李芝庭炸死在城西门口,把县城编村村长李殿元炸死在南街钟楼下,城东街皮匠李志清一家6口全被活活炸死。

刘、邓两位师首长心情非常难过,非常气愤,更加忙得没明没夜。这天,刘伯承和邓小平从进了作战室就没见他们出来过,他们时而伏在粗笨的桌子前交谈,时而举着蜡烛在军用地图前指指点点,勾来划去。屋子又小又暗,有时即使白天也得掌灯燃烛,加之刘伯承一只眼有残疾,戴了一副玳瑁眼镜,军用地图又是五万分之一的比例,光线暗的越发不

第二章　跃马挥师上太行

行，所以邓小平手里的蜡烛便始终紧紧跟着刘伯承的铅笔缓缓移动。刘伯承的铅笔移向哪里，邓小平的烛光便跟向哪里，同时还不停地高声报出地图上标出的地名，以助刘伯承的视力。每念一个地名，刘伯承或者掐指计算，或者点头思索，邓小平便也一边大口地抽烟，一边凝目深思。两人把握战局，制订战略战术，常常不谋而合，非常默契。

刘伯承手中的铅笔沿邯（郸）长（治）公路西上，划过涉县、黎城、潞城，一直指向黎城和潞城之间的神头岭，连连说，就在这里！就在这里！

邓小平的目光离开地图，欣然说，对，长生口一战，我们吃掉鬼子100多人，看来他们还嫌少呦，那我们就在神头岭再来好好招待他们一次啰！

刘伯承说，这一回我的胃口可不是100多了。我想来他个"攻其必救，歼其来救"，再狠狠敲它一竿子。

邓小平莞尔一笑说，师长，你这笔买卖可做得大呦！

刘伯承也颔首一笑，风趣地说，长生口一战，是一二九师对邓小平的接风小宴；这一回可是我们一二九师的头一笔大买卖，只能赚，不能赔！

邓小平的目光落在眼前的一封电报上，自言自语地说，如果卫立煌不这样从中作梗……

一提到卫立煌，刘伯承的眉头便又皱了起来，心里顿时来气。进入2月中旬以来，日军为了配合它在津浦路方面的作战，相机进攻陕西之关中与陕北，分别向豫北、晋南、晋西、晋东南发动了新的攻势。为了打击入侵晋东南之敌，牵制日军渡河南进，根据八路军总部的命令，刘、邓曾于2月

22日,在井陉和娘子关、旧关之间的长生口,命令三八六旅组织了一次伏击战,一举歼灭日军130余人,击毁敌人汽车5辆,缴获迫击炮3门、步枪50余枝,并且击毙了日军警备队长荒井丰吉。此战大捷,大大鼓舞了士气与群众的抗日热情。但部队急需补充枪支弹药装备,地方武装也急需改变用长矛大刀同全副洋枪洋炮武装的日军拼杀的局面,如果遵照统战协议,国民政府第二战区能够真诚配合,按时按量派发一应装备,战局的形势一定不会是眼前这种"节节败退、连连失守"的局面。然而,就在一二九师拼死御敌、力挫敌锐之时,身为国民政府第二战区副司令长官的卫立煌,却给他们发来电报,称:一二九师所应由战区补充的枪支弹药等,因交通线被阻,库存已尽,无法派发……要一二九师自己克服!这是其一。

刘伯承对这位卫副司令长官还憋着一肚子气呢!

1938年2月,卫立煌就任国民政府第二战区副司令长官以来,对八路军总部和一二九师屡屡发难,先是到处告八路军总部与一二九师的刁状,说八路军作战不力,只顾拉拢群众、扩编新军;继而又假蒋委员长1月13日电令,扬言要在全国取缔一切游击队组织,若本战区内再发现八路军组建抗日游击队,当一概取缔之!此可谓其二。

其三,第二战区内装备最好的是直接受卫立煌统辖的国民党中央军,其次是第二战区司令长官阎锡山的晋绥军,装备最差的是朱德、彭德怀所统率的第十八集团军。然而,若论作战,却大反其个:无人不知无人不晓中央军退得最猛,跑得最快,日军先头部队用汽车轮子都撵不过两条腿的中央

第二章 跃马挥师上太行

军的后卫部队!

这不是宣传,这是战区老百姓亲眼所见的事实。相反,得不到战区后勤接济的八路军却拼死奋战,出奇制胜,战果频传。谁优谁劣,泾渭分明!

刘伯承生气的是,你卫某人自己不打鬼子也罢,身为一大战区的副司令长官,别人去打鬼子,你非但不恪尽职守,支持抗战,按时按量派发应有的一应装备,反而推三托四,如此刁难,连该派发的起码的装备都不派发,真是岂有此理!特别是一想到一二九师三八六旅补充团的广大官兵,至今还只能拿着大刀长矛红缨枪与真枪实弹的日军厮杀,这等于拿血肉之躯与敌人的钢爪铁牙抗衡,心里便沉甸甸的。

尽管如此,一二九师的将士照样义无反顾,力挫日军的疯狂进攻,且连连获胜。特别是邓小平 1 月 18 日出任一二九师政委之后,不到一个月时间,就取得了长生口大捷。但刘、邓二位师首长对此并不满足,他们决心要狠狠教训日本鬼子,要给这些骄横无度的侵略者更大的颜色看。为此,刘伯承师长、邓小平政委、徐向前副师长和李达副参谋长在这间小小作战室度过了一个又一个不眠之夜,构想、磋商、制定了一个个战役方案,并于 3 月 5 日,一行 4 人特地来到陈赓旅长率领的三八六旅驻地,召集团以上干部,宣布了对占领潞城的日军实施战役歼击的构想。按照刘、邓、徐三位师首长的初步设想,拟于邯(郸)长(治)公路上的黎城到涉县之间的某地,制造或者寻找战机,引蛇出洞或伺蛇出洞,予以痛击。刘伯承宣布之后,李达又针对敌情对三位师首长的构想作了更详细的阐述。

李达指着军用地图介绍说，目前，邯（郸）长（治）线上的日军车队来往频繁，黎城是敌人的兵站集结地，驻有一个守备队，负责保卫这个兵站；黎城往东，过东阳关，到涉县，那里驻有鬼子的两个中队，黎城西南方向，约50公里处的潞城，驻有日军十六师团的一个联队，以及一〇八师团屁尾骑兵部队，他们自恃装备精良，又不愁供给，非常骄横，根本不把中国军队放在眼里。

刘伯承插话说，请注意，我们要的就是他们目中无我。骄兵必败，这正是我们的可乘之机。

邓小平接上说，他们自恃装备精良，我们就专找装备精良的啃，如果我们能够狠狠啃他们一口，这必将大大鼓舞军民的抗战情绪，对于那些亡国论者也将是一掌重击。

刘、邓、徐等一行4人返回师部驻地，派出去的侦察员回来报告说，日军华北方面军第二军第一〇八师团，从邯（郸）长（治）临（汾）线长驱直上，已经完全占领了邯（郸）长（治）临（汾）线。驻扎在长治以北20公里的潞城的日军，是十六师团下元旅团的粕谷联队。此人既傲慢又残忍，进驻潞城后，杀人如麻，两位侦察员混入城里，亲眼目睹日军在其司令部门前砍下两个中国百姓的头，抚掌大笑。侦察科长义愤填膺，声泪俱下地说，师长，快下令吧！狗日的小日本，太不拿我们中国人当人了，不收拾这群小日本，这口气永远出不了！

根据侦察员汇报的敌情，刘伯承又在这间小小作战室反复运筹了两个昼夜，最后，一锤定音——决定采取"攻其必求，歼其来救"的兵法战略，以三八五旅七六九团佯攻黎城

第二章 跃马挥师上太行

和阻击涉县之敌，引潞城方面的日军来援，待潞城方面的日军出援之时，我军集中三八六旅三个团的兵力，于神头岭一带设伏，聚而歼之。

这时，正在总部开会的邓小平和徐向前得知这一消息后，非常高兴，坚信刘伯承这一战略战术一定能够取得神头岭战役的胜利。

刘伯承一声令下，全师将士顿时进入紧张而兴奋的临战状态。

莫要说陈赓率领的三八六旅多么紧张兴奋了。

旅部的通讯员一个个纵身上马，带着陈旅长的命令，分别向各团驻地飞奔而去……

旅作战股长周希汉神情高度集中，把一张张不同比例的作战地图摆开在面前，眼睛一眨不眨地注视着陈旅长，随时听候和准备回答陈旅长的询问……

第二天，准备参加这次伏击战的3个团的团长、政委、参谋长和师部作战股长都准时到达师部，在临时布置的会议室，一个个昂首肃立，先由陈赓宣布了刘伯承和邓小平联合签署的作战命令，接着由周希汉详细交代了各团的具体任务与要求。

最后，陈赓铿锵有力地说，大家听清楚了吗?方才周希汉已经把各团的任务都讲了，旅部决定，伏击日军的地点，定在黎城至潞城之间的公路侧翼的神头岭一带。本来还准备把预定各团设伏地段的标图发给大家，我看光在纸上讲没啥用，只有实地看过大家心中才真正有数。走，看地形！

早春的浊漳河畔。寒风料峭，地冻如铁，山野上的点点积雪依然在阳光下闪闪发光。一阵急促的马蹄声突然远远响起，打破了山野的死寂。接着邯（郸）长（治）大道旁的山垴后闪出一队人马，先是四五个肩挎长枪、腰别驳壳枪的警卫战士飞马疾驰而来，继而陈赓率领着十几匹快马又一溜烟冲了下来，一直来到一个叫潞河村的村口才收缰下马。他们牵着马沿着高低起伏的山梁隐蔽缓步而行，翻山越岭，在一个山垴后停下来，举目瞭望。只见神头岭遥遥在望，邯（郸）长（治）大道像一条看不到头、望不见尾的银蛇冻僵在高山峻岭之中；浊漳河也支离破碎在大山的夹缝中，时隐时现，泣啼呻吟。满地里看不见一个人，公路也只有日本鬼子的军车横行霸道，轰轰隆隆地驶过。此情此景，使陈赓一行无不黯然神伤。

望着望着，陈赓忽然厉声喊道，周希汉，拿地图来！

他讲此话时的嗓门异常粗重，分明带着一股遏制不住的怒气，以致使身边的人无不为之愕然怵目。

其实，在场的人已然明白陈旅长的气打何处而来——地图是国民政府第二战区司令部提供的。让人又想气又想笑的是，地图上神头岭一带的邯（郸）长（治）公路标在山沟里，而眼前的公路却分明横躺在山梁上！长达数公里的这一段公路，两旁的山梁光秃秃的，除了乱石滚滚，只有些零零星星的枯荆衰草，整个神头岭的地形地貌与地图上标的大相径庭！

奶奶的！国民党的军队咋能不打败战！作战地图，军中头等大事，他们居然儿戏如此！

陈赓啼笑皆非地连连拍打着手中的军用地图。

这一番实地察看后，各团的团长、政委、参谋长们就忍

第二章 跃马挥师上太行

不住七嘴八舌了。有的说,幸亏陈旅长领我们实地察看了地形,要不我们真要闹悬了!

陈赓口里不说,心里也犯嘀咕。不要再说了,回去再讨论。地形是死的,人长着脑袋,这泡尿还能憋死人!作战股长,回去立刻请师长来一趟!

作战股长还未去请,刘伯承已经来了。

且不说刘伯承战前察看地形是他戎马20多年的一贯作风,刘伯承又何尝对那张军用地图放心呢!事关成败,举足轻重,不经他亲自察看过,他是永远也睡不着觉的。

刘伯承手握那张本末倒置的地图,举目远眺,凝视良久,一语不发。过了好一阵工夫,他才收回神来,语气深沉地说道,陈赓,谈谈你的看法!

陈赓非常敬重刘伯承,但他一向在上级首长面前都是心口如一,坦陈胸臆。

其实,陈赓早已想过这个问题,也估计到刘伯承早晚会征询他的意见,此刻见刘伯承要他谈看法,略加思索,断然说,师长!打伏击战,最好的地形选择当然是能在山谷深沟,可是,没有这种天造地设的有利地形,难道就不能打伏击了吗?这一带的地形的确不十分理想,但山梁上有不少乱石杂草还可以利用,还有一些旧的工事,我看只要我们伪装隐蔽得巧妙些,这一仗,能打!语气坚定有力。

刘伯承欣然点点头,成竹在胸,边走边说,兵者,诡道也。地形条件固然不是很理想,反过来却有出其不意之处,正因为这一带按常规常理来讲,不是一个适合打伏击的地段,敌人也必然麻痹;另外,如你所讲,那些旧工事敌人已经司空见惯，不以为然，我们的部队隐蔽进去，敌人不会因此发觉生疑；公路两旁的山梁是窄了些，纵深不够，不利于部队展开，但反过来又利于我军冲击……这一切都是不利中的有利条件。说到这里，刘伯承回头盯住陈赓，加重语气说，陈赓，我同意你的看法。拿出红军作战的传统，勇猛、迅捷，打鬼子一个猝不及防，四脚朝天！

刘师长的想法与自己的想法不谋而合，陈赓连连击掌叫好，他抓住刘伯承的胳膊一阵猛摇，连声说，师长放心，保证打鬼子个四脚朝天，捏碎它的卵子！

刘伯承回到师部，同在总部开会的邓小平和徐向前通了情况，邓小平非常欣赏刘伯承的见解，并完全同意执行在神头岭设伏打歼的方案。待三八六旅将他们在神头岭设伏打歼兵力部署的详细计划报上来之后，师部便立即批准了他们的行动计划。

兵贵神速。

这是1938年3月15日的黄昏。

落日收起它最后一抹余晖，群山万壑渐渐被徐徐拉开的夜幕掩盖。一支身着灰色棉军装、佩戴八路军臂章的队伍，从黎城县上遥村源源开出，顺着邯（郸）长（治）大道北边的山间小路，先后穿过漫流岭、申家山、神头村……大步流星，疾速前进。站在上遥村边一棵大树下的陈赓旅长、王新亭政委和李聚奎等旅部首长，深情地目送着一拨一拨开发的队伍，心情无比激动。

等七七二团二营的队伍一过来，陈赓大手一挥，对身边的人说，旅部出发！接着又对周希汉说，这里你的任务完成

第二章 跃马挥师上太行

了,马上到补充团去协助韩东山指挥!

就这样,三八六旅七七一团、七七二团、补充团和旅前线指挥部当夜就神不知鬼不觉地分别进入各自设伏的阵地。陈赓旅长在电话里分别检查了各团的行动情况,并要七七一团团长徐深吉向潞河村方向派出游击警戒分队,战斗打响之后立即炸毁漳河大桥,切断敌人退路和两岸的联系。

最后陈赓在电话里对各团团长大声说,同志们,请告诉全团官兵,刘师长这一整夜将在师部作战室关注着大家的行动,好好打出个样子来给师首长看看!

这一夜,不但进入战斗的官兵高度紧张兴奋,师部作战室也长夜灯明烛亮,从师首长到警卫、参谋们,一个个屏声息气,静听着前方传来的每一个消息和隐隐约约的枪炮声。

——轰!轰!轰轰!……

——哒哒……哒哒……哒哒哒……

战斗终于打响了!

此时已经是3月16日的凌晨。

担任佯攻任务的一二九师七六九团首先打响了对黎城佯攻的枪声!这枪声使沉睡的太行山山鸣谷应,回声激荡……这枪声使隐伏在神头岭的几千名八路军将士,激动得身贴大地,摩拳擦掌,恨不得一跃而起……

然而,战场形势瞬息万变,越是紧张,越是发生一些让人提心吊胆,出不上气来的事……

从佯攻战斗一打响,师作战室的空气便更加紧张起来。刘伯承和倪志亮参谋长一刻不离地守在电话机前,等待着旅前指的敌情汇报。

然而,旅前指电话传来的消息非常不尽如人意,令大家担心:黎城方面战斗打响一个小时了,潞城方面的日军还不见动静。佯攻战斗打响两个小时了,潞城方面的日军还没有动静。

大家的心都提到喉咙眼,不约而同地看着捻子对弈的刘伯承师长。

刘伯承一边举棋择路,一边对参谋长说,告诉陈赓,让黎城方面的佯攻战斗炮火再猛一些!过了一会儿又说,敌人在同我们比胆呦!要沉住气,粕谷这条毒蛇会出洞的。

的确如刘伯承的判断,当一二九师七六九团佯攻黎城的战斗打响之后,驻潞城的日军粕谷联队长就被人从梦中叫醒,告诉他黎城方面遭到中国第十八集团军一二九师的大部队袭击,向我们紧急求援。粕谷听了,鼻孔里发出一声冷笑,抓过电话,大声呵斥驻黎城警备中队长,你的太沉不住气了,十八集团军不就是中共领导的那支土游击队吗!扛着洋枪洋炮的国民党中央政府军见了皇军都撒腿就跑,那些使用土枪土炮的游击队有什么可怕的!

但过了一会儿,黎城方面那位鬼子中队长又在电话里声嘶力竭地哀嚎,队长阁下,绝不是小股游击队,是土八路的主力部队,是,是……是想攻陷我黎城兵站,夺我补给……

粕谷这才披衣下床,在电话里问,有多少人?

对方上气不接下气地回答,起码有几个团的兵力……

这时天色已经大亮。黎城方面佯攻的炮火更加猛烈,粕谷在电话里都能听得见枪声。

"八格!"粕谷抓起指挥刀一声吆喝,3000多人的日军联

第二章 跃马挥师上太行

队立刻集合待命。

上午9时许,师作战室的电话铃又响了——陈赓的旅前指急电报告:派出去的警戒、侦察分队发现,潞城方面增援黎城的日军终于出动了!正向我设伏的神头岭一线开来!

约半个小时后,旅前指又急电报告敌情:设伏在邯(郸)长(治)大道北侧的七七二团团长叶成焕报告,鬼子的队列走在最前面的是步兵分队,紧接着是骑兵分队,中间是辎重部队,再后面又是步兵与骑兵分队,首尾拉开二三华里长的距离。

刘伯承刚放下电话,电话铃又叮叮铃铃响起。

前指又紧急报告:敌人先头部队进入设伏区后,与大部队保持一定距离。走在最前面的敌骑兵警戒分队,突然离开公路,向着侧翼的山地小道搜索前进,并且一步步逼近七七二团一营的埋伏区!走在最前面的两匹战马的马蹄,几乎就要踏住埋伏在最前沿的战士的头!与此同时,日军的大部队也驻足不前,向公路两翼举着望远镜搜寻眺望。

千钧一发,功在即成!难道真要功亏一篑,遗恨千古吗?

作战室的空气静得连彼此的呼吸都能听得见。所有人的眼睛都一眨不眨地盯着手握电话筒的刘师长。直到听见刘伯承长长地嘘了一声,把话筒轻轻地放下,大家才跟着吐出一口长气。

原来,日军骑兵搜索分队往前走了不远,对着隔沟相望的申家山上瞭望了一阵,他们对眼前那些山梁上的长满杂草的旧工事几乎没有认真看一眼,便欣然打马返回公路上,驻足待命的大部队也放心大胆地继续往前开进。

张网得鱼！这一网兜定了！

随着七七二团阵地上三颗照明弹冉冉升起，神头岭设伏打歼的战斗终于正式打响了，一二九师瓮中捉鳖的神机妙算终于如愿以偿！

4个小时的激烈战斗，枪战、肉搏、刀砍、石头砸……就是这支在鬼子眼里根本不足惧的土八路，打得"装备精良"的鬼子联队嗷嗷直叫，鬼哭狼嚎，屁滚尿流。

请看战果：

除了少数鬼子侥幸逃出包围圈外，共歼灭敌人1500余人；击毁敌汽车60余辆；缴获敌骡马数百匹；缴获武器弹药无数……

这一战，是继一一五师平型关大捷、一二〇师雁门关大捷以来，八路军对日作战中震动最大、影响最大、对日军打击最大的又一大捷！

据日军随军记者本多德志（神头岭战役中侥幸逃生者）后来撰文，称八路军的游击战术，是中国军队最厉害的战术，而"神头村附近的战斗也正是它的典型战术"，并说，这一战术使进入神头岭八路军伏击圈的日军"连喘息的时间都没有"，就被击败。

又据文称，当时率军出援的林清大佐，周身是黑，骑在一瘸一拐的战马上，与几名满脸血污的部下往潞城逃窜。他的脑子已经麻木，几个小时前所发生的一切，对他来说好像是一场噩梦，他只记得恶梦中的一个场景：当他率领的部队被那突然爆发的火山吞没时，他紧闭双目在炸豆般的枪声中喘息，脑海中忽然浮现出一幅图画：高高的山梁上坐着传闻

第二章　跃马挥师上太行

中的八路军一二九师师长与政委，那满山遍野冲锋的中国人，像一枚枚飞旋而至的棋子……

神头岭一战，打击了日军飞扬跋扈的淫威，打出了八路军的威风，打出了中国人民抗战救国的斗志，一二九师的将士们自不要说有多么高兴。西河头村一二九师师部的工作人员以及西河头村的民兵、老乡们，纷纷跑来为一二九师祝贺，分享这份胜利的喜悦。师部的大院前，从早到晚，人流如潮，人声不断，大家一见刘师长、邓政委、徐副师长等首长出来，就纷纷围上去，七嘴八舌，向他们祝贺，向他们道喜。

就在神头岭歼灭战大捷之后不久，刘、邓、徐等师首长又在运筹帷幄，精心策划着下一个出其不意的教训鬼子的战役——响堂铺伏击战。

3月中旬，师侦察科获取日军情报：入侵华北的日军正向晋南、晋西南黄河沿线大举推进，后方运输线十分繁忙，邯（郸）长（治）公路上，日军的汽车往返不断，日夜运送兵员和作战物资；国民党的军队已纷纷退往黄河西岸，蒋介石却命令我八路军不准一兵一卒过黄河，企图借日军之手，消灭八路军。同时，侦察情报还表明：日军自从神头岭一战遭到歼灭性的打击之后，其飞扬跋扈、不可一世、小觑我军的气焰有所收敛，警惕性也有了提高，特别对邯（郸）长（治）公路的警戒大大加强，200多公里的公路沿线，布满岗哨，警戒严密。

针对这一情报，刘伯承立即与邓小平和徐向前副师长商议对策。经过对各方情报综合分析，同时根据毛泽东"在敌后迅速广泛开展游击战，不失时机地在运动中歼敌"的指示，他们一致认为，日军目前正利用邯（郸）长（治）公路为主要运输线向我黄河沿岸加紧进攻，为了牵制敌人的这一行动，有必要在邯（郸）长（治）公路上再狠狠教训鬼子一次，以怯其胆。而且，他们议定，这一仗位置选在山西省黎城县东阳关与河北省涉县之间的响堂铺一带。这一带的地形要比神头岭有利得多，公路南边，大山林立，尽是悬崖陡壁，奇绝险峻，难以登攀；公路北侧，沟壑纵横，河谷迤逦，林木茂盛，极利隐蔽，隔河山地徐缓而上，进可攻，退可守，是伏击战之最好的"地利"。且日军运输队由长治出发，山路颠簸，至此行经百十余里，已经不胜疲惫，突然出击，必使其猝不及防，防不胜防。

师部意见取得一致后，正好朱德和彭德怀来一二九师视察工作，于是大家围了一张方桌坐下，刘、邓当即向二位总司令面呈此意，并请求他们批准实施这一战役。

朱德和彭德怀听了三位师领导关于在响堂铺设伏歼击敌人运输队、再狠狠教训敌人一次的设想，以及目前敌人的动向后，非常高兴，对他们这种不失时机地主动消灭敌人的行动甚为赞赏。

朱、彭相视一笑，朱德摸摸下巴，笑眯眯地瞅着眼前的两位四川老乡，说，你这个刘伯承哟，硬是把"兵不厌诈"的兵法吃透了哟！你们一二九师莫不是真的吃了老虎心豹子胆？日本鬼子前不久才在神头岭吃了你们的大亏，你们一二九师还敢来这一手？

刘伯承看看身边的邓小平。

邓小平会意地挪挪身子，不亢不卑地笑着说，有两位老

第二章　跃马挥师上太行

总的支持，我们才敢下这个决心。

彭德怀风趣地说，我们两位支持，不见得日本鬼子也会"支持"你们哟！鬼子在神头岭就"支持"了你们一次，你们敢保证这一次人家还会"支持"你们？你们不真要叫人家说你们一二九师贪心不足，得寸进尺了吗！

一阵惬意的笑声之后，邓小平胸有成竹地说，这一次首先是与鬼子打心理战哟。鬼子以为我们才打了他们的伏击，绝不会重操故伎，马上又给他来这一手，我们正是要利用他们这种心理，再往他们的伤口上撒一把盐。鲁迅不是有句名言吗？"战斗正未有穷期，老谱将不断袭用"。我们给它来一次"老谱袭用"，让鬼子防不胜防！

好你个邓小平！不开口是不开口，一开口就滔滔不绝，还引经据典。照你这一说，鬼子已经钻进你的口袋里任你捏了！

朱老总一句话，说得大家又是哄堂大笑。

接着，刘伯承告诉朱、彭二位老总，3月下旬，他与王新亭、刘志坚要去沁县出席朱、彭二位老总召开的东路军将领会议，这一次响堂铺伏击战，就由邓小平和徐向前指挥了。

彭德怀收起笑容，一拍桌子，说，好咧！我路上还与朱老总说哩，什么时候把二战区的那些国民党的高级将领请来几个，让他们观摩观摩八路军是怎么跟鬼子打仗的，省得叫他们背后嚼舌头造谣！我看这一回就把他们邀请来，让他们在八路军打胜仗的事实面前受受教育！

大家齐声说，好主意。

最后，朱德严肃而和蔼地特别嘱咐邓、徐二位说，小平、向前！我可真要把那些专爱骨头里挑刺的先生们请来观战，

这一仗一定要打好，绝不能在他们面前丢脸！

朱德和彭德怀两位老总走后，刘伯承、王新亭、刘志坚等也立即起程赴总部参加东路军将领会议。

刘伯承等走后不久，情报获悉：日军十四师团，山田辎重部队的运输车队，将于3月31日由长治出发，沿邯（郸）长（治）公路返回河北省武安县。

终于等到一宗大买卖！

于是，邓小平和徐向前当机立断，开始实行设伏歼敌计划。他们决定部队分两路东移，向东阳关与涉县之间运动。

响堂铺伏击战是3月31日上午8时多打响的。

徐向前率3个主力团于3月25日夜里即离开驻地，迂回前进。当时正赶上雨雪交加，道路泥泞，春寒入骨。部队长途跋涉，顶风冒雨，一路忍饥挨饿，其苦难言。但官兵们一听说又要教训鬼子，斗志非常高昂。进入涉县境内的响堂铺设伏区后，徐向前把指挥所设在紧挨前线的后狄村旁的一个山坡石窟里。指挥所架设了野战电话和电台，可以随时与邓小平率领的师直属队和各团联系。

邓小平率领的师直属分队，是由机要、政工、通讯、后勤人员等组成的，有点"杂牌军"的味道。他们在徐向前率领主力部队开发的第二日，也在襄垣县下良镇附近的一个小村子里开了动员大会。邓小平做了动员报告，简单讲了这次战役的目的、意义，沿路可能遇到的困难，以及注意事项。他特别提醒大家说，这次行动，非比寻常，要特别提高警惕。做好急行军的思想准备。由襄垣县下良镇，到我们的设伏区——晋冀交界的佛堂沟，从地图上看，直线距离不过百把

第二章 跃马挥师上太行

公里,但自从在神头岭敌人遭到我军伏击战以后,日军在邯(郸)长(冶)公路沿线警戒非常严密,要做到神不知,鬼不觉,绝对不被鬼子发现,根本不可能沿公路前进。这样就必须翻山越岭寻找崎岖小道迂回前进。大家知道,山里的路,对面望得见,甚至鸡犬相闻,但要真正走过去,一道沟、一个坎就甩你十里八里,够你爬半日,出一身臭汗。加上阴雨连绵,道路泥滑,所以,从这里进入设伏区,少说也要多走一倍多的路程。

最后他说,尽管如此,我们也要保证高质量完成战斗任务,决不给一二九师丢脸,给八路军丢脸!路上不许一个人掉队,这次长途行军是对我们师直属队的一次严峻考验,哪个要是觉得走不下来,就早说话,他可以留下来!

尽管都是些机要员、通讯员、干事、后勤部门的机关兵,但都是从战火中滚打出来的,所以大家毫不胆怯,一个个腰杆挺得笔直,异口同声地说,请政委放心!保证完成任务,绝不给师长、政委丢脸!

动员会之后,邓小平便率领着这支直属分队开始向涉县方向迂回运动。一进入设伏区,便与徐向前电话里取得联系,互相通报了情况与意见。徐向前向邓小平通报了主力部队的兵力布置情况:

七六九团,由团长陈锡联率领,为左翼,隐伏在响堂铺东面的杨家山、江家庄一带,并且派出4个连的兵力往椿树岭、河南店一带设伏,以待战斗打响后扼制并消灭涉县方面来援之敌;

七七二团,由团长叶成焕率领,为右翼,受命设伏于响堂铺公路北侧的马家拐一带，并在东面的苏家交布置了兵力，以备阻击由黎城东阳关方面来援之敌；

七七一团，由徐团长深吉率领，受命设伏于响堂铺正面的宽漳和后宽漳一带，担任此次战役的重任：作为突击力量，主歼日军运输车队……

邓小平对此布置甚为满意，并且把直属分队的兵力布置向徐向前作了通报。随后又同徐向前一起到七七二团设伏区召开了党的活动分子会议，作了临战前的战斗动员。

3月30日午夜，各团极其神速、隐蔽地进入设伏区的前沿阵地。

就在3月31日拂晓，战斗迫在眉睫之时，情况发生了急变：

我七七二团向前指紧急报告：我警戒分队发现，在其伏击部队七连的右后方马家拐、苏家交一带，出现100多敌人，可能发现我军行动，想断我后路。紧急请示要不要撤出伏击阵地。

情况危急！

徐向前在电话里向邓小平通报了这一紧急情况。千钧一发，不容犹豫。两人根据敌人出动的情况分析判断，情报很可能有误，如果敌人发现我军行动意图，决不会只派这么点兵力来"打草惊蛇"。他们一致认为，不为其扰，坚持隐伏。徐向前当即命令七七二团，继续隐伏，不准乱动！同时派出参谋邓士俊带领数人，立即查清虚实。邓士俊等很快回报：东阳关方面的敌人并未出动，由于早雾弥漫，视线不好，我警戒分队误把赶牲口走夜路的老百姓当成敌人。于是，徐向前立即向邓小平通报了情况，命令各部队不受干扰，继续原

第二章 跃马挥师上太行

地隐蔽，耐心等待；为了加强设伏主力部队的安全，同时从七七二团抽调一个营的兵力，迂回于主力部队的右后方设伏。

3月31日上午8时多，远处的大山后面隐隐约约传来隆隆的马达声，声音由远而近，越来越大，设伏在前沿的战士们屏声息气，兴奋得早已把手榴弹攥在手心，拧开保险盖；接着，响堂铺前面，悬崖陡壁下面的公路上，终于出现了轰轰爬坡的汽车影子！

1辆……2辆……3辆……50辆……100辆……150辆……180辆……

七七一团团长徐深吉趴在悬崖边，举着望远镜，数着数着，兴奋得禁不住捂口叫起来：

好家伙！180辆，整整180辆！快报告师前指，敌人一共开来180辆汽车，起码有两个中队……

据情报得知，日军十四师团辎重部队所属的两个汽车中队，180辆汽车，在森木少佐和山田少佐带领下，早上从黎城出发，经东阳关，往涉县方向而来，准备东返冀西南的武安县，车上有随车警卫部队170余人。尽管他们知道晋东南一带八路军活动频繁，使得日军屡遭伏击，但他们自恃是运输部队，不同于跑不快的步兵和骑兵部队，凭着四个轮子，纵然遭遇我军的伏击也无所谓。所以车上的鬼子一路狂叫，有的甚至得意忘形，怪唱怪笑。好像中国的天下真成了小日本可以为所欲为的自由世界，福地天堂！

殊不知，前面等待他们的却是急风骤雨般的"黑枣"、手榴弹！是八路军真正要送他们上天堂！

且说此刻在响堂铺后面的一座子弹打不着的高山顶上，

还有一群人正在居高临下、叽叽喳喳、拭目眺望。一个个肩扛将星，头顶青天白日帽徽，手举军用望远镜，哼哼哈哈，装腔作势，指手画脚，真个如坐山观虎斗。他们就是请来观战的国民党二战区的高级将领。

开始他们并不以为然，日军在公路沿线布了那么多的岗哨，兔子都逃不出鬼子眼睛，不信八路军真就成了孙猴子，会七十二变，能够不被日军发现。继而，待他们上了山头，举目眺望，连他们也没有发现八路军究竟藏在什么地方，有的甚至怀疑八路军到底来了没有，今天这出坐山观虎斗能不能看上。再后来，他们的心猛地提了起来——日本鬼子的运输队果真出现在他们的望远镜镜头之中！直到战斗打响，四面八方不知道什么地方的步枪、机枪子弹像天女散花般飞向鬼子的汽车队，手榴弹像过大年放铁梨花般在公路上、鬼子的头上轰轰开花，鬼子鬼哭狼嚎，抱头鼠窜，血肉横飞……这些国民党的高级将领们才真正一反常态，忘情地手舞足蹈，大嚷大叫，痛快！痛快！这一回虽然挨了卫立煌的训，也算有眼福，没有白来！真开眼界！真该叫卫立煌也来观赏观赏！

其实，他们能够得此眼福，也非常不容易。

今年2月上旬，根据日军侵入山西后的作战形势，国民政府军事委员会将山西的军队分为东路军、西路军、北路军等三路军，委任第十八集团军的总司令朱德、副总司令彭德怀分别为东路军的正、副总指挥，除指挥第十八集团军外，还统一指挥在晋东南的诸如曾万钟、李默庵、武士敏、朱怀冰等国民党诸军，以便协同作战。当朱德、彭德怀正式向第

第二章　跃马挥师上太行

二战区国民党中央军的将领们发出观战邀请后，国民党第三军军长曾万钟向第二战区副司令长官卫立煌上达此意，遭到卫立煌一顿狠训。卫立煌在战区中央军高级将领会议上，冷嘲热讽地说，我军部分将领太不自爱，专干这种长他人之志气、灭自己威风的蠢事！刘伯承在神头岭打了个不大不小的胜仗，他们就眼红了，还同人家表示什么观战的意愿，真是岂有此理！我们与共产党打了近10年的仗，他们那套游击战术还有什么不清楚？还不是捡得便宜就跑的把戏！哼，小动作！对我军正面作战有什么用处？请我们去观战，哼，笑话！我卫某对此从来不屑一顾！

曾万钟挨了训，心里不服气，也想推卸干净，解释说，朱总……不不，朱德是部下名义上的上级，部下不好意思回绝……

他还不错，起码口头上还认朱德作为东路军的总指挥，是他曾万钟的上级！

但卫立煌随后又自己下台阶说，也好，去看也好，看看朱德他们究竟能捣弄出个什么名堂来！尤其是阎老西那帮子晋绥军，让他们看看八路军与中央军究竟哪个能打！

卫立煌打的另有主意，他想弄清八路军设伏的具体情况，谁知曾万钟这个蠢货一问三不知！不过卫立煌还是挂通了汉口委员长官邸的电话，但他刚说了两句，蒋委员长还不知听清楚他讲的什么没有，就不耐烦地"咔嚓"挂断了电话。

正像卫立煌的部下不知他的心事、苦衷一样，卫立煌哪里知道蒋委员长也正为另外的大事忧心如焚，大伤其神。

月前，蒋介石曾经密令国民党外交部亚洲司司长高宗武和亚洲司第一科科长董道宁为代表，赴香港与日本政府代表进行秘密谈判，妄图以放弃抗日、容忍日本在华北、内蒙古和新疆等地成立"特殊政权"的伪政府，来换取日本政府的"共同反共"。但日本政府除此之外还非要他接受"对日本赔款"这条不可。蒋介石倒不是在乎那几个钱，实在是面子上下不来！堂堂中国政府，接受向人家"赔款"的屈辱，等于自己是战败国，岂不是叫世人耻笑蒋某无能！然而，如不接受这条屈辱条件，日本政府翻脸不认他姓蒋的是老几，并且还扬言要在中国重新建立与发展"能与帝国合作"的新政权！

但随着共产党领导的八路军广泛发动群众，开展游击战争，力挫日军锐气，使日本政府"速战速决"解决中国问题的企图成为泡影，于是日本政府又拉下脸来拉拢、引诱国民党政府。蒋介石也热衷于与日本政府秘谈合作，联手反共……

这一切，卫立煌等人自然是不可能洞观其微的。

所以，那些还多少有点中国人的良心的国民党中央军和阎锡山的晋绥军的高级将领，看到八路军打得鬼子屁滚尿流，血肉横飞，日军两个中队170余人，除30余人幸免逃脱，其余全部被歼，连鬼子中队长森木少佐也在枪林弹雨之中毙命；180辆军车全部被炸掉烧毁；由涉县、黎城两面来援之敌共800余人也被打得稀里哗啦，死伤过半；缴获步枪200余支，轻重机枪15挺，炮4门……自然情不自禁，失声称快，好生开心，自然对八路军的游击战术由衷佩服，心悦诚服——即使嘴上不说。

一位国民党少将，下得山来，看见八路军官兵兴高采烈，

第二章 跃马挥师上太行

喜气洋洋，正在打扫战场，清点战利品，似有所悟，似有所动，禁不住连连颔首。他东眺西望，似在寻找什么，忽然发现前面闪过一匹彪悍的骏马，连忙策马追上去，高声称赞，好匹良马！接着又高声问，敢问马上是哪位将军？是不是叶成焕团长？

显然，他对一二九师各团团长的大名都早已在心。

策马上前的一二九师联络官肖参谋见问，不由哈哈大笑，高声回答他说，阁下好眼力！他哪是什么叶成焕团长，他是我们一二九师邓小平政委的马夫！哈哈哈哈！

邓、徐指挥的响堂铺大捷，震惊中外，拉开了八路军反击日军"九路围攻"的序幕！

九、喋血长乐滩

仲春4月。太行山依旧冷飕飕的，山梁背阴处的积雪依旧如玉似银镶嵌在一个个山坳里，河川的杨柳树也才刚刚露出尖尖的毛茸茸的嫩芽；但崖畔上一簇簇粉红的山桃花，却已像一团团旺火，顽强地竞相开放。

这是4月初的一个夜晚。

大山已经沉睡。月牙儿也已困顿不堪斜在天边一隅，一副懒洋洋的样子，俯瞰着群山万壑。凉丝丝的空气中弥漫着浓浓的春的气息。万籁俱寂。

突然，沉睡的大山中响起哒哒哒的马蹄声。接着，溶溶的月光下，弯弯的山道上出现一队人马，一路打马向前飞奔。显然他们有什么紧要的事情，要不，夜这么深，又是山路，

上上下下,弯弯曲曲,两边不是悬崖陡壁,就是万丈深沟,敢这么不要命地跑马赶路?

奔跑在前边一匹彪悍的牝马上,骑着一位佩戴八路军臂章的少壮军人,双目炯炯,直视前方,一路催马前行。俗话说,良马比君子。那马也似乎知道主人的心事,时而碎步快跑,时而腾空奔驰,始终不肯慢将下来。直把后面一行数骑,拉开好长一段距离。

马上的主人正是八路军一二九师的政委邓小平!

这天下午,邓小平正在和顺石拐镇检查开展群众工作的情况,通讯员忽然飞马送来一封"火急"的信件。邓小平拆开一看,才扫了两眼,脸色大变,回头便急命警卫员火速备马起程,连夜赶回辽县桐峪镇一二九师驻地(这时一二九师师部已由西河头迁往辽县南隅的桐峪镇)。

警卫和随行人员不知出了什么大事,看看天色已晚,从和顺石拐镇到辽县桐峪镇,120多里路,又都是大山险道;且日军已经迫近辽县,担心路上发生意外,想劝政委天亮再动身,但又知道邓政委的脾气,大家想说又都不敢开口。

邓小平看到他们磨磨蹭蹭的样子,厉声批评道,还犹豫什么!赶快准备,10分钟后出发!

就这样,谁也不敢再迟疑,十分钟后跟着邓政委打马上路,一路猛追,连政委的警卫都追出满头大汗。

前面的路的确越来越不好行走。弯道两边,月色朦胧中,愈见山势奇绝险峻,一条大峡谷越走越窄,谷底乱石滚滚,飞湍击石,急流噬冰,声如雷鸣;峡谷两边,奇峰林立,古松倒挂,天呈一线,星月无光。已觉阴森恐怖,时有虎啸猿

第二章 跃马挥师上太行

啼,老豹号山,云崖雀惊,声声凄厉,更加令人毛骨悚然,不寒而栗。行行复行行,只见峰回路转,树低坡陡,弯道一落千丈。好在那牝马识途,及时仰首挫臀,方免却马失前蹄之险。行入谷底,道路始觉平缓,巡山渐进,河谷渐宽,势同展扇;清漳两岸,麦田如裁,荒村依稀,形如大鹏鼓翼,拍地欲起。信马前行不远,只见曙色迷朦中,村鸡啼晓,炊烟袅袅,山环水抱处,有一森森古镇遥遥在望。

啊啊!到了,桐峪!

此时已经是4月14日凌晨。

邓小平跳下马背,连马缰都未及递到警卫手上,便三步并作两步进了师部大院,直奔亮着灯光的作战室。

刘伯承和徐向前正在聚精会神地说话,见邓政委进来,如同平素一样,打开地图招呼他说,你来看……直到把地图展开,看见他军装和裹腿上的尘土,两人才猛然想到他是从百里之外连夜赶回来的。但事态紧急,也顾不了许多,刘伯承师长和徐向前副师长还是围了地图,研究起反击敌人"九路围攻"的方案部署,并首先向邓小平介绍了敌我双方战局形势——

1938年4月上旬,日军集中大批兵力组织徐州会战,妄图占领徐州。但台儿庄一战失利,占领徐州的企图失败,而敌之后方华北战场,尤其是山西战场,又在长生口、神头岭、响堂铺等地连遭重创,所以敌人痛切地感到后方威胁的严重。

而这时,山西大部虽已被日军占领,但他们妄图消灭中国军队的企图并没有实现。在十八集团军朱德总司令与彭德怀副总司令领导之下,山西的东路军(包括一部分中央军、四川军、晋绥军和一部分八路军），非但没有退却，反而像一把利剑，深深地插入敌人的后方，在太行山区的天然屏障的掩护下，发动群众，组织抗日游击队，建立了巩固的抗日根据地。并且十八集团军的一二九师，不失时机地先后在长生口、神头岭、响堂铺等地设伏，给以迎头痛击，使其死伤惨重，威胁着平汉、正太、同蒲三条铁路的安全。尤其是太行山的核心区晋东南，是八路军在敌人后方建立的抗日支点，是埋葬侵略者的一座活火山，使敌人日夜不得安宁，严重威胁着日军大举渡河南下企图的实现。

所以，徐州失利之后，日军便转而调转枪口，集中火力对付山西这个战略后方，太行山之晋东南便成了敌人实施围攻的重要目标。

日军实施的第一次进攻目标，是太行山区的辽县、榆社和武乡。4月初，日军华北方面军第一军以其一〇八师团为主力，在一〇九师团、一二〇师团、十六师团各一部的配合下，动用了8个步兵联队，另外有骑兵、炮兵、工兵、辎重兵等各一至两个联队，共计3万余人，分别从正太中路上的平定、昔阳；同蒲路上的太谷、榆次、洪洞；平汉路上的高邑、邢台；邯长公路上之涉县、长治、屯留等地出动，对我晋东南实施九路围攻。

刘伯承一边讲，邓小平和徐向前一边在图上用朱笔勾画。讲到这里，刘伯承离开座位，边在地上踱着，边如数家珍地说，我方的兵力呢，自从2月上旬国民政府军事委员会将山西的军队分成东、西、北三路军后，在晋东南的部队除了我十八集团军一二九师和一一五师三四四旅外，还有山西青年

第二章 跃马挥师上太行

抗敌决死一、三纵队,国民党军有第三军、十四军、十七军、第七军的第一六九师和九十四师、第二集团军的十七师和一七七师第五二九旅等部。对于敌人的这次围攻,朱、彭二位老总最近(3月下旬)在沁县召开的东路军各部高级将领军事会议上,已经有足够的估计,并且对粉碎敌人这次大举进攻的策略步骤进行了研究,对作战方面也作了必要准备。

最新的情报获知——刘伯承说着又回到座位上,指着地图继续说,从4月4日,敌人已经开始向清漳河与浊漳河流域进攻了。在西边,敌人自洪洞出发,经过安泽,被活动在太岳山区的林师的徐部和高军堵截在沁源;在西北方,敌人从太谷、祁县出发,经过子洪口,向南关镇前进,到东西团城铺时被我东路军武某师包围迎击,后朱某师又闻讯星夜驰援,致敌于溃乱;另一路敌人也从西北方之榆次、太谷向阔郊、马坊前进,沿浊漳河之上游,企图向榆社攻击,但很快就被我军秦赖支队(即八路军独立支队,秦基伟任队长、赖际发任政委,故又名秦赖支队)的运动战加游击战钳制得寸步难行;在正北方,敌人的一个步兵联队,配合骑兵炮兵、工兵和辎重部队之各一部,正由平定、昔阳,经和顺、皋落分两路向辽县进攻,也被我曾国华、汪乃贵两支队截住,经皋落一路被击溃,经和顺一路已迫近辽县;在东北方,由河北境内的元氏、赞皇出动的鬼子,也正被我一二九师某部的游击战术牵制,进退维谷;最重要的是南边,敌人正分两路向我进攻——刘伯承大手一劈,加重语气说——一路从长治出发,经襄垣县城,向西营镇与辽县前进;另一路是敌人的主力,敌一〇五联队和一一七联队,共6000余人,装备精良，且由日军苦米地旅团长亲自指挥，由屯留出发，经襄垣厫亭镇，向沁县进攻，已经突破国民党第三军的防线，占沁县，夺武乡，进取辽县、榆社，欲寻找我主力作战。这是我一二九师主要正面对付的敌人。我一二九师主力部队根据毛主席对这次反围攻的指示"基本的是游击战，但不放松有利条件下的运动战"的战略方针，拟由外线转回内线，迂回跟踪敌人，伺机歼灭之。

这一天，一二九师的主要首长整整研究了一天一夜"反围攻"工作。

根据最新情报，三位最高师首长经过商量，当天决定，指挥部跟随主力部队向前线靠近，瞅准战机，随时变被动为主动，迎头痛击敌人。

这时，已经到了第二天早上。炊事员刚把早饭端进作战室，门外忽然有人粗喉咙大嗓门地嚷着进来，

——刘师长！邓政委！还有徐副师长！我们旅打鬼子哪一路？

原来此人是一一五师三四四旅副旅长杨得志！

一一五师三四四旅是林彪的部队，奉"集总"朱、彭二位总司令之命，临时从一一五师抽调，归属一二〇师指挥。

此人虽然个子长得瘦小，嗓门却不小，进得门来，一个立正敬礼，便急火火地要求分配任务。

虽然归属指挥，但毕竟是兄弟部队，刘伯承、邓小平和徐向前非常客气地起身让座。杨得志开始大大咧咧的，后来见三位师首长对他一无上级对下级的那种面孔，便由衷感动。只是说，首长，我站着……快分配任务给我们吧！到底分我

第二章　跃马挥师上太行

们旅打鬼子的哪一部分？

刘伯承这才把"集总"朱、彭的指示和一二九师师党委的决定告诉他。

师党委决定，杨得志的三四四旅，主要与薄一波的决死一纵队、各基干游击队和地方游击队，以及各地抗日自卫队结合，随时对付各路来犯之敌，袭扰、阻击之，使其不能实施进攻。

杨得志听了，心里明白一二九师首长不肯把险重任务分给他们旅，是对他们的爱护。但是，杨得志还是恪尽职守，率兵效命疆场，不肯示弱。不久，刘、邓便得知，由东、西、北三路进犯辽县、榆社之敌，在杨的三四四旅各部分散袭扰之下，像一群群无头苍蝇，东碰西撞，欲进不得。

且说刘、邓、徐！

自一二九师陈赓三八六旅欲在涉县鸡鸣铺一带伏击敌人，敌人未入圈套，侥幸逃脱之后，刘、邓便亲率以三八六旅为主的主力部队回师西上，一路尾随，捕捉行迹，伺机出击，与敌人周旋于辽县、黎城一带，致敌人不敢再在辽、黎之间盘桓。刘、邓派出的多股侦察分队，获悉敌主力部队一一七联队，在苦米地旅团长率领下，已经窜入武乡等地，立即星夜调动，以高速度的夜行军，一个晚上走了100多里路，赶到武乡。然而，部队刚刚进入武乡县界，正待支锅造饭，又听说狡猾的苦米地已经率一一七联队3000余人，北上榆社，意欲与占领榆次、太谷的敌人会师。于是，刘、邓所部，连饭也没吃完，便又拔锅上路，马不停蹄，绕道迂回，急进榆社。

苦米地旅团长意欲会师榆社的梦想又成泡影：由榆次、太谷南下榆社的敌人，中途被秦赖支队袭扰阻击，致其溃不成军，南下不得；同时，苦米地旅团长所率一一七联队，进入榆社后，又受到林师的徐部截击，死伤惨重，犹如热锅上的蚂蚁。会师扑空，反受重创，苦米地旅团长终于感到处境危险，自然不敢在榆社停留了。当日黄昏，便点火弃城，仓皇逃窜，焦头烂额地又退回武乡。

刘、邓得悉敌人又逃回武乡，便又回师猛追，急行跟进到武乡。一路上，看到十几里的村庄被敌人点火焚烧，从山头望去，黑烟滚滚，遮天蔽日，几十里不散。被烧、杀、抢、掠的老乡，尸横大道，有的被剖开肚子，有的肢体残缺，有的被砍去脑袋……惨不忍睹。追到武乡城，敌人已经放火烧城，城里已是一片火海，无一条街幸免火劫。被烧死杀死的妇女、儿童、老人，陈尸街头，有的已经烧焦，面目全非。看到敌人的暴行逆施，更加激起战士们对鬼子的仇恨与杀敌的斗志。

一连10余天，一二九师与敌一一七联队，有如进行马拉松比赛。奇怪的是，敌人的行踪，无一不被一二九师识破，如影随形，几乎是敌人走到哪里，一二九师就跟到哪里，而且有时是一左一右，并肩前进，几乎就要擦着肩膀、踩住敌人的脚后跟；而骄横的苦米地旅团长，率师3000余众，昏头昏脑，窜来窜去，竟然对一二九师的追踪，毫无觉察！

4月15日。当敌一一七联队于黄昏时分沿着浊漳河河谷向武乡逃窜时，刘伯承和邓小平闻讯大喜，感到歼灭敌人的时机到了：敌人竟昏头昏脑地钻入两面山峦起伏的漳河河川

第二章 跃马挥师上太行

行军！同时，我军考虑到敌人连日逃窜，长途行军，疲于奔命，又由于我根据地群众实行坚壁清野，敌人找不到粮食，完全处于疲惫饥饿之中，于是当机立断，决定兵分三路，沿漳河两岸，隐蔽平行追击敌人，待其进入武乡长乐村一带漳河河谷后，突然回师夹击，一举歼灭之。

以三八六旅七七一团两个营的兵力为右纵队，沿浊漳河南岸山区向马汉脚急进，由庙岭和西岭，向里庄和型村之敌，实施纵队进攻；以三八六旅七七二团为左纵队，沿浊漳河北岸山区，向巩家垴、田庄急进，由田庄和赵家庄，向型村和峪口之敌，实施侧击；以三八六旅七六九团第二营为后纵队，沿漳河岸边洪水至武乡的大道尾随追击。

而刘、邓的指挥所就设在长乐村漳河对面的山头上。

等于把敌人装进一条大大的毛梁口袋！

战斗进行的最激烈的时候，刘伯承、邓小平率领的师指挥所一再向前移动，直至移到离七七二团左翼戴家垴不足两里地的山上。当时敌一一七联队已经疯狂地向戴家垴附近反扑过来，作战参谋们担心首长的安全，一再劝他们向安全地带转移，刘、邓却若无其事地举着望远镜继续观察前方的战场。

刘伯承忽然问：六八九团还未上来吗？

作战参谋们赶忙回答说，六八九团刚接到命令，正全速向戴家垴前进。

刘伯承略一沉吟，对作战参谋说，命令陈赓，抽一个连上去阻击！

然后便泰然自若地走向地图前，同正在忙碌的邓小平商

议起什么事来。

陈赓旅立即派出七七二团二连去阻击戴家垴阵地前的敌人。连长一边冲锋,一连高喊:同志们!我们附近就是师指挥所,我们一定要坚持到主力部队到来,保证师首长的安全!人在阵地在,决不让鬼子踏近我们阵地一步!

当敌人以10倍于我的兵力,猛攻4个多小时,最后终于窜上十连一排的阵地时,发现全排战士30余人,全部战死阵地,而敌人却为此小小胜利,付出了10倍于我的死亡代价。而且立足未稳,便被火速赶到的杨得志的三四四旅六八九团打得落花流水,退出阵地。

长乐被困,占领辽县的敌人集炮、工、骑诸兵种3000余人,驰援长乐。敌人兵分两路,以拼死的挣扎,百倍的疯狂,分别向六八九团和七七二团阵地发起一次又一次猛攻。

狂轰滥炸的炮火遮天蔽日……

密如飞蝗,步、骑合一的冲锋……

白刃相向,血肉交进的白刃战……

战斗之激烈,伤亡之惨重,歼敌之多,为一二九师对日作战以来之最,也是中国军队抗战以来最惨烈的一战。

此次战役,使刘、邓最为痛心的是,一员战功赫赫的骁将——七七二团团长、当时年仅25岁的叶成焕在战斗中不幸中弹,壮烈牺牲。

痛失爱将,更不要说陈赓旅长有多么难过。陈赓痛心疾首,声声疾呼,本不该这样,本不该这样啊!仿佛有一肚子气和恨无法倾吐……

请读者注意:如果你稍留心,会发现陈赓旅长《战地日

第二章 跃马挥师上太行

记》中,关于长乐之战的记述,曾两次提到"曾3A"这样一个"代号"。并对其不配合作战甚表遗憾。

这里笔者插几句题外话:笔者重返太行山武乡县长乐一带采访时,据当地一些上年岁的老乡回忆当时战斗情况,说,当时他们远远站在山上瞭望,看见八路军端着刺刀,以排山倒海之势冲向河滩,在二里多长的河滩同鬼子展开肉搏战,整个河滩枪声大作,杀声震天,河水都染成红的。可就在八路军与鬼子在长乐河滩白刃相见,刺刀见红,厮杀到一起之时,"三军"却突然在山上朝河滩轰轰开炮,把八路军和鬼子一起炸死好多,大收鹬蚌相争,渔人得利之乐。老乡们不知道三军是哪个部分,但几乎都说是"三军"朝河滩八路军阵地开炮!

"三军"者何?

有文字可据,在长乐战役打响之前,第十八集团军总、副总司令兼第二战区东路军总、副司令——朱德、彭德怀,曾急电命令曾万钟率领的国民党第三军,迅速开往武乡蟠龙与黄崖洞一带设防,以随时阻击日军可能由辽县方面的来援之敌。然而,曾万钟虽不敢违令,却贪生怕死,懈于设防,把他的部队放在远离大道的山隅。当参谋长向他报告,由辽县赶来增援的日军一〇八师团二十五旅团部队已经兵临蟠龙,问他怎么办时,他却冷笑着反问参谋长,你说该怎么办。然后又话里有话很不高兴地诘问,你晓得不晓得,二十五旅团是日军的一支什么部队!

参谋长当然知道,二十五旅团是日军一〇八师团,甚至可以说是整个华北方面日军最有实力的一支精锐部队,在攻

占长治、临汾等战役中，立下"赫赫战功"，曾受到大本营的嘉奖。其骄横残忍，使曾与之交过战的中央军和晋绥军的将领，无不闻之色变。

不过参谋长心虽明白，岂敢担此责任？同时，参谋长心里还记着一件事：去年10月间，八路军一二九师三八六旅七七二团曾在娘子关战斗中救过他曾万钟的性命，这时八路军一二九师三八六旅七七二团正与日军刀枪相见，生死攸关，即使不"投桃报李"，知恩图报，也不能放虎下山，助纣为虐，恩将仇报。于是明知故问，军座的意思……

曾万钟终于憋不住了，大肚皮一颠一颠的，还用问，立即命令部队后撤，不许与日军交战！……卫长官，就是委员长也会同意我这么做……

就这样，这位曾经被八路军救过性命的曾军长，活活将3000多驰援的日军精锐部队从他的眼皮底下大摇大摆地放过去！

如果他曾万钟稍稍有点中国人的良心，尽点军人的天职，能够将敌一〇八师团二十五旅团击退，或者退一步说，能将其阻滞、牵制于长乐战场以外（以其"三军"三个师的兵力，这是完全能够做到的），八路军的伤亡，也绝不会如此惨重！

十、率师东进

1938年4月22日，长乐战役之后，刘、邓率一二九师师部由武乡返回辽县西河头村。

4月24日在西河头村召开了师直排以上干部会议，邓小平政委传达了中共中央关于开除张国焘党籍的决定。

一场紧张激烈的大战之后，本当好好休整休整，然而，刘、邓并无给自己休息的时间，便于4月25日，召集师军事委员会第六次会议，研究并决定新的战略部署。

为了进一步扩大抗日根据地，广泛开展群众性的抗日游击战争，点燃晋、冀、豫、鲁地区的抗日烽火，准备与敌人打一场旷日持久的战争，把敌人淹没在人民战争的汪洋大海之中，师军事委员会议决定，立即执行向东发展的方略，成立晋冀豫军区，将一二九师主力部队，组成平汉路东、路西两个纵队，分别由徐向前和陈赓率领，向冀南、冀西开拓挺进；刘伯承和邓小平并决定将八路军一二九师领导机构一分为三：东进梯队由徐向前副师长领导，率领东路纵队、七六九团、骑兵团和教导团一部等，向东挺进，开辟冀南平原地区，发展平原游击战；

前梯队由刘伯承和邓小平领导，率领路西纵队三八六旅全部，向冀西挺进，东进到邢台以西的营头地区，掩护徐向前率领的东进梯队从邢台城南车站附近通过平汉铁路，进入冀南地区，从邢台西面的西黄村一带沿平汉铁路西侧，向南出击，直扫安阳地区，而后再进入豫北，协同陈再道的先遣支队，开辟太行山的东翼和南翼，打通太行山与冀南平原的通衢大道；

后梯队则由师参谋长倪志亮领导，留守辽县西河头村师部，领导晋冀豫区（太行区）的建设和作战。

军事委员会议结束的次日，也即4月26日，徐向前率队出发。刘伯承、邓小平和驻地群众为他们组织了欢送会。

《到敌人后方去》、《抗战出征》、《送郎参军》、《大摆石雷阵》、《送情报》等歌声此起彼伏，回响在西河头村上空。辽县的女人们编了许多新民歌，一边扭着小花戏，一边唱：

> 上一次鬼子来扫荡，
> 狗日的真是坏，
> 抢走了哥哥的两双鞋（读：hai音），
> 还有我的大烟袋。
> 大烟袋呀，咿呀咳——烟袋！

逗得战士们哄哄大笑。

这时的一二九师已经发展成为下辖三八五旅、三八六旅、晋冀豫军区、冀南游击区（后改为冀南军区）、东进纵队、青年抗日纵队等一支数万人的大军。并代行指挥一一五师第三四四旅和八路军第五支队。

同时锻炼、成长起一大批久经沙场，英姿勃发的名将，诸如：

参谋长李达；政治部副主任蔡树藩；各部高级将领陈锡联、谢富治、陈赓、陈再道、宋任穷、段海洲、李聚奎、倪志亮、黄镇、王宏坤、王维舟、耿飚、苏精诚、许世友、王新亭、周希汉、徐立清、刘志坚、钱信忠、王近山、张南生、吴富善、王树声、赖际发、秦基伟、桂干生、张贻祥、张贤约、唐天际……以及徐海东、杨得志、黄克诚、韩先楚、刘震、崔田民、谭甫仁、韦杰、覃健、曾国华、刘贤权等。

刘伯承和邓小平站在西河头村口，欢送徐向前率领着平

第二章 跃马挥师上太行

汉路东纵队，浩浩荡荡，威武雄壮地从眼前走过，回想起挥师渡河东上太行山以来，不到半年时间，队伍就发展如此迅速，禁不住心潮澎湃，斗志昂扬，真想和大家一起载歌载舞。

继徐向前率领的东进梯队开拔之后（4月底），刘伯承和邓小平便整鞍上马，率领以陈赓的三八六旅为主的前梯队，由辽县西河头向河北省邢台地区出发，进驻邢台以西的营头镇小道沟村。

刘、邓率师到了邢台地区后，震动很大，深受当地群众和地方游击队的欢迎，他们仿佛感到有了靠山，有了胆略，有了信心，纷纷来找八路军诉说鬼子的罪恶并献计献策。邓小平夜以继日地接待来访的地方党组织的同志和群众，筹划冀东开辟根据地和发展抗日武装力量的工作。

最先找来的是邢台以东的官东地区地下党员郭锋，郭锋在官东地区已经拉起一支人数可观的游击队，并且已经同先遣支队司令员张贤约取得联系，听说八路军的大部队开过来了，便要张贤约带领他去找八路军。张贤约欣然答应，和胡震带领郭锋到了小道沟。邓小平担任一二九师政委后，同时还负责地方党组织的工作，晋冀豫党的地下组织情况都归他掌握。听说先遣支队的张贤约、胡震同志领着郭锋来了，邓小平非常热情地把他们迎进住地，亲切地询问了游击队的情况和官东地区敌我友三方的情况，甚至话及当地的民风民俗，之后还请他们吃了饭。临走时，邓小平政委考虑到开展地方工作要依靠地方政府，军队不能全部代替，当务之急是要组建邢台地区的抗日民主政府，于是特别对张贤约说，要依靠地下党组织，尽快发展壮大地方抗日武装，发展游击队，同

时可以考虑让胡震同志组织邢台地区的抗日民主政府。

不久，邢台县就成立了抗日民主政府，大街上贴了许多布告，上面赫然写着：县长胡震。

张贤约也陆续送来报告，详细汇报了磁县地区武装力量的发展情况。

这时，冀西地区地下党组织也派人来，请求邓小平给他们派一批干部去帮助开展工作。对于地方党组织的这种积极性邓小平很高兴，当下答应了他们的请求，即从师教导团和三八六旅抽调了一部分干部，开赴冀西地区。

十一、视察冀西

给冀西地区选送了一批干部之后，邓小平还是不放心，于是决定亲自赴冀西军分区视察工作。

冀西地区在太行山的东侧，山峦起伏，沟深谷险，后有太行山，前有河北大平原，俯仰自如，地势甚是有利。

行前，邓小平特地给冀西军分区政治委员张贻祥等去了封信，告诉他们不久他即将要到冀西来看一看。

张贻祥收到邓政委的信后，心里很激动，不由得想起3月1日受命赴冀西军分区担任政治委员之前，邓政委在辽县西河头村一二九师师部同他的那次谈话。

还在那间窄小的房子里。当张贻祥喊了报告跨进门槛时，邓小平正在看什么文件，连忙起身，开门见山地说，噢，来啦？有新的任务哟！比你在工作团的工作重要嘛（当时张贻祥正参加一二九师涉县工作团在涉县工作）。你是老做政治工

第二章 跃马挥师上太行

作的,这回和桂干生同志一起,去开辟冀西根据地,那里工作很需要人。冀西那一带八九个县,可是对敌斗争复杂,友军也不少,那里还有个华北别动队二支队,头头叫侯如墉,表面是抗日,实际是反共。铁路西边,日本鬼子又搞了一套伪政权。你们去了,要时刻保持警惕性。

正说着,刘伯承进来。刘伯承听说张贻祥即将赴冀西北开展工作,非常热情地嘱咐了他几句话,便自一边忙他的事情。邓小平接着对张贻祥说,冀西正太路的井陉、获鹿,平汉线的元氏、赞皇、高邑、临城、内邱,从石家庄到临城、内邱,都是你们冀西根据地的地盘。你去了以后,首先要好好发动群众,尽快建立起党的组织,群众一发动起来,就好建立我们自己的武装了。党的工作有地委,彭涛同志在那里当书记;特别是赞皇,党的工作和统一战线工作都有基础。冀西军分区要发展游击队。游击队要分两个层次,首先是基干游击队,其次是不脱产的民兵游击队。分区有基干营,应再发展成个团。各县都要有脱产的独立营,它下面再设不脱产的游击队。当然,争取尽量搞些脱产的独立营,任务是配合主力,打击敌人,破坏铁路,收割电线。最重要的是地方武装要多锻炼,还要逐步升级以便发展三八五旅。记住,三八五旅的兵源主要由你们一分区负责。

邓小平和张贻祥都会心地笑了。

邓小平继续说,发展游击战争,统战工作十分重要,也是十分复杂头痛的工作。侯如墉这个家伙,你搞不好,他就可能吃了你,你搞得好,当然就可以"统"了他。但现在不搞那么激烈的斗争,主要是对付日本鬼子,所以第一步是要把群众真正争取过来，要锻炼现有的这支队伍……还有冀西的民军杨秀峰，就在你们西边，住在临城县十窝铺。不久也要转移过来。杨司令是个大秀才，还有个吴杰，是个老红军，给杨秀峰当军事顾问。他们的力量暂时还小，还没有你们二支队的势力大。那里除了一〇九团，就是你们了。你们要帮助他们……

张贻祥暗暗惊讶邓政委对冀西这么了解。其实，冀西是太行山的东大门，早在一二九师东上太行山之后，邓小平就注意上冀西这个地区。这年1月25日，冀西地区民训处特派员杨秀峰曾经邀请八路军一二九师政委邓小平、副师长徐向前和河北民军副司令乔明礼在山西辽县拐儿镇举行会议，协商配合进行抗日工作和对吴金铎部的收编问题。在这次统战工作会议上，邓小平就有意对冀西作了比较详细的了解。

刘伯承这时插话说，桂干生是个老同志。

张贻祥忙说，我认识他，我们原来在一个连呆过，还是我的上级呢。

刘伯承笑着说，那好嘛！这回还调给你们不少老干部做骨干，有当过营长、连长的，有当过指导员的，要靠这些干部做苗子，做种子，要学会扎根，共产党员走到哪里都要像杨柳树一样，插到哪儿都能发芽生根。还有些老红军要插到各县做骨干，譬如陈锦玉同志，就是当过红军营长的，要充分发挥他们的作用。当然，群众关系搞好，游击队才能得到发展……

邓小平和刘伯承同他谈话的当天下午，张贻祥就如饮甘露一般，信心十足地带着警卫员上路了。

第二章 跃马挥师上太行

现在,邓小平于戎马倥偬、日理万机之中,又不顾山高路险,长途劳累,抽身亲自到冀西军分区来视察工作,足见师首长对开辟冀西工作的重视。张贻祥自不要说有多么高兴。恰逢,桂干生因腿疾在山西看病,张贻祥即把他们住的房子给政委腾出来住。

邓小平来了之后,连休息也没有顾上就要他们汇报游击队的情况,基干民兵营的情况,以及贯彻落实刘、邓指示的情况。张贻祥说,政委路上辛苦了,还是先休息一两日再开会吧。邓小平坚决而风趣地说,这怎么行,我想休息,敌人不叫我休息。次日上午便在分区开会,听取了张贻祥等人的工作汇报。

会后,邓小平信步街头,看到冀西军分区张贴的布告,问张贻祥,你们到处贴吗?

张贻祥说,是,政委!分区一成立,现在各县区游击队都来找我们委任,找我们批。

邓小平爽朗地哈哈大笑,说,司令多如牛毛啊!

在冀西军分区住了两个晚上,邓小平就动身往石家庄西南的尖山林陈锡联的三八五旅视察。他十分关心三八五旅的兵员的补充,特别要冀西军分区帮三八五旅这个忙。接着又听取了杨秀峰的汇报。

冀西视察,邓小平辗转数地,听取了大量的汇报,做了许多指示,掌握了很多实际情况,为冀西军分区和三八五旅,以及当地党组织排忧解难,指点迷津,厉兵秣马,鼓舞士气,虽然历时仅仅一个多星期,却做了大量的工作。与此同时,还干了一件大事:协助冀西军分区张贻祥消灭了一支土匪队伍。

十二、总破击

把冀西地区的工作安排就绪之后，邓小平的目光转向冀南和山东方面，把主要精力集中在筹划开辟冀南和山东的工作上。

徐向前率领的东进梯队到达冀南地区后，以南宫为中心，迅速把部队向东北地区、东南地区和西部地区展开。而且，由于宣传群众，动员群众，发动群众的工作做得深入细致，广大城乡出现妻送郎，父送子，年轻人纷纷要求参加八路军和地方武装的热烈场面，部队驻地报名参军的青年人，从早到晚，成群结队，络绎不绝。从而使兵员得到补充，部队发展壮大很迅速。

但与此同时，国民党派来的反共头子张荫梧也在不遗余力，不择手段，抢占地盘，拉夫抓丁，扩大反动武装。特别在冀南与山东交界的临清县地区，这种反动武装发展到近万人，成为八路军和地方抗日武装的一大障碍。

关于冀南方面的情况，冀南军区组织起青年纵队、东进纵队和津浦支队后，工作更加复杂细致了：既要把工作重点指向反共军队集中的临清地区，又要根据党的统一战线政策争取该地区的地主武装联手抗战。这时，邓小平的心情更加沉重，一天睡不了几个小时的觉，总是拿着来自冀南方面的一封封电报，在地图上反复查看我军的进展情况，然后便一声不吭，凝思积虑，反复思考。每逢这时，作战室的同志们便知道邓政委又在决策大事了，便连大气也不敢出，生怕影

第二章 跃马挥师上太行

响了政委的思路。直到看见邓政委自言自语地点点头,"嗯"出一声,在电报上挥笔疾书,批示意见之后,交给参谋起草复电文,大家这才跟着长长地出上一口气。

师指挥部的干部、战士无不看出,邓小平政委又心系冀南啊!

与此同时,刘伯承则把精力主要集中在对平汉铁路实施总破击。这时,国民党军队正在对付日军的徐州会战。破击铁路,断敌交通,是对国民党军队正面作战的最有力的配合与支援;同时,从长远意义上看,也是粉碎敌人的"囚笼政策",打通冀南和山东的联系的至关重要的一战。

5月上旬,刘、邓命令路东部队、三八六旅、第二军分区和河北民军杨特派员,动员石家庄到邯郸铁路沿线的民众,一齐行动,于5月13日黄昏至14日拂晓,对平汉铁路邯郸至石家庄一段,实施总破击战,掀翻铁轨,烧掉枕木,炸毁桥梁,砍倒电杆,割回电线……

命令一下,铁路沿线的军民雷厉风行,一夜之间,便使敌人赖以运输军械弹药、装备物资与兵员的这条大动脉,变成一条被腰斩的僵蛇。

次日早上,各部队和各地民众便将战果纷纷报来:

——三八六旅七七二团与先遣支队协同作战,一夜破铁路2000余米,炸毁铁路桥梁两座,枕木烧毁,铁轨投井,砍电线杆90余根。并将13日由邢台开出的铁甲车5辆、兵车1列全部拦截炸毁,列车上200余兵员无一逃生。14日凌晨从邢台开出的又一列军车,也被我军的机枪、手榴弹击退。

——三八六旅七七一团与先遣支队的7个步兵连、1个工

兵连以及群众 800 余人，破坏铁轨 80 余根，拔掉道钉 2500 余个，炸毁桥梁 3 座，砍倒电线杆 200 余根，枕木全部烧毁，铁轨全部埋掉。

——冀西民军游击队（为北平大学杨秀峰教授领导）炸毁桥梁 1 座，割电线 3 大车约 1500 斤，民众协助搬动掩藏。

——路东赵县部队炸毁桥梁 2 座，砍电线杆百余根……
……

破击铁路是对敌人最致命的打击。正如刘伯承在破击平汉路的总结报告中所述，敌人深入内地作战，一定要靠他后方绵长的铁路线来运输人马、粮食、弹药、洋油以及其他装备，才打得起仗来。敌人在地面广大、交通不便的中国作战，兵力始终不够分配，铁路警备缺人，我们破坏铁路，就是扼住了敌人长期作战的生命线。

6 月上旬，刘、邓又在小道沟部署了对平汉铁路的第二次总破击战。这次总破击战进行了三天三夜，声势更加浩大，太行游击队、邢北游击队、内邱游击大队、邢南游击队、磁县游击队、磁县人民游击支队和磁南、磁北游击队等各县区游击队，所带领的参加总破击行动的群众多达 25 万人之巨。战果自然也更加辉煌：共拆除钢轨 100 多公里，破坏桥梁 50 余座。敌人刚成立的护路队和伪军，也纷纷起义，向八路军或地方游击队投诚，参加到破击行动的行列中。同时还消灭日军 50 余人，解决日伪军一部，缴枪 50 余支……

刘、邓率师东进，开辟冀西，发展地方武装，开展抗日游击战争，破击平汉铁路……历时 2 个多月时间，取得令敌人闻风丧胆的赫赫战果，有力地配合了国民党军队的徐州会战。直到 6 月 18 日，徐州会战结束，才离开小道沟指挥部，回师太行。

十三、与卡尔逊谈话

盛夏 7 月的冀南平原，骄阳似火，赤地生烟。

邓小平一行数十骑，沿着沟壑纵横的太行山麓，顶着烈日的灼烤，汗流浃背，艰难地向南行进。

这一带是太行山与河北大平原交错的过渡区，沟壑纵横，河岔遍布，晴天尘土飞扬，雨天泥泞难行，时有暴雨袭来，山洪暴发，路断河满，道路十分难行。且沿路到处是日本鬼子与国民党反共军队和地主武装的岗哨。邓小平一行常常为了躲过敌人的封锁线，夜里赶路，有路不能走，走河岔，穿高粱地，要绕道行走几倍的路程。好在一路有地下党组织的护送，他们这支小分队总算一路上没有发生什么大的危险。

邓小平是分管党的工作的，冀南地区至今尚未建立党的组织与地方政权，这对发动群众开展抗战非常不利，此行主要目的就是去冀南地区直接了解情况，与东进梯队的徐向前和宋任穷等会商冀南建党、建政和整顿地方部队等重要问题。

冀南地区，自国民党军队南逃后，土匪蜂起，响马当道，一些旧军官也招兵买马，占山为王，各霸一方。豪绅地主亦纷纷成立反动会道门和民团。日寇为达其统治冀南的目的，一面笼络豪绅地主成立"治安维持会"，大量收编土匪武装，组织伪军；一面挑拨各式武装互相火拼，从中操纵，为其所用。冀南的党组织从抗战开始即发动群众，组织抗日武装。

一二九师曾于1938年初先后派挺进支队、东进纵队、骑兵团等挺进冀南。

7月5日,邓小平一行终于赶到冀南南宫地区,与徐向前、宋任穷、陈再道等见了面(陈再道是早在徐向前率师南下冀南以前,就率领一二九师挺进支队开赴冀南的)。并即研究如何在冀南地区加紧促进"冀南行政主任公署"的建立,进一步巩固发展冀南地区新开辟的根据地问题。徐向前和陈再道召集特委和部队团以上干部在南宫县开会,请邓小平作了报告。邓小平在报告中分析了当前的形势,特别指出说,蒋介石的抗战,有可能转向妥协投降,或者片面抗战与妥协投降并存的极大危险。目前,日军正忙于进攻武汉,华北敌人的兵力减少,是我们发展敌后游击战争的大好机会。邓小平还结合与河北省主席鹿钟麟的关系,讲了要尽力团结他共同抗战。但也要提高警惕,这个人的两面性很大。要坚持统一战线中的独立自主的原则,发展壮大我军的力量等等。

此前不久,毛泽东发表了《抗日游击战争的战略问题》和《论持久战》两篇光辉著作。随着全国抗战形势逐渐开始向持久战发展,国民党又开始向八路军制造摩擦,寻找麻烦,这时的形势,越来越进入微妙的时期。真可以说是软不得,硬不得,让不得,碰不得。

特别是八路军东进梯队开赴冀南地区后,蒋介石有点坐不住了,生怕八路军吃了这块地盘,游击队发展壮大,于是急急忙忙委任鹿钟麟作了河北省政府主席,准备与八路军争夺冀南、冀西、冀察等抗日根据地。

就在邓小平到达冀南南宫地区时,这位河北省省长大人

第二章 跃马挥师上太行

鹿钟麟，也匆匆披挂，整肃衣冠，起程北上，即将到任。

邓小平与徐向前、宋任穷等早已估计到国民党会来这一手。先下手为强，不等鹿钟麟正式就任河北省省长，就于8月14日在冀南南宫召开了冀南地区各界人民代表大会，正式成立了冀南行政主任公署，选举杨秀峰为冀南行政主任公署主任，宋任穷为副主任，地方名流和国民党人士刘季兴、孟夫唐等也参加了抗日民主政府的领导。并将这一喜讯分别电告刘伯承和"集总"朱、彭两位老总，8月20日，毛泽东和张闻天等中央领导即对冀南新政府成立后的工作，作出重要指示。指出：

一、冀南新政府成立必须实行几件善政，如救济饥饿群众，组织秋收运动，规定二五减租办法，发布敌人进攻时人民自卫、避难和空室清野的办法，发布人民防匪自卫办法；组织廉洁政府，规定各级政府人员生活费等。

二、改编和改造保安队，争取和肃清土匪。

三、新政府应立即发布各种布告、法律命令，提高自己的威信，以完全新的姿态在人民面前出现。

邓小平与徐向前立即将毛泽东等中央领导的指示精神传达给冀南行政主任公署杨秀峰主任和宋任穷副主任等，要他们立即照办。

正当冀南人民锣鼓喧天地庆祝冀南行政主任公署成立之时，那位河北省省长大人鹿钟麟，于8月20日，中途驾临山西，下榻长治。直到八路军彭德怀副总司令派了刘伯承到长治"鹿省长大人"的客寓，同他谈判河北问题，希望联合抗战之时，鹿钟麟方如梦初醒，愕然悻然，不知所云。

从 6 月中旬，到 8 月中旬，邓小平冀南之行，又是匆匆两个月的时间。但他却不虚此行，终于圆了一个冀南梦，帮助冀南人民建立了一个民主抗日政权，播下抗日的火种，使党的组织也在冀南这块被日军铁蹄蹂躏的土地上生根开花；并以此为此行的收获，满怀欣慰，于 8 月中旬，奉命返回太行。

邓小平在冀南领导建党、建政期间，曾经有一次重要的涉外活动。美国驻华大使馆海军武官埃文斯·福代斯·卡尔逊先生作为美国军界代表对太行山抗日根据地进行考察，巡行途经冀南地区时，要求会见徐向前副师长，适逢邓小平也在冀南，卡尔逊便荣幸地会见了八路军一二九师的两位主要领导人。会见时还有宋任穷副主任在座。

这次会见对于美国人，尤其是美国军界了解并认识中国共产党所领导的八路军是一支什么样的军队，是具有非常重要的意义的。卡尔逊回国后，即撰写了名为《中国的双星》一书。书中除了记述了同徐向前的谈话外，特别记述了同名扬中外的八路军一二九师政委邓小平会见时的情景与谈话的内容等。

不妨抄录如下：

我们在谈话时，邓小平一直在吃水果。这时，他向后靠在椅背上，活跃地谈了起来。

他说："《抗日复国纲领》是：一、打倒日本帝国主义；二、全国军事的总动员；三、全国人民的总动员；四、改革政治机构；五、抗日的对外政策；

第二章　跃马挥师上太行

六、战时的财政经济政策；七、改良人民生活；八、抗日的教育政策；九、肃清汉奸卖国贼亲日派，巩固后方；十、抗日的民族团结。"

在他列举这些纲领时，我暗自用在山西和河北观察的事实一一对照。我看到了应用每条纲领的实际事证。自从离开晋西的黄河以来，我们所到之处都在强调发展统一战线。

雨季开始了，瓢泼大雨下了两天，延误了我们的行程。这也使我有更多机会与徐（向前）、邓（小平）深入交谈。

参加八路军以前（原文如此），邓是个工人。他在法国待了几年，考察那里的工人运动。他矮而胖，身体很结实，头脑像芥末一样辛辣（另一种译为敏锐）。

一天下午，我们讨论了国际政治的整个领域，他掌握情况的广度使我吃惊。有一件新闻弄得我目瞪口呆。

他说："去年，美国向日本提供了他们从国外购进的一半以上的武器。"

"你说的肯定吗？"我问。我知道美国人的同情是偏向受侵略的中国的一方的。我在内地访问的8个月中，当想到这个问题时，总是想当然地以为美国人民会拒绝把战争物资卖给一个侵略国家的，我多么极端地无知啊！

"是的"，邓小平肯定地对我说，"消息来源是战争第一年年底美国的新闻电讯。"

我很尴尬，我说："必是电讯搞错了。"我不相信美国人会有意介入我在过去一年中看到的中国人遭受的屠杀和蹂躏。

邓小平不卑不亢，用事实使卡尔逊心悦诚服。

谈话之后，邓小平与徐向前、宋任穷等为卡尔逊先生设宴饯行。虽然是八路军赖以生存的小米瓜果，粗茶淡饭，却使卡尔逊吃得津津有味，且似又有所悟，明白了一个永恒的真理一样。

8月25日，邓小平风尘仆仆，返回太行山一二九师师部，尚未洗去冀南行之风尘，便又奉命从太行辽县一二九师师部起程，策马西上，赴延安参加中共六届六中全会。

第三章　御寇反顽战太行

十四、初识卓琳

尽管是战火纷飞的年代，延河边的黄昏依然是美丽的，战马啸啸，歌声阵阵，晚风习习。巍巍宝塔山沐浴着金色的晚霞，更加雄伟壮观；滚滚的延河水在落日余晖中波光闪闪，激情奔涌，尽情地歌唱。

河滩上，树林里，崖畔上，人影幢幢，歌声幽幽。忙碌了一天的八路军将士们，不分是将军或战士，男男女女，一群一伙，结伴而行，信步向这金风送爽、树影婆娑、蛙鼓齐鸣的延河岸边走来。有的翩翩起舞，有的徜徉自得，有的高谈阔论，有的情意绵绵。

随着一阵嘻嘻哈哈的笑声。一群年轻的姑娘你追我赶地从山坡上跑下来，她们穿着一样的八路军战士的灰军装，戴着灰军帽，臂上佩戴着白底蓝字臂章。若不是帽檐下那一绺绺齐耳短发，或者那锅刷子似的两条短辫，谁敢相信她们是巾帼红颜！

这一群女战士显然有点与众不同，她们对这里的一山一水，一草一木，甚至一颗漂亮的小河卵石、一片飘落的树叶、一只从草丛中跳出来的小青蛙……都倍感新奇，一惊一乍，叫"老延安"们一眼就看出她们是新从国统区的大城市投奔延安而来的热血青年。岂止这一点不同，她们还是即将奔赴各个抗日根据地的知识青年！她们之中，有中学毕业生，也有大学生。

她们正尽情地嬉戏打闹着，突然一位姑娘尖着嗓门叫道：

瞧！我们的英雄！我们的英雄来了！

于是，姑娘们齐声响应，喊着——我们的英雄！我们的英雄！——纷纷向正与一位姑娘结伴而来的邓小平跑过去。

自打从太行山抗日根据地回到延安之后，邓小平成了延安青年和即将奔赴前方各抗日根据地的知识青年们心目中所崇敬的英雄。他为延安抗大的学生们作了一场报告，详细而生动地介绍了八路军在太行山开创抗日根据地，同日本鬼子浴血奋战的业绩，以及日本鬼子烧杀抢掠无恶不作的罪行，在延安引起很大的反响。尤其是这些年轻而富于好奇心的学子们，和来自国统区的青年男女，他们为打鬼子而来，有的却还没有见过鬼子是个什么样子，深深为一二九师将士们火烧阳明堡飞机场、"三战三捷"、血战长乐滩等战斗所感动，为诸如七七二团团长叶焕成那样的英雄所激励，所感动。那些即将奔赴抗日前线的热血青年，更是百听而不厌，激动不已，问这问那，恨不得让邓小平把什么都告诉他们。

这群姑娘更是大胆，她们根本不顾邓小平身边有一位漂亮的姑娘伴着，甚至忘记邓小平已经是八路军的高级将领，叫着嚷着，嘻嘻哈哈，一拥而上，把邓小平团团围住。

一个戴深度近视眼镜的姑娘，突然一本正经地提出一个叫大家喷口大笑的问题：

第三章 御寇反顽战太行

邓政委！请你告诉我，抗日根据地容许不容许谈恋爱？

于是大家笑作一团。邓小平也忍俊不禁，看了看身边那位灵秀健壮的姑娘，失声乐了。

这时，忽然有个姑娘学着日本鬼子的腔调，怪声怪气地叫道：大家快快的走开，邓政委难得有这么一个甜蜜的黄昏，再不识趣邓政委可就要不高兴了……统统的走开走开的！

于是，延河边又发出一阵阵爽朗惬意的笑声。

姑娘们的眼色不错，邓小平政委身边这位年轻漂亮的姑娘，的确是这次回到延安，在给抗大学生们作关于太行山抗日斗争的报告后，给人介绍，才认识的一位陕北公学的学员队队长，她叫卓琳。

卓琳姓浦，原名叫浦琼英，出生在云南省宣威县一个大财主家庭，自小聪明伶俐，活泼开朗，甚得父爱。父亲浦在廷，是个经营熏制火腿的工商业者，号称"火腿大王"，浦氏火腿罐头曾经是倾销云南省内外的一代名产。浦家生有七个子女，三男四女，卓琳是最小的一颗掌上明珠。浦家三姐妹的得天独厚，一到读书的年龄开明的父亲便让他们读了私塾，这在那个"女子无才便是德""好女不出门"的半封建半殖民地的年代，对于一个女孩子来说，是非常之幸运的。后来，父亲到昆明做生意，家也随之搬到昆明，浦家三姐妹便也一起上了昆明的小学堂。再后来，又一起考入昆明女子中学。卓琳活泼而好学，在学校不但学习成绩优异，而且还是个文体活动的爱好者，尤其物理和体育两门功课连连考取第一名。因此，1931年曾经被选为少年组60米短跑队员，代表云南省赴北平出席举行的全国青少年运动会，这使这这位未谙世事的小姑娘第一次见了世面。然而，好事多磨，代表队刚到了香港，九一八事变爆发了，运动会开不成了，代表队只好中道返滇。15岁的卓琳却另打了主意，给哥哥写了一封信，要求去北平念书，决不回云南。虽然北平千里迢迢，念书总归是好事，家里只好同意了她的要求。于是又辗转上海，找到她哥哥留日同学郑易里，得郑帮助，径往北平。

1932年，卓琳考入北平女子一中。在北平女子一中她依然是个文体爱好者，学习之余，跟人家唱京戏，还与同学张瑞芳同台演过戏，张瑞芳扮丫头，卓琳扮小姐，颇有点表演天赋。

1935年12月9日。北平学生爆发了爱国的一二·九运动，数千名学生走上街头，高喊打到日本帝国主义、打倒卖国贼、不当亡国奴的口号。19岁的卓琳也和同学们一起，加入了游行示威的行列。他们手挽着手，肩并着肩，迎着警察镇压的水龙头前进。头一次被警察镇压下去了，12月16日，他们又参加了更大规模的游行抗议。

1936年，卓琳考上北平大学物理系。同年，她的两个姐姐——浦代英和浦石英也得到父亲的同意，来到北平读书。三姐妹欢聚北平，自不要说有多么高兴。

然而，好事总是同厄运结伴而行。第二年卢沟桥事变就发生了，接着北平失守，日本鬼子的铁蹄蹂躏了古都北平，把安静的课堂变成侵略者的营房。书，念不成了，生命也无法保障。于是三姐妹先后选择了一条共同的道路——奔赴延安，投奔革命，投奔八路军！

1937年11月。卓琳和二姐浦石英，千里跋涉，历经千难

第三章 御寇反顽战太行

万险,终于到了她们矢志投奔的革命圣地——延安!而且,在延安,她们找到了先她们而来的大姐浦代英。

卓琳和二姐浦石英一起进了延安陕北公学。这是一所招收来自全国各地的进步青年、专门为八路军培养输送干部的学校。几个月后,她们从陕北公学毕业,卓琳被分配到陕北公学图书馆工作。不久即加入中国共产党,担任了陕北公学学员 12 队队长……

自从结识了卓琳之后,邓小平便经常约了这位姑娘到延河边来散步、聊天。开始,他俩作为朋友,谈得很开心,很投缘。22 岁的卓琳,还显得十分天真无邪,总是要他讲在太行山打鬼子的故事,简直没完没了。邓小平不多说话,有情人相会,语言从来都显得多余而乏味。有时间问她怎么来到延安的,卓琳便滔滔不绝地向首长"汇报"起她的"转战生涯"。开始他们都还有点拘谨,一起散步,总是要保持一定的距离。后来,卓琳终于大胆地挽住了邓小平的胳膊。

打这以后,延河边的黄昏便愈来愈甜蜜了,温馨了。激情奔涌的延河水,也在他们面前显得逊色了许多。

邓小平开始热恋了!然而,从抗日根据地返回延安的邓小平,同时日胜一日地更加眷恋着战火燃烧的太行山,眷恋着同日本鬼子正在浴血奋战的抗日健儿们!

十五、心系太行

1938 年 9 月 29 日。

中国共产党在延安召开了扩大的六届六中全会,参加会议的有中央委员 17 人，各部门各地区领导干部 36 人。邓小平就是作为各地区各部门的领导之一，由太行山远道赶回，出席了这次重要的会议。六届六中全会一直开到 11 月 17 日才闭幕。

会上，首先由王稼祥传达了共产国际的指示和季米特洛夫的意见。

接着，毛泽东作了《论新阶段》的政治报告和会议总结。指出，目前的抗战正处于由防御转入敌我相持的过渡阶段。日军占领武汉、广州等地后，其兵力不足和兵力分散的弱点将更加暴露，其在国际和国内的种种矛盾也会随之加深，敌人的战略进攻不可避免地将达到一个顶点。对我国军民来说，要有计划地部署正面战场的防御抵抗和广泛开展敌后游击战争，抓住敌人的弱点，给以其更多的消耗，使战争转入敌我相持的新阶段。这是全国当前的紧急任务，要准备进行艰苦的战斗。同时还要不断巩固和扩大抗日民族统一战线，用长期合作来支持长期战争……

毛泽东作了《论新阶段》的报告后，会议先后由张闻天作了《关于抗日民族统一战线与党的组织问题》的报告；朱德作了《八路军工作报告》；项英作了《新四军工作报告》；陈云作了《青年工作报告》。

鉴于党内右倾投降主义分子违反组织纪律的事实和张国焘由另立中央，发展到反党叛党的严重事件，在会议闭幕前夕刘少奇又作了《党规党法报告》。

会上，彭德怀、秦邦宪（博古）、贺龙、杨尚昆、关向应、邓小平、罗荣桓、彭真等围绕着抗战开始以来各自的经

第三章 御寇反顽战太行

验作了发言。

最后,全会通过了《中共中央扩大的六中全会政治决议案》,批准以毛泽东为中心的中央政治局的路线。并通过《关于各级党委暂行组织机构的决定》、《关于中央委员会工作规则与纪律的决定》和《关于各级党部工作规则与纪律的决定》等几个组织建设方面的文件,以健全党的民主集中制和巩固党的团结统一。

全会确定,要不断巩固和扩大抗日民族统一战线,用长期合作来支持长期战争,同时批判统一战线问题上只讲联合不讲斗争的迁就主义错误,重申全党独立自主地放手组织人民抗日武装斗争的方针,把党的主要工作方面放在战区和敌后,大力巩固华北,发展华中。

全会还决定撤销长江局,设立中原局和南方局。

这次会议,对于克服王明"左"倾机会主义路线错误,统一全党步调,起了重要作用,并为实现全党对抗日战争的领导,进行了全面的战略规划。

会议期间,邓小平一边参加会议,听报告,做笔记,大会发言,小会讨论,认真领会各个报告精神;同时还根据一二九师及自己一年多来在晋西南和太行山领导开展工作,发动群众,宣传群众,建立根据地,与敌人浴血奋战,以及执行统一战线政策的经验体会,撰写文章,接连在《解放》周刊上发表了《艰苦奋斗中的冀南》、《在敌人后方的两个路线》等重要文章。

当他听到一二九师青年纵队、六八九团和新一团,夜袭冀豫交界处临漳以南的大韩集、豆公集,消灭反共的伪军李

台部和王自全部歼敌 1300 余人，高兴得彻夜不眠。

当他看到反共军队张荫梧在河北平安县崔安铺杀害了冀中二分区地委宣传部长宋振桓、县委书记何昆山等 4 人，制造了破坏团结的"平安惨案"的情报后，立刻就联想到不断向八路军搞摩擦的鹿钟麟，接着就听说鹿钟麟将尧山县进步县长扣留并委任了反共的王子耀为尧山县长，邓小平禁不住拍案而起，甚至失声自言自语地说，鹿钟麟已经开始向我进攻了！不能让步！决不能让步！必须予以坚决回击……

10 月上旬，有情报说明，日军正在集结力量，将要对华北大举扫荡，向太行抗日根据地反扑，实行第二次九路围攻，消灭八路军在太行山的有生力量，以报第一次九路围攻长乐滩之仇。

邓小平听到这个消息后，经过深思熟虑，连夜运筹，即于 10 月 15 日从延安致电刘伯承、徐向前和宋任穷，提出自己的四条建议：

（一）准备路东纵队下编两个相当于旅的大队，旅级干部我们可以带几个来。目前新部队应轮换集中训练，中心在于巩固和提高战斗力。

（二）路东应用大力筹集款子，用控制流通券基金与政府存款、募集救亡公债等方法实现之。

（三）加速解决冬季用品，并尽可能从路东运大批粮食到路西。在太行山筹划半年以上粮食。

（四）路东兵工器材等即运路西。

刘伯承看后，深为邓小平心系官兵冷暖、敬业尽职的精神所感动，立即复电，表示完全同意。

第三章　御寇反顽战太行

冀南方面，徐向前和宋任穷也立即照邓小平的建议，迅速筹集了大批布匹、棉花、粮食、兵工器材等物资和一笔不小的款子，派兵日夜兼程，送往太行山。

却说邓小平在延安开会，不知不觉，这次历时两个月的会议就要结束了。

这天，又是一个美丽的黄昏，虽然时值初冬，邓小平又约了卓琳来到延河边上，两人并肩走着，却没了往日那么多的话，更没了那种欢快的玩笑，连生性活泼的卓琳姑娘，都仿佛变了一个人，一句话也没有。

月亮悄悄地上来了。延河边的沙滩上，留下他们长长的身影和深深的脚印……

11月17日，党的六届六中全会胜利闭幕。全会闭幕之前，11月9日，中共中央政治局发出《关于北方局及分局委员的通知》，决定以朱德、彭德怀、杨尚昆、聂荣臻、关向应、邓小平、彭真、程子华、郭洪涛为中共中央北方局委员，杨尚昆为书记。会议一结束，邓小平就向各路与会的将领、中央委员等，一一握手道别，跨上那匹3岁口的红鬃牝马，告别延安。他们归心似箭，日夜兼程，返回太行山。途经西安时，刚从苏联回国的著名诗人萧三和一些华侨听说邓小平在八路军西安办事处停留，曾热情地邀请他向百多名华侨代表和一些文化界人士作抗日前方战况报告，引起与会华侨代表和文化界人士的极大兴趣。

12月22日，抵达山西潞城县微子镇。在那里稍事停留，并对当地军政工作特别是统一战线的工作，作了指示，接着便转道南下，于12月底到达冀南南宫县一二九师师部，与先

他率师到达南宫县的刘伯承以及徐向前等会面。

12月30日,一二九师在冀南南宫县的落户、张庄召开了军政干部会议。邓小平传达了中共中央六届六中全会决议。会议根据冀南地区的斗争形势,确定了继续依靠工农群众、依托广大乡村、坚持冀南平原抗日游击战争、巩固民主抗日根据地的方针。

于是,刘伯承和邓小平,又联手冀南,领导冀南与鲁西北地区的抗日斗争。

十六、战地整训

1939年,抗日战争进入第三个年头。也是敌、我、友三方关系进入极其复杂微妙的一年。

这年,新年刚过,春节尚未来到,太行山还是一片冰天雪地,日军即集中大量兵力,对八路军太行山和冀西、冀南抗日根据地,频繁出击围攻,开始了大规模的所谓春季大"扫荡"。其气焰一次比一次疯狂,一次比一次凶残。

1月7日,日军用3万余人的兵力,分三路向冀南大举"扫荡";

1月21日,日军以6000余人的兵力对太行山腹地八路军驻地辽县、和顺等地进行大规模"扫荡";

2月12日,日军动用2000人的兵力,向冀南威县香城固地区进行"扫荡";

2月21日,日军以快速部队,急袭冀南南宫、威县、清河涧等地区,进行了疯狂的"扫荡";

第三章 御寇反顽战太行

3月10日，日军对鲁西南巨野地区进行了"扫荡"；

4月1日，日军以2000人的兵力，对晋中平遥以南、沁源以北地区进行了"扫荡"；

4月10日，日军动用3000人的兵力，对白晋公路南侧晋东南地区进行了"扫荡"；

4月20日，日军华北派遣司令部，唯恐其扫荡不够疯狂残忍迅速，又发布了"治安肃正"计划，加紧其"扫荡"步骤；

4月23日，日军1000人四路合击鲁西北记唐、禹城地区；

5月2日，日军1000人"扫荡"冀南南宫地区；

6月1日，日伪军3000人"扫荡"冀南路罗等地区；

7月1日，日军上万人，分7路大举"扫荡"鲁西南；

7月3日，日军拼了老底，集中了5万人的兵力，歇斯底里地向晋冀豫地区，同时大举"扫荡"，并且先后占领了八路军太行、冀西、冀南等抗日根据地的大部分县城，控制了白晋公路北段和邯（郸）长（治）公路、平（顺）辽（县）公路。

……

形势已够险峻！

然而，与此同时，国民党军队以及山西阎锡山的军队也心怀叵测，背后插刀，不断向八路军、抗日游击队、抗日政府发生摩擦，制造流血事件。八路军真是前有狼，后有虎，前面要打狼，后面要防虎，处境艰险。

面对如此艰险的处境，严峻的形势和抗日力量中（尤其是部队官兵）思想上出现的新问题，1938年2月底，刘伯承和邓小平根据中央军委和"集总"的指示，在艰苦的反"扫

荡"和反"摩擦"斗争中,抓紧时间,率先在一二九师开始下战地整军运动。

3月7日,刘伯承与邓小平把冀南抗日根据地的各项工作安排妥善之后,即率领师部与三八六旅及其他部队返回太行山黎城驻扎。

3月18日,刘伯承和邓小平在山西黎城县乔家庄,召开了一二九师干部会议,研究贯彻中共中央北方局和八路军总部的整军训令。

根据刘、邓的指示,一二九师整军运动分两期进行,每期3个月,分别从3月1日和7月20日开始。这主要是为了轮换"打狼防虎",随时反击鬼子的进攻和防备言而无信的"友军"抄后路。参加整军的部队有,一二九师所属15个团,一一五师三四四旅3个团,以及晋冀豫军区和冀南军区的基干部队,由薄一波领导的战斗在太行山区的决死纵队,也在战斗间隙开展了战地整训。

这次整军运动,是在大敌当前的严峻形势下进行的,能不能整训好,关系到整个反"扫荡"的成败和中华民族的命运。所以从一开始,"集总"朱、彭两位老总就十分重视。朱德总司令亲自召开了动员大会,作了整军报告;彭德怀副总司令也于7月中旬第二期整军开始时,在"集总"新迁往的总部所在地——武乡县的砖壁村(总部机关于1939年7月5日由潞城北村,经黎城霞庄,进驻武乡砖壁村),召开了干部会议,亲自部署了整军工作安排,并针对上一期整军工作的经验和问题,提出严格的要求。

一天,师里突然通知召开全师军人大会。正在整训的部

第三章 御寇反顽战太行

队听见集合的号声,立即整队跑步进入西河头村外的清漳河河滩。会场布置得简单而严肃,大家一看师里的首长们一个个脸上都很严肃,就觉得一定有什么重要事儿。果然,当各部队排了纵队集合齐备,师政治部军法处的一个同志黑着脸走上台去,宣布说:同志们!今天会议的内容是……对奸污妇女、严重违犯军法的犯罪战士XXX宣判处决!

这件事大家已有耳闻。只是都心里觉得,这事……咳!不是老乡们都来替那个老战士求情来了吗?

军法处的同志宣读那个老战士的犯罪事实与经过,并念了处决书。

接着,邓小平走上讲台,严肃而沉重地讲了话。

邓小平说,同志们!官兵将士们!我只想向大家说明一个问题,就是这个违犯八路军军法的老战士到底该不该处决,判得重不重。我知道,我们的同志中有不少人有这样的看法和议论。我也想过这个问题。而且,这几天,我们驻地的村干部、民兵以及一些老乡都不断来政治部替这个老战士说情,要求从轻判决。我又何尝不也为我们的队伍中出了这种事,为这个曾经跟我们战斗多年的老战士违法犯罪,感到痛心呢!但是,不论群众怎样求情,我们是不能宽容这个犯罪的战士的。我们共产党领导的八路军,同国民党军阀队伍最大的区别之一,就是纪律严明,军法严正,只有做到这样,我们才能得到群众的爱戴.才能在敌后生存。

邓小平越讲越激动,越讲越动感情。并不时做着有力的手势,说,我们都是从老百姓中来的,八路军是人民的子弟兵。我们都知道,老百姓历来怕当兵的。为什么怕?还不是因为从前的当兵的，国民党的当兵的，凭着手里有杆枪子，奸淫妇女，抢夺财物，横行霸道，为所欲为，欺负老百姓！大家知道，山西的统治者过去向群众宣传灌输红军、八路军是"共产共妻"，"红毛野人"，是多么可恶，是多么可怕……现在山西的群众不但不怕我们了，反而拥护我们，保护我们，跟我们一起打鬼子，打国民党顽固派，这又是为什么？

最后，邓小平语重心长地要大家一定要结合战地整军，从这件严重违犯军纪军法的犯罪事件中汲取教训，严明群众纪律，严格遵守八路军的"三大纪律，八项注意"，做一个不但无畏、而且无愧的革命军人！

正当八路军一二九师等部队进行战地整军之时，日军又在调兵遣将，策划一次更大的"扫荡"阴谋。

日军自从对太行山八路军抗日根据地实施第一次"九路围攻"吃了大亏之后，妄图"两个月结束战争"、"三个月灭亡中国"的痴心梦想宣告破产，不得不停止正面战场上的战略进攻，把华中战场上的敌人分出一部分回师华北，实行"肃正作战"，集中兵力对华北尤其是山西太行山抗日根据地进行大规模的"扫荡"。晋冀豫区周围一下子集结了8万余众的日军。从1929年1月，日军连连对太行山和冀西、冀南抗日根据地进行疯狂"扫荡"，一次次被八路军和地方抗日武装粉碎后，又于7月至8月间，拼出5万余重兵，在日军第一军军长梅津指挥下，同时从同蒲、正太、平汉、道清各线出发，分九路对晋冀豫抗日根据地全面开花，进行分割"扫荡"，妄图以主力部队由白（圭）晋（城）、平（定）辽

第三章 御寇反顽战太行

（县）、邯（郸）长（治）各线，迂回包围，合击八路军主力于辽县、榆社、武乡地区，把晋冀豫根据地分割为数块，一块一块聚歼，吃掉八路军的主力。这就是俗称日本鬼子对根据地进行的"第二次九路围攻"。

为了粉碎敌人的"第二次九路围攻"，邓小平日夜奔走于太行、冀南、冀西根据地的军队与地方之间，动员、组织群众与部队紧密配合，步调一致，坚壁清野，人自为战，准备与日军进行长期而艰巨的斗争。同时为部队筹集战备物资，组织军工生产。

4月3日，正在战地整军的一二九师直属队等部队，在黎城县上赵栈村接受了朱德总司令的检阅。邓小平陪同朱德总司令检阅了部队。

4月5日，邓小平参加了一二九师召开的供给会议。之后，即同刘伯承一起开始准备随时反击日军发动新的进攻阴谋的运筹。

正当日军频繁集结兵力，对八路军根据地实施第二次"九路围攻"即将开始之际，正当一二九师全师上下以及根据地群众紧张准备反击敌人新的进攻之时，邓小平接到通知，要他即刻起程，赴延安参加中共中央政治局扩大会议。真有点不是时候！

邓小平又舍不得失去这次战斗机会，又担心全师的重担落在刘伯承师长一个人肩上，刘师长的身体本来就不太好，紧张的战斗，频繁的转移，会把刘师长的身体搞垮；但又不能不去参加这次重要会议，真是进退两依依。

一接到去延安开会的通知，邓小平就找这个安顿，找那

个嘱咐，一定要好生照顾和保护好师长的身体和安全！

刘伯承看出邓小平的心思，笑笑说，你就只管放一百个心去开会哕！我们跟鬼子打交道又不是三天两日……你说，我们输过它一回吗？无非像毛主席讲的，打过它就打，打不过它就走嘛！经过这次战地整军，对付日军这次新的"扫荡"，我更有了信心。

7月3日这天，邓小平紧握着刘伯承的手，久久不肯松开，千言万语凝结在那双有力的大手上，直到刘伯承连连催他上马，那马也刨蹄长啸，不忍再看这种战友送别的情景。邓小平才吐出四个字："师长保重！"上马挥鞭，奔赴延安。

这次反"围攻"的作战，正是战地整军第一期刚刚结束，第二期刚刚开始，官兵的士气正如烈火加油，旺极了，主要由一二九师主力部队、一一五师三四四旅、八路军晋豫边支队和决死一、三纵队参加作战。从7月3日开始，北线在刘伯承统一指挥下，对平汉、正太、同蒲等铁路线展开破袭战，以小部队随时伏击、阻击来犯之敌；主力则集结于武乡西北与辽县西南寻机歼敌。

7月6日，日军占领沁县、武乡、辽县后，分兵三路向榆社一带合击，敌一〇九师团之一部进至榆社县云竹镇时，遭到三八六旅迎头痛击，其余两路也被击溃；仓皇回窜时，又钻进三八五旅在辽县以西石匣村附近的伏击圈，敌人一个大队，被三八五旅围而歼之，毙敌300余人。

与此同时，从高平北撤长治之敌，在三甲镇被八路军三四四旅截击，死伤160余人；从武安邯（郸）长（治）大道西犯之敌，在涉县河南店遭到一二九师主力部队的伏击，死

第三章　御寇反顽战太行

伤无数。

日军合击八路军的企图失算之后,便集结力量继续沿邯(郸)长(治)大道与白晋公路,分别向南、向西进犯。刘伯承师长指挥一二九师和一一五师三四四旅等参战部队,避开敌人的锋芒,主动退出一些县城,实行主力部队与地方武装互相配合,互相呼应,神出鬼没,四处出击,同敌人展开游击战。打得敌人晕头转向,疲惫不堪,死伤无数,到处站不稳脚跟。

到8月下旬,反击日军第二次"九路围攻"战斗宣告结束。八路军一二九师等参战部队,同日军共进行了大小70余次战斗,歼灭日伪军2000余人,收复榆社、武乡、沁源、高平等县城(敌人占领了长治、屯留、潞城、黎城等城),粉碎了敌人妄图聚歼太行山八路军主力部队的企图。同时,打破了敌人分割太行区的企图,使太南、太北连成一片,进一步巩固了太行山与冀西、冀南抗日根据地。

广大官兵高兴地说,这是战地整训立竿见影,取得的第一个"大大的成果"!

十七、毛泽东窑洞前的婚礼

邓小平回延安参加政治局扩大会议,正巧又与邓发住在一个窑洞。两个人性格截然相反:邓小平不爱多讲话,连他的房东、保姆都说,邓政委一天也不见他说几句话,不是拿着书看,就是背着手走来走去想事,你不同他言语,他总不吭声。不过但凡开口,说一句就是一句,从无诳语;邓发则不然，那张嘴从不肯闲着，爱逗，还爱成人之美，当红娘月老。但两个人从遵义会议时就在一起，关系很好，到了延安，两人还是形影不离，总是厮跟着"高高兴兴地到处转，人们都说他们活像两个游神一样"。邓小平与卓琳的认识，就是那次邓小平在抗大作报告后不久邓发有意给介绍认识的。

这回邓小平一回到延安，邓发就决心要利用这次难得的机会，成全邓小平与卓琳的这件好事。

哎，老伙计！这回该水到渠成了吧？

开会回到宿舍，邓发就憋不住了。

邓小平知道他指什么，但只是笑笑。

邓发又说，这也和打仗一样，要速战速决，可来不得小资产阶级，先谈恋爱后结婚。现在是战争年代，我们这些个当兵打仗的，东一个，西一个，哪有时间谈恋爱？战争年代就要恋爱结婚一起煮，生米煮成熟饭，就也恋了也爱了，也生了也养了，就成了。

邓小平说，这回回来还没见人呢。怕不成熟吧。

邓发说，没问题，我已经替你打听过了，小蒲又调到陕甘宁边区保安处特训班学习，组织上看她是个人才，准备派她到敌后做保密工作。还给她改了个名字，叫卓琳（蒲琼英就是这时正式改名为卓琳的）。有啥成熟不成熟，我看小蒲对你很有些意思……之后，又枕掌仰卧，大发感慨地说，唉！你也不能再当"王老五"了。邓小平结过两次婚，头一个妻子因为难产，死了；第二个妻子早已分手了。现在是孤身一人，长年戎马生涯，战事倥偬，身边没个人照顾，怎么行？所以，邓发非常关心他的婚事。

第三章 御寇反顽战太行

其实,邓小平这时早已有了关于卓琳的"情报"。

当天夜里,邓发就把卓琳找来,自己主动给他们腾开窑洞,让他(她)们谈到半夜。

1939年9月初的一个傍晚。

明月东升,金风送爽。杨家岭的空气中飘溢着田野上五谷成熟的郁郁浓香,和漫山遍野的野菊花的幽幽清香,让人陶醉;延河水在远远的土岸下纵情歌唱,仿佛又在为一对战斗情侣的结合,表示最诚挚的祝福。

毛泽东住的窑洞前的土坪上,笑声洋溢,喜气洋洋。一张张用木板搭起的桌子上,摆了一些苹果、红枣、花生什么的,供人们信手取食。来来往往的干部战士笑声不断。不一会儿,延安的中央高级领导人,毛泽东和夫人江青、刘少奇、张闻天与夫人刘英、博古、李富春和夫人蔡畅,等等,也都说说笑笑从不同的方向走来,互相开着玩笑,发出一阵阵朗朗大笑,围桌而坐;然后不时回头注目,向同一个方向望去。

这时,对面的窑洞门口,走出两对衣着整洁、佩戴红花的八路军男女。

于是,毛泽东等中央领导都像孩子一般哗然雀跃,举起双手,报以热烈的鼓掌。

这里既不是举行什么庆功会,也不是举行什么欢迎会,而是为两对新人举行婚礼的聚餐晚宴。

这两对新人就是邓小平和卓琳、孔原与许明。

邓小平与卓琳的"故事",我们已经有了粗略介绍,这里需要对孔原与许明的"故事"作些交代:孔原,是1924年参加革命的老共产党员,其时在中共中央特别委员会担任副主

任之职。新中国成立后,历任海关总署署长、对外贸易部副部长、中共中央调查部部长等职。许明也是一位有才华有能力的妇女干部,新中国成立后,曾担任过中华人民共和国国务院副秘书长。这两个人,性格人缘都很好,都是延安的活跃分子。

一讲到聚餐婚宴,或许某些读者会一下想到满桌子山珍海鲜、美酒大肉,杯盘狼藉,一桌下不来三百五百元,那是今天。将历史倒回 50 多年之前,倒回到革命圣地延安,那一桌桌婚宴的餐桌上,无论是名不见经传的马夫、警卫员面前,抑或是彪炳千古,显赫一时的毛泽东、刘少奇等中央领导同志面前,都摆的是一式式的金黄金黄的南瓜小米饭、土豆、萝卜丝菜,正与这些无论将军和士兵、领袖与平民,都是一式式的土布做的军服,土布做的鞋袜,甚或还补了大大小小的补丁,形成非常和谐而融洽的大色调。连人生一世难得作一回新郎新娘的两对情侣,也都是一身八路军的土打扮(有照片为证)。然而,这些赴宴者,却欢聚一坪,说笑自如,情同手足;却吃得开怀,饮得开心,诚可谓其吃亦香,其笑亦真,其乐亦无穷者也!

这个时代和这种场面想必永远不会再现了。

婚宴上也还是有酒喝的。那些参加聚餐的叱咤风云、百战沙场的领导同志,也大有如常人一般的兴致,他们群起而攻,目标明确,轮番劝饮,硬是把孔原灌了个酩酊大醉;邓小平也不知哪来那么大酒量,有劝必喝,竟然面不改色,泰然自若,反倒把劝酒的都一个个喝得败下阵去。那些参加婚宴的夫人们,无不惊奇"小平的酒量真大!"

第三章　御寇反顽战太行

其实,也是那些劝酒的人未饮自醉,先输一筹,他们就没想想,邓小平平素哪有这么豪饮而不醉的酒量;便是"酒逢知己千杯少",也未必就面不改色心不跳。后来张闻天才把老底抖开,原来是李富春和邓发帮了他大忙,他们专门弄了一瓶白水充酒,两人各执一瓶,一真一假,为大家斟酒,才救了老朋友的驾。邓小平居然配合密切,未露破绽。

这次婚礼,但凡在延安的中央高级领导都参加了,使邓小平和卓琳唯一遗憾的是周恩来副主席与夫人邓颖超未能光临。此前不久,周恩来在河边遛马,被江青突然骑马挥鞭疾驰而来,惊了马,摔坏一条胳膊,此时正在苏联养伤。这次婚宴,既可以说是中国共产党和八路军的这些个老战友为邓小平与卓琳举行婚礼,也可以说是毛泽东等中央领导为即将奔赴抗日前线的邓小平与卓琳设宴壮行。

邓小平和卓琳的婚礼举行得简朴而别致,他(她)们的新婚蜜月更富有传奇色彩。邓小平心系太行,惦念着刘伯承师长和一二九师的全体官兵将士,牵挂着根据地反扫荡的安危进展。思归心切,一刻也多待不住了,婚礼一结束,便带了卓琳,和一支由八路军少数干部战士、记者、学者、学生和前线将士的夫人、孩子以及未婚妻等组成的队伍,风餐露宿,东上太行。因为这支"名副其实"的"杂牌军"对路途不熟,又没有经验。沿路翻山越岭过河摆渡莫说,还要通过一道道鬼子的封锁线和一个个敌占区,要确保这支队伍中的大小"知识分子"和孩子、妇女们的安全,又多是日宿夜行,所以一路上一旦遇到险情,邓小平或者他打前卫,或者带几个警卫先到前边探路,直到把敌情全部摸清楚,才回头叫卓琳领了大家跟他前进。他有马骑，却很少沾马背，他的马不是驮着沉甸甸的书和文具，就是让孩子、病人骑着。每到一处，还要与当地游击队的秘密联络点或地下党组织的交通员接头，取得游击队或地下党组织的护送；还要安顿大家吃住；还要检点派岗哨警戒；还要一再检点大家过封锁线的注意事项，遇上敌机空袭要怎么隐蔽，与日军巡逻队遭遇不得不交火怎么办，黑夜行走要注意什么，过老百姓的庄稼地、果园要注意什么，路上渴了找水喝要注意什么，女同志方便要注意什么，病号大家要怎么照顾，吃了老百姓的粮食要注意什么；那些懒散惯了的"知识分子"和没吃过大苦的学生兵们，吃不消长路行军的苦累，一到住地连谷草都懒得铺顺势跌倒就睡，还要把他们叫起来，为他们烧水，劝大伙用热水泡脚解乏；几点准备，几点出发……呀呀！说不来有多少事要他做有多少心要他操。

他们十分幸运，一路上虽然又过黄河，又过封锁线。又躲鬼子的巡逻队，又防敌机空袭，但总是有惊无险，没有与敌人正面遭遇过一回；几次遇上敌机，也只是在高高的天空呼啸而过，没有遇到一次敌机低空搜寻扫射。

金秋十月的一个早上，邓小平率领着这支队伍经过一夜行军，本已十分疲惫不堪，但一听说已经通过日军占领的长治、潞城、黎城，进入太行山抗日根据地的安全区，大家立刻来了十倍的精神，抬头远远望见东方那轮喷薄而出的红日，那云霞沐浴、气象万千、巍峨壮丽的太行群峰；听见那如千军万马奔腾般的松涛声，这支"杂牌队伍"就像突然获得解放的奴隶一样，无论大学者、小学生，无论老年人、青年人，

第三章　御寇反顽战太行

也无论妇女儿童,男人女人,一个个高兴得手舞足蹈,又蹦又跳,纷纷对着前面壁立千仞的高山大崖,大喊大叫。走在队伍前面的卓琳情不自禁,放开嗓子唱了一句"红日照遍了东方",长长的队伍从头到尾立刻跟着唱起来。

于是波澜壮阔的大山大川也激动起来,也跟着齐声唱起来,此起彼伏,回荡不绝——

  红日照遍了东方,
  自由之神在纵情歌唱。
  看吧!
  千山万壑,铜壁铁墙,
  抗日的烽火,燃烧在太行山上,
  气象千万丈。
  听吧!
  母亲叫儿打东洋。
  妻子送郎上战场。
  我们在太行山上,
  我们在太行山上,
  山高林又密,
  兵强马又壮,
  敌人从哪里进攻,
  我们就叫它在哪里灭亡!
  ……

十八、仁至义尽

1939年10月13日至18日。

辽县桐峪镇一二九师师部。

一二九师召开全师营以上干部会议,听取邓小平传达中共中央政治局会议决议精神。

中共中央政治局会议主要由周恩来副主席作了关于论述统一战线策略、方法的原则,以及三民主义与共产主义的问题报告;毛泽东就当前形势和统一战线问题,严肃地重申了《反对投降活动》、《当前时局的最大问题》和《必须制裁反动派》等讲话中的精神,指出当前抗日统一战线面临着严重的危机,国民党一而再地寻衅滋事,制造血案,看来不讲团结不行,光讲团结不讲斗争也不行,团结是目的,斗争是手段,只有通过斗争才能达到团结的目的。

对于国民党阳奉阴违,在统一战线中不断制造摩擦,八路军总部朱、彭二位领导和一二九师刘伯承、邓小平是深有痛感,有案在录。远的不讲,仅从1939年开始——

1月3日,冀察战区总司令鹿钟麟派津浦纵队赵云祥部两千余众,进占河北枣强,将晋冀豫区中国共产党领导下的动委会赶出县城。

1月21日,国民党五届五中全会在重庆开幕,会议秘密通过蒋介石的党务报告,确定了"溶共、防共、限共、反共"的方针,还秘密通过蒋介石的《防止异党活动办法》,并决议成立"防共委员会",严密限制共产党和一切进步分子的言论

第三章 御寇反顽战太行

和行动,设法破坏抗日的群众组织。

2月26日,国民党中央中宣部秘密传达"禁止或减少共党书籍邮运办法及取缔新知、互助及生活等书店办法"。

3月5日,阎锡山也紧锣密鼓地配合蒋介石的反共活动,在陕西宜川秋林镇召开了反共的军政高干会议(又称秋林会议),与会的有山西新旧军师长、独立旅长以上部队军官、公道团团长等100令人。阎锡山在会上公开提出取消山西新军中政治委员,缩小进步专员职权,以"同志会"取代牺盟会、限制群众运动等议案,并诱劝新军领导退出部队。

3月14日,国民党国民政府陕北安定县县长田杰,公然将陕甘宁边区政府安定县县长薛兰斌非法扣留。

3月29日,国民党国民政府山东省驻鲁南办事处主任兼第三纵队司令秦启荣指令其部下伏击护送八路军南下受训干部的八路军山东纵队第三支队通讯营,第三支队政治部主任鲍辉等100余人被惨杀,制造了"太和惨案"。

3月底,阎锡山下令解散以续范亭为主任的抗日群众组织"动委会"。

4月15日,国民党中央党部秘书处致电各省市党部、政府,规定"各地方党政机关关于应付异党之对策与办法,必须层层负责,避免书面传递。各机关拟具对策时,应根据地方事实环境,立言不可辄用中央口气或翻印中央所颁布之原则。"

4月30日,国民政府山东省主席、苏鲁战区游击副总司令沈鸿烈提出制造摩擦、破坏抗日的三个反动口号:"宁匪化,勿赤化";"宁亡于日,勿亡于共";"日可以不抗,共

不可不打"。并公布了对八路军的三项办法:"见人就捉,见枪就下,见干部就杀"。

5月24日,国民政府陕西省旬邑县保安队开枪射击八路军独立营,制造了"旬邑事件"。

6月11日,河北省民军总指挥张荫梧率军袭击八路军深县后方机关,残杀八路军干部和战士400多人,制造了"深县惨案"。

6月12日,驻湘鄂边杨森第二十七集团军总司令部派特务营多人到湖南平江嘉义镇,包围新四军驻该地的通讯处,将新四军参谋涂正坤、通讯处军需吴贺众当场枪杀,当天晚上,又将八路军少校副官罗梓铭等6人活埋于平江的黄金洞,制造了骇人听闻的"平江惨案"。

8月16日,河北民军总指挥张荫梧率军进攻八路军住赞皇工作团。

11月5日,阎锡山派代表参加日军师团长清水召开的临汾会议,提出将其晋绥军改编为"中国抗日忠勇先锋队",实行反共,换取日军撤出隰县、午城、蒲县等据点,以后并将汾阳一带让给晋绥军驻,日军帮助晋绥军在山西铲除八路军和决死纵队,并接济晋绥军枪支弹药;将阎军各将领的住宅财产一律发还。日军基本上接受了阎锡山与会代表提出的这些要求,阎即下令停止抗日,并派遣所谓的"敌区工作团"进入抗日根据地,准备袭击八路军。

11月11日,国民政府河南确山县县长许工超纠合确山、汝南、泌阳、信阳等县常备队和第一战区豫南游击司令戴民权部共1800余人,围攻驻该县竹沟镇新四军第八团留守处,惨杀新四军家属、病员与当地民众200余人，制造了"确山惨案"（也叫"竹沟事变"）。

11月13日，国民党五届六中全会在重庆开幕。会议决定对共产党的政策由过去的"政治限共为主，军事限共为辅"，改为以"军事限共为主，政治限共为辅"。发布了《处理异党问题实施方案》，阴谋以军事进攻消灭共产党、八路军、新四军和其他抗日进步力量。

12月3日，国民党顽固派发动抗战以来第一次反共高潮期间，阎锡山旧军开始围攻晋西决死二纵队，汾阳至离石公路沿线的日军配合行动，同时旧军以暴力摧残永和、隰县两县抗日政府、公安局、自卫团、牺盟会和各救国团体，从而开始了山西"十二月"事变。

12月4日，阎锡山山西省第三行署主任、国民党第八集团军总司令孙楚部捣毁阳城牺盟会的《新生报》社，将编辑王良活埋。

12月6日，第一战区朱怀冰部第九十七军主力侵入冀鲁豫根据地邢台、内丘以西南地区。

12月7日，晋西临汾、洪洞、赵城三县抗日政权及各抗日救亡团体被阎军摧毁。

12月11日，中共晋豫地委委员贾寄生（嘉康杰）在夏县武家坪被国民党特务杀害。

12月14日，阳城事件。孙楚部配合国民党十四军八十三师陈武部，摧毁阳城县抗日政府。

12月中旬，国民党第九十七军朱怀冰先头部队开入临汾、内邱。

12月18日，晋城事件。国民党第四十七军等部队，武力摧毁晋城县抗日政府及救国团体，杀害抗日军政干部7人。

12月18日，沁水事件。国民党八十三军、九十三军新八师独立旅武装摧毁沁水县抗日政府。

12月19日，壶关事件。国民党第八集团军暂一师彭毓斌部武装摧毁壶关县抗日政府。

12月20日，第二战区政治部副主任、牺盟总会常委梁化之，亲率武装摧毁牺盟总会。

12月21日，陵川事件发生……

同日，浮山事件发生……

12月23日，孙楚策划决死三纵队八团、七团、九团先后叛变……

同日，国民党第八集团军独立旅武装捣毁《黄河日报》上党分馆……

12月26日，国民党独八旅武装袭击山西第五行政督察专员公署及牺盟会长治中心区机关……

同日，国民党二十七军范汉杰部四十六师武装摧毁高平县抗日政府……

与此同时，在冀西与冀南地区，以国民政府河北省主席鹿钟麟和民军总指挥张荫梧、侯如镛等为首的顽固势力，先后制造了"郝庄事件"、"获鹿事件"、"大小西庄事件"、"赞皇事件"、"上马峪事件"……等一系列抢占地盘，捣砸抗日政府，围攻、枪杀八路军与抗日游击队干部等流血事件。

1939年——

是国民党反共、投敌的顽固势力猖獗的一年！

第三章 御寇反顽战太行

是抗日统一战线面临被严重破坏,抗日根据地最为艰苦的一年!

是抗日进步力量和抗日救亡运动遭到空前摧残的一年!

对八路军、新四军来说,也是时局最险恶的一年!

对于国民党与阎锡山的倒行逆施,一而再地制造杀害八路军与抗日游击队、抗日民主政府干部,制造两党军队正面冲突的劣迹,共产党与八路军为了民族大义和抗战大计,力求团结。一忍再忍,一再同国民党的代表和阎锡山等进行交涉谈判,向他们晓以民族大义,可以说做到了仁至义尽,也是宗宗在案,件件有录。

也从1939年说起——

1月4日,八路军一二九师刘伯承师长和师政治部副主任宋任穷,专程由河北南宫县赶到冀县,与鹿钟麟会谈如何增进团结,共同抗日和解决冀南地区的摩擦问题。

1月8日,八路军一二九师派刘志坚专程到河北南宫县乔村,与石友三会谈,石在当时还比较有些顾忌,会谈主要目的是争取石友三团结抗日,不摆当面一套,背后一套,不制造摩擦。

1月16日,八路军一二九师刘伯承师长等再次与鹿钟麟会谈,力劝其同八路军合作抗日。

同一天,八路军一二九师政委邓小平又亲自出马,赴河北宫南县同石友三举行会谈。那天雪后初晴,难得是一个好天气。双方约定在距县城不远的一个农户家里举行。邓小平一行骑马来到那里,石友三已经到了。因为刘志坚已经同他会谈过,石友三对邓小平的到来表现得还很客气,双方见面握手寒暄之后，邓小平便开门见山地说，志坚同志向我转达了石军长的问候与态度，非常感谢石军长的诚意了。我军的意见不知石军长作何考虑。石友三连忙点头说，是，我考虑了，考虑了，却不予正面回答。邓小平说，大敌当前，我们都应以民族利益为重，抛弃前嫌，求同存异，精诚合作，枪口一致对外，这一点我想石军长是不会有不同意见的。石友三又忙不迭地点头称是，仍不作正面回答。邓小平进一步一针见血地说，最近在冀西与冀南地区，接连发生了"郝庄事件"、"获鹿事件"、"大小西庄事件"、"皇赞事件"和"上马峪事件"等一系列流血事件，我想石军长也是知道的。石友三的脸色腾地红了，一边佯作点烟，一边打哈哈说，知道……知道……我也是后来……后来知道的。邓小平知道石友三是想把制造摩擦的一切责任都推到鹿钟麟与张荫梧等人身上，事实上这时的石友三对八路军也还有所顾忌，所以接着点而不透地说，尽管我八路军和地方抗日政府受到惨重损失，为了争取大家站到"枪口一致对外"这条战线上来，争取把河北的抗日力量真正团结起来，我们可以把这口气吞下去。但是，这不等于说我们八路军好欺负，不等于说某些破坏抗日团结阵线的人可以为所欲为，一切倒行逆施行为，杀害抗日干部、群众，破坏抗日团结阵线的人，我们都给他记的有账！所以，关于改组冀察战区与河北省政府的意见……石友三仿佛就等着这句话，未等邓小平政委说完，便失声问道，只是不知贵军的具体意见？邓小平莞尔一笑，意有所指地说，谁个好，谁个孬，我们心中有数，国人眼睛也很雪亮。我此行专程来和石军长会面的意思，也正是希望石军长能够在冀

第三章 御寇反顽战太行

察战区和河北省政府多为国家、民族出点力。石友三不住地点头。年轻气盛的石友三此时自然也非常明白,八路军对现为河北省政府主席的鹿钟麟等人非常不感冒,这自然是他打小算盘的最好机会。

1月24日,中共中央致电蒋介石和国民党五中全会,指出日本帝国主义对中国于军事进攻之外,加重了分化中国内部的阴谋。我们的对策,唯有扩大抗日民族统一战线,巩固与扩大国共两党长期合作。"抗战虽为一艰难过程,团结则为一无坚不摧、无敌不克之利器。"

1月25日,周恩来转交了《中共中央为国共两党关系问题致函蒋介石电》,电文指出:"凡关心中华民族命运者,无不企盼国共两党之巩固与长期合作"……同日,周恩来关于国共两党关系问题复信给蒋介石,指出中共党员抗战年余,在各地不仅无抗战自由,甚至生命也常难保……

2月10日,中共中央发出关于河北等地摩擦问题的指示。指出敌人正进攻华北抗日根据地冀中、冀西、冀南、冀察晋、晋东南等地区,而我抗战阵线中,又因鹿钟麟、沈鸿烈的极端错误行动引起严重的摩擦与纠纷,使华北抗战遇到莫大的困难与危险。因此,共产党与八路军领导一面与蒋介石及其部属谈判,一面坚持自己的立场,提出下列主张:为真正统一指挥和统一行政起见,应坚决要求撤换鹿钟麟,以朱德为冀察战区总司令兼河北省主席,石友三为副之;为发展冀、察、鲁三省的游击战争,巩固三省的抗日根据地,应将山西八路军部队分开一部分赴三省,而三省八路军部队则绝不能减少;敌后抗战形势证明建立边区是正确的,维持原有省界

是错误的,冀察晋边区、冀中、冀南现行政权决不应取消,在山东和其他地区也应依照战略形势划分新的行政区域等。

同日,周恩来致电中共中央,报告目前国共两党危机,自国民党五中全会以来,国内政治逆流的形势是相当严重的,并存在着一种危机……

3月4日,中共中央针对鹿钟麟部在2月27日日军进攻冀南南宫时,不战而退,率部逃跑到邢台附近的路罗镇,对鹿钟麟逃跑问题发出指示,指出鹿在河北期间的行动是有害抗战,破坏团结,制造摩擦,使河北平原抗日根据地的巩固受到重大损害,而在敌人进攻时,鹿却放弃责任,率队逃跑,我八路军则与敌血战,坚持河北抗战。因此鹿应受到撤职处分,将河北省政府主席职务交与八路军及其他无恐日症有责任心的人担任,否则河北前途甚是危险。国民党方面对同情我们的人,时常采取孤立与消灭其力量的政策,而对与我摩擦积极的分子,则提高其地位,增厚其力量。因此,我们的对策应保护同情者,孤立与打击与我积极摩擦的分子。

6月13日,八路军总部彭德怀副总司令为解决河北摩擦问题,会见国民政府河北省主席鹿钟麟,提出《坚持河北抗战共同纲领》八条。

7月14日,朱、彭两位老总致电国民政府军事委员会军令部和徐永昌,列举大量事实揭露河北省民军总指挥张荫梧部,在冀南、冀中一带专事摩擦,破坏团结抗战,陷害友军,要求"严电制止"。

8月15日,朱、彭为张荫梧继续制造摩擦问题致电蒋介石,指出"张荫梧自深县肇事后,近在冀北变本加厉"。电文

第三章 御寇反顽战太行

列举张部扣留、杀害八路军人员 8 件事实,并揭露张大肆宣传"曲线救国",扬言要先打完共产党、八路军然后再打日本等,要求蒋介石迅速予以制止。

8月17日,一二九师师长刘伯承再赴冀西与鹿钟麟会谈……

9月21日,中共中央发出关于在山西开展反逆流斗争的指示……

10月5日,山西新军暂编第一师师长续范亭和全体官兵向全国发表声明,揭露山西顽固分子阴谋破坏抗日部队……宣布"暂一师是国共两党和无党派的热血青年所共同缔造的,它的统一战线特殊性,决不容任何野心家、顽固分子所分裂破坏!"

10月17日,中共中央北方局发出关于在山西开展反逆流斗争的指示……

中国共产党和八路军够忍让得了吧!够仁至义尽了吧!

十九、非教训不可

前门打狼,后门防狗。看来这些"家狗"得寸进尺,越来越不识人敬,非打不可了!

1940年元旦,一二九师师直机关官兵在桐峪镇举行新年团拜,凌晨6点钟,当嘹亮的军号声吹响之后,师直属队的全体官兵就已经在大操场集合,排起了整齐的队列,等待进行团拜。接着,刘伯承师长、邓小平政委、李达参谋长、蔡树藩主任等,谈笑风生地走到队伍前面来。团拜仪式先由师直属队代表向首长致团拜词,接着刘伯承师长、邓小平政委、李达参谋长和蔡树藩主任等先后一一讲话，然后团拜，呼口号。

历史进入1940年，身处抗战前线的八路军受到日军与国民党顽固势力的内外夹攻。

新年刚过，1月17日，蒋介石即公开发布命令，要太南、太岳地区的八路军一律撤至白（圭）晋（城）路以东、邯（郸）长（治）大道以北地区。国民党军队即兵分几路向太行根据地军民展开压迫和进攻。形势越来越严峻，斗争越来越残酷。

于是，太行山抗日根据地广大军民掀起一场同仇敌忾的反顽固、反投降、反摩擦运动。根据地的群众，纷纷对那些汉奸、顽固分子展开斗争，并对那些作恶多端，威害极大，给日军和顽固军通风报信的汉奸顽固分子就地镇压。1月12日，桐峪镇群众又唱大戏，庆祝一二九师刚刚取得的邯长战役胜利（12月25日），并召开数千人参加的群众大会，斗争顽固分子，把附近村镇的汉奸、顽固分子一个个拉上游街示众。群众对顽固分子恨之入骨，纷纷责问他们为什么与顽固军穿一条裤子专门与八路军作对；为什么不打日本鬼子专门和八路军搞摩擦；为什么给鬼子、反动军队通风报信……如此热火朝天的反顽固、反摩擦、反投降的群众运动，村村都在进行。

1月28日，中共中央和毛泽东指示，"不要把各地发生的投降、反共、倒退等严重现象孤立起来看。对于这些现象，应认识其严重性，应坚决反抗之，应不被这些现象的威力所压倒。"

第三章 御寇反顽战太行

八路军总部和一二九师根据中共中央和毛泽东的指示精神，于是决定对顽固势力的蓄意挑衅，制造摩擦，实行坚决的反击，直至消灭之。在太行区和冀西、冀南两区先后与顽军进行了三大回合的较量——

1. 教训孙楚

俗话说，"打狗看主人"。孙楚是阎锡山山西省第三行署主任、兼国民党第八集团军总司令，是阎锡山的军队中最反共的头子。而他的主子阎锡山又与蒋介石明争暗斗，互揣挟嫌。为了利用蒋、阎之间的内部矛盾，八路军总部和一二九师决定杀鸡给猴看，首先收拾阎锡山部最反动的头子孙楚。当蒋介石命令八路军退出太南、太岳，撤至白晋路以东、邯长公路以北后，八路军总部严正拒绝了蒋的命令。并令一二九师陈赓率三八六旅主力和总部特务团进入太岳区（注：那时太岳地区尚未独立，属太行区），同薄一波统一指挥太岳区的部队，坚守阵地，制止了二十七军的进攻。然而，在山西阳城、沁水、晋城等太南地区的孙楚部，却有恃无恐，无视八路军的劝告，在孙楚反共气焰不可一世的叫嚣中，为所欲为。八路军三四四旅（为一一五师，调归一二九师刘邓指挥）、晋豫支队独立游击队、决死三纵队和民军四团等，受命反击，连连重创孙楚的独立八旅及其他反动武装和特务组织，打得孙楚部残兵败将仓皇南逃，死伤无数，连枪支弹药都沿路丢弃。那位最见不得共产党和八路军的孙楚主任兼总司令，也丢魂落魄地率部向黄河以南逃窜去了；八路军迅速恢复了被孙楚部捣毁的阳城、沁水、高平、晋城等地的抗日阵地。2月6日，总部决定将太南地区各八路军部队——三四四旅、晋豫边支队、决死三纵队、独立游击支队和民军第四团，组成八路军第二纵队，在左权参谋长（兼第二纵队司令员）、黄镇政委统一率领下，继续穷追猛打，一直把狼狈逃窜的孙楚部赶出太南、豫北地区。

与此同时，邓小平还通过辽县地方党组织和抗日进步组织，发动群众，掀起群众性的反投降、反顽固斗争。辽县拐儿镇农会主席左奎元，带领3000多名群众，高喊着"反对投降"、"反对摩擦"等口号，在河北民军某部和国民党县党部门前举行示威游行集会，揭露国民党反共顽固派在辽县的倒行逆施，并同河北民军的军官和国民党辽县县党部书记刘子礼进行说理斗争。为了配合群众反顽斗争，以防顽军狗急跳墙，邓小平还命令参谋长黄乃一带领八路军独立团事前隐蔽于拐儿镇周围，为群众作后盾。在广大群众的强烈谴责下，迫使专搞摩擦的国民党二路军某部退出辽县县境，国民党县党部书记刘子礼也灰溜溜跟着逃跑了；反顽固，反摩擦的示威群众还捣垮了驻西黄漳村的特务组织"敌工团"，抓捕了"敌工团"姓高的特务团长；阎锡山派驻辽县根据地专搞摩擦的反共顽固组织"精建会"也被群众驱逐出辽县县境。辽县群众反顽斗争的胜利，进一步密切了八路军一二九师与驻地人民群众的关系。

孙楚吃了败仗，主子脸上无光，蒋介石又乘虚而入，阎锡山真是"偷鸡不着反蚀了把米"。悔恨之余，想了想，这亏不能叫"门"（阎平时讲的一口五台县土话，"门"为五台方言，意为俺、我）家独吃，也得叫老蒋在八路军面前丢丢面子，赔点家当。于是眉头一皱，计上心来，连忙涎了面皮，

第三章 御寇反顽战太行

与共产党毛泽东派来的代表握手言和，重谈"联手抗战"，达成和解协议。

2. 消灭朱怀冰、鹿钟麟部

1939年11月24日，蒋介石任命九十七军军长朱怀冰兼任冀察战区政治部主任、河北省民政厅长后，朱怀冰即率部与河北省鹿钟麟、张荫梧、乔明礼等以民军为主的反动武装会合，组成三路反共大军，向共产党领导的抗日根据地发动进攻：一路从太行山南部和中条山区配合阎锡山反对新军的行动，从南、西两面进击，企图消灭太行南部和晋南的八路军与山西新军；一路以朱怀冰率领的九十七军入侵太行山区北部，配合鹿钟麟、张荫梧、乔明礼等部，切断太行区与冀南地区的联系，从而进取冀南；一路则以石友三部两个军和冀察游击总指挥孙良诚等部，从东向冀南、冀鲁豫地区的八路军进攻。他们妄图三路合击，互相配合，一举消灭共产党太行区和冀南、冀鲁豫等地区的八路军。

为了确保太行区等抗日根据地的安全，刘、邓根据总部指示。与此同时，对驻太行区的八路军主力部队也进行了战略部署：以三八六旅、三四四旅、晋豫边支队等部布兵于武乡、襄垣、平顺、壶关、阳城等地设防；以三八五旅、冀西游击队等部活动于内邱、邢台宋家庄、和顺松烟镇以北地区，并控制和顺青城镇、内邱白鹿角等要点；调青年纵队二团、东进纵队一团，由冀南进入冀西，协同先遣支队控制内邱、邢台宋家庄、和顺松烟镇以南，邯长大路以北地区，以确保太北、太南的联系，同时加强太行与冀南的联系。

民族大敌当前，同室操戈，骨肉对垒，八路军官兵实在不愿打这种让世人耻笑的内战，即使在实在不打不行之时，仍然于元月底，一二九师刘伯承和邓小平一起又一次亲赴冀西再次劝说朱怀冰、鹿钟麟等人，停止这种让"亲者痛，仇者快"的摩擦，不要再放下日本鬼子不打，一而再地对八路军进攻。而朱怀冰、鹿钟麟等人拒绝谈判，以为八路军一再找他们讲好话，是软弱好欺，打不过他，公然连连制造围攻、残杀八路军与抗日民众、捣毁抗日民主政权的血案。在朱怀冰等顽军三路大举进攻下，以一二九师为主的八路军部队终于不得不奋起反击，一举将朱怀冰部8000余顽军几乎全部消灭。

应了中国的一句谚语："咬人的狗总是尾巴撅得高高的，一挨了揍就夹得紧紧的。"几天之前还不可一世的朱怀冰、鹿钟麟，一心梦想消灭八路军好向南京的主子报功，以谢蒋介石加官晋爵之恩，一下子被八路军的反击吓破了胆，活像一只挨了打的狗，急急忙忙率了残兵败将夹了尾巴，灰溜溜地逃窜到冀南。

3. 重创石友三

石友三是国民党军阀，原为国民党第三十九集团军司令，1939年蒋介石又委任石做了国民党第十军团总司令，驻守于河北省南部和山东省西南部。此人在敌、我、友（即日军、八路军、国民党军队）三方的关系中表现反复无常。时而联合日本人打八路军；时而联合河北鹿钟麟部打八路军；时而又与八路军的代表会谈，表示不与共产党的部队搞摩擦。到了1940年，这位反复无常的石友三便一屁股坐在联鹿（鹿钟麟）、联日、反共的泥坑里不起，变本加厉，疯狂摧残抗日民

第三章 御寇反顽战太行

主政府领导的群众运动，屠杀共产党员和进步人士。

2月3日，石友三率部向冀南地区的八路军大举进攻，并公开勾结日军，配合日军500余人，向冀南解放区广宗东北地区进行疯狂"扫荡"。

同日，毛泽东、王稼祥致电朱德、彭德怀与刘伯承、邓小平，明确指出，"对石友三应采取坚决彻底全部干净消灭的政策，用各种方法引其出来而消灭之，这是无可救药的反革命坏蛋，争取方针已不再适用了"。

根据毛泽东的指示，一二九师于2月9日至18日，组织了以消灭石友三部为主的冀南反顽战役，经过激战，重创石友三主力部队，石友三借助日军的掩护，率部仓皇逃窜，最后以将石友三部逐出冀南地区暂告胜利结束。

4. 卫东战役

1月21日，邓小平在一二九师师部驻地桐峪镇传达了朱德、彭德怀关于集中兵力消灭石友三的电报指示，并具体部署了把石友三驱逐出冀南的卫东战役方案。

卫东战役与磁武涉林战役几乎同时进行。磁武涉林地处平汉路以西，卫河地处平汉路以东。一二九师所谓两把扫帚一起扫：一把横扫平汉路以西的反共急先锋朱怀冰；一把横扫逃窜至冀南卫河以东地区的石友三部。

在卫东战役和磁武涉林战役正式打响之前，刘、邓决定，在一二九师师部驻地桐峪镇举行了一次部队检阅和军事表演。"集总"朱德、彭德怀两位正副总司令，还有刘伯承、邓小平、聂荣臻、罗瑞卿等首长检阅了部队，观看了部队军事表演。辽县党政军民各界人士代表也观看了这次军事表演。这

次部队检阅和军事表演，实际上是一次大显八路军军威、大长抗日志气的战斗前的总动员。

3月4日，一二九师便集中了驻冀南、冀中、冀鲁豫地区17个团的兵力，在程子华、宋任穷统一指挥下，对不甘失败、仍然不断进犯抗日根据地、破坏抗战、以讨日军欢心的石友三顽军，于冀南卫河以东地区发起全面攻击。八路军以新编中央纵队、鲁西北支队、鲁西支队和豫北支队为正面反击作战，冀南沿卫河各县的游击队控制卫河渡口，策应各路作战部队。战斗一打响，八路军各路部队便以迅雷不及掩耳之势，分别攻克濮县、观城、仙庄集、六塔集、卫城集等地，俘获人枪各800余多，并击溃由范城进至观城以北的王金祥部一个团。不待顽军有喘息的机会，八路军又从东西南三面向顽军发进猛攻，连克柳家集、东北庄、双庙集等地。3月5日，石友三的顽军便不胜招架，开始分路南逃，八路军大军趁势跟踪追击，一路追杀，在濮阳以东和东南地区击溃顽军两个团。此后，八路军各部连连报捷：

6日，八路军在八公桥地区作战的部队痛歼顽军一部；

8日，在东明地区作战的八路军又痛歼顽军，杀伤敌人大半；

11日，石友三又如挨了打的狗，夹了尾巴，率部逃往河南省民权县以东，从柳河集越过陇海线，继续向南逃窜，一直逃到南乐清丰一带。

卫东一战，共毙、伤、俘石友三部3600余人。

卫东战役至此宣告胜利结束。

第三章 御寇反顽战太行

二十、磁武涉林战役

1939年，国民党掀起的第一次反共大合唱，到年底达到了空前的高潮。分别以胡宗南部进攻陕甘宁边区，以阎锡山部发动"十二月政变"，之后，进而驱使其他集结在晋冀鲁豫边区周围的16个军和万余地方游杂反动武装，向太南、太岳、中条山、太行北部和冀南的八路军和山西的新军发动了全面进攻。后晋冀鲁豫的八路军奋起反击，经过与孙楚、朱怀冰、石友三等三个回合的较量，先后粉碎了阎锡山妄图消灭晋东南山西新军的企图，打退了朱怀冰、鹿钟麟对太行北部的进攻，将石友三部从冀南赶往南乐清丰一带。

然而，在蒋介石的降日反共叫嚣声中，国民党顽固派虽连遭惨败却不思悔悟，不甘失败，进而加紧组织策划对八路军发动新的进攻。1940年2月间，蒋介石命令朱怀冰、鹿钟麟及新五军的孙殿英等部，进驻磁县、武安、涉县、林县等地区，与逃窜至南丰清乐一带的石友三部、据守鲁西北的沈鸿烈部等，遥相呼应；同时又调四十一军、七十一军由黄河以南迅速向黄河以北的太行山南部开进，企图形成大军压境弧形合击之势，由南向北席卷太行、冀南等抗日根据地，消灭太行与冀南地区的八路军。

尤以朱怀冰——这条被八路军一二九师打得断了脊梁、刚刚缓过气来的癞皮狗为急先锋，首先一边在磁县一带拿抗日群众开刀祭旗，朱的军车一到磁县，就到处张贴、刷写"打倒八路军"、"收复太行山"等反动标语，大造反共舆论，横行街头；同时还一边到处构筑工事，修筑碉堡，仅在禅房、庙庄、泽布交等地就构筑了300多座碉堡；并且以其九十七军第八十四师于2月18日晚上突然包围、攻打八路军驻河北省磁县北贾壁、大湾村的先遣支队一大队和驻武安县固义、徘徊镇的青年纵队第二团，制造了血溅磁武的"贾壁事件"，造成八路军伤亡100多人的重大损失。事后，朱怀冰反而行猪八戒倒打一耙之劣伎，致电一二九师师长刘伯承，血口喷人，反诬八路军向他朱部开枪。

　　对此，一二九师师长刘伯承曾复电朱怀冰。委婉陈情，历数劣迹，给予驳斥，并公诸《新华日报》。

　　刘伯承签发了给朱怀冰的这篇柔中有刚，正气凛然，洋洋洒洒的电文，心中好生痛快，忽发大将雅兴，对邓小平、李达等人一挥手说，走，拍电影去！

　　事情也非常凑巧，就在2月28日这天，邓小平等师首长正为刘师长这篇驳斥朱怀冰的电文感到非常开心之际，忽然来了一批拍电影的人马，说是从延安过来的，也有说是苏联派来的，反正要给一二九师官兵们拍电影。这些个声震华夏、名扬中外如刘、邓者的将领们，整年戎马倥偬，战事冗繁，哪里曾拍过电影！有的甚至还没有见过拍电影是怎么回事，看见那个大胡子摄影师扛了一个小钢炮似的大家伙，都觉得惊奇得不行。经刘伯承这一说，大家反倒紧张起来，都不好意思往前走。

　　邓小平也还是头一回拍电影，他想，这两日刘师长和师部大小领导为了对付朱怀冰等国民党顽固派的摩擦，准备新的反顽战役，呕心沥血，太劳神了，应当让师长趁此机会去

第三章 御寇反顽战太行

散散心。便也高声助兴说,走走,拍电影去哕!让朱怀冰先头痛着,我们先去拍个开心电影,将来好送给朱怀冰看。

大家说说笑笑地来到桐峪村外的河滩,这些个指挥千军万马的将领们,忽然被两个摄影师指挥起来,而且指挥得团团转,一会儿叫他们坐下,一会儿叫他们蹲下,一会儿又叫他们拿了笔装腔作势作着在纸上写的样子……摆布得大家反而不知所措,不自然了。摄影师一再比比划划要大家自然些,自然些,再自然些!偏偏越叫自然越不自然,眼看就拍不下去了。

这时,刘伯承对摄影师小徐信口说了句笑话:"自然而然,然而不然。"登时引发一片笑声。邓小平也风趣地笑着说,往前站,别怕,你钻不进机器里!说得大家越发笑声不止。这一笑,大家倒显得非常自然了。

摄影师不失时机地抢了许多非常自然生动的镜头。

这是刘、邓在戎马倥偬、战事紧张中难得有的一次放松。

抗日战争中,国民党顽固派对八路军的摩擦、在各战区都有,但最集中的是山西、河北、山东、河南等晋冀鲁豫区。而八路军一二九师正是处在国民党顽固派制造摩擦,疯狂反共的风口浪尖。刘伯承仍然期望朱怀冰能够幡然思悔,收敛劣行。

然而,事与愿违!

于是,刘、邓终于下定决心,对于朱怀冰之流非揍不可!

经过反复研究,刘、邓、李的意见完全取得一致,最后制定出周密的作战计划。并于1940年2月25日,正式颁布了八路军一二九师战字第一号命令,向参战各部队下达了

《磁武涉林地域作战计划》。

3月4日巳时。

八路军一二九师前线指挥部。

邓小平代表刘伯承用电话向桂干生、周希汉等参战部队正式发布战斗命令。

1940年3月5日2时,首先由左翼队和中央队开始攻击,打响磁涉武林地区八路军反击国民党顽军朱怀冰部战斗第一枪。

战斗进行得异常激烈,朱怀冰等部毕竟是准备了相当一段时间的,战壕、碉堡比比皆是。尽管如此,从3月5日开始,激战到3月6日,朱怀冰的主力部队便吃不消了,已经开始向林县撤逃。鹿钟麟部也有集结林县以伺进退的模样。孙殿英部如刘伯承与邓小平的估计,取隔岸观火姿态,有此态度也还算友好。

于是,刘伯承和邓小平命令各部继续穷追猛打,不给敌人以喘息的机会。

6日3时,邓小平在前线指挥部用电话给挺进支队发布作战命令:

一路跟进的前线指挥部连连收到青年队、赵承金和谭冠三部、先遣支队、警备旅等部队的战绩报告,朱贼部已被我全部击散,南逃之敌大部为我消灭,余者寥寥无几,且各自溃散逃窜;朱怀冰本人也如丢盔卸甲,割须弃袍,自逃小命去了。邓小平总算长出了一口气,正觉得肚子有点饿,准备吃饭,警备旅王长江旅长与旷伏兆政委匆匆进来汇报,他们右翼纵队第二梯队截击顽军主力,激战7小时,歼敌3000余

第三章 御寇反顽战太行

人。邓小平听了他们汇报后,对他们说,你们警备旅这次打得很好,完成任务突出,立了功。但是你们的纪律不大好,据说你们有人到敌占区去抓汉奸筹款,这要调查处理。好吧,先不说这个,一起吃饭。

于是,邓小平同王长江、旷伏兆一起捧起香喷喷的"襄垣小米"干饭,风卷残云般大口大口吃起来。这是他们战斗开始以来吃得最香最多的一顿饭。

到此,由邓小平和李达亲临前线指挥的、彻底反击国民党顽军的磁武涉林战役,打了整整4个昼夜,最后以一二九师为主力的八路军,歼灭国民党九十七军朱怀冰部及其他反动游杂武装共上万余人,控制了邯(郸)长(治)公路以南,临淇、西平罗以北地区,大败朱怀冰部,宣告胜利结束。

1940年3月,正当太行山八路军一二九师等部队取得反顽大捷,士气民心空前高涨之际,中共中央、中央军委和毛泽东发出了反顽斗争"有理、有利、有节","适可而止"的指示。从而山西、河北的反摩擦斗争暂告一段落。

刘伯承、邓小平立即遵照党中央和毛泽东的指示,于3月16日,向一二九师发出全师主动北撤命令。

多行不义反自害。蒋介石搬起石头砸了自己的脚。他一心思消灭共产党八路军,结果共产党八路军没有被消灭,反倒叫共产党八路军把他的朱怀冰和一些亲他的反动游杂武装消灭完了;一心欲消灭八路军的抗日根据地,结果适得其反,反倒让刘、邓领导下的晋冀鲁豫根据地迅速发展壮大,全区武装力量一下子发展到1万多人,部队军事、政治素质也得到前所未有的提高,八路军一二九师稳固地控制了冀南

全部、太行山北部、太岳北部共 71 个县,约 800 万人口的广大地区。

正如周恩来在中共第七次代表大会上的发言里所讲:"……最主要的是华北,从新军事件一直到朱怀冰和我们搞摩擦,以后蒋介石打不下去了,朱(怀冰)败了。朱德总司令说得很对,蒋介石就是怕一个东西,怕力量。你有力量把他那个东西消灭得干干净净,他就没说的。朱怀冰被消灭完了,蒋介石从来没有提过这个事情。他只好捏住鼻子叫卫立煌和朱总司令谈判,划漳河为界。第一次反共高潮过去了,就来了个第一次谈判。我们的方针是'有理、有利、有节'。我们打了胜仗不骄傲,还是和他谈判。我们是相忍为国。"

二一、河边论兵

太行山南北绵亘 700 里,虽同属北国黄土高原,气候却南北悬殊甚大。便是辽县一县,南北差异也迥然不同:当早春 2 月,以辽县县城为中心,其北、中部尚是坚冰未消、风寒入骨的一片残冬景象之时,其南半县——过了温城、土门,跌宕而下,先后经申家交、东西隘口、上武、滩里、桐峪、下武、武军寺、麻田……却是越走越绿,满目春光,一派春意盎然的景象。再过了麻田,依清澈见底的清漳河而再下,临近涉县,几近已是蝉鸣于树、人亲树荫的暑热天气。这一带,以麻田为中心,以清漳为依托,自古就有太行"小江南"之美誉。

桐峪,这个山窝窝里的小镇,如深屋藏娇,龙口含珠,

第三章 御寇反顽战太行

就坐落在这片得天独厚、春光明媚的"小江南"。

这天早饭后,邓小平和刘伯承两人一边散步,一边谈论回顾着自磁武涉林战役以来的工作,以及对战局发展的估计和如何落实中共中央北方局最近在黎城召开的有太行、太岳、冀南地区的高级干部参加的会议精神。

刘伯承说,党中央这个决定太重要了,把太行、太岳、冀南三个区分散的领导统一起来,成立太行军政委员会,往后许多事情就好办得多了。否则,虽有"集总"协调,总有点那个……只是今后你又兼了太行区军政委员会书记,工作任务就更重了。

邓小平说,是啊,我有点力不胜任的担心。

刘伯承爽然一笑,说,那倒不必。你在"黎城会议"上关于根据地财政问题和建军问题的讲话,就很有点水平。尤其是关于财政问题,你的经济头脑要比我丰富得多……

邓小平风趣地说,哪里,师长过奖了。我不过是根据大家的意见和一些实际经验,谈了一些自己的看法,哪里有多少水干哟,只怕是有"水分"哟!又说,这次晋冀豫区党委召开的士绅座谈会我赶了一半,倒是师长在会上的讲话非常有力量,大有一种震聋发聩的威慑力。

刘伯承说,以汪精卫为首的国民党投降派用大炮都轰不动,我那个讲话不过是吓吓田里的麻雀而已。看来毛主席讲得很对,扫帚不到,灰尘是不会自动跑掉的哟。

刘、邓所讲的,是指 1940 年 4 月 11 日,中共中央北方局决定将太行、太岳、冀南三个区统一成立太行军政委员会,并任命邓小平为太行军政委员会书记。接着,4 月 11 日至 4

月26日,中共中央北方局又在山西黎城县召开了太行、太岳和冀南地区高级干部会议,贯彻中共中央《关于政权问题的指示》。邓小平代表一二九师和太行军政委员会出席了这次会议,同时出席会议的还有彭德怀、杨尚昆、薄一波、李雪峰、杨秀峰、宋任穷等。会议重点讨论了根据地建设的统一与政权问题,提出建党、建军、建政三大方针,提出积极打击日本侵略军的"囚笼政策"的任务;会议还决定成立太行、太岳行政联合办事处(简称"冀太联办")。会上,邓小平就根据地的财政与建军等问题作了重要讲话。4月27日到4月29日,一二九师和晋冀豫区党委又在桐峪镇召开了辽县、黎城、涉县三县士绅座谈会。到会的士绅代表及有关群众团体代表、抗大总校学生代表和国际友人印度援华医药团安德烈博士列席了会议。与会的士绅代表和列席人员共80多人,其中诸如辽县的士绅代表皇甫泰、孙华、宋云生等15人,中共辽县县委书记杨待甫也列席了会议。会上,朱德和刘伯承分别作了重要讲话。刘伯承在讲话中揭露了汪派、托派反共反八路军的罪行,号召各界人士要打击公开的和潜藏的汪派,团结一切进步力量,防止突然事变发生。中共晋冀豫区党委代表徐文中诚恳地向士绅们陈述了区党委的四项意见:(一)坚持晋冀豫抗战,保卫抗日根据地,反对出卖华北,要求共产党的合法地位;(二)安定民生,积极救济灾民,加紧春耕;(三)实行民主,坚持进步,成立参政会、宪政促进会。最后,由一二九师李达参谋长作了总结发言……

话题又回到贯彻落实黎城会议精神。

刘伯承说,目前我们需要做两方面的工作,一方面是关

第三章 御寇反顽战太行

于我们部队自身的,首先召开一次营以上干部会议,你来传达一下黎城会议精神,根据黎城会议建军方针,对部队进行次整编。我意晋冀豫边纵机构,新成立太行、太岳、冀南三十军区,太行军区仍由我们两个兼司令员和政委,由蔡树藩同志作政治部主任,王宏坤同志作副司令员,主持日常工作。下面再辖几个军分区。这样便于发挥各军区作战的主动性、机动性和灵活性;另一方面是关于对日作战方面的。我们是需要狠狠收拾一下日军的所谓"囚笼政策"了!

邓小平说,我完全同意师长的意见,新机构的人事安排,我回头搞个详细名单,开一次党委会,然后就正式传达;干部会议我看就最近召开,就在榆社县的潭村召开为好;对日作战方面,敌人对华北根据地从去年9月开始实施的所谓"囚笼政策",是想以铁路为柱,以公路为链,以据点和碉堡为锁,对我们施行分割围剿。既然敌人已经把我们装进这只无与伦比的大笼子里,我们也只有来个抽"柱"、断"链"、砸"锁",把这只大笼子给它彻底砸碎。

两人只顾说着话,不知不觉已经走到桐峪村外,来到他们经常散步的一条季节性河边。河里的水很少,只有一股涓涓细流,汩汩有声地从滚滚乱石中间曲折而顽强地向前流着。

刘伯承惊喜地"哦"了一声,指着对面的山畔,兴奋地说,你瞧,山桃花都已经开了!开得好旺盛哟!

邓小平抬头望去,果见山畔上的山桃花已经盛开,粉的粉,红的红,一簇簇、一蓬蓬,像一团团熊熊燃烧的烈火,远远望见,煞是好看,惊喜地说,这种山桃花生命力很强,硬是从石头缝成长起来,多么像一团团烈火!地里的小麦也全都返青了，春天不知不觉又来了。我们却还捂着冬天的军装。说着．低头自顾，看着那一身膝盖和肩肘处都补了补丁、袖口都磨出棉絮的灰军装，不禁失笑了。

刘伯承触景生情，好像想起什么，摇头兴叹，自言自语地说，打仗，打仗，打得我们把什么都忘了。日本鬼子太可恨了！把我们美好的春天也践踏了！

邓小平也情为所动，望着对面山上被日本鬼子砍了大半的松林，说，看来我们这一代的青春只能是在战火中度过了。但愿我们这一代的牺牲能换回一个永远的春天。

他们不约而同地走向河边那两块大石头前，默默地坐下，依旧望着远处蓝天映衬的层峦叠嶂。太阳照着他们的灰军装，一会儿邓小平政委就先受不了热了，嗬！这天气真还说热就热上劲了，是该换季了。我看老蒋保不定又耍滑头，克扣我们的服装装备，叫我们抽了棉絮当夏天的服装穿了。说着解开棉衣的领扣，又把话转回原来的议题上。

……从去年武汉作战之后，日军就开始回兵华北，相继从华中、华南和日本国内抽调重兵达八个半师团编入华北方面军的战斗序列，以实现其在华北搞什么"治安肃正"的战略目标。邓小平一边解着衣扣，一边侃侃而谈。目前，日军在华北的兵力，由13个半师团约30万人，猛增到22个师团约44万余人，占到全部侵华日军的半数以上。他们搞了一套什么"巩固点线，扩大面的占领"的方针，什么"分散配置，分区扫荡，灵活进剿"的"牛刀子战术"，向我太行、太岳、冀南等华北敌后抗日根据地轮番扫荡，妄图拼死侵吞广大华北版图。敌华北方面军又制定了分三期实施的1939年度"讨

第三章 御寇反顽战太行

伐肃正"作战计划,对我根据地进行了上千次大小扫荡,每一次扫荡,少则上千人,多则上万人,最多一次达到6万多人。这种接连不断的疯狂扫荡,使我们也不得不奉陪了,同敌人展开残酷的连续的苦战。这是仅去年一年的战事情况——

进入1940年,刘伯承接过话头说,今年日军的情况更不容我们乐观,日军在"扫荡"的同时,大肆修筑铁路、公路、据点、碉堡,从1939年一年到1940年这前半年,在华北修筑铁路达1870公里,公路156公里,新构筑碉堡、据点2749个……这就是敌华北方面新任司令官多田骏提出并实行的所谓"竭泽而渔"的"囚笼政策"。

但是,说到这里,刘伯承突然加重语气。这正暴露出日本侵略军的弱点,战线过长,兵力不足。所以不得不拿几何原理两点成一线,用碉堡网络来控制他们力所不及的地区。

对!这正是敌人的致命弱点!邓小平又把话接过去。敌人的兵力不足,却又想侵吞中国,甚至恨不得把整个世界、整个地球都一口吞下去。这就必然造成野心与实力的矛盾。他们搞了一套以碉堡推进,"点""线""面"结合的所谓几何学运动的控制办法,来实现其吞并华北的梦想,也实在有点蚂蚁撼大树,自不量力了。所以,我看我们就不妨来他个夺其所爱,敌人不是想以铁路为柱吗?我们就再来他几次大规模的破袭铁路战斗,把它的铁路搞得支离破碎,那时候我们可就成了"笼子"里窜出的老虎了,要吃人喽!

一个师长,一个政委两人坐在河边,仿佛对着千军万马

谈兵论武,越说兴致越高,越谈劲头越大。最后,刘伯承拍膝而起,兴致很高地说,敌人所不足的,正是我们所富有的——我们有的是人民,是根据地的广大人民群众!我看我们就这么办,动员铁路沿线的自卫队、地方武装、游击队,配合主力部队,对平汉路、白晋线、德石线,再来一次大规模的破袭战!彻底消灭敌人!

邓小平也兴奋得一拍腿,站起来,这个任务就交给我来办,号召全区军民同仇敌忾"面向交通线",把这只"囚笼子"彻底给它撕个稀巴烂,让鬼子的火车跑不了,汽车跑不动,真正陷入华北人民群众编织的这只大"囚笼"里!于是,从这次刘、邓河边散步,纵论敌我之后,太行区军民又掀起一次以粉碎敌人的"囚笼政策"为战略目标的、规模空前、声势浩大的破袭战。

5月下旬,刘、邓又亲自指挥了白(圭)晋(城)战役,两天两夜彻底破坏白晋铁路50余公里,炸毁桥梁50余座,炸毁敌人的军列一列,毙伤敌人350余人。之后,7月9日,一二九师三八五旅十三团一部又破击白晋铁路虒(读师音)亭至新店间数里,解放修路工2000余人。至7月底,连续进行了大小破袭战40余次,狠狠打击、挫痛了敌人的"囚笼政策"。

7月22日,刘伯承和邓小平根据八路军总部的"战役预备命令",向所属各部队签发下达了《关于正太战役预备命令》。

二二、百团大战

1940年8月18日——百团大战临战前夜。

山西和顺县石拐镇一二九师前线指挥所。

左、中、右三翼破击队指挥员会议正在空前严肃地进行。

与会的有陈赓、陈锡联、周希汉、赖际发、范子侠等十几名一二九师的有关将领。

三八六旅旅长兼太岳军区司令员陈赓是晚饭前才赶到的，陈赓旅与太岳军区政委薄一波是本月上旬在沁源接到刘伯承和邓小平的预备命令，于8月14日率七七二、十六、二十五、三十八等四个团经过5个昼夜的急行军，于8月18日赶到寿阳县东松塔、白云村一带秘密集结待命；然后他即率参谋长周希汉等赶来和顺石拐镇师前七七二指挥所领受作战任务的。刚解鞍下马，气喘吁吁地走进师指挥所住的三合小院，正碰上刘、邓两位师首长从作战室出来，便迫不及待地问这回的任务。刘、邓高兴地说，嚯！来得真快啊！先去吃饭，吃了饭开会就什么都知道了！

会议由李达宣读朱、彭两位正副总司令与左权参谋长签发的作战命令；接着由刘伯承对作战命令作更详细的阐述和部署；然后由邓小平作战前动员讲话。

邓小平神情严肃、声音洪亮而威严地讲述了朱德总司令、彭德怀副总司令与左权参谋长下达的作战命令的重要意义以及对各部队的要求：

——同志们！在八路军总部的统一部署与指挥下，我华北八路军即将主动向日本侵略军发动一次规模空前的、声势浩大的进攻,这就是即将展开的、以山西为主战场的会战!

邓小平政委有意停顿了一下。会场上静得仿佛掉根针都能听得见。

——在这次即将发动的进攻中,华北我军将投入40余万的兵力,于太行、太岳和山西北部地区,分多个战场,向敌人同时展开进攻。为什么要发动这次大规模的大战呢?任何事情的发生,都是有其前因后果、历史根据的,都是绝非偶然的。大家知道,今年是抗日战争进入第4个年头,中共中央在《为抗战三周年纪念对时局宣言》中曾经指出,现在是中国空前投降危险与空前抗战困难的时期,我们不应当隐瞒这种危险与困难,中国共产党认为自己的责任是向全国提醒这种危险与困难。党中央提醒的所谓"空前投降危险"是指什么呢?这就是由于国际形势的逆转,所引起我国抗日民族统一战线内部的严重变化。今年5月,德国法西斯军队采取"闪电"式战术,在西线战场上,一举打败英、法联军;继而又以空中优势,大举轰炸英国伦敦;进而又于6月22日不宣而战,突然进攻苏联;意大利法西斯也迅速崛起,意欲雄踞于地中海领域……德、意法西斯的猖狂攻势和节节胜利,严重地刺激了东线战场上的日本帝国主义,使其鲸吞华北、进而灭亡中国的狼子野心更加膨胀,于是便与希特勒的飞机大炮遥相呼应,以实现其"迅速解决中日事变"、进而南进太平洋、建立以日本帝国为中心的"大东亚共荣圈"的美梦。为了达到这一野心,日本帝国主义加紧了对蒋介石国民党的政治诱降,并施以军事讹诈的手段,扬言要兵分三路,"南

第三章 御寇反顽战太行

取昆明,中攻重庆,北犯西安",来迫使蒋介石之流屈膝投降。希特勒也出于自身的目的,对蒋进行"劝和",英国也利用关闭缅滇公路,卡中国的脖子。一边是强大的军事"压力",200架飞机同时出动轰炸国民党中央偏安的重庆;一边是"诱降""劝和"声声悦耳,国民党中的亲日派更加肆无忌惮,大肆活动,"助蒋反共",蒋介石终于锁不住心猿意马,密授亲信,连送秋波,开始了"蒋日谈判"。一时烟幕滚滚,降声窃窃,妥协降日空气弥漫国民党上下,投降危险充斥整个中国抗日民族统一战线内部。这就是中央所指的"空前投降危险"!那么,"空前抗战困难"又指什么而言呢?

邓小平略加停顿,犀利的目光在会场巡视一圈,双手叉腰,又接着说,这是不言而喻的,人所共知的。武汉失守之后,日军停止了对国民党正面战场的战略进攻,转而又回攻我敌后抗日根据地,对我太行等敌后抗日根据地进行轮番的大"扫荡",实行军事进攻、政治诱降、经济封锁、文化欺骗等一整套把戏的"总力战";并拼死推行被我八路军一再打击的"囚笼政策",重整被我一再破袭的铁路、公路、据点、碉堡和封锁沟墙等,以扩大他们"点""线""面"的几何占领,对我根据地形成层层分割,层层封锁,网状压缩包围,使我们的抗战形势日趋困难,战斗日益艰难,广大军民的抗战情绪也随之日趋低落,甚至出现悲观失望,失去持久作战的信心。

——同志们!这是国际、国内形势和敌我双方大的背景。再从战术上考虑,敌人的"交通线空虚,守备薄弱"。这是对我们向敌人发动进攻极其有利的条件。所以,为了克服困难,克服投降危险，"影响全国抗战局势，号召抗战的军民，争取时局好转"，提高根据地和全国军民的抗战必胜信心，同时在军事上破坏敌人进攻西北计划，粉碎敌人的"囚笼政策"，八路军总部朱德总司令和彭德怀副总司令根据一贯执行的独立自主的抗日游击战争方针，毅然决定发动这次有多兵团的兵力同时参加的对日军作战的军事进攻。并且早于7月22日，朱德总司令和彭德怀副总司令就签发了发动这次大规模作战的《战役预备命令》。同志们！这是关系我们民族生死存亡的一次大决战！

最后，会议宣布了总部下达的这次大战的战役任务：

战役任务——

在重点破袭正太路的同时，还要对平汉路、同蒲路、津浦路、汾（阳）离（石）路、白（圭）晋（城）路、北宁路、平绥路、沧石路、德石路、邯济路、蔚（县）代（县）路、平（北）大（名）路、平（定）辽（县）路、宁（武）苛（岚）静（乐）路等铁路和公路线进行广泛的大破袭。

参加作战部队——

有八路军一二九师、一二○师、晋察冀军区各部主力及决死各纵队等。

兵力具体部署——

……

邓小平这次在破击队指挥员会议上的讲话，既是传达、阐述朱、彭两位老总的作战命令，又是一次激动人心、鼓舞斗志的战斗动员。

1940年8月20日——中国人民抗日战争史上一个用40

第三章 御寇反顽战太行

万抗日英雄的鲜血书写的光辉日子!

战线全长5000华里,战场遍及晋、冀、察、绥、热、豫等6省。同时出击部队105个团、逾40万人的百团大战,就在这一天的凌晨,正式打响了震惊中外的枪声!

百团大战从8月20日开始,到12月5日结束,历经三个半月时间。整个战役共分三个阶段进行:

第一阶段,8月20日至9月10日,主要进行交通总破袭战,破坏敌人在华北地区的主要交通干线,重点是摧毁正太铁路;

第二阶段,9月20至10月5日,重点进行歼灭战,消灭交通线两侧之敌,摧毁深入我根据地内的敌据点,主要发动太行区的榆辽战役和北岳区的涞灵战役等;

第三阶段,10月6日至12月5日,主要进行反"扫荡"作战,粉碎敌人的报复进攻,重点进行了太行区的武乡关家垴等战役。

这三个阶段中,由刘伯承、邓小平亲自指挥的一二九师主力部队为这次大战的全面胜利立下了赫赫战功。

且说第一阶段——以正太路为中心的破击战。

东起河北省正定县,西至山西省省会太原的正太路,从石家庄段到太原段,全长249公里,是敌人的一条"钢铁封锁线",也是日军连接山西、河北、山东等华北之敌的战略交通线知日军掠夺山西经济资源的重要交通干线,横贯于太行山脉。正如一二九师参谋长李达在《百团大战——中外战吏上光辉的一页》中所述,"在这条铁路线上,有天险娘子关和日军在华北的重要燃料基地阳泉、井陉煤矿。除太原与石

家庄外，日军以第四、第八、第九3个混战旅团共3600余人，分布在50个据点上，守备在这条铁路线上。沿线大小城镇、车站和桥梁隧道附近，均筑有坚固据点，各以数十至数百人的兵力担任守备。铁路两侧20至30里左右，均构有一线外围据点。敌人还经常派装甲车轧道巡视，自吹这是一条'钢铁封锁线'。"

8月20日子时。守备在正太路沿线的日军正在睡梦之中，突然被接连不断的雷鸣般的爆炸声和猛烈的枪炮声惊醒，他们还没有弄清到底是哪里发生战斗，已经被八路军四面包围。担任娘子关车站警备任务的日军警备队长连忙拨通电话，向旅团司令部汇报，旅团司令部值班室值班参谋说他也不知道哪里发生了情况。发生了什么情况，电话有的已经被切断；警备队长又向附近的井陉车站求援告急，井陉车站日军回话，他们也被"八路的"包围了，而且他们的燃料基地——井陉煤矿也向他们告急，说是不知突然从哪里冒出那么多八路，已经将他们占领的新矿炸了；又向阳泉站鬼子警备队求救，电话刚接通，就听见话筒里枪声哒哒，炮声隆隆。对方只是哇哇地喊叫，一句也听不清；再往石家庄、榆次、太原等方面告急，几乎摇遍铁路沿线所有车站的电话，不是叫不通，就是好不容易叫通了，对方传来气急败坏的声音，也如泥菩萨过河——自身难保。日军警备队长绝望了，刚要拼死往外冲。八路军的枪口已经顶在门口。经过3个小时的激战，担任破袭石家庄至阳泉段的晋察冀军区部队便攻克了正太线第一要隘——娘子关车站，将守备车站的鬼子全部肃清。同时，把敌人在华北的燃料基地井陉煤矿也彻底摧毁。

第三章 御寇反顽战太行

在攻克娘子关和井陉煤矿之后,八路军一一五师连续作战,又以两天时间相继摧毁了东王社、贾庄、南正、乏驴岭、蔡庄、地都、北峪等敌人的据点和车站,将正太线石家庄至平定段全部拆、掀、炸毁,使之陷于瘫痪。而后晋察冀军区部队又挥师南进盂县、寿阳,连克盂、寿以北地区河底、关头、东会里、北会里、下社、兴道、长池、上社、西烟等敌据点,并将沦陷地区内的公路全部破坏。

如果说担负正太线石家庄至阳泉段(不含阳泉)破袭任务的晋察冀军区部队战斗还打得比较顺利,担负阳泉至榆次段破袭任务的一二九师和决死第一、第三纵队的战斗,却要相对比攻打娘子关等地艰苦得多了。

战斗打响之前,刘伯承和邓小平亲临榆次至寿阳段的作战前沿,翻山越岭,实地观察地形,而后匆匆赶到临时构筑的前线指挥所,对着地图把敌人沿路各个车站、据点的兵力部署,又一一重新审视一遍,非常肯定地对李达等人说,对驻阳泉的片山指挥官一定不能轻视,此人器量狭窄,而又骄横暴戾,一旦战斗打响,这位片山旅团长一定会不顾一切地抽调其大部兵力攻击我右侧背。

因此,邓小平指着地图,用指骨节重重地敲击着地图上位于阳泉西南部的狮垴山位置,接过刘伯承的话说,对于这个高地——狮垴山,一定不可掉以轻心,这可是正太线的咽喉要地,刘师长和我反复分析,战斗打响之后,敌人很可能集中兵力从狮垴山向我反扑。所以,我们一定要有一部分兵力预先占领狮垴山,以防敌人打我侧背!

果如刘、邓两位师首长的预料,8月20日,经过一夜战斗，一二九师和决死第一、第三纵队先后攻下了芦家庄、和尚足、马首、桑掌等阳泉附近的车站和据点。驻阳泉的日军片山旅团长便将其分散的兵力全部纠集在一起，甚至把驻阳泉的日侨也全部武装起来，在飞机助战壮威下，向八路军一二九师主力部队占领的狮垴山高地发起疯狂的反扑。

于是就演成了一场整整打了6天6夜的争夺狮垴山的恶战。

8月21日，当片山旅团长回兵向狮垴山反扑进攻时，未料到八路军已于狮垴山先有设伏，所以其旅团一部发起冲锋时，吃了败仗，"当天就死伤百余，遗尸40余具"。器量狭窄而又不可一世的片山岂可善罢甘休！于是，配以飞机轮番轰炸，对狮垴山高地发起一次又一次疯狂的反扑进攻。但最终仍是付出惨重死伤代价，高地仍为八路军一二九师部队占有。

李达曾在其回忆百团大战的文章中有这样生动而真实的记述：

> 经过6天6夜同敌人反复拼杀较量，我一二九师部队、官兵，不但攻如猛虎，而且守如泰山，大煞了赫赫皇军的威风。

日本防卫厅在《华北治安战》一书中也有如下记述：

> 占领庙高地的共军，从高地上用日本话一面高喊："投降吧！不投降就全部消灭！"一面进行攻击。对此，日军方面虽采取了局部反攻，但只有付出伤亡

第三章 御寇反顽战太行

并未成功。据阳泉的日侨（约500人）中，已经认定绝望，甚至出现穿好衣服准备就难的景象。

战斗打得最激烈的时候，周希汉率领的左翼纵队十六团、三十八团向羊儿岭、红崖一带转移时，发现左侧卷峪沟至安丰一带火光冲天，人喊马叫，经向跑上来的一名八路军轻伤员打听，才知道沟里是友邻部队和一二九师卫生部长钱忠信带领的伤员，右翼则是日军正向高地猛攻。周希汉立即命令部队占领高地，掩护伤员和友邻部队转移。这时鬼子500多人已经迫近羊儿岭和红崖高地。正在万分紧急之时，从卷峪沟方向跑上来两个人，那人一爬上高地就上气不接下气地说：刘师长、邓政委命令：死守阵地，没有命令不得撤退！周希汉一看来人，正是一二九师警卫营营长，脑子轰的一声响，就像爆炸了一样，心里道：妈呀！原来师指挥所和刘师长、邓政委都在卷峪沟！

周希汉一声大吼：不惜一切代价，夺回羊儿岭高地！掩护师前沿指挥所转移！保卫师首长的绝对安全！

左翼纵队十六团、三十八团兵分三路，冲上被敌人攻占的羊儿岭高地，与敌人展开肉搏战，终于夺回了羊儿岭高地，并打退了敌人一次又一次进攻。一直坚持到师前指挥所和刘、邓等首长安全转移出去。

狮垴山高地恶战虽然最后胜利了，但官兵们（尤其是李达等知内情的参谋人员）战后无不担心：如果不是刘、邓两位师首长英明的预见，果断的决策。亲临前线指挥作战，其后果是不可设想的！起码八路军要遭受惨重损失。

坚守在前线指挥所的刘伯承和邓小平,一方面在指挥着狮垴山高地的反攻恶战,一方面还在密切注视、指挥着另一个重要战场——上湖攻坚战。

不过上湖战役打得就非常顺利了。如参战人员回忆:堡垒里只有少数鬼子,多数是伪军。我们把堡垒包围起来,按照刘、邓的指示,动员了许多伪军的家属,在周围的山顶上,向堡垒里喊话,喊着他们的丈夫、儿子或别的什么亲人的名字,叫他们放下武器,不要跟鬼子一起打中国人。堡垒里的伪军们,听见自己的亲人们在外面喊叫他们,纷纷拖着枪,举着手,跑出来,向八路军投降。最后,堡垒里只剩下鬼子和少数几个顽伪军人,他们集中在最后的一个碉堡里,企图作困兽之斗。我们的炮手在距离敌人的碉堡只有几十米远的地方开了炮,只打了两炮,敌人的工事就开了花。于是我军就冲上去,占领了上湖这个车站据点,并且将顽抗的鬼子一扫而光。

收拾了上湖据点的敌人后,刘、邓就指挥大军乘胜追击,沿正太线阳泉至榆次方向,一路猛打下去,势如破竹,急趋直下,先后捣毁攻克了燕子沟、坡头、狼峪、张净、冶西等十几个敌人的据点、车站,其战斗场面和声势如李达撰文追忆:"随着正太路上车站、据点一个又一个地被拔除,我参战部队、游击队、民兵和人民群众。在'不留一条铁轨,不留一根枕木,不留一座桥梁'的战斗口号下,冒着敌机的低空扫射,对铁路、公路及一切附属建筑物展开大规模的破坏;车站、水塔、桥梁、路基被拆毁,被炸掉。"

在晋察冀军区和一二九师与决死第一、第三纵队分段对

第三章　御寇反顽战太行

正太路全线展开大规模破袭战的同时——

晋西北，也就是同蒲线的北段，只是这次战役的一个侧面。但是，由于它和为这次战役的下面——正太线紧相连接，是敌人增援最便利的一条交通要道，所以，在同蒲线上的配合行动，对于争取整个战役的胜利是有重要意义的。我们一二○师在百团大战的统帅朱德总司令的领导与指挥下，协同晋西北的友军、新军务部，便也同时在同蒲线北段全线出击。在大战发动的当夜，我师XXX旅就把敌人在忻县与静乐之间的最大据点康家会克服，并且把据点内和由静乐增援的敌人全部歼灭，缴获了大批胜利品，造成我军抗战第4年第一次光荣的胜利。同时，把大同以北至太原以南及附近的铁路、公路、电线、碉堡也同时破坏，同蒲线在很短的时间内就被完全切断。

（贺龙：《百团大战的一个侧面——晋西北》）

在百团大战发起的第一阶段，各参战部队在完成破袭正太线、北同蒲之同时，对平汉路、汾离路、白晋线、德石线、北宁线等铁路和公路的破袭作战也纷纷告捷。沉重的打击，使驻山西日军陷入一片手足无措的混乱险境。日军华北方面军不得不向他的大本营发出惊呼：

盘踞华北一带的共军，按照第十八集团军总司令朱德部署的所谓"百团大战"，于1940年8月20日夜，一齐向我交通线及生产地区（主要为矿山）进行奇袭。特别是在山西，其势更猛，在袭击正太路及同蒲路北段警备队的同时，并炸毁和破坏铁路、桥梁及通讯设施，使井陉煤矿等的设备，遭到彻底破坏。此次袭击，完全出乎我军意料之外，损失甚大，需要长时间和巨款方能恢复。

（见日本防卫厅战史室编：《华北治安战》）

且说第二阶段——以榆（社）辽（县）战役为主战场的攻坚战。

秋天又来到了。秋天意味着收获，意味着辛勤的汗水终于化作金黄的果实。1940年的秋天，太行山的庄户人家收获着双重的喜悦：一是庄稼的收成不错，遍地是金黄金黄的谷子、玉米，为了珍惜劳动的汗水，邓小平命令部队在打仗休整的空间，帮助老乡收割庄稼，做到了打仗不误秋收；二是百团大战第一个阶段，老乡们男男女女，老老小小，箩头提，担子挑，肩膀扛，给八路军往阵地上运送手榴弹、子弹、地雷、钢炮……与八路军一起破坏铁路、公路、桥梁，有的甚至拿了大刀、扁担帮助八路军与鬼子拼杀……百团大战第一阶段胜利的喜悦，自然也有老乡们的一份。恰巧又赶上中秋节，宋家庄的老乡们早早地就捧着一摞一摞自己做的月饼，来慰劳刘师长、邓政委等一二九师的官兵们。

中秋节这天，刘、邓两位师首长一早就去探望部队战士，看到各部队的战利品中除了武器弹药，还有不少诸如罐头、饼干之类的食品，刘伯承师长忽有所想，便对邓小平说，我

第三章 御寇反顽战太行

们师部在宋家庄住了不少时间,老乡们对我们的帮助不少,我们也该去慰劳慰劳大家了。

邓小平说,我也正这么想呢。

两人话音没落,老乡们便捧着月饼、枣儿、梨儿、红果、毛豆角……纷纷拥进门来。

就在这一天,彭德怀副总司令和左权参谋长下达了第二阶段作战命令。

百团大战的第二阶段作战任务,是以"在正太线不能继续坚持作战或已彻底完成正太战役任务之情况下,我之行动方针应是乘胜开展正太线两侧之战斗,去收复敌深入各根据地内之某些据点,继续坚持正太线之游击战,缩小敌占区,扩大战果,同时以一部分兵力进行休整"(八路军总部第二阶段作战命令中语)。

八路军总部具体作战部署命令:

"第一二九师应以4个团之兵力出击平辽公路而彻底毁灭之,并力求收复辽、和两城;另以两个团之兵力坚持阳泉以西及榆太地区游击战,开展工作,与晋西北打通联系。"刘伯承、邓小平率领的"第一二九师在此百团大战之第二阶段中,肩负了第二阶段对敌作战的主战场——榆辽战役的全部攻坚拔点作战任务。"

从阳泉、平定南下,经昔阳、和顺、辽县,再折往西南,即是榆社县。榆社再往西,过浊漳河,向南,可达武乡;往西,经太谷范村镇,便是榆次。榆社到辽县之间的公路。是日军楔入太行腹地、妄图切割太行抗日根据地、经营多年的战略据点公路——平(定)辽(县)公路的前锋段。敌人沿路构筑了许多碉堡工事，且正企图继续向西南延伸，打通榆社至武乡、武乡至太谷和榆次的公路，分别与白晋铁路、正太铁路连接，以构成一条可以往复循环具有更大战略作用的交通网络。发动榆辽战役，捣毁、夺取榆社和辽县以及榆辽之间乃至平辽之间的公路据点，对于八路军和太行抗日根据地军民来说，其重要战略意义也正在这里。

9月下旬的太行山，天气已经有了几分凉意，对于行军作战的部队来说，倒也清凉爽快，免却了一些暑热疲劳；但成熟的庄稼已经收割，田野上忽然空旷起来，失去了青纱帐的掩护，这对于行军转移、躲避敌机的轰炸又极不利。刘、邓率领着师前指小队，按照总部8月26日关于第二步作战命令，乘正太路遭受破坏敌人不能移兵接应的有利时机，同陈赓率领的大部队迅速向新的战场转移。部队从阳泉、平定、寿阳一带向榆社、和顺和辽县一带转移，沿途尽是大山险道，河谷深沟；头上又经常遇到敌人的飞机轰炸，刘伯承和邓小平硬是冒着敌机轰炸的危险，翻山越岭，涉水过河，一会儿徒步前进，一会儿以骑代步，日夜兼程。

有一次，他们刚走到一处山洞前，略事休息，敌人的飞机就像苍蝇一样嗡嗡嗡的飞过来，而且飞得极低，炮弹打得山头上的石头都冒火星，都能清清楚楚望见敌机上那面血一样的太阳旗。邓小平先出洞口望了望，风趣地说，嗬！地上的鬼子跑不动了，天上的鬼子又来为我们送行，这一路可真红火哟！刘伯承也出来仰望了一会儿，看见敌机炮弹打得远处的山头冒烟，回头对大家说，我看还是继续前进吧，敌人的飞机不过就是这么两下子，盂县城里的鬼子还等着为我们

第三章 御寇反顽战太行

接风啰!说着,在敌机还在间断扫射中,与邓小平一前一后,向前走去。于是小分队一行也跟着依山沟隐蔽的小路迤逦前进。

榆辽战役是从9月23日傍晚正式打响的。所谓榆辽战役,是在榆辽公路沿线发动的,由诸如榆社城战斗、沿毕村战斗、王景村战斗、红崖头战斗、关帝垴战斗、小岭底战斗、铺上战斗、石匣村战斗和管头村战斗等等若干个战斗组成的。其中打得最激烈、最艰苦的是榆社城战斗,经过两昼夜四次大的攻击战,才最后拿下榆社城。

攻打榆社城的战斗主要是由八路军一二九师三八六旅陈赓部担负。关于这次攻坚战的全过程,八路军一二九师在《百团大战总结》中作了最详尽的描述,足可代替作者拙劣的文字转述——

> 23日23时我以三八六旅主力,开始向榆社守敌进攻,激战一夜,但由于部队行进时不肃静,故使敌人很早发觉,故未当时攻下。翌日(24日)16时,又开始第二次攻击,敌人在我强烈炮火与猛烈攻击下,开始施放毒气,但我攻击部队毫不动摇,仍继续攻击。战约4小时,遂将敌住中学以西及西北角之碉堡攻克。24日23时30分,我攻克中学西北角碉堡之营,继续攻至文庙附近,攻中学之部队也攻至中学附近。此时我攻击部队,在敌人浓烈毒气及强烈火力的封锁下,则转为对峙状态,主要进行近迫作业与坑道作业,准备继续再攻。25日16时又开始第四次攻

击,此时敌机四架低空袭扰,企图滞制我之进攻。这时我坑道作业已成,故即又引火轰炸,突而轰隆一声,烟雾弥漫,直冲霄汉,我攻击部队,即乘烟雾之际,攻克碉堡,冲入中学。此时我正面攻击部队,也攻占了中学以西之最后碉堡。敌主力被消灭,残敌向东逃窜,我乘胜追击至榆社东15里处,复将残敌大部消灭。只剩十余人逃跑,但后来仍为五旅俘虏。

主攻部队三八六旅旅长陈赓也曾有回忆文章记述——

　　榆社城为敌所构筑之半永久式筑城地带,城周围,防以碉堡群,围以铁丝网,圈以外壕,火网严密,地形险要,经我两日夜的攻击,敌虽以飞机低空轰炸,发射毒幕,但仍不能挽回其败局。400余寇鬼,均寻到了其坟墓,武器弹药、粮秣,尽为我有。攻陷该城之异日,复于榆城东之红土窑又击溃其增援部队3000人。

攻打榆社城之同时,管头村之战也在激烈进行。管头村据点之敌,妄图以坚固的工事和施放毒气,阻止八路军的进攻,但最终只有山本中队长带了少数几个鬼子逃脱,大部分日军被八路军歼灭。至此,守备榆社城和通往辽县公路沿线的"敌寇第四混成旅团第十三大队第一、二中队,被我全部歼灭,公路为我彻底破坏,据点悉为我荡平。"刘伯承、邓小平亲临前线发动、组织并指挥作战的百团大战第二阶段主战

第三章 御寇反顽战太行

场之榆辽战役，历经半个月艰苦卓绝的拼杀，终于胜利结束。

且说第三阶段——关家垴反"扫荡"作战。

可以这么说，百团大战第三阶段的作战任务是第一、二阶段的必然结果。这是朱德、彭德怀两位正副总司令英明的预见，也是事必有至，理有固然。

第一、二阶段八路军接连不断的破袭战、歼灭战，打得山西铁路、公路沿线的鬼子晕头转向，进退不得，乱作一团；向以皇军为仗的顽伪军队也有如丧姥妣一般的惊慌，敌伪政权倒戈的倒戈，两面维持的两面维持，也惶惶不可终日。对于堂堂"皇军"华北方面军司令官多田骏来说，丧兵折将不要说，这政治上的损失更可惧可畏！岂肯罢休！岂能罢休！岂容罢休！多田骏手中的指挥刀恨不得把地球一劈两半。于是，便演出了一场喋血太行，更加残酷的"扫荡"与反"扫荡"的大恶战。在整个第三阶段遍及太北区、平西区、晋西北、北岳区、冀中、冀南、大青山、太岳区、太南区等一系列的反"扫荡"的大战中，最突出的战例便是刘、邓所指挥的位于太行腹地武乡县东南部之关家垴歼灭战。

10月20日夜，八路军一二九师三个旅与决死纵队两个团的兵力，完成了对坂井大队团团包围于关家垴高地的兵力部署，即于次日凌晨4时发起总攻击。坂井大队一面构筑工事，以图固守待援，一面抽出一个中队的兵力抢占了关家垴西南面一个叫风垴的高地，以备退路。同时，敌军还调动了飞机，对八路军布兵的山地进行无休无止的轮番轰炸。于是，八路军也兵分两路，分别向关家垴和风垴高地发起总攻击。关家垴一战，八路军一二九师三个旅和决死纵队两个团，共击毙

击伤敌人400余人，缴获轻重机枪6挺，步枪50余枝。军用品无数。多田骏司令官以280余具日军的尸体与三大堆焚尸灰，恭手奉送给关家垴高地，是为这次扫荡的永久"纪念"！

关家垴战役，为百团大战反"扫荡"作战划了一个精彩的句号，同时也宣告了历时三个半月，战线长达5000华里，遍及晋、察、冀、绥、热、豫等六省，105个团40万人同时出击，大小战役作战1824次、毙敌20 645人、毙伤伪军5155人、俘虏日军281人、俘虏伪军18 407人，破坏铁路474公里、公路1500余公里、桥梁260多座，八路军方面伤亡17 000余人……震惊中外的百团大战，以中国抗日军民的伟大胜利，日本侵略军的惨重失败而宣告结束。而英雄的一二九师指战员们在百团大战中，与其他兄弟部队并肩战斗，共进行了大小战斗529次，毙伤日伪军7500余人，破坏铁路240余公里、公路500余公里，收复县城9座……

当年，刘伯承同志谈到百团大战的作战意义和影响时曾指出：百团大战的胜利，提高了全国军民抗战胜利的信心，对于克服投降妥协危险起了重大作用。当时国民党顽固派的投降危险非常严重，不少人对于能否战胜日军信心不足，悲观失望投降妥协空气弥漫着国民党统治区。百团大战一扫这种空气，振奋了全国人民的抗战信心，连国民党的军队也有反响。卫立煌当时就给朱、彭总副司令打来电报说：贵部发动百团大战，不仅给予敌寇致命之打击，且予友军以精神之鼓舞。给日本帝国主义灭亡中国的政策、战略都是

第三章　御寇反顽战太行

一次沉重打击。就连蒋介石在给朱德、彭德怀同志发来的"嘉奖电"中也不得不承认,八路军"断然出击,予敌甚大打击"。这使国民党顽固派此时所谓的"八路军游而不击"的反共谎言不攻自破了。

当时亲临战场的高级指挥员——李达的这段话,非常透辟、扼要地讲明了百团大战的重大现实意义和历史意义。

第四章 总算有了一个家

二三、啊，赤岸

家，是团聚、安居、乐享天伦的象征；是人人希望构筑、得到的一个温馨而甜蜜的小窠；是人类社会最基本的也是最富生命力的细胞。人人都该有个温馨的小窠，然而，事实上却并非如此，尤其是战争年代，当兵打仗的军人，能有一个家，能安一个家，实在是得天独厚，难能可贵了。就连邓小平这样的三军将领，都为能够夫妻团聚生活，喟然长叹：总算有了一个家！尽管这个家仍然居无定所。

卓琳自1939年10月跟随邓小平离开延安，到了太行山抗日根据地，就被安排在八路军总部工作。1940年9月，才由总部调到一二九师师部秘书科和邓小平到了一起工作、生活、战斗。尽管他们长年行军打仗，跑"扫荡"，时分时聚；尽管他们只能有一个"居无定所之家"，一个"前线战地之家"，总归是夫妻得以团聚，如影随形，可以相互关照，相互体贴，亦自有一种"战地黄花分外香"的乐趣。

1940年12月4日，百团大战之后，刘伯承和邓小平即率师离开桐峪镇，南进太行山涉县，将师部驻扎在涉县境内的大山皱褶里一个叫赤岸的村子，而且，一住下来就是5年。

第四章　总算有了一个家

从此，赤岸，这个地图无标、经传不书的小山村，便成为太行山抗日军民的指挥中枢，"成为晋冀鲁豫根据地的心脏和首府"。

邓小平与卓琳，便也因此在赤岸——这个山环水抱的小山村，建立了一个相对比较稳定而温馨的战地之家。

赤岸的地理位置，山势地貌，的确非比一般。据说刘伯承精《孙子》，通《周易》，善理数，知天文，当年八路军总部由和顺县石拐镇移迁辽县麻田镇时，就是刘伯承登山遥望，纵览山川，凝神良久，忽然策马前山，指定山下的麻田古镇，连说三声"这里就好！"一二九师师部选驻赤岸，是否也有此说，笔者未闻，不过笔者亲往赤岸，登高环顾，倍感此处的山川地貌森然有藏龙之幽，翼然有飞腾之势。后涉县文管所所长陈耀峰先生复为带路，重新同登"将军岭"远眺，并一一指点介绍，始知赤岸所依之"将军岭"即为龙山，龙山之后，为突兀而起的大寨垴，之左为凤凰山，之右为鸡冠山，之前一条清漳如玉带飘然而过，隔清漳河遥遥在望者为卧牛山。

刘伯承、邓小平将师部设在赤岸村中半山腰一座小庙里。这小庙的确太小了，屋顶都伸手可触，无松无柏，无殿无廊，却有一座小戏台，小得连名字都没有，究竟尊奉何许神祇，村民们都说不上来，想必凡神都可享供，诸神欢聚一庙吧。

小庙本已够小，如今又来了一班真正"救苦救难"的"活神仙"，人神难共居，只好先把各路尊神的金身泥形一一请了出去，重新给每个屋子"封神"，分别挂起了师长办公室、政委办公室、参谋长办公室、司令部、作战科、后勤科、秘书科、宣传科等牌子。邓小平满院走了一圈，觉得这小庙里少了点什么，哦！是了，自古常言，无庙不成村，这赤岸村虽有一座小庙，这小庙里却没有一株松柏树，甚至连一棵花花草草都没有，也太缺少点生气。于是忙里偷闲，同刘伯承不知从哪里刨来一株丁香树，一株紫荆树，一左一右，栽在小庙的院子里。那丁香树与紫荆树仿佛通人性，一栽即活，且枝叶茂盛，第二年开春即花开满枝，清香满院。

小庙虽小，却十分雅静，且出门即可一览大半个赤岸村和浩浩清漳河。刘伯承和邓小平经常饭后或夜深人静之时，信步走出庙门，站在庙门外那条高高的石岸上，望着村中升起的袅袅炊烟，放牧归来的牛羊，远处茫茫群山。滚滚漳河，无边无际的星空……或聊天，或独立凝神遐思遥想，或运筹作战方案，良久不去，仿佛是这小山村的守护神。有时直到门口的警卫看他们站得太久。担心着凉，提醒他们一句，他们才哦哦连声。回到各自那间小屋子里去。

邓小平与卓琳的家，就安在这小庙隔壁的一个小财主住过的院子里。所谓的家，也只是一张笨木桌子，一张木板搭起的比单人床略宽一些的双人床和一些极简单的生活用品。

刘伯承和邓小平刚把师部安顿下来，1941年1月31日，蒋介石背信弃义，密令伏击并杀害共产党新四军6000余人的"皖南事变"发生了！就在这座小庙里，刘、邓和全师36名将领，闻此噩耗，无不义愤填膺，慷慨陈词；并且立即以一二九师36名将领的名义，电呈中共中央，请缨率师南下，援助新四军。

就在这座小庙里，邓小平撰写了《反对麻木，打开太行

第四章 总算有了一个家

区的严重局面》的重要文章，于 1941 年 4 月 28 日发表在中共中央北方局机关刊物《党的生活》。

就在这座小庙里，邓小平深思熟虑构想出一系列新老根据地建党、建军、建政方案，并于 1941 年 3 月 6 日，代表中共中央北方局，提出《关于成立晋冀鲁豫边区临时参议会的提议》，建议冀太联办召开临时参议会，正式成立晋冀鲁豫边区政府。

就在这座小庙里，在一二九师前线指挥部，邓小平与卓琳有了他们第一个爱情的结晶——于 1941 年 9 月，生下他们的第一个女儿邓琳。

我的小骨肉！妈妈对不起你了，鬼子又要"扫荡"了，部队又要出发了，妈妈也得跟部队转移了，妈妈带不了你呀，妈妈不愿为了我们母女，让一些战士来专门保护我们，所以，不管你的爸爸同意不同意，只有自作主张，给你重新找个临时的妈妈，照料你生活的一切……

卓琳从丈夫与她的姓名中各取一个字，匆匆给女儿起了个名字——邓琳，便忍痛割爱，将心爱的小邓琳送到黎城县一个老乡家里寄养。

朝不保夕的平民百姓，谁又能担保自己能一生平安?！谁又敢担保从此一别，相见有期？卓琳有幸，一年之后（1942 年秋天），跟随部队行军，打仗，转移，在太行山里跟鬼子捉迷藏似的跑来跑去，不期又跑回到黎城县那个寄养着女儿的小村附近。卓琳高兴坏了，相约了战友陈书莲（一二九师政治部副主任蔡树藩的妻子），一路小跑着来到那家老乡的门前，想象着女儿该会是个什么样子，缓了缓心跳，才敢迈进门去。一进门,看见一周岁的女儿"又瘦又小,身上的衣服又脏又破,简直不成样子",在土坑上爬着,卓琳的心,立刻如刀割一般疼痛,大滴大滴的眼泪直往肚子里吞咽。她拍手叫女儿过来,小邓琳像见了生人一般,反而怯怯地躲她们。卓琳伸手去抱,孩子扯了身子直往奶娘的身后藏,卓琳的心更加难受了,眼泪擦不干地流淌。她们知道时间有限,顾不得过多伤心掉泪,母女相见,毕竟是件高兴的事,擦干眼泪,匆忙给女儿洗了个澡,做了件衣服和小被子,想尽情尽意地享受点天伦之乐。但她看着可爱的女儿,却总走神,总也禁不住思想的翅膀,心又飞到不知在什么地方的丈夫身边,她多么想让邓小平看一眼他的第一个女儿啊!亲人啊!你在哪里?前几天听刘师长和李达参谋长说,你已经安全过了中条山敌占区,到了太岳区沁源县的阎寨村,在那里给太岳区党政军干部作了开展整风运动的报告;后来又听说中共中央北方局太行分局成立了,你又兼了北方局太行分局的工作。领导着太行、太岳、冀南、晋豫(中条)四个区党委的工作;最近还听说你要回赤岸去……亲人!你知道吗,你的女儿已经一周岁了!你这作爸爸的却连自己的亲骨肉一次也没有看过……你瞧,她的小眼睛泪汪汪的,总是在想你怨你不来看一看她。

　　卓琳仅在女儿身边厮守了3天,便又像割却心头肉一般,十步九回头,挥泪归队而去。

　　1943年初,卓琳和邓小平听说小邓琳的奶娘又怀上孩子,奶水少了,只能让一岁半的小邓琳与奶娘一家人一样,啃吃柿子谷面疙瘩、小米稀粥、玉米面糊糊和野菜充饥,维持幼小的生命,便决定把小邓琳接回到赤岸来自己抚养。

那年月,正是太行山大饥荒,部队也比老百姓的生活好不了多少,邓小平在赤岸设宴招待从敌占区返延安、途经太行的中共中央华中局书记刘少奇,都吃的是羊肉干,给刘伯承过50大寿,都实在拿不出什么好吃的;加上还要经常跑"扫荡",行军打仗,再带个孩子实在不容易,大人受苦受累不要说,孩子跟上也活遭罪。于是,两人一商量,又把小邓琳送到赤岸附近另一个老乡家里寄养。

1944年春天,政治部主任蔡树藩到延安开会,邓小平和卓琳心上实在不忍让孩子一生下来就跟上他们受这种苦难,连起码的生活保障、生命保障都得不到,于是就又把小邓琳接回来,转托给蔡树藩主任带往延安,送进延安保育院……

二四、胖儿出生在麻田

麻田的山好,麻田的水更好,清粼粼的漳河水,支出一条条的小渠,像蛛网一般遍布小镇的每个角落。小镇的人装了水磨,用水的力量来磨米磨面;开了水渠,种出一畦畦的稻田;女人们一出街门坎就可以洗衣洗菜;男人们下地脏了累了,弯下腰就可以擦把脸冲个凉。这人喜人爱的太行"小江南",唯一恼人的就是溽暑天气难熬,早晚都是像蒸笼一样闷热。每逢这时候,男人女人们,一吃过晚饭,就光了大半个身子,或坐或躺,一街两行的摆子开来。一边借了那身边身下滔滔不绝的小渠打凉,一边逗了那好嗓门好音调的俏闺女或小媳妇们唱左权民歌、小花戏和新编的抗战歌曲。

麻田民风不古,女人们生就爱唱爱跳,好嗓门的俏女子们本来就不咋的封建,八路军来到麻田之后,更把她们解放了,民主了,自由了,一点也不扭捏,说放枪就放枪,说唱歌张口就来:

亲圪旦下河洗衣裳,
双圪丁跪在石头上。
——小亲圪旦!

小手手红来小手手白,
擦一把汗水把小辫儿甩。
——小亲圪旦!

小亲亲呀小爱爱,
把你那好脸扭过来。
——小亲圪旦!

你说扭过就扭过,
好脸要配好小伙。
——小亲圪旦!

这个俏闺女唱得男人们拍大腿叫了好,那个小媳妇还不服气,等不及男人们点名就亮开又甜又脆的嗓门:

桃花(来你就)红来杏花(来你就)白,

第四章　总算有了一个家

爬山过岭（啦）寻你来，
（呀啊哈呀呢呆……）

桃花（来你就）红来杏花（来你就）白，
不想旁人（啦）光想你，
（呀啊哈呀呢呆……）

自从八路军总部驻扎在麻田，领导军民一起打日本鬼子，那些个好嗓门的俏闺女、小媳妇，又跟上八路军中那些宣传干事、文艺兵和先锋剧社的那些个演员，旧瓶装新酒，学了许多打鬼子的新民歌。

诸如《百团大战》——

八月二十一，
下午八点半，
八路军、决死队，
展开百团战。
破坏正太路，
切断平汉线，
同蒲路也切断，
敌人无法办。
……

《打炮台》——

九月里秋风凉，
敌区人民真凄惶，

当民夫又走差
真正活遭殃。
英勇的八路军。走路一溜风,
神不知鬼不觉,
来到了炮楼根。
……

《煤窑沟大捷》——
骑洋马采戴皮帽,
鬼子进了煤窑沟。
土炮轰来机枪扫（末哼嗨）
打得鬼子屎尿流。
爬的爬来走的走,
汽车后面拉人头；
嚎的嚎来叫的叫（末哼嗨）
夹着尾巴逃跑了。
……

《歌唱朱总司令》——
锣儿响,响当当,
朱德将军好心肠,
宽宏又大量,
意如铁,志如钢,
数十年来都一样。
爱兵爱民如子女,
爱党胜爹娘。
哪一个不说他是顶天立地的英雄将！

第四章 总算有了一个家

……

还有什么《骂汪小调》、《五月里反扫荡》、《敌区人民诉苦情》、《妇女解放》、《统一累进税》等等。真是一天一支新歌，一天一首新曲儿。那些调皮的后生，下地动弹，高兴劲上来，摘片大葵花叶子当彩扇，拽个会扭会唱小闺女、小媳女，一唱一和，就又扭又唱地演起了小花戏

这天，要玉娥不知咋就来了那么好的心情，好像吃上欢心果似的，大早起来就听见她哼哼唧唧的唱什么"门搭搭开花……""太行山呀哎高又高……"，吃了清晨饭还堵不住她那张小嘴儿，进来出去还不停地唱。她娘听得心烦，隔窗眼里嗔她，十七大八的闺女家，也不嫌羞，唱唱唱，像马蜂叫似的！要唱你到野地儿唱咯，我听见心烦！要玉娥小辫儿一甩，"野地就野地唱！"拎了一篮篮拆洗的被单、衣裳，拿了棒槌儿，便依旧哼哼唧唧地唱着，一溜快步，来到村外清石滚滚的河边。河边已经有了几个洗衣裳的女人，要玉娥不知咋就躲人家远远的，自己择了一处僻静的河湾，拔两把蒿草垫了，跪下来，把一件件要洗的衣裳、被单都先泡进水里，随意拖起一件，一会儿在石头上使劲儿搓，一会儿拿棒槌用力捣，嘴里还是不停地轻哼细唱。

河湾对面是一面悬崖，不时将那有节奏的捣衣声和姑娘的轻哼细唱，都录放出去，煞是好听，远远过路的、动弹的，都能听见。要玉娥太专注了，捣着唱着，低头正要伸了手去刷洗，忽然发现一漾一漾的水面上，出现一张戴军帽、留剪发的女八路的面孔，正笑嘻嘻地瞅着她，随着水纹一漾一漾

地晃。汗晶晶的粉脸蛋本来就红馥馥的，这时更红得像只熟透的苹果，禁不住自己也羞笑了。

唱得蛮好的嘛！

那位年轻的女八路依旧蹲在要玉娥的身边，笑眯眯地说。

要玉娥微微一笑，大大方方地说：

我才学，昨天夜里八路军小曹才教俺们唱哩。俺村可有比俺唱得好的哩！忽然睁大明亮的眼睛，问道：你是……哪个部分的？先锋剧社的？

你看我像吗？

不不，剧社的人，俺都认得差不多……要不就是新来的。反正有点面熟，好像在什么地方见过你。

女八路说着，就伸过手去替要玉娥漂洗已经捣过的衣裳，要玉娥忙拦住，说，你别湿手了，河边晒人，你快忙你的正事儿去吧，我一会儿就洗完了。

女八路却不走，依旧支着看见十分臃肿的身子，像身怀有身孕似的，蹴在要玉娥旁边不走，同她聊闲天似的说话。一直等到要玉娥洗完一篮子衣服、被单，女八路依旧笑嘻嘻地说，玉娥，愿意跟我去看孩子吗？

要玉娥这才明白过来：噢！原来是想找我去帮她看孩子。可怎么回答呢？说愿意吧，这事实在太突然，一点思想准备也没有，况且，自己还傻乎乎的一身孩子气，能给人家看了孩子吗？万一跌了碰了，把人家的孩子有个长长短短咋说？说不同意呢。

八路军求你帮忙，你都说不愿意……还真叫要玉娥作难了。

那女八路却说啥也不放她了，把她当妹子一样。

第四章　总算有了一个家

好心的要玉娥，也只好嗯嗯答应了。

回村一打听。哦！你当那女八路是谁？原来就是名扬太行的一二九师政委邓小平的爱人卓琳！怪不得咋看咋面熟哩，那回在八路军总部门外，看见和邓首长一起种菜的那个女八路，不就是她吗！

要玉娥只知其一，不知其二：这时的邓小平已经是中共中央北方局代理书记。

1943年7、8月间，继朱德总司令回延安之后，彭德怀、罗瑞卿也离开太行赴延安学习。1943年10月6日，中共中央决定，将中共太行分局并入中共中央北方局，八路军总部与一二九师合并，原太行分局书记、一二九师政委邓小平，接替彭德怀担任了中共中央北方局代理书记；并由涉县赤岸，进驻麻田，主持八路军前方总部工作，直接领导一二九师和太行、太岳、冀南、冀鲁豫四个军区的工作。10月9日，彭德怀、刘伯承暂别太行，回延安学习并准备参加中国共产党第七次代表大会。接着，蔡树藩、陈赓、薄一波、陈再道、陈锡联、杨得志等高级干部也先后离开太行山，回延安开会。

从此，邓小平主持中共北方局工作，并和滕代远一道，主持八路军总部的领导工作。

尽管几十年之后，邓小平回首往事，在回答女儿的问题"你那时一个人在前方，也够不容易的吧"时，曾经淡淡一笑，说过："我没干什么事，只干了一件事，就是吃苦。"岂知"吃苦"两个字，包含了伟人多少奋斗的足迹，多么博大的情怀。

两年之后（1945年）的4月16日，邓小平与卓琳的第二个孩子——邓朴方。在麻田八路军总部一间阴暗的小南房里出生了。

邓朴方初生下来时胖乎乎、肉墩墩的所以顺口就给孩子起了个乳名——胖儿。

正巧麻田附近的云头底村有个叫郭金梅的新媳妇，刚生了个女儿就夭折了，于是经武委会主任引见，胖儿生下没几日，就抱给郭金梅代养。

6月中旬，邓小平接到中央通知，要他到延安参加党的七届一中全会（党的第七次代表大会，邓小平当选为中央委员会委员，这是邓小平"革命生涯中又一个重要的起点"）。卓琳听到这个消息，便从赤岸赶到麻田八路军总部，对他说，你就这样走呀，也不去看一看胖儿？邓小平何尝不想去看儿子，只是身兼数职，重任在肩，这一段时间又在冀鲁豫巡察、开会，昨天才返回麻田，只好把儿女私情强置一边，所以云头底离麻田虽只二三里地，也一直没有去看过胖儿。卓琳这一说，触动了邓小平的惜子情肠，终于下决心说，这就去！

麻田离云头底村不远，顺清漳河往南，走不远，过河就到。邓小平和夫人卓琳一路想象着儿子可能会长成个什么样子，吃胖了吃瘦了呀？不知不觉就到了云头底村边。郭金梅家就住在村东口不远，卓琳路记得很熟，没经打听就进了郭家。

只见胖儿浑身光溜溜在炕席上躺着，听见有人进来，张起圆圆的小眼睛往门口看。

卓琳不像邓小平沉得住气，一只脚还在门外，就又拍手，又连声不迭地叫着："胖儿，胖儿！爸爸妈妈来看你来了！"

三步并作两步扑向炕边,伸手就去抱儿子。

卓琳不知是高兴,还是难过,眼圈湿了。

邓小平也使劲抽着鼻子,不叫眼泪流出来。

惜子之情,一时把两人折磨得心乱如麻。最后商量决定,找一个保姆,把胖儿从乳娘家接回来自己带一段。于是,经麻田武委会主任事先挑选介绍,卓琳就相中了要玉娥。

要玉娥在邓小平和卓琳身边整整待了两年,一直跟着他们南下过了黄河,到了山东沂蒙山。邓小平和卓琳一心想把她留在身边,可是要玉娥的家人舍不得自己的女儿离开他们,一再写信要她回去。最后竟写信佯称要玉娥的母亲病重,再不回去,母女就再难相见……

邓小平和卓琳看到再不好挽留了,就只好派人把要玉娥送回麻田老家。

二五、与文化人座谈

军工部的会议已经连续开了几天,会议的气氛很别扭,刚让整风,又让搞甄别,有些同志思想搞不通。

这天,会议照开。北方局代理书记邓小平专门从麻田赶来,主持了今天的会议。邓小平已经是第三次跑来亲自解决军工部的问题了。话也讲过几次了。今天他特别显得有点激动,一上会就先直截了当地说:

听说有些同志思想上还拧着疙瘩,解不开,这怎么行!同志们我们整风也好,搞甄别也好,都是从党的利益出发,不是为了整哪一个,与哪一个过不去。这次整风运动,是有

些"左"了,把一些知识分子搞成"特务"我们队伍中的知识分子有那么多特务,那还了得!搞错了就要有勇气给人家甄别嘛!要接受教训嘛!我今天再同大家讲一次:没有什么根据的就不要再搞,搞错了的要坚决纠正。

事情是这样的:

军工部是受北方局和野战政治部双重领导的直属单位,开展整风时,邓小平曾一再嘱咐他们,整风一定不能削弱生产,一定不能挫伤大家——尤其是知识分子的生产积极性。为了加强军工生产,特意派一二九师师部的张贻祥去军工部政治部任主任,特别叮咛说,现在看来,我们部队没有充足的弹药不行,不能光靠缴获,不能光靠人家给我们"送",除了缴获外,我们自己也要尽可能地多制造一些。造武器弹药可不是打仗,得要有设备,要有知识、懂科学的人才能干得了。我们总部和师部这两年还是特别注意了这方面的工作,吸收了一大批知识分子,充实到部队的各个部分。军工部的工作与你在分区和机关工作不大一样,机关工作主要是把支部工作、干部的思想工作做好就成了;分区的工作主要是发动群众,做好扩兵工作,组织好游击队,配合主力部队打好仗就行了;军工部的工作又是一个样子,简单说,就是组织工人站在车床旁拿着锉刀生产军火。多生产炮弹、子弹、手榴弹,来支援前线,这就是我们政治工作的目的……

可是,张贻祥到军工部不久,野战政治部即派彭加伦同志来军工部搞整风运动试点,而且运动一开始就受别的地方的影响,"左"劲十足,把军工部和下属几个兵工厂的知识

第四章 总算有了一个家

分子,尤其是从敌占区与国统区跑过来的知识分子,都当成运动的对象,一些经历复杂而又无法查证,或找不到证明人的知识分子,一时都被打成这"特务"、那"特务",死整。军工生产自然也就受到一定的影响。邓小平听了军工部关于整风运动的汇报后,认为他们搞得太"左"了,这样搞下去,哪还有知识分子敢再投奔八路军解放区来!于是就坚决要他们对一些人的问题重新审查认识,凡是没有根据或证据不足的就一律给予甄别。

爱护和保护知识分子和文化艺术人才,重视发挥知识分子的爱国热情,发挥文化艺术工作的战斗作用,是邓小平一贯的思想和行为。早在八路军奉命渡河东征、挥师入晋的同时,八路军各师就在原红军宣传队的基础上,组建了八路军剧团,诸如第十八集团军总部的火星剧社、一一五师的战士剧社、一二〇师的战斗剧社、一二九师的先锋剧社等。他们随八路军进入山西之后,很快就形成一支强大的文艺劲旅,活跃在各个抗日根据地。

与此同时,党中央于1938年秋又号召延安的干部和文艺工作者到敌人的后方去. 到与敌斗争的最前线去,延安鲁迅艺术学院(简称鲁艺)以木刻研究班罗工柳、彦涵、华山等组成鲁艺木刻工作团(也叫敌后木刻工作团),由胡一川为团长,率团奔赴山西敌后根据地。他们带着抗战以来全国木刻界创作的、经过遴选的具有鲜明抗战特色的数百件木刻作品,先后辗转于晋西北、晋冀豫边区、晋察冀边区等地,一边进行宣传展览,开展抗日美术宣传活动;一边深入生活,配合抗战,创作反映根据地现实生活的木刻作品,最后到了太行山晋东南的长治落脚。与胡一川带领的敌后木刻工作团同时，延安鲁艺还有一批艺术家，诸如朱杰民、张林穆、杨角、晓非、白焰等也辗转来到太行山剧团驻地长治紫坊村。后经北方局与太行区党委研究，为了给根据地培养艺术人才，决定在长治第四师范成立晋东南民族革命艺术学院（即太行鲁艺前身）。校长、副校长分别由专员薄一波、戎武胜等担任，太行剧团指导员赵迪之任学院训育主任，艺术指导员洪荒为兼职教员。本行剧团团员除儿童歌舞队外，全部进了"民革艺校"学习深造。他们边学习，边创作，边演出，很快创作演出了《放下你的鞭子》、《打鬼子去》、《八百壮士》、《巩固根据地》、《农村曲》等许多歌剧和话剧新节目，并且还创作了太行剧团团歌：像火箭穿过太行山，像骏马驰骋漳河岸。坚毅、勇敢，挥动艺术的刀剑，我们的名字叫太行山。

这首充满着战斗豪情的"太行剧团团歌"，很快就在太行抗日根据地的文艺团体中传唱开来，响彻太行山。

八路军总部、一二九师和北方局、太行军区等从1938年至1940年，通过西北影业公司，经政治部三厅主任秘书阳翰笙出面，邀请了进步的电影戏剧工作者瞿白音、沈浮、贺孟斧等参加编导，由杨霁明、陈晨、程默、姚俊初、秦戍等担任摄影，录音和美工，吴雪、谢添、欧阳红樱、金淑芝、杨琼等出做演员，先后拍出了6部长纪录片《华北是我们的》、音乐短片《在太行山上》和故事片《风雪太行山》、《老百姓万岁》。

七七卢沟桥事变后，中共中央军委与中央组织部决定将延安文协组织的知名作家、记者团和抗大四大队演出《母亲》、

第四章 总算有了一个家

《回春之曲》的主要演员合并在一起，于 1937 年 8 月 12 日组建了第十八集团军西北战地服务团（简称西战团）。由延安文艺协会主任丁玲出任西战团主任，吴奚如为副主任（兼党支部书记），陈克寒为通讯股长，陈明为宣传股长，李唯为总务股长。宣传股下分戏剧、歌咏、张发（指书写、印刷、张贴标语、壁画等）、杂耍（大鼓、双簧、相声）等组，成员有吴坚、李劫夫、苏醒痴、陈正清、朱焰等……也于 1937 年 9 月 20 日，从延安出发，渡河入晋。

他们先后在晋西、晋中、晋东南，一路演出，一路宣传，至 1938 年 3 月初，奉党中央命令返回延安，历经 6 个多月，在山西 16 个县和 60 多个村庄进行了演出宣传活动。

1939 年元旦，晋冀豫抗日根据地各党派和各友军的戏剧工作者在沁县召开座谈会，提出建立抗日根据地剧团统一组织问题。1 月 4 日，在沁县座谈会期间，根据地 30 多个剧团也召开座谈会，响应来到晋东南的中华全国戏剧界抗敌协会理事朱光的建议，决定成立中华全国戏剧界抗敌协会太行山区分会筹备会，并推选朱光、陈毅（陈沂）、赵品三、李伯钊、张伯园及太行山剧团、大众剧团、火星剧团、决死第一和第三纵队两个剧团、牺盟上党中心区抗日剧团等 11 席为筹委会常务委员。朱德、薄一波等领导出席会议并讲了话。2 月 28 日，中华全国戏剧界抗敌协会太行山区分会（简称剧协分会）正式在长治成立。

1939 年 3 月 23 日，中国青年新闻记者学会太行山分会（简称青记学会）筹备会成立，由李竹如、秦春风、林火、魏克明等 11 人负责。

1939年3月27日,杨献珍、王兴让、邹雅、杨角等20余人发起并筹建中华全国美术界抗敌协会太行山分会(简称美协分会)。

1939年5月1日,中华全国歌咏协会晋冀豫分会(简称歌咏分会)成立筹备会,由朱杰民、沈虹影、洪荒(阮章竞)、袁小平、海啸、傅彬友、袁靳、赵子岳、苏策等10余人组成筹备委员会。

1939年11月28日,中华全国文艺界抗敌协会晋东南分会(简称文协分会)在武乡县北下漳村召开成立大会。40余名与会代表选举李伯钊、何云、孙泱、刘白羽、王玉堂(冈夫)、荒煤、蒋弼、张香山、洪荒、袁勃等人为理事,李伯钊(组织)、蒋弼(出版)、孙泱(研究)、王玉堂(总务)、洪荒为常务理事,分别在太南、太北、冀西等区开展文艺通讯员运动及出版文艺刊物。晋东南文协分会是全国文协在敌后建立起来的第一个分会组织。

1939年5月4日,作为晋冀豫边区抗日文艺运动的总的领导机关——晋东南文化教育界救国总会(简称文教总会),在沁县南河村召开成立大会。来自晋冀豫边区文化界、教育界各党派团体及敌占区文化教育人士和名人文士,济济一堂,共商文艺大事,救国大计。大会制定并通过了文教总会的宣言、简章、工作纲领等,选举高沐鸿、史纪言、王振华、李棣华、崔斗辰、李伯钊及团体会员《新华日报》(华北版)社、民族革命通讯社(简称民革社)、胜利报社、剧协分会、青记学会等23席为执行委员,推举薄一波、戎子和、杨献珍、刘济苏、李墨卿、吴松涛等为名誉委员。

第四章 总算有了一个家

1940年10月19日，晋东南文教总会在辽县麻田镇召开第二次代表大会，到会的太南、太北、太岳等区代表和来宾共70余人。1941年1月13日，第二届执行委员会会议决定将晋东南文化教育界抗日救国总会改称晋东南文化教育界联合会（简称晋东南文联）。1941年7月，将晋冀豫根据地和晋鲁豫根据地合并为晋冀鲁豫抗日根据地，设在晋东南的晋冀豫边区文化联合机构也相应改称晋冀鲁豫边区文化联合机构，原晋东南文联改称"太行文联"或"晋冀鲁豫文联"。

根据地的文艺工作者有了自己的组织机构，描写与反映根据地军民生活，配合抗战反顽的戏剧、文学、音乐、美术等各种艺术形式的作品便大量涌现出来。除了戏剧（包括歌剧、话剧与地方剧种）或"拿来主义"，或自编自演，节目众多，影响很大外。音乐创作更胜一筹，一方面是专业音乐工作者的比较高质量的创作作品诸如《我们在太行山上》、《游击队之歌》等不断出现；一方面大量涌现的则是抗日歌谣。抗日歌谣的形式大体有属于舞台或街头演唱的，词曲都是新创作的，如《朱总司令下命令》、《东西南北》、《十圈圈》、《十劝伪军》等；属于地方小调、民歌改填新词的，如《绣荷包》、《姐妹观灯》等；属于"顺口溜"那样的，没有乐谱，信口唱来，如《红旗插上太行山》、《赶快回》、《打火车》等。根据地的以民歌、小调为主的抗日歌谣，无论在数量上，质量上与影响上都是相当可观的。朱德总司令1941年在延安鲁迅艺术文学院作报告时，曾经列举了太行根据地广为流行的民歌。诸如《骂汪小调》等，对太行根据地军民运用民歌这个艺术武器投入战斗，给予了极大的赞扬。

至今尚为人们传唱不衰的《绣荷包》与《歌唱朱总司令》等，就是那时大量涌现的抗日歌谣中流传下来的。

抗战文艺的兴起与繁荣，大量鼓舞斗志、爱憎分明的作品不断涌现的同时，从特定的历史大背景出发，从全民族一切服从抗战救亡这个最高利益出发，来审视文艺作品的健康与否，根据地文艺队伍的文艺思想与作品，也出现了一些不可忽视的严重问题。特别是1941年冬天，太行根据地的黎城县发生了一起离卦道暴动事件（实为在敌伪机关指挥下的反革命暴动），充分暴露出根据地工作上的许多薄弱环节与工作缺陷；同时也反映出根据地文化教育工作脱离实际，脱离群众的严重偏差。《新华日报》（华北版）于1942年1月12日，曾发表《对症下药》社论，严肃批评文化运动呈现的"病态状况""各种文化性质的研究会，成立得不能说不多，然而，在政治上、文化上、思想上提供各种具体知识，进行新的启蒙教育，却是凤毛麟角。文化工作的进展是在迈"八字步"，严重赶不上战争与人民的"跑步走"。各地对文化工作也都提出不同的批评意见，诸如"干部看报不知道昆明是哪个国家"，"学生问机械化部队吃不吃饭，教员竟然答不上来。中学生看报载破坏铁路，抬回铁轨若干条，便问"铁路上的铁轨只有两条，怎么抬回这么多？""而我们的文化工作者却不研究现实、服务现实。关起门子写一个热烈的伟大呀""一个凄凉的荒芜呀"之类的无病呻吟的诗歌，没有能够深入开展群众文化教育工作，放松了对敌斗争的艰巨任务，等等。

针对太行抗日根据地文化艺术工作出现的这些问题，邓小平在1941年5月就在一二九师的一次会议上，发表了《一

第四章 总算有了一个家

二九师文化工作的方针及其努力方向》重要讲话,1942年元旦一过,又决定以一二九师政治部和中共晋冀豫区党委的名义,于1942年1月16日至19日,联合召开一次全区的文化人座谈会,也就是毛泽东延安文艺座谈会之前、根据地影响最大、人们谈论最热的"太行文化人座谈会"。

太行文化人座谈会是在辽县清漳河西岸的七原村召开的。出席座谈会的有边区文化团体22个,有八路军总司令部、一二九师师部、六旅、太行军分区、冀南军分区、边区政府、太行区6个专署28个县、《新华日报》社、华北新华社、太行抗战学院、鲁迅艺术学校等各机关团体代表,以及边区文化艺术界知名人士,还有附近敌占区文化人士、士绅等,共450多人。

座谈会首先由一二九师政治部主任蔡树藩致欢迎词。蔡在欢迎词中扼要地阐明,从太平洋战争爆发之后,抗战进入了一个新的阶段,根据地乃至全国军民进一步开展对敌文化斗争,更具有重大意义。过去我们在这方面的工作做得不够,有的地方这方面工作还相当薄弱,跟不上全民族抗战救亡这个大形势发展的要求。因此,这次座谈会把大家请来,就是要解决这个问题,要请文化界各位先进分子交换意见求得一致的、有计划的、有步骤的方法,反对法西斯的奴役文化,以期取得全民族抗日战争的最后胜利。

接着,在雷鸣般的掌声中,邓小平起立致词。邓小平的讲话非常中肯,富有震撼力、感染力和说服力,不时引发热烈的掌声。他在讲话中,对根据地文化工作提出五点殷切的希望:

一、抗日根据地的文化工作队伍，是一支为着抗战救亡这个全民族的最高利益而建设的文化队伍，因而，每一个文化工作者都应该服从每一个具体的政治任务，应该是今后文化运动的指针。过去本区的文化工作缺乏和政治任务取得密切的联系，常常赶不上政治任务的需要，有时甚至发生脱节现象；

二、广泛发挥文化工作的批判性，过去某些作品，往往颂扬多于批判，没有成为有力的战斗武器；

三、认真动员根据地和敌占区一切新旧老少文化人、知识分子到抗日文化战线上来，过去这种工作，注意很差，一方面固然因为各有成见，但有很多是被关门主义的错误所挡住了；

四、要为广大群众服务，必须了解群众，了解群众的生活和要求，要接近群众，才能提高群众，过去有很多脱离群众的现象，作品还不能普遍为群众欢迎；

五、最后希望每个文化工作者要做一个村的调查工作，来丰富作品的内容。

（以上五条，引自史料。并特别提醒读者一句，邓小平对文化工作的这五点希望，是在一个特殊的全民族服务于抗日战争的非常时期提出来的。）

邓小平讲话之后，中共晋冀豫区党委书记李雪峰作了专题报告，内容主要介绍了根据地人民群众生活现状和有关会道门问题。

八路军野战政宣部长王东明作了关于开展对敌宣传战问题的报告，也提出三点希望与要求：（一）组织广大文化界

第四章 总算有了一个家

力量,到对敌伪宣传战线上去;(二)团结敌占区新旧文化人;(三)力求宣传战术的改进,争取主动,利用敌伪的矛盾与弱点,进行各种各样的宣传,争取最后胜利……

座谈会期间,还举办了抗战以来鲁艺木刻艺术作品展览、鲁艺美术作品展览以及日本侵华罪行宣传品展览。太行文化人座谈会最突出的一个现象,就是代表们摆问题,讲道理,全面总结与检讨抗战以来文化工作的情况与经验教训,研究与探讨文化工作的任务与发展方向,大家畅所欲言,"发言异常踊跃","意见殊多分歧,辩论激烈",以至于"会场空气异常紧张"(引自1942年1月18、19、20日《华北日报》华北版)。争论的问题诸如理论与现实、现实对于理论的要求;文艺的普及与提高、内容与形式;文化斗争策略与统一战线;文化工作者的自身修养;当前文化工作中的中心要求和文化机构的精兵简政等问题。

其中关于文艺的内容与形式,即文艺要不要通俗化、大众化的争论最为激烈,最具有代表性的是以赵树理、杨献珍为代表的一方,与徐懋庸、高咏为代表的一方展开的。赵树理力倡文艺的通俗化与大众化,他在发言中列举了当前农村文化严重贫乏、落后的现状,"老百姓家里拿来这样几本书,不知是什么迷信团体的《太阳经》《老母家书》,写着'洗手开看'的《玉匣记》,在农村青年手中借来的《秦雪梅吊孝唱本》《洞房归山》,自然还有《麻衣神相》《增删卜易》《推背图》等等一大堆。这就是在群众中占着压倒优势的'华北文化'!其所以是压倒,是因为它深入普遍,无孔不入,俯拾即是,而且其思想久已深入人心。"说明文艺大众化的迫切性,并且一针见血地指出文艺工作者轻视文艺普及工作的严重倾向。中共中央北方局党校的杨献珍受组织委托发言则更尖锐地指出:"检讨过去文化工作,率皆脱离现实,脱离群众,复以许多实际例子,证明文化工作者尚不虚心,好高骛远,个人主义,不注意研究社会问题等现象。"可谓是对根据地文艺工作最严厉的批评和警示。徐懋庸和高咏则起而反驳之,他们认为,赵、杨二位过低地估计了根据地文艺工作的实绩,这未免会挫伤广大文艺工作者的热情;并且认为通俗化容易与庸俗化同流,不宜过分强调。

太行文化人座谈会进行了4天,邓小平始终关注着大家的发言与争论,每天都要听取会议汇报,或者看会议简报,使座谈会从始至终紧紧围绕一个宗旨和目的:就是更好地主动地开展对敌文化斗争。会议期间,还指示蔡树藩等专门安排了一次敌占区文化工作座谈,来自敌占区的代表介绍了日伪在政治、经济、文化等方面各种不同的统治方法和疯狂的掠夺行为,并提出敌占区人民殷切希望根据地能为他们提供大批文化精神食粮的要求。《新华日报》社社长何云代表大会主席团向敌占区文化人代表提出,要让敌占区民众不要抱速胜论与依靠外援的心理;与会代表回到敌占区要用耳语的办法,介绍根据地的法令政策,告诉敌占区的民众,八路军绝对会拯救他们的;根据地一定要设法把文化食粮供给敌占区的人民大众;根据地文化人和敌占区的文化人应密切团结等四点希望。

晋冀豫全区文化人座谈会,是抗战4年来由邓小平倡导、一二九师与野战政治部党委决定联合召开的敌后文化工作者

第四章 总算有了一个家

的一次空前盛会,也可以说是毛泽东延安文艺座谈会的先声。邓小平不仅从政治上、思想上经常关注文化艺术这条战线,而且对根据地文化艺术工作者的生活、安全也都非常关心。每次看剧团演出,都要同朱德总司令,或者彭德怀副总司令、左权参谋长、刘伯承师长、罗瑞卿、薄一波、戎子和、李雪峰、杨秀峰、杨尚昆、陆定一、黄镇等上台看望演员,问寒问暖,鼓励大家,帮助解决剧团演出或生活上的困难。有一个邓政委派兵寻找失踪的剧团的故事,在根据地的文艺团体曾经传诵一时。

那是百团大战的最后阶段,太行区党委命令太行山剧团深入到武乡前线为军政高级干部会议和部队慰问演出,不料途中被日军包围在黎城黄崖洞,剧团全体演职人员马上变成了战斗员,与部队一起参加了战斗。可是准备看剧团演出的那头,却左等不来,右等不来,眼看就误了时间,还不见剧团的影子。同太行区党委联系,太行区党委的同志说,剧团早就出发了,早该到了。后来又听说黄崖洞那边发生了战斗,于是大家着了急:莫不是路上遇上鬼子,把剧团冲散了吧?这种"冤家路窄,狭路相逢"的事情经常发生。

剧团失踪的消息传到刘伯承和邓小平那里,刘伯承和邓小平当下就派部队去寻找!

派去寻找剧团的一个班的战士迅速出发了。刘伯承与邓小平还是不放心,又命令用电话与各部队联系寻找,并要各部队一旦发现剧团的演职员,一定要保证他们的安全。

最后,剧团终于找到,而且演职员大部分都平安回来了。只是全团人员都变成唱花脸黑头的了。刘伯承和邓小平听说

他们被困在黄崖洞,与部队一起参加了黄崖洞保卫战,再看看他们一个个焦眉黑脸从战场上下来的样子,禁不住哈哈大笑。

邓小平风趣地笑说:原来保卫黄崖洞不只是一个团,还有你们太行山剧团喽!

在抗日根据地的文艺工作者和广大知识分子,的确既是以文艺、技术为武器的斗士,同时又是随时准备用真枪实弹与敌人战斗的战斗员。他们之中,为了这场民族存亡的战争,许多同志献出了自己宝贵的生命。仅太行山剧团,在1943年5月反"扫荡"中,在平顺羊井底村与鬼子遭遇,就有章杰儒(女)、郝玉玺、陈九经等9位同志壮烈牺牲,阮章竞、常振华、崔家俊、袁秀峰等同志负了伤。1942年5月28日,更是根据地新闻工作者遭受日寇毁灭性惨杀的"祭日":5月24日拂晓前,对根据地又一次发起大规模"扫荡"的日寇,突然包围了《新华日报》驻地辽县山庄村。华北《新华日报》社社长何云同志在此之前已率报社人员转移到侧翼。但日军上万多人,施行"铁壁合围",对麻田、泽城等地形成直径25公里的重重包围圈,反复搜山,进行"梳篦式"的"扫荡",何云率领报社人员就在敌人的包围圈内与敌人周旋。但5月28日,日寇终于在辽县羊角村附近搜到目标,何云与其他45名新闻工作者不幸壮烈地献出了他们宝贵的生命。

日军一次就屠杀了中国46名新闻工作者哪!

第五章　黎明的黑暗

二六、面对拼死的疯狂

鬼子疯了！像一群群饿急的疯狗、豺狼，在中国的土地上狂吠乱咬，嗜血成性，肆意烧杀，妄图以灭绝人性的杀光、烧光、抢光"三光政策"血洗华北，刘平太行山！

天公也发混了！给抗日根据地的军民雪上加霜，春灾秋旱连降太行，造成太行山地区把草根树皮都啃光吃尽的空前的大灾荒。

从 1940 年底到 1942 年，是华北敌后抗日根据地天灾人祸交加相逼，太行军民最艰苦、最困难的岁月。一方面是日军的疯狂报复，连续不断向八路军根据地进行灭绝人性的"扫荡"、"封锁"、"蚕食"运动；一方面是国民党反动派公开暴露了降日反共面目，日伪勾结，掀起第二次反共高潮，大搞所谓"强化治安运动"，妄图置共产党八路军于死地。

1941 年 3 月 25 日，宋美龄出面宴请周恩来和邓颖超夫妇，蒋介石、贺耀祖和张冲也在座。周恩来向蒋提出国民党应停止对八路军的军事进攻，蒋介石则别有用心地回答说，只要八路军听命过黄河，这些问题都好解决。将八路军诱骗过黄河以南，然后一举而歼灭之，这是蒋介石蓄谋已久的阴

谋;一方面则是前所未有的大灾荒,使敌后抗日军民本来就十分贫乏、艰苦的物质生活,更加捉襟见肘,食不果腹,甚至以草根、树皮、"观音土"充饥。

日军从百团大战受到八路军严重打击之后,开始认识到在中国这块肥沃的土地上,真正抗日的力量、最难对付的力量,是中国共产党领导的八路军,而不是国民党军队;而中国共产党领导的八路军,又是以华北地区尤其是太行山区朱德、彭德怀领导的八路军总部,是他们最致命的对手。因而,日本侵略者一改同国民党正面作战的战略,在华北战场上则以"剿共"为其重点,把其主要兵力集中到对八路军的作战,尤其是消灭在太行山区朱德、彭德怀领导的八路军总部,及其主力部队刘伯承、邓小平所领导的一二九师。因而,日军不惜一切代价地往华北战场调集兵力,使其在华北地区的兵力猛增到30多万,伪军的兵力也增加到10多万。这样,华北敌后抗日根据地,尤其是太行山这块方圆不过半个省大的地方,一下子承受了占全部侵华日军2/5兵力的压力。也就是日军几乎倾其将近侵华兵力的一半,来对付华北敌后抗日根据地的八路军。

日军兵力向华北方面调集齐备,于1941年2月便下达了《肃正建设计划》,开始了对八路军敌后抗日根据地进行接连不断的"扫荡"。仅在晋冀鲁豫地区,规模比较大的"扫荡",先后就有——

1月10日至15日,日军出动5000余人向榆社、辽县、和顺、昔阳等县"扫荡";1月15日至2月6日,日军出动7000余人向鲁西地区进行"扫荡";1月24日至2月4日,

第五章 黎明的黑暗

日军出动4000余人向太行区"扫荡";3月21日,日军从昔阳县向太行区进犯;3月29日,日军在华北实施第一次"强化治安运动";4月3日,日伪军1400余人向冀南南宫以南、广宗以东、武城以西、邢济路以北地区进行"扫荡";4月10日至20日,日伪军出动上万人、汽车坦克百辆,向冀鲁豫边区进行毁灭性的"扫荡";5月9日至25日,日军出动6个师团约5万兵力,进攻中条山的国民党军,中条山地区沦陷;5月27日,日军2000余人进犯寿张县和范县地区;5月29日,日军1000余人"扫荡"太岳地区;5月,日军在平汉路西侧修起第二道封锁线;6月18日,日伪军5000余人"清剿"泰西地区;6月19日,日军1000余人"扫荡"太行地区;6月28日,日军2009余人"扫荡"冀南地区;

1941年的上半年,日军对华北地区反复进行"扫荡"、"清剿",实行烧光、杀光、抢光的"三光政策"。同时,到处抓逼民夫修筑铁路、公路,并在铁路、公路两侧开挖封锁沟或高筑封锁墙,疯狂推行"强化治安运动",将华北地区分割为不同等级的"治安区"。仅在平汉路北侧就开挖了500多公里的封锁沟,以切断太行山根据地、北岳根据地同冀中、冀南平原根据地的联系,断绝山区军民急需的粮食、布匹、盐等赖以生存的物资供给。

到了下半年,随着6月22日希特勒在2000多公里的战线上突然对苏联发起闪电式的袭击,苏德战争爆发,与希特勒东西遥相呼应的日本军国主义,在中国战场的气焰更加嚣张。6月,日军制定了"大东亚共荣圈"方针。一方面将关东军增至70万人;一方面进兵进占了法属印度支那的南部。为了稳定南进的后方，建立巩固的"大东亚战争的兵站基地"，日军加紧了对中国占领区的"治安肃正"作战，开始了疯狂残酷的秋、冬季"扫荡"且采取了长时间的规模更大的所谓"铁壁合围"、"梳篦清剿"等更残酷的作战方式，几乎使根据地军民毫无喘息的机会。

其中比较大的"扫荡"有——

8月12日，日军出动了4万多人对晋察冀边区进行"铁壁合围"大规模"扫荡"；9月22日，日军2万人对岳南地区进行"铁桶完璧之包围阵"与"电击反转之机略作战"的大"扫荡"；10月6日，日军3万多人对岳北地区进行"铁壁合围"大"扫荡"；10月17日。日军1500余人"扫荡"冀南地区；10月25日，日伪军7000余人对太行根据地进行"捕捉奇袭"的"扫荡"行动，妄图捕歼八路军总部和一二九师师部机关，夜袭一二九师师部驻地桐峪镇；11月1日，华北日伪军开始实行第三次"治安强化运动"；11月25日，日军4000人"扫荡"冀南地区；12月9日，日军6000余人"扫荡"冀南南宫、威县地区；12月26日，日军出动3000余人又一次"扫荡"冀南地区……

到了1942年，随着狂妄至极的日本军国主义者于1941年12月8日突然袭击了美国在太平洋上的海军基地——珍珠港，太平洋战争的爆发，国际战争形势发生骤变，日本军国主义面对20余国的宣战(自然也包括中国国民政府，不过很让国人难为情的是：日本侵华已经整整6年多时间，以国民党为轴心的中国国民政府才羞答答地做出姿态，正式对日宣战。

1942年2月初到3月初，日军驻华北山西派遣军发动了

第五章 黎明的黑暗

"驻晋日军第一期总进攻",即所谓春季大"扫荡",历时30余天。日军采取什么"捕捉奇袭"、"铁壁合围"、"纵横扫荡"、"辗转抉剔"、"反转电击"、"夜行晓袭"等名目繁多、手段残酷的战法,见人就杀,见房就烧,见年轻女人就肆意奸污,见东西就抢,并对八路军总部所在地麻田村进行了"铁壁合围"与"反转电击",妄图彻底消灭八路军的首脑机关与一二九师师部。

一二九师师部驻在桐峪镇,是辽县通往麻田的必由之路。2月3日,日军驻辽县板津大队长亲自带300余人连夜奔袭桐峪镇,于5日拂晓将桐峪镇团团包围。但因军民早已"空室清野",日军大扑其空,一个人影没逮到,一颗粮食也没有找到。板津大队偷袭扑空后,即于当日下午折向武乡洪水方向而去,桐峪镇群众也即陆续返回村住,不料中了板津奸计,狡猾的板津又于当日深夜突然杀了个"回马枪",又将桐峪镇团团包围。鬼子将没有来得及逃出去的村民,用刺刀逼着押到滩里村的小桥边,一个个逼问八路军一二九师师部与总部卫生部在哪里,桐峪镇的村民,无论男女老幼,都回答说"不知道";板津挥舞着寒光森森的东洋刀,连声逼问,群众仍旧回答"不知道"。板津恼羞成怒,歇斯底里地吼叫:"统统死啦死啦的!"鬼子的刺刀便一齐向无辜的桐峪镇村民刺去,接着又用机枪扫射。仅此一次,日军即杀死桐峪镇70余名无辜百姓,将镇中心商店抢劫一空,将房屋全部放火烧光。此后,日军又进行了更凶残的五月大"扫荡"、年关大"扫荡",仅此一年中,日军对辽县进行了三次大规模毁灭性的"扫荡",仅桐峪镇前后即有120多名无辜村民被日军杀死。

5月中旬，日军灭绝人性的春季大"扫荡"的余烟未散，日军第一集团军，配合敌华北派遣军在平汉线的直辖部队和驻山西日军，又对太行山区发动了所谓"第二期驻晋日军总进攻"。4月16日，日军已向其各兵团下达了作战大纲，在其"晋冀豫边区肃正作战计划（C号作战）"中，把摧毁华北抗战指挥中枢——八路军总部和一二九师师部，列入此次作战行动的重点目标，并指令其部队"深入敌后捕捉敌首脑"。

对于敌寇这次"扫荡"，中共中央北方局和八路军总部都事前发出准备对付敌寇新的"扫荡"的指示，一二九师主力也转向外线，实施牵制敌寇、破坏其补给线的袭击。

5月19日，3万多日伪军开始从太北区"扫荡"而进，到24日控制了太北地区的制高点峻极关。与此同时，和顺、长治、武乡、辽县以及东线武安等地的日伪军也向太行腹地急进合围。在敌军开始"扫荡"之前，即派出大量便衣特务混入根据地侦察破坏，制造谣言，迷惑根据地军民，并派出"挺进杀人队"，伪装成八路军，奔袭八路军首脑机关。24日，中共中央北方局和八路军总部等首脑机关近万人开始由麻田等地出发，向东面山区转移。25日上午，行至偏城县南艾铺一带，被向根据地腹地急进并已经对南艾铺、姚门口、偏城一带地区构成大包围的数路敌军发现，彭德怀、左权、罗瑞卿、杨立三等首长在南艾铺一洼地召开了几分钟的紧急会议，决定分路突围：彭总率总部直属队和北方局，从西北方向突围到太行二分区；罗瑞卿率野政直属队向东南方向突围，到太行六分区去；杨立三率队向西北突围；左权则奋勇承担指挥直属总部机关突围之重任。

第五章　黎明的黑暗

八路军分路突围的意图很快被敌人发现，1万余日伪军在6架飞机猛烈轰炸的掩护下，向八路军掩护部队占领的山头发起猛攻。八路军三八五旅七六九团的一部奋起还击，一连打退敌军的几次进攻。但由于敌人飞机狂轰滥炸，后勤部许多工厂的人员密集在沟里，前后拥挤，致使突围行动出现严重混乱。

这时，左权奋力冲向人群中，巍然挺立在一处高地，不停地向突围的人群高喊，不要怕，大家不要怕，往前面山口冲，冲出山口就是胜利！部队在前面接应大家……

当左权率领这支"乱军"一连冲出敌人两道防线，冲到敌人第三道防线时，发现后面挑文件箱的同志还没有跟上来，便让自己的警卫员郭树保迅速返回去寻找。这时，护送彭总突围的唐万成连长已返回接应左权参谋长，并一再恳求他尽快离开这里，不要再等后面的人了。但左权却一边指挥、招呼乱跑乱窜的人员，一边冒着不断在身边呼啸飞落的炮弹，冲他吼道，我不能提前离开战斗岗位，这里正是需要我的时候。

左权率领大家一连冲过两个山梁，冲到最后一个山垭时，突然从东北方向呼啸着飞来一颗炮弹，急忙大喊，赶快卧倒！卧倒！直到看见人都应声卧倒，躲过了一阵巨大的爆炸，看到没有人受伤，他才又招呼大家再往前冲。

然而，就在这近万人冲出山口、转危为安时，这位"心中唯独没有自己"的八路军总部参谋长——左权将军，却被一颗罪恶的炮弹炸出的弹片击中了头部，血染太行，壮烈殉国，牺牲于辽县北艾铺村附近的十字岭！时年仅37岁。

这是八路军抗战6年以来，牺牲的最高指挥将领。

尽管如此，冈村宁次还是发出一声长长的慨叹：

——唯独太行山刘伯承集团完整无恙，不能不予重视！

五月"扫荡"之后，接着就是夏季"扫荡"、秋季"扫荡"这时，邓小平已经赴中条山地区视察工作。

日军每次"扫荡"，最穷凶极恶的是肆意屠杀无辜百姓。日本华北方面军曾明令其部下："凡是敌人区域内的人，不问男女老幼，应全部杀死，所有房屋应一律烧毁，所有粮秣，其不能搬运的，亦一律烧毁，锅碗一律打碎，并要一律埋死或投下毒药……"

在冀南，仅沙区140多个村庄，就杀害无辜百姓3400余人在辽县城，惨遭日军杀害的无辜百姓竟达3027人。

在武乡，在辽县，在和顺等八路军总部驻过的地方，与一二九师驻过的地方，进行了无数次的血洗。日军三次血洗武乡王家峪，杀害数十人，甚至惨无人道地用开水将人活活煮死。武乡原来的县城就是被日军放火烧为一片废墟。

日军杀人的手段也凶残至极，无恶不作，无奇不有，惨绝人寰。用刀劈，用火烧，用机枪打活靶，用毒药熏……还不开心，还有的用开水煮，用五马分身，给活人开膛破肚，把肠子挂在树上，把脑袋吊在城门上，把活人用马拖着玩，直到把人活活拖死……

不妨且引几例，以观日军当年杀害我中华儿女之残忍：

在太行山一个叫龙洞村的庄子岭上，日本鬼子把几十棵树拦腰砍断，砍成一棵棵尖利的木桩，然后把几十个手无寸铁的村民壮丁五花大绑，活活钉死在木桩上，曝尸山梁，形

第五章 黎明的黑暗

成触目惊心的死人桩！

在中原村，日军把全村50多个村民赶在河沟，用机枪扫射杀害，犹恐未死，又向尸堆中掷手榴弹；还不甘心，骑着洋马在尸体上跑马践踏，用洋刀朝死人身上乱捅乱戳。有一个叫吕喜元的青年，当时尚未死，趴在死人堆里一动不动，不料洋马踏住他一条腿，疼得他终于忍不住动弹了一下，鬼子便掉转马头向他刺来，吕喜元奋起跳上马背与鬼子夺刀拼命，但终于惨死在鬼子的屠刀之下。

在敌寇"扫荡"过的村口镇口，到处可以看到被鬼子刀劈两半的儿童，被鬼子奸淫之后剖肚挖膛的裸体女尸。

辽县红土垴村，一群日本鬼子寻开心，架起3门炮故意往村里轰，轰得村民死的死，伤的伤，一炮最多打死8人，其中有5户人家被他们轰绝了户。这还不够开心，几个日本兵还把在地里干活的李二蛮、李五十一兄弟和巨明珠抓住，先把巨明珠一枪撂倒，接着将李五十一的衣服扒光，强按倒在地，用刺刀挑破肚皮，然后用树枝把肠子搅住拉出来，再把心脏也挑出来。日军一边像玩把戏似的一刀一刀屠杀李五十一，一边还强迫他兄弟李二蛮睁开眼看着。李二蛮不忍看哥哥被害的痛苦惨状，紧闭双眼，日军就把李二蛮按住，先割李的耳朵，然后用手一只一只往外抠他的眼珠，硬是用魔爪似的手把李二蛮的眼珠一只一只抠出来，两只眼球血淋淋地吊在脸上，日军却哈哈大笑。李二蛮强忍痛苦，大骂日本鬼子狗娘养的畜生王八蛋，两个日本兵就又上去割他的舌头，直到活活把李二蛮残害死。

李二蛮、李五十一兄弟只是日军肆意屠杀中国无辜百姓

的几千、几万、几十万、上百万分之一！

据有关材料披露，仅在太行山根据地，侵华日军在将近7年时间里，就进行了近百次的大"扫荡"。满山遍野陈露的732 018具中国人的尸骨，是被他们直接杀死的。此外，陈露的24万具中国人的尸骨，是因为中了他们投毒布疫无药可医而死的。另有陈露在沦陷区86万具中国人的尸骨，死于战祸、天灾和瘟疫爆发。其中全家人、全村人无一幸免者不计其数。劫后余生的残疾人，则有24.4万余众……

八路军做出的牺牲情况，仅太行区和太岳区——

牺牲指战员13 503人；负伤指战员32 245人；中毒指战员2459人；

仅太行区——

区级以上干部牺牲1434人；民兵、自卫队员牺牲3842人；民兵自卫队负伤4839人；被日伪军枪杀的民众16.86万余人；烧毁房屋2 262 688间；抢掠粮食120 560 100石……

累累血债，笔笔在录！

面对敌寇残酷而频繁的血腥"扫荡"、封锁与"蚕食"，无论在干部、军队或群众之中，都出现不同程度的悲观失望，张皇失措，或者畏难麻木情绪与思想顾虑。当此严重关头，邓小平于1941年4月28日，即在北方局机关刊物《党的生活》上发表了有针对性和警示性的《反对麻木，打开太行山严重局面》重要文章。

文章中非常坦率地指出："……但百团大战同时也暴露了我们工作上的一些弱点。使得我们在百团大战之后，虽在主力兵团方面得到一些补充与休整，但在根据地的巩固上，则

第五章 黎明的黑暗

甚为严重。这表现在：敌占区日愈扩大，抗战区日愈缩小。如果继续下去必将影响到抗日根据地的人力物力财力的枯竭，而招不应有的恶果。革命者的责任，不是掩饰局势的严重性来麻痹自己，而是以足够的警惕性去认识这种严重性，寻求形成严重性的根源，并提出克服严重局面的办法。"

面对敌寇的疯狂，根据地"日愈缩小"，根据中共中央以政治攻势与军事攻势相结合开展反"蚕食"斗争的号召，刘伯承和邓小平于 1941 年 5 月连续发布命令，要求健全和强化游击集团，积极开展游击战争，巩固根据地。并主动对敌寇进行了多次的破袭战。诸如 1942 年 5 月 30 日，一二九师七六九团一营三连，根据刘、邓坚持腹地战争的指示，在辽县沐池、苏亭、车上铺、柏管寺等村民兵的紧密配合下，设伏于苏亭村外高山峡谷之处，以密集的火力网和地雷、滚石相结合的战术，仅以伤亡各一的代价，毙伤日军高木联队 140 余人（在击毙的 4 名军官中，有一名中佐副总指挥官），骡马 80 余匹。

尽管局势越来越严重，根据地的建党、建政等工作仍然正常进行。诸如：

7 月 7 日，晋冀鲁豫边区临时参议会在辽县桐峪镇正式开幕。邓小平代表中共中央北方局建议正式成立晋冀鲁豫边区政府的提议，终于得以实现。邓小平、李雪峰等 64 名共产党员作为参议员出席了会议。

9 月 1 日至 9 日，晋冀豫区召开第二次工人代表大会，邓小平出席了会议并在会上发表了《爱护八路军，爱护根据地》的重要讲话。

12月底,一二九师师部返回赤岸。天寒地冻,战事稍松,刘、邓与师部全体工作人员举行会餐,"四方块的肥肉,四川式的蔬菜,桌上摆上十几碗",两位师首长与大家一起饱餐了一顿。

接着,12月31日,司政请客,各界有名人士偕夫人到赤岸拜见刘、邓,刘伯承、邓小平与大家一边辞旧迎新,共话沧桑,一边照例是辛辣十足的四川菜,虽不丰盛,却也管够,与各界名士共餐。

二七、五根干萝卜条

到了1942年春天,太行山抗日根据地真可谓是雪上加霜、数枷相逼——日军的"三光政策"未了,一场百年不遇的春旱,又降临到根据地的军民头上!骄阳如火,焦土生烟,从春到夏,无一场透雨滋润过太行山的一草一木,不少地方连水也吃不上;史无前例的"春灭"刚过,又是水灾、雹灾横加摧残;加上由于日军往井里放毒,造成瘟疫流行,一时饥民如蚁,饿殍遍野。而蒋介石、阎锡山的第二战区,一方面借口抗日救国,拼命搜刮民财;一方面从1940年以后又完全停止了对八路军军火、军粮、服装、医药等的补给。加上日军的经济封锁,使八路军总部、一二九师和整个太行山抗日根据地军民的经济财政,一无所进,几乎陷入绝境。

太行山抗日根据地,从1939年初的50多个县,一下子锐减到只剩下7个县!灾情遍及全区6个专区中的4个,急待救济的灾民达35万人,占全区人口的23%。

第五章 黎明的黑暗

从冀西、豫北和黄河以南国民党统治区逃立来的难民源源不断,多达7万余人,也得你收留安置管饭吃。

面对空前的经济困难,生存困难,毛泽东说话了:

一是困死饥死,二是解散回家,三是自己动手,积极奋斗,渡过困难,争取胜利!

目前我们须得变一变,把我们的身体变得小一些,但是变得更扎实一些,我们就会变成无敌的了。

中共中央也发话了:

敌后抗战能否长期坚持的重要条件,就是这些根据地居民能否养活我们,能否维持抗日的积极性","我党政军均应了解,假若民力很快消耗,假若老百姓因负担过重而消极,而与我们脱离,那么不管我们其他政策怎样正确也无济于事。

刘伯承、邓小平立即作出坚定的回答:

勒紧裤带,团结奋斗,共渡难关,争取胜利!

根据地党政军机关一律进行精兵简政!首先从部队开始!

根据地广大农村开展减租减息运动!

边区军民同心协力增产节约,自给自足,用延安三五九旅开发南泥湾的精神,开展大生产运动!

1942年元旦刚过,1月7日,邓小平和刘伯承就召开了一二九师直属队及新一旅、三八五旅参加的精兵简政动员大会。刘伯承在动员大会上作了《如何执行党中央精兵简政政策》的报告。邓小平接着讲了话。

邓小平在讲话中,动情地告诫全体指战员,由于长年不断的战争和日本侵略者的疯狂掠夺,加上天灾人祸,根据地人民生活极度困难。我们部队的日子也够苦得了，但我们是人民的军队，我们就应该特别关心人民的疾苦，尽量减轻人民对抗日的负担。我们厉行精兵简政，把我们的身体变得小一些，变得更结实一些，就是为了减轻人民的负担。人民群众是最通情达理的，我们给一寸，人民会报答我们一丈。只要我们赢得人民群众的支持，我们就一定能够战胜困难，最后战胜日本帝国主义！

邓小平又指出：减轻人民的负担，从两方面着手：第一，精兵简政，减少脱离生产人员；第二，机关部队本身生产节约，反对贪污浪费，自己解决部队经费。

1月15日，刘、邓即指示下发了实施精兵简政命令。

师部还组成工作组，分头下到各军分区和旅，进行深入动员。行前，邓小平作了更详细的规定，如调整编制，紧缩机关，减少人员马匹，充实战斗连队；调一批有才干的本地干部，到地方武委会去，加强地方武装，开展游击战争；安置老弱战士、荣誉军人从事学艺生产，半工半读等等。

1月25日，邓小平亲自带了一个精干的工作组，从赤岸出发，深入到武安、沙河一带的太行军区第六分区具体指导精减工作。

一二九师和晋冀鲁豫边区前后共进行了三次大的精减。经过精减之后，一二九师直属队从41个伙食单位，减到19个。各军分区与新一旅、三八五旅共减少156个伙食单位。从机关精减下来的人员，充实到战斗连队，并抽调了一大批军队干部到地方武委会，加强地方武装和各级武委会工作。

由于邓小平与刘伯承对此项工作的重视并亲自深入指导，

第五章 黎明的黑暗

一二九师和晋冀鲁豫边区的精兵简政工作做得很有成效,曾经受到毛泽东的表扬。毛泽东在《一个极其重要的政策》报告中曾经这样讲:"晋冀鲁豫边区的领导同志,对这项工作抓得很紧,做出了精兵简政的模范例子。"

在精兵简政的同时,还实行了严格的节约制度。刘、邓决定,改变伙食供应标准如下:

部队的小米供应,主力部队由原来的每人每天1斤半,分期减到1斤(16两秤),地方武装由原来的每人每天1斤,减少到15两;

机关人员由原来每人每天1斤,减少到13两;

从师、旅于部,到战士,每月只发给1.5元到5元的津贴费(按照当时物价,1.5元只能买一把牙刷和一袋牙粉);

办公费、菜金一律停发。

后来,据说为了救济当地快要饿死的老乡,总部又指示部队战士的口粮减少到每人每天9两,把省出来的粮食分给实在揭不开锅的老乡。

别说当兵打战,都是壮实实的大汉小伙,就是坐着不动弹的老人孩子,这点粮食标准显然也不够吃。

不够吃怎么办?老百姓能吃野菜,吃树叶,部队也能吃。于是无论官兵,大家一天三顿饭(有时吃两顿饭),都是瓜菜代,谷面(谷子不脱皮磨成面,武乡一带老百姓因为缺粮都是这样吃)棒子面拌野菜"和子饭",稀里糊涂往肚子里灌。一个个稀汤灌大肚,刚吃过饭都还小肚儿圆,一阵儿工夫就瘪得前心贴后心,饿得怪难受。

这天,邓小平到师部直属连队去,正赶上开饭,便信步走进食堂。过去部队开饭都是班排自己动手打饭，这时，统一由大师傅一勺一勺给战士们的瓷碗里盛饭。有的战士叫着嚷着嫌大师傅盛少了，蹲在地上吃饭的战士们每人手上牵着5根干萝卜条，捧着一瓷碗"稀糊糊"，慢条斯理地咀嚼。

邓小平问一个战士，你是老兵了吧？怎么吃饭这么慢条斯理的？

那个老战士立起来，不好意思地笑笑，说，政委，不瞒你说，每顿饭五根这玩意儿，我一口也撑不满，实在是怕一下子吃完，就……就……就得再等到下一顿了。

说得旁边的战士们喷口大笑。

邓小平也忍不住想笑，但他实在笑不出来，他看见这些甘心提着脑袋救国救民的战士，每餐只能分到五根干萝卜条，心疼啊！邓小平回头就去问伙食管理员，你们是按多少口粮标准执行？伙食管理员说，邓政委，也是实在没办法啊。附近村上的老乡，有的人家就快饿死了……连长只好叫大家再勒一勒裤腰带……

后来他了解到，为了救济那些奄奄一息在死亡线上挣扎的灾民，仅师直单位就从已经减了的口粮标准中，又硬挤出1650斤小米，救济了那些快饿死的人家。

邓小平正在食堂同伙食管理员说着话，听见门外有人高声喧哗，回头看时，是几个老乡提着篮子进来，走在前边的一个老汉一见邓小平就说，邓首长，这要命年景实在拿不出什么好吃的，咱八路军成年替老百姓打鬼子，打顽固军，怎能饿上肚子呀！好歹也得叫大家填饱肚子。这不，家里就剩这些些儿柿子皮、黑枣，还有这几个棒子面馍馍，你就叫大

第五章 黎明的黑暗

家尝一尝,也是咱老百姓的一点心意。

这种军民互相支援的动人场面,在太行山抗日根据地,在那个最困难的年代,无处不有地经常这样发生着。

这种比金子还要贵重几十几百倍的感情,在太行山抗日根据地,在那个最残酷的岁月,像漫漫寒夜之星,无处不在地闪耀着。

邓小平从师直属连队出来,忽然想起又到了给师部家属分粮的时候,便又弯到机关食堂。

可巧正赶上司务长在给机关干部职工家属分粮。

邓小平在一旁看着。

不一会儿,轮到给邓小平孩子的奶妈分了,只见司务长连连往斗里舀,舀足小半斗,一秤,倒也还不多不少,恰够,只是秤杆稍稍往高挑了一下。司务长顺手将秤绳往后一抹,便端起斗来,往奶妈张着的口袋里倒。这一微小的动作被邓小平看见了,迅即伸手挡住那斗,又要司务长放在秤上重秤。其实司务长并没有特别存心给哪个首长的家属多分,对谁都是尽量给个高秤,他知道大家分这点粮食不容易呀。只见邓小平猫下腰去,盯住秤星仔细看了半天,问司务长应该给分多少,司务长说应该是多少,邓小平说,你看,这秤明显得就多了嘛。

旁边的人看看秤,纷纷说,多也多不出两两把把,邓政委就算了吧。邓小平对大家说,这是国家的小米,又是困难时期,对哪个都要公平合理。不要因为她是我孩子的奶妈,就可以多分一点,照顾一点。八路军要官兵一致,谁也不能搞特殊化哟!他又对司务长和行政科的同志说,就是我和刘

师长，也要按规定办，你们不准把大食堂的油，揩到我们的碗里来哟！

不仅在分粮食上，邓小平以身作则，师里上下都看得见。邓小平和刘伯承师长，多少年始终穿着与战士们一样的灰布军装。这年冬天，师里的同志私下向供给处的同志嘀咕小话，说刘师长和邓政委的棉衣都打补丁了，八路军再困难，也不能叫师首长长年穿那件补丁衣服吧？你们供给处是干什么吃的！

供给处的同志们何尝不想给刘、邓两位首长做身新军服呢！只是他们的"经验教训"太多了。不过，这回经大家一说，就又找出种种理由，破例给邓政委与刘师长一人做了一件细灰布棉军衣。一番良苦用心，照例没有被刘、邓接受，反而挨了一顿批评。刘、邓果断将新军衣退回去，并严厉地批评供给处的同志：不管下边的同志们有什么议论，谁都不能特殊！新棉衣穿在身上，我们暖和了，可战士们的心凉了。这不是对我们的爱护，是要我们脱离群众，帮倒忙！同志，懂吗？

由于刘、邓以身作则，身体力行，严明纪律，部队战士尽管处于半饥半饱状态，也绝少有人违反纪律。那年秋天，老百姓满山遍野的柿子、核桃、红枣树挂果甚丰，走哪都远远望见红彤彤的柿子，怪诱人口水的。可是部队无论行军打战，或外出执行任务，即使从柿树林子穿过，也没有一个战士伸手摘老百姓的一个柿子。相反，由于帮助老百姓救灾，蒋介石、阎锡山又早停止了对八路军的补给，1943年部队的冬装到了入冬，天气都上了冻还没有筹措到。后来勉强搞到

第五章 黎明的黑暗

了一些土布和棉花,已来不及集中缝制,只好将土布与棉花发给各个单位,要大家自己动手,自做自穿。

那可热闹了!无论机关营房,那些个五大三粗掂大枪扛大炮的汉子们,都变成了穿针引线的巧"妇"、绣"女",或者自裁自缝,或者拿着一块块土布,到处找老乡帮忙裁剪。还有的战士三个一群两个一伙地在村里打槐树籽,刨树根,或者烧草木灰,因为土布是白的,八路军的军装是灰的,没有染料,就得找草木灰、槐树籽和树根熬制染料染色……硬是就这样"瞎凑合"穿上的冬装。虽然染色重一块轻一块,穿在身上样子并不怎么好看,大家倒也其乐融融,全无怨言。

这年冬天,就连刘伯承和邓小平身上,都穿的是深一片、浅一片、缝得皱皱巴巴的灰土布棉衣。

一天,邓小平约了边区政府的杨秀峰主任、陈东和李一清谈话。谈着谈着,李一清就歪了脑袋打起盹儿,还小有鼾声。

邓小平看着,心里沉甸甸的。他知道,同志们太辛苦了,政府机关干部的口粮由每人每天一斤半小米,减到7两,这怎么能撑得住,打得起精神!

临了,邓小平特意嘱咐,边区政府厅一级干部的月津贴可以增加到10元。这已经是相当不容易了!

即使增加到每月10块钱的津贴,也仍然是杯水车薪!

根据地军民要活下去,要战胜困难,根本出路在哪里?

二八、根本的出路

邓小平的回答：发展生产是坚持根据地的重要保障。

刘、邓一致的回答：根本的出路在于发展生产！努力加强经济建设，增加边区财富！在于学习延安三五九旅开发南泥湾的精神！在于自己动手，开荒屯田，织布纺棉，丰衣足食！这是有史以来屡有实行、行之有效的富国强兵之道！

这是一个久旱逢雨的早秋天气，从夜里就哩哩啦啦的下起雨，一直下到天明还在小下，有点秋雨连绵的意思。雨不算大，但对于连续两年大旱，没有落过一场透雨的太行山区，无疑是天降甘霖。

邓小平一大早起就坐在那架新做的纺车前，嗡嗡嗡，嗡嗡嗡，一遍又一遍地学习纺线，开始是接不上线头，后来学会接线头了，抽出的白线又是疙疙瘩瘩，粗细不匀。邓小平一遍又一遍地学呀、纺呀，两条腿都盘坐僵了，还不肯放下手上的摇把。

卓琳在一旁搓着棉毯儿，不住地抿了嘴偷笑他那样儿。

从打师里各部队、单位开展生产自救运动以来，邓小平和刘伯承的办公室就各支起一架纺车，一有空儿，就坐在纺车前吱吱嗡嗡地摇个不停。

谁说当兵的只会打仗！花木兰能女扮男装，替父从军，驰骋边关，八路军的男子汉也能织布纺棉！邓小平终于在"女同志"面前证明了一个真理：事在人为！

这时，司令部大门外忽然响起嘹亮的军号声。

第五章 黎明的黑暗

原来雨已经不下了。司令部院里那棵小丁香树和小紫荆树也摇摇摆摆，像是起了风。

邓小平问卓琳，不是下雨不能上山开荒吗？

卓琳也疑疑惑惑地说，好像是李达的师直属队又集合上山了。卓琳出去看了看，回来说，是李达他们集合上山开荒去。天已经亮开了，看样子这雨不会再有多大的希望了，倒是应该抓紧时机抢种一批晚熟作物和蔬菜。

邓小平笑着说，看来你这个"洋包子"也真"土"化了。什么"墒情"呀、"晚熟作物"呀，这些个老百姓的事你都懂了。

卓琳不甘示弱地说，我们开出的荒地不比你们男同志的少，我们科在黎城那边还开的有一大片荒地呢！

这话邓小平信，自从师里搞生产自救开始，各个伙食单位除了规定的开荒任务外，都见缝插针地在门前屋后种了各种各样的蔬菜，卓琳领着一群妇女除了与司令部机关男同志一起上山开荒种粮之外，也在赤岸附近搞了块小"试验田"，种了萝卜白菜，特别经心浇水上肥。前几天她们把邓小平与刘伯承都请去看她们的菜园，拔起一个大白萝卜、给他们看，一秤，嚯！整整6斤重！刘、邓两人高兴得连连夸奖她们种的萝卜是"萝卜大王"。

接着，邓小平又抽着烟说，的确应当珍惜这场雨给我们带来的墒情。赤岸这地方的气候，比辽县那边暖和得早，冷得也晚，生长期长，还可以抢种一茬。不过我们部队一方面自己开荒种地，一方面不能光管自己门前三尺，还得帮助老乡抢墒改种……

不一会儿，司令部机关院里也吹起哨子，有人喊机关全体工作人员马上集合。

等全体集合完毕，邓小平从生产科走出来，对大家说：

大家看到了，我们李参谋长率领的直属队，雨还没有完全停止，就已经出发了，他们分批上山开荒，很有成绩；我们机关人员也不能按部就班上班下班。我们从开展生产自救以来，已经做出很大的成绩，但是我们不能骄傲自满，我们还要再接再厉，像打仗一样，乘胜追击，直到最后胜利。大家知道，这场雨下得非常不容易，为此，我们各机关、单位、甚至学校，都要挤出时间，利用这点墒情，一方面把我们自己的地，该抢种的抢种，该改种的改种，该补种的补种，争取用10天时间完成晚秋作物与蔬菜的抢种或改、补种任务；另一方面，我们还得抽出一部分人员，去帮助老乡抢种。同志们！老百姓的日子好过了，我们部队的日子也就会好过；根据地的财富增加了，我们就能战胜困难，就能取得最后的胜利。今天我们司令部机关全体人员，就去（涉县）二区帮助群众抢种。除了值班的，有病的，全体出动，我也去！

其实，部队一手拿枪，一手拿锄，发展生产，自给自足，军民共同进行根据地的经济建设，是邓小平一贯的、也是比较明确的思想。早在1940年4月，中共中央北方局召开的黎城高级干部会议上，邓小平就非常明确地指出，"发展生产是坚持根据地的重要保障"。会议并就此制定了一系列根据地的财政政策和经济建设政策。1941年初，根据地的财政经济开始出现严重困难形势之时，邓小平又受中共中央北方局的委托，相继在一系列的会议上提出注重根据地的经济建设的

第五章 黎明的黑暗

主张。1941年3月中旬,晋冀鲁豫边区政府成立大会上,就将邓小平的这些主张,演化为"努力经济建设,增加边区财富",写进新成立的晋冀鲁豫边区政府的施政大纲。边区政府并规定:"一切抗日人民,不分党派阶层,均有营业、营利、从事工农业生产之自由;奖励私营企业,发展农村生产合作社,欢迎海内外人士和敌占区同胞投资于边区生产事业,政府保障安全,并提供帮助。"

1942年9月1日,邓小平担任了中共中央北方局太行分局书记,即着手加强太行、冀南、太岳、晋豫等四大地区的政治、军事、经济的一元化领导,恢复与发展根据地的生产与经济建设。

1943年1月25日,邓小平又在涉县温村,主持召开了中共中央太行分局高级干部会议。会议根据中共中央北方局12月23日发布的《关于华北敌后抗日根据地1943年工作方针的指示》,讨论研究了如何扭转晋冀鲁豫地区的困难局面,全面开展根据地的经济建设问题。邓小平代表太行分局作了《五年来对敌斗争的概略总结与今后对敌斗争的方针》的报告和会议总结。边区政府副主席戎伍胜在会上作了《进一步加强财政建设开展对敌经济斗争》的报告。会议特别响亮地提出今后工作的具体任务:一、巩固根据地的抗日民族统一战线;二、继续深入发动群众,开展普遍性的群众游击战争;三、加强根据地的经济建设,发展生产,战胜灾荒,保证军需民食,打下自给自足的基础。会上,邓小平还论述了根据地战争、生产、教育三大任务的辩证关系。

根据地的经济建设是非常艰难的,在那种连肚子都吃不饱的年月，你想搞经济建设，敌人绝不会坐视不理，所以首先还要与敌伪展开经济斗争。为了加强经济战线上的对敌斗争，1943年6月21日，邓小平主持召开了中共中央太行分局专门会议，讨论太行区的经济建设工作，并制定了《关于太行区经济建设工作的检查和决定》。接着，9月21日又在一二九师和晋冀鲁豫边区联合召开的全区生产动员大会上，邓小平又作了《努力生产，渡过难关，迎接胜利》的动员报告。接着，晋冀鲁豫边区政府又专门召开了财政会议，决定成立冀南银行，发行晋冀鲁豫边区货币，实行战略分区管理。并以冀南银行和太行工商局牵头，大力组织根据地与敌占区物资交流，利用敌人之间的矛盾，突破敌伪对根据地的经济封锁，通过各种渠道，从敌占区大量调拨和购进粮食，以解根据地的燃眉之急；相反，又想方设法大量"出口"根据地的山货、土特产品，压低伪钞币值，更加刺激敌占区和内地的粮食上市。

为了帮助农民解决种子问题，扶植重灾区群众的生产，让那些在死亡线上挣扎的灾民能吃上饭去搞生产，刚刚入主中共中央北方局与八路军前方总部的邓小平（1943年10月6日中共中央决定，中共太行分局并入中共中央北方局，邓小平接替彭德怀担任中共中央北方局代理书记，并与滕代远主持八路军前方总部工作，即由一二九师师部所在地赤岸，进驻辽县麻田镇），要晋冀鲁豫边区政府充分动员党政军民与财贸部门等一切可以动员的力量，进一步从没有遭受灾害或者受灾较轻的西部地区向根据地"进口"粮食。先后共计向灾区调运粮食9.57万石，糠面、油饼、山药蛋18万斤；还从西

第五章 黎明的黑暗

部地区买进粮食21万石，低价卖给灾区，以解燃眉之急。在运粮中，实行以工代赈，发给民工粮食3.5万石。政府还先后给灾民放赈小米2000石，低贷1.2万石，打蝗虫奖励粮1000石，共1.5万石。再加上农业贷款3600万元，水利贷款700万元，手工业合作贷款1600万元，共约6000万元。

在调进与购进粮食的同时，中共中央北方局代书记邓小平在《解放日报》发表了《关于动员全军助民春耕、节约粮食、救济灾胞的谈话》，特别向各级党政军领导强调，全区救灾工作一定要重在生产自救，不能让老百姓有丝毫的依靠、等待思想。不要让群众觉得反正有共产党、八路军哩，早晚会给咱们调拨粮食来的……这种思想是救灾工作的大敌。太行山东麓武安县有个活水村，全村365户人家，就有75户168人依靠政府救济粮生活，也不求自救，也无力自救，不懂得怎么自救，有的甚至破罐子破摔，活一天算一天，哪天实在等不上救济了，两腿一蹬饿死也就算了。针对这种状况，当地政府与部队官兵一户一户上门给他们做思想工作，帮助他们估量家当，寻找生产自救门路，订出切实可行的行而定能受益的生产自救计划。这一下，依靠救济的只留下31户86人。后来，又帮他们找到了纺织、打柴等生产自救门路，用纺织贷款扶植了几户，最后只剩下6户9人急需救济。

通过帮助灾民寻找生产自救门路与制定生产自救计划，很快发现并总结出一条生产自救的重要经验：组织生产互助合作社。邓小平很快向全区推广了这条在生产自救中开展互助合作的经验。到1943年年底，全区出现生产自救互助合作社416个，其中灾区达到297个，占到总数的71%，社员与

股金成倍地增加。全区还组织起从事纺织的妇女20多万人，由政府贷发棉花80万斤，每纺一斤棉花兑给小米2斤，织成布再发给小米1斤，人民群众从纺织中收入小米240万斤。

政府还发放扶植其他手工业生产的贷款，仅磁县、武（安）北县就恢复小煤窑生产20多座，500多工人复工，有了饭吃。

1943年8月间，各级政府与部队还组织、帮助农民抢种补种晚秋作物，这年秋后，仅第五专区就收获秋菜11 000多万斤，大大缓解了灾民的吃饭问题。

在太行抗日根据地军民大搞生产自救，开展对敌经济斗争的同时，邓小平还特别告诫、提醒各级领导与人民群众，敌后经济战线，包含两个不可分离的环节，一是对敌展开经济斗争，一是在根据地展开经济建设。没有对敌斗争，谈不上根据地建设；没有根据地建设，更谈不上对敌斗争。

对于太行山抗日根据地军民大搞生产自救，日军也感到一种威慑，害了怕。日军驻长治的潞安司令部参谋长河野曾针对根据地军民大搞生产自救，惊呼："战争能否取得胜利，粮食是第一位的。"于是粮食成为敌我双方争夺的焦点。敌我双方都以争夺粮食为至急至重的中心目标，展开激烈的争夺战。一方面是根据地军民以生产粮食、保卫粮食为一切工作的中心，大搞生产自救，保卫秋收；一方面则是敌伪以粮食为重点掠夺、封锁的目标，展开第五次"强化治安运动"，与八路军抢粮夺粮。1942年10月23日，晋冀鲁豫边区政府与太行军区联合发布了《关于加强政治攻势中粮食保卫战的指示》的命令，指出："在继续开展政治攻势中，加强保卫秋收战的组织与指挥，以积极进攻的手段，打击与破坏敌人在

第五章　黎明的黑暗

敌占区、接敌区抢粮，在抗战区毁粮的意图，成为我目前准备反'扫荡'战及粮食争夺战的中心任务。"

为了帮助敌占区与接敌区的群众保卫秋收果实，根据地灾区的八路军经常组织小部队，越过重重封锁线，深入到敌占区与接敌区，与抢收老百姓粮食的日伪军展开激战，使敌人抢收群众粮食的企图不能得逞。其中受灾最严重地区的第五、第六军分区部队，带领民兵，从平汉路西侧的磁县、武安、沙河、邢台等地区，星夜急驰，越过敌人设置的一道道封锁墙、封锁沟，深入到敌人的"格子"里，神出鬼没，时而狙击出扰抢粮之敌，时而拔除敌人的据点，时而镇压汉奸特务，捕捉敌伪组织要员；时而直捣敌伪指挥机构，彻底粉碎敌人的抢粮计划。主力部队以三八五旅七九六团为主，则承担了保卫秋收的正面作战。仅1943年秋收时，即进行保卫秋收作战45次，掩护屯粮作战88次，武装护送粮食23次，屯粮5.4万多石。不但保证了秋收和征粮任务的完成，而且夺回被日伪军抢去的粮食2.68万石。

最后，还是让我们来重读一下邓小平在《太行区的经济建设》一文中的一段精辟论述：

以八路军这样窳劣的武器，四年来没有得到一个铜板、一颗子弹的接济，而能战胜各种困难，与强大的敌人进行短兵相接的斗争，这不能不是一个奇迹。究竟它的秘诀在什么地方呢？是的，人所共知的，我们有一个毛泽东的战略战术指导原则，依据这个原则，从无数的战斗中，才创立、保卫与巩固了各个抗日根据地的负担。是的，人所共知的，我们同敌人进行了严重的政治、文化和反特务斗争，大大地发挥了根据地和敌占区人目的抗日积极性，坚定了人民的自尊心和自信心。然而，也许为人们所忽略的，就是我们在敌后还是极端困难的条件下，进行了经济战线的斗争，而且获得了不小的胜利。正因为有这样一条战线的胜利，我们才有可能坚持六年之久，并且能坚持下去。

1943年12月6日，中共中央北方局代书记邓小平，主持召开了中共中央北方局工作会议，制定了迎接胜利光到来的新的一年——1944年的太行山抗日根据地上作方针……

二九、秘驻黄金庄

司令部在黄金庄村公所大院里安顿住下之后，李达便派蓝副官去找村长刘兰馨。

这时天已经擦黑。蓝副官与村长刘兰馨已经见过两次面，对黄金庄村也比较熟悉，所以很快就找见刘兰馨。这是一个20来岁的后生，红红的大脸庞，黑黑的粗眉毛，样子很忠厚，一看就知是属于那种不多说话，但很有心计，有主见，沉着刚毅的年轻人。

——刘村长，你来一下！

蓝副官把他从家里叫出门外。

村上突然来了这么多八路军，民兵干部们有事没事都在刘村长家里坐着说话，商量怎么招待好八路军，起码不能比人家

第五章　黎明的黑暗

别的村差。听见门外有人叫他，出来一看是蓝副官，便说，蓝副官，往后你就叫我名字好了，不要村长村长的。然后才问，听说人都来了，我正说要过村公所看一看哩。能住得开吗？

蓝副官把他叫到大门外避眼的地方，挺严肃地对刘村长说，我先给你说个事，这个事很重要，绝对机密，只能叫你一个人知道，你知道了也不准对任何人说，就是爹娘老子，一个被子里睡觉的老婆，也不准告诉，绝对要保守秘密。

刘兰馨叫蓝副官这通话给蒙住了，心想啥事这么严重，不就是来了一批八路军吗？村上的老百姓大人小孩哪个不知道，还这么保密？

蓝副官说，你得向我保证，不，你得向党保证。

刘兰馨马上也十分严肃地说，我向党保证，绝对严守机密，不向任何人泄漏一个字，要是走漏了一个字，我愿服从党的纪律处分。

蓝副官这才低声告诉说，这回转移到我们黄金庄来的八路军中，有两个重要首长，你知道是谁？

刘兰馨憨厚地笑笑，但头脑非常敏感，说，蓝副官你这不是故意考咱？你还没有告诉咱，咱咋知道是谁？你就快直说吧，我都快叫你吓唬住了。

蓝副官说，这怎么叫吓唬你，我是向你正式交代保密任务，今天来的八路军首长，就是咱们一二九师的刘师长和邓政委！

——嗯?! 蓝副官你不是故意吓咱吧？

刘兰馨一听就睁大了眼睛和嘴巴，下意识地四下看看，拉了蓝副官就往街门里走，边说，走走，家里说，家里说！

蓝副官扯住他说，你先别回家，现在就跟我走！

刘兰馨疑惑地回头问，哪去？

——村公所呀！我带你这就去见刘师长和邓政委！首长要接见你哩！

——你你……你看我这个样子……

刘兰馨虽当村长，却见世面不多，一听说这么大的首长来了黄金庄，就已经十分惊讶，现又听说马上就要去见刘师长和邓政委，心里又高兴，又紧张，心口便突突跳个不止。

村公所的一间大房子里，一盏带玻璃罩的煤油灯（俗称马灯）照亮室内的摆设：一张方桌，两把太师椅子，还有几张长长短短的凳子；一高一低两个穿灰土布军服的中年男人正在门口说着话，那个子低了一些的手上还夹着一支纸烟，一直伸在口边，却半天也没有抽一下，好像在沉思什么，长长的烟灰都垂成弓。

蓝副官走到门外一声报告，那低个子军人才从沉思中收回神来。

蓝副官说，首长，刘村长来了！

低个子军人忙说，哦哦，来了？快让进来！

其实刘兰馨就在蓝副官身后立着。刘兰馨也学着蓝副官叫了一声"首长"，迈进门里，结结嗑嗑说，俺村条件不好，叫首长受屈了。心口越发跳得不会讲话了。

蓝副官向他介绍说，这是刘师长，这是邓政委，然后挪过把凳子让他坐，刘兰馨却不好意思坐，那个低个子的邓政委连连向他招手说，"坐坐"，高个子刘师长也笑着说，"八路军和老百姓，都是一家人嘛，还客气吗？坐下说话。"刘兰馨

第五章 黎明的黑暗

这才觉得心跳缓慢了些,坐在两位首长的对面。

刘伯承始终看着这个年轻的村长,温和地笑着,问道:

——叫什么名字?

——兰馨,刘兰馨。兰花的兰,馨……馨……馨的馨。

邓小平一旁风趣地插话说:

——这名字好香哟,谁给你取了这么个高洁温馨的名字?

刘兰馨羞笑说,大人起的名,后来上学堂念书,先生就给写成这两个字。

刘伯承接着问:

——今年多大?

——24虚岁。

——噢,很年轻嘛。这么年轻就当了村长,有出息哟!

接着,刘伯承就问起黄金庄附近各村的情况,邓小平拿过一张地图,让刘兰馨村长一一指给刘师长,这个村叫什么名,那个村离黄金庄几里路;这个村有多少户人家,那个村地形怎么样……直到把附近十几个村名地名都搞清楚,与地图上对上号,刘伯承才连声说好好,直起腰来。

然后,邓小平又向刘兰馨村长问起黄金庄与附近各村的人口、党组织、群众团体以及风土人情等情况,刘兰馨已经不再那么紧张了,回答非常流利。

谈话结束时,刘兰馨紧紧握住刘伯承的手,激动地说:

二位首长!从今往后,咱们就是一家人,有什么事,只管派个人传我就是了。有照顾不周到的地方,也请首长尽管批评,老百姓没什么好待承,就是一个心实!住在俺村,请首长只管放宽心睡安稳觉!

刘兰馨这后半句话,是非常用了心思讲的。

——我们是来打鬼子,可不是来睡安稳觉哟!

邓小平一句笑话,说得大家都会心地哈哈笑起来。

第三天上午,刘兰馨村长一大早去给后勤部代买猪,刚回到家里,蓝副官就急急忙忙来找他,通知他马上到司令部去研究问题。

刘兰馨连早饭也没吃,就跟了蓝副官来到司令部办公室。

刘伯承和邓小平正等着他。一进门,刘师长就开门见山地说,来来,咱们研究一下成立联防指挥部问题。

刘伯承讲了为什么要成立联防指挥部,成立联防指挥部的具体任务是什么,然后就由邓小平具体讲了联防指挥部怎么成立,怎么个编制,以及组织领导办法等等。

最后,邓小平严肃地说,现在指定蓝副官担任联防指挥部指挥长,你来担任副指挥长。

这时,只见刘伯承拿过一支手枪,郑重其事地说,这支手枪就发给你了,往后你和蓝副官就有了指挥权,西到井店,北到龙虎,南到古台,东到东邬,方圆40里范围内群众反"扫荡",就由你们来指挥。

刘兰馨的样子,好像对给他授以这么重要的大权并没有多少往心上放似的,倒是对那把手枪特别地如获至宝,爱不释手,一出门就叫蓝副官教他扳弄。回家的路上,胸脯挺得高高的,腰杆挺得直直的,脚板迈得噔噔的,好像一下子威武雄壮了许多。

第二天,蓝副官与刘兰馨两位正副指挥长就在黄金庄戏楼院的献殿,召开了方圆40里内的联村村长会议。

第五章 黎明的黑暗

会议由刘兰馨主持，蓝副官讲话。蓝副官本是军人，自不要说多么威武，刘兰馨村长，腰上忽然别了一把"二把盒子"，讲话的嗓门都好像"嘣嘣"脆。

蓝副官首先宣布了联防指挥部成立与联防的重要性、联防的任务、联防的具体划片分组严防范围以及各分组的负责人名单。然后经过各村村长的酝酿讨论，确定了村与村之间半里地设一个哨位，每个哨位上派几个岗哨，由哪个村负责，一旦发现敌情，岗哨发出呼喊，一个接一个往下传喊，直到各村都知道了，组织群众进行转移。并且在各条道路上，都要有民兵保护群众转移。联防工作布置得非常详细具体。

由于有了各村统一指挥的联防措施，所以在五月"扫荡"中，黄金庄附近各村群众损失就比较小。村村事先有准备，坚壁清野，鬼子扑到哪个村哪个村都是空的，不但找不到人，连一颗粮食也找不到。黄金庄的民兵还活捉了一个日本兵。

就在敌人"扫荡"最紧张的时候，一天中午，刘伯承和邓小平派人把刘兰馨找到司令部，在村公所的"七间楼"下一边一块吃午饭，一边向刘兰馨了解联防的情况，并对他们联防指挥工作给予了充分的肯定与表扬，然后邓小平向刘兰馨提出要他迅速办两件事：一件是司令部在村公所不安全，离山太近，敌人一旦过来，从山头上就能把手榴弹扔到村公所的院子里，请他能帮助另外找个适合司令部住的院子，第二件事是部队眼下粮食十分困难，请刘兰馨想想办法，尽快帮助解决。刘伯承与邓小平给了他半天时间，要他吃了饭就去想办法。

不料刘兰馨当下就站起来，大包大揽地拍胸脯说，刘师长、邓政委！你们放心，在别村咱不敢说，在咱黄金庄，这两件事都好办。刘兰馨指指东边的楼下说,第一,粮食问题不用去哪想办法,东楼的地窖就藏着有,就地开仓就有咱部队吃的粮食;第二件事我也想过,村公所乱人杂马的,别说离山近,就是离山远也不很安全,咱黄金庄曹全寿家那院房子我看就合适。现在就搬过去都成!

刘、邓没有想到刘兰馨办事竟如此痛快有主见,望着这个农民出身的年轻人,高兴得连连点头称好。

这天中午,刘兰馨正端着碗一边吃饭,一边朝部队住的场院走来,因为别的事缠着,有两天没到部队看看缺啥少啥,所以就抽吃中午饭这个空儿,端着碗走来。刚走到场院外,看见一群日本俘虏正在哇哩哇啦吃饭,一边吃一边挑挑拣拣往外扔,白米大肉扔得遍地都是,刘兰馨一见日本鬼子心上就顶,这时瞅见他们拿那么好的大米肉菜不爱惜,八路军和老百姓因为他们这些侵略者害得连粗米杂粮还吃不到,心里越发火得不行,真想上去抽他们两个嘴巴。

可巧这时远处有人喊他:

——刘村长!小刘!

刘兰馨头也没回,眼睛依旧火悻悻地盯着那些个日本兵。

后勤部傅必久干事小跑过来,叫道:

——刘村长!我喊你你没听见不是?咋,当了指挥官就不认兄弟了?

刘兰馨这才回过头来,脸色依旧绷得像铁似的。

——啥事?

——咳!咱一个后勤干事能找你干啥,又没肉了,还得请你给代买两口猪!

第五章　黎明的黑暗

——不买！

傅干事几乎被他吓一跳。

——你……你是咋啦？吃枪子了不是？

——反正这次买猪我不干！

后来，傅干事才了解到是因为看见八路军给日本鬼子吃得那么好，心里想不通，正别着劲。

傅干事把这个情况向后勤部胡部长作了汇报，说人家刘村长生咱们的气了，嫌咱们八路军对日本俘虏太好了，往后不再帮咱们买猪跑腿了。胡部长当下就去找刘兰馨谈话。自然是讲了一套对待俘虏不能与我们自己人一样要求，要优待俘虏等政策的话。只是刘兰馨还是想不通，加上旁边一些民兵帮腔：不枪崩他们就是好的了，还给他们那么好的吃喝！越发转不过弯来。

这事不知怎就叫邓小平知道了。

第二天上午，刘兰馨正在家里躺着生闷气，司令部通讯员来找他，说是邓首长叫他去一趟。生气归生气，部队该办的事（除了买猪）还是照办。所以一听说邓政委找他，便一路小跑来到曹家大院。

——小刘哇，坐！

邓小平停下手上正办的事情，点着一支纸烟，在刘兰馨对面坐了。

——首长！这两天我也没过来看看，你和刘首长大家都好吧？

刘兰馨习惯地往门里一蹲，非常忠厚地问。

邓小平故意笑说，好是好，就是没得肉吃，都饿瘦了哟！

刘兰馨不好意思地笑了。

邓小平收住笑，认真地说，小刘！听说你这两天闹思想情绪哟？

刘兰馨越发抬不起头似的，眼睛扎在地上，直搓鞋底。

邓小平接着循循善诱地说，小刘！你是共产党员吗？优待俘虏是中央毛主席决定的政策，共产党员必须执行党的政策，我这个党员要执行，刘师长这个党员要执行，全党都要执行，你是共产党员，不执行对吗？况且，我们优待俘虏，是为了争取教育他们，使他们与我们站到一条战线上来。把这些日本兵教育过来，参加"日军反战同盟"，不也增加一份抗战的力量吗？我们共产党员，要时时事事牢记党的政策，用党的政策指导自己的行动，不能感情用事啊！

一席话，使刘兰馨顿开茅塞，红脸花花地说：

——首长！你放心，我……一定保证完成给咱部队买猪任务！又低下头不好意思说，其实咱八路军的政策条文，我啥都明白，就是一碰上具体问题，就……就是首长讲的，犯感情用事的错误。

此后不久，黄金庄也成了日军"扫荡"的重点目标。刘伯承与邓小平决定司令部向目前尚未发现敌人的武安县鞍子岭一带转移，便又把刘兰馨找到司令部来。

刘伯承首先对他说，根据情报判断，明天一早日军要从四面合击黄金庄，目前只有靠近武安鞍子岭的那道山上，还没有敌人，你们联防指挥部要立即通知并组织群众，今天晚上就向鞍子岭一带转移。

刘兰馨说，我们也得到情报，已经通知下去，要大家做

第五章 黎明的黑暗

好准备,只是往哪儿转移,还没有拿准。首长这一指示,我就心中有数了。

邓小平接着说,找你来,还有一件重要任务。

刘兰馨回头看着邓小平,目光炯炯有神地说,首长你只管吩咐!

邓小平以命令的口吻说,司令部有20骡驮重要档案和20多支长短枪,你要负责找个保险的地方藏起来,并且给你派一个连长、一个指导员与一个排的兵力,帮助你完成此项重要任务,要绝对保密,不准丢失!

刘兰馨像战士一样,做了个立正动作,坚定不移地说,请首长放心!档案、枪支交给我,决不叫丢失一件!我刘兰馨在,档案枪支就在,我刘兰馨牺牲了,档案枪支也决不会叫敌人知道藏在哪里!

当天晚上,刘兰馨一方面组织民兵带领群众向鞍子岭一带转移,一方面与部队派来的连长、指导员一起,观察地形,选择好藏匿档案与枪支的地方,带领30多名战士,把档案枪支掩藏好,于半夜时分撤出黄金庄,赶往鞍子岭,向刘、邓作了汇报。

刘、邓又指示他说,还得交给你一个任务:部队有90多名伤病员和孕妇,不能随部队行动,决定留给你们联防指挥部,你要设法把他们与群众一起保护好!

刘兰馨还是那句话:请首长放心!

当晚,部队转移之后,刘兰馨就把部队留下的92名伤病员和孕妇,分散安排在群众中和山洞里。

这一次日军四面合击黄金庄又失算了。刘、邓率军在鞍子岭一带与敌人周旋了半个多月，一直到整个夏季反"扫荡"胜利，司令部派部队来黄金庄取档案和枪支，刘兰馨才把那20骡驮档案、20支长短枪，以及托付给他的孕妇和伤病员，安然无恙地交给来接收的部队。

1942年9月，在晋冀鲁豫边区召开的全区英模大会上，和1944年11月太行区在南委泉举行的全区群英大会上，黄金庄这位二十几岁的刘兰馨村长，光荣地出现在抗日英雄模范的队列中。

三十、代号100

明天就是1942年10月20日，也就是一二九师三八五旅七六九阻的党代会开幕的日子。为了迎接这次团党代表大会的隆重召开，七六九团一营教导员王亚朴忙得不可开交，从早上吹了起床号，到现在已经快正午了，早饭都还没有吃。他正手忙脚乱地指挥着布置党代会的会场，通讯员突然远远高声喊他：

王教导员！王教导——

听见了！几步地不会跑过来讲，抖你的嗓门好不是？。——什么事？

是！——通讯员看见教导员脸上红一道，黑一道，忍不住想笑，又不敢笑，做个立正姿势回答说，旅长和团长通知七六九团一营教导员王亚朴同志，马上到师部报到！

王亚朴一愣神，你……你小子不会听错吧，明天就是党代会……

第五章 黎明的黑暗

通讯员说，不信你自个儿到团部旅部问一问嘛！

王亚朴抹下帽子，又问，通知我到师部报到，就没有讲做什么？

通讯员这才说，讲了，说是……是刘师长和邓政委要找你谈话。

王亚朴更成了丈二和尚摸不着头脑。一着急，又冲通讯员发火说，师长、政委找我谈什么话？措词语气都发生了错位。

通讯员也火气不小，我怎么知道师长、政委找你谈什么话！回转身去还小声嘀咕，师长、政委又没有告诉我……而且连第二天党代会的开幕式也不能参加就得启程。

从七六九团一营驻地武乡东山枣林村，到一二九师师部驻地涉县赤岸，一溜快马也得走两天时间。

王亚朴一路打马趱行，一路想着刘、邓两位师首长可能找他谈什么事。自然首先考虑到的就是"苏亭战斗"了。这一仗不但灭了敌寇之威，长了抗日军民的志气，而且也给王亚朴脸上增光不小。想着想着，便仿佛率军回到5个月前的清漳河西岸的苏亭北山一带的高大深谷之中。

那是敌寇五月大"扫荡"的硝烟未散，左权参谋长刚刚在十字岭遇难3天之后（1942年5月25日左权将军牺牲于辽县十字岭），王亚朴代表三连全体官兵向团、旅部请战，并获准率队深入到辽县至粟城敌临时补给线上寻机作战。

5月30日，也就是左权率领总部人员等在南艾铺等地突围后的第5天，正是八路军受到严重打击，士气民心极度低落的关键时刻，王亚朴发誓要用鬼子的血来祭奠左权将军与五月"扫荡"中的死难烈士。他率领着两个排的兵力，设伏于敌伪出没的辽县苏亭附近，利用此处多高山峡谷的有利条件，与当地民兵密切配合，以机枪、步枪、掷弹筒、手榴弹、地雷、滚石等组成密集的火力网，狠揍了由粟城归巢的300多鬼子，一举致敌寇伤亡140余人，骡马80余匹，枪弹不计，还解放了鬼子抓来的民夫20余人。

这一大捷，是反"围剿"以来最痛快的一仗。自然打得太痛快了，太解恨了，为根据地军民出了心头之气……

可是……王亚朴转而又想。苏亭大战已经过去4个多月，战斗之后，《新华日报》（太行版）作了显要的报道；旅部和团部在战斗总结大会上也对他们作了表扬；刘伯承还在8月份作的《太行军区1942年夏季反"扫荡"军事总结》报告中，说它是最好的伏击战战例，对他们大加表彰……此事也该了结了，两位师首长不一定还会为此事找他。那么，不是为此事，还会为什么事如此着急地叫他王亚朴去师部呢？

王亚朴在路上整整走了两天。头天夜里宿在一个叫杏树潭的村子，正赶上刮大风，听老乡们说，刮风了，老日子又快来了。老乡们常年处在战争的水深火热之中，把敌人的"扫荡"都称作"老日子"。王亚朴不信，敌人刚"扫荡"过去，喘口气也得些日子吧？次日到了黎城北委泉，一个老乡提心吊胆地问他，西面有什么消息？直到到了南委泉，他才知道，果然敌寇从昨天又开始了向根据地"扫荡"。他立刻担心师部会不会已经从赤岸转移。

21日晚上9点多钟，王亚朴大汗淋漓地赶到赤岸师部。还好，师部没有转移。可是一到赤岸，就发现这里显然正笼

第五章 黎明的黑暗

罩着战争气氛，部队与老乡们都在默默地收拾东西，准备转移。王亚朴先到了政治部所驻的王堡村，后又到了师部驻地赤岸，费了许多周折，才找到知道此事的 X 参谋。X 参谋一见他到来，就握住他的手，有点歉意地说，你看，师首长电话召你远道而来，本来是要亲自与你谈一谈关于苏亭战例的问题，可是，你看见了，这里的形势又吃紧，从昨天起，敌人又开始了全区大"打荡"，现在整个师部都停止办公，全部投入反"扫荡"工作。首长更是整天整夜忙着调兵遣将，指挥全区作战。师长和政委能不能同你谈，怎样同你谈，还得请示李参谋长之后才能答复你，你先到招待所住下休息休息。

在招待所等了两天，实在无法安排让刘、邓正式接见的时间，X 参谋大概不忍心让他大老远白跑这一趟，就想出个非正式晋见刘、邓的办法。

这天，刘伯承和邓小平照例到河边散步，这是刘、邓唯一休息的时间，而且他们散步的路线也基本是从村里到村外的河边一条线，也不设警戒，两人正在一边信步走着，一边说着话，X 参谋突然领着一个军人出现在他们面前。

——报告！三八五旅七六九团一营教导员王亚朴同志来了！

就在赤岸村外的小河边，邓小平与刘伯承亲切地接见了王亚朴。

——好！你来了。我们本来想坐下来和你详细谈谈苏亭战斗，那一仗打得好，总部和北方局刚突围后 5 天，你们就痛打了敌人，真是个好仗！可是，谈苏亭战斗，敌人不高兴哟，就"扫荡"来了，不让我们谈，你看怎么办？

邓小平风趣地说着，回头征询地看着刘师长。

刘伯承扶扶鼻梁上的镜框，和颜悦色地说，现在指挥反"扫荡"重要，我看我们让步吧，我们不谈了，由作战处派两个人和王教导员详细谈谈，把一切都谈清记下。我们争取时间尽快处理。

——好，就照刘师长说得这么办。我们推广苏亭战例的决心不变，叫作战处尽快派人和王亚朴同志面谈……

原来，此事的引起是因为邓小平最近又反复看了刘伯承关于《太行军区1942年夏季反"扫荡"军事总结》后，认为苏亭战斗是一个主力部队与地方民兵结合，深入外线作战，以少胜多的成功战例，仅仅作表扬还不够，这个战斗太典型了，应当作为一个典型的伏击战战例，以命令的形式大加推广，才能更加发挥它的典型意义。所以就决定招来王亚朴同志当面谈一谈。王亚朴10月23日离开赤岸师部，10月30日，师部便以命令的形式，颁发了《一二九师命令——苏亭战例》。

1943年5月，日军又开始向太行抗日根据地"扫荡"，八路军总部和一二九师师部即于5月5日敌寇开始"扫荡"时，开始向外线转移。师部由涉县地区专移到黎城县的南委泉以西的黄堂一带，向三八五旅七六九团在的武乡县东乡地区靠近。对于日军的这次"扫荡"，七六九团领导与王亚朴营事前都早有觉察，他们认为，反"扫荡"、反"扫荡"，总是等敌人出来"扫荡"我们了，我们才被动地去"反击"，与其这样"坐以待毙"，不如先下手为强，深入敌人的腹地，伺机主动出击，打得赢即打，打不赢即走，变被动为主动，于是，七

第五章 黎明的黑暗

六九团领导决定,由王亚朴带领三连和四连两个连的兵力,进入白晋线上的襄垣一带活动。4月26日,王亚朴带领两个连进到襄垣,并与襄垣独立营接上头,5月1日即会同独立营一起展开诱击敌人。

5月3日,七六九团也进入襄垣界,与王亚朴的两个连会合,并决定全团炮击襄垣城,以引蛇出洞,设伏击之。可是接连炮轰了两日,襄垣城内之敌招兵未动。于是团部又决定由王亚朴带二连一个连的兵力继续留下监视敌人的行动,大部队则向外线转移。

大部队刚转移出去,王亚朴带领二连刚进至襄垣县城东北郊的南娥村准备休息,城内的日军即倾巢出动,王亚朴即率队灵活闪击之。以日军的兵力,对付王亚朴一个连的兵力,绰绰有余,可是敌人由于受到八路军炮击,摸不清八路军的深浅,出城之后,既不敢与王亚朴连恋战,也不敢大胆往前开,走走停停,停停走走,王亚朴一路尾随闪击,也弄不清敌人到底要往哪里去,直到天色大黑,才走到离城20余华里的下良镇。王亚朴给他们计算着时间,20华里的路程,敌人整走了6个多小时!

5月8日,王亚朴带领二连接到七六九团的命令,要他们继续坚持就地斗争,并告知团的主力部队正在五峰山南段与敌周旋,寻机打击敌人。

正当王亚朴带领二连会同区基干队和独立营,在敌人的腹心之地武东与襄垣接壤的地带,连连出击敌人之时,接连几次收到情报,说是有一支神秘的太北支队到了南面附近地区,人数不详,行动不详。从何而来,向何而去,是何建制,属谁领导，更不得而知。派出侦察侧面盘问，也未能摸清根底。王亚朴的警惕性立即绷了起来。想到敌人经常玩弄狼婆叫门的拙劣花招，便决心要将这支突然出现而又神秘的队伍弄个水落石出。王亚朴决定监听对方的电话。

终于，电话铃突然嘀嘀铃铃地响起来。

王亚朴异常镇静地抓起话筒，

——你是谁？

——100号。

——这个区域内没有这个代号，请告知你究竟是何人？

——我们是才转移到这个地区的，请问你们部队番号和负责人！

对方讲话很客气，但语气分明是命令的口气。

王亚朴的警惕性还在起着作用，支配着他敏捷的思维系统，他既不能如实回答对方，也不愿就这样不明不白地把电话中断，脑子一转，回答说，

——对不起，电话上讲不清，你们在何处，我即派人前往。你看可以吗？

——可以，我们现在西邯郸附近……

代号100号？什么部队如此神秘？……难道真会又是假八路作祟吗？

王亚朴拍着脑门琢磨了一阵，回头即对一个班长下命令说，你马上带一个班前去，很快弄清真相，搞清楚是哪个部分的，多少人，领导人是哪个……必须给我搞个清清楚楚！如果是可疑人员搭线假冒，就给我抓起来！……

这位班长倒还机灵，去了没有两天就返回来，一脸的不

第五章 黎明的黑暗

高兴,一进门就阴阳怪气地冲王亚朴说,唉!教导员,你叫我们去抓 100 号,现在倒好了,100 号没抓到,100 号却要抓你了,要你立即自动前去报到!

说了半天还是没有彻底搞清楚,只弄清是一个领导机关转移过来。王亚朴立即带了这个班长亲自前去见 100 号。

他们匆匆来到西邯郸,警卫人员将他们详细询问过,又回头去请示之后,才把王亚朴一个人带进一个大院子。显然是有钱人家的大户宅院,经过这么多年的战争,能如此完好地保存到现在,实在难得。王亚朴被引进一个坐北朝南的大房子,房子中间一左一右坐着两个穿土布军装的中年人。

啊!这不是……刘师长和邓政委吗!

王亚朴大出意料,惊得几乎叫出声来。一时惊慌失措地立在门口,进不是退不是,手都不知往哪儿放了。

——请进吧!刘师长和邓政委找你!

直到警卫提醒他,他才抬脚迈进门里,立正敬礼,

——七六九团一营教导员王亚朴前来报到!

邓小平脖梗一往后挺,愣了一下,说,原来是你呀!

刘伯承直直地看着他,显然在记忆里搜寻着他王亚朴的影子。

邓小平问,这个时候为什么你们住在这里?

显然,邓小平话里包含的另一层意思是,部队都转移到外线反"扫荡",你王亚朴为什么还在敌人的腹地滞留?

王亚朴想得则更多,邓政委会不会是怪我王亚朴逃避战争?但他转而一想,坚持腹地战争,是师部的作战方针所明确规定了的,有什么不可以?于是挺直腰板,实打实地回答说:

233

——师长！政委！团营主力都转移到外线去了，现在正在五峰山南段与敌人周旋，团首长要我带一个连，和地方武装互相配合，坚持这里的腹地斗争。

　　噢！原来是这么回事。邓小平连连点头说。

　　刘伯承也连招手说，好，好！你坐下谈，坐下谈！

　　王亚朴坐下之后，邓小平说，你把这边反"扫荡"的情况汇报一下！

　　王亚朴从警卫手上接过一瓷缸水，匆匆喝了两口，一抹嘴，一字一板地把这一带的反"扫荡"情况作了汇报。正讲着，邓小平插话问，你停停，你方才讲你什么时候就带队出发的呀？

　　王亚朴重复说，在敌人"扫荡"之前，团里让我带了两个连向武东、襄垣一带寻机打击敌人……

　　刘伯承也问，怎么，你们反"扫荡"前就出发了？几号？

　　——4月26日……

　　——为什么？为什么提前出发？

　　邓小平盯着他问。

　　王亚朴这时倒不怎么紧张了，侃侃而谈，这次敌人"扫荡"，我团早就得到了情报，团领导和营里都认为，与其坐着等敌人"扫荡"上门来再反击，不如我们先下手为强……就决定由我带两个连进到白晋线的襄垣一带活动，一方面展开政治攻势，对敌宣传；一方面寻找机会实行军事出击，袭扰敌人……

　　邓小平听到这里，深深地点了点头。

　　刘伯承也连声"噢噢……"表示理解和赞赏。

第五章 黎明的黑暗

接着，王亚朴又把他们团炮轰襄垣城，而后他又带一个连的兵力阻击出城之敌，击毙洋马1匹，致敌死伤6人等汇报之后，邓小平终于情不自禁地站立起来，十分赞赏地说，敌人未出发，当头就一炮，好，好哟！

刘伯承也站起来哈哈笑着说，敌人出师不利先挨炮。又怕遭伏击，20华里路走了差不多6个小时，打得不错！

然后，刘、邓两位师首长又像拉家常一样，关心地问起部队的生活情况，连队战士们的情绪如何，今后部队计划怎么行动，以及区里的武装情况等问题。

王亚朴终于一块石头落到肚子里。

那位同来的班长一上路就忍不住故意问：

——教导员，谁找你谈话？一定挨"赳"了吧？

返回驻地的路上，王亚朴心里一高兴，禁不住回想起去赤岸晋见刘、邓的事，越想越觉得好笑，越想越觉得这是缘分，怎么两次与师首长见面都是这么奇巧？

第六章　生死与共战友情

三一、为刘伯承祝寿

赤岸这几天的气氛有点异样,从司令部到各个部分的驻地,人们都在悄声议论着什么,而且神色都是一脸的焦急、期望与担心。特别是看见邓小平走过来,人们都像想问什么事又不敢问似的,有的甚至故意大声大嗓地说,嗨! 12 月 16 日……

12 月 16 日是什么日子来着?……

邓小平心里非常明白干部战士们想说什么话。其实他心里也是十分的焦急: 12 月 16 日是刘伯承师长的 50 岁生日,依他的心意,人生能有几个 50 岁生日?刘伯承师长德高望重,几十年戎马生涯,都从战马上过来……无论如何得给刘司令员祝贺 50 寿诞。可一开口,刘司令员就不让往下说,而且说,我们是共产党,不是国民党。根据地干部、战士的生活这么艰苦,祝什么寿。考虑再三,邓小平还是认为不为刘司令员祝寿,自己心上过不去,干部、战士们那里也过不去,宁愿自己担责任,也要办这件事。

就在这时,朱德总司令、彭德怀副总司令和叶剑英、陈毅等先后从延安、江淮等地给刘伯承司令员发来祝寿的贺信、

第六章 生死与共战友情

贺诗。显然这件事党中央也是同意的。于是邓小平心上的主意更加坚定。于是动情地对刘伯承说：

师长，你的年龄比我长一轮，我也许考虑不周到，这件事我也反复考虑过。按正常情况下，我们党不提倡搞这一套，我们不搞是可以的，可是这是一种特殊的岁月，我们的事情也就得特殊办，我想这不仅仅是给你祝寿问题，它的意义远比祝寿要大得多，这是我们根据地的军民在向敌人示威，是长我们的人民的志气！这是其一。其二，这也是全师干部战士的共同心声，共同的要求，是全师官兵对你的尊敬。恩厚于民，民必思报。这是我们中国这个民族的优良传统。其三嘛，我和卓琳同志也主张给你祝这次50大寿。还有，延安和全国各地给你祝寿的贺电贺信已经来了不少……我看你就不要管了，就听我这一回。

一石激起千重浪。邓小平与官兵们执意要给祝寿，延安与外地一些新老朋友也纷纷寄来贺信贺电，刘伯承的心再也平静不了了。漫漫长夜，他挑灯夜读，禁不住浮想联翩，半百年华，高岸为谷，深谷为峰，阅尽沧桑变化；几多坎坷，几多跌宕，往事历历，如在眼前。

1892年12月4日（农历十月十六），四川省开县张家坝刘铁匠刘文炳家，出生了一个白胖白胖的小子。适值此日，刘家还发生另一件大事：刘文炳的祖父去世。一喜一悲，把刘家搅昏了。人们不知是该庆贺"弄璋之喜"，还是该全家举哀。因此，便给这个刚刚出生的小子取了个名字——孝生。这个"生不逢时"的胖小子就是刘伯承。

刘伯承自幼天资聪明，与其父刘文炳同读私塾，课以孔孟,"学而时习之,不亦乐乎!"父子同堂启蒙习道受业,甚为时人赞誉;后来,父子又同赴考场,居然双双中榜,一时乡里传为佳话。但同时也为一些不学无术之辈嫉妒,有人就告发刘家父子是"优人之后",便被主考官逐出考场。

这件事对刘伯承幼小的心灵打击太深了。小小的刘伯承(这时取名刘明昭)怎么也弄不明白,什么是"优人","优人之后"又犯了什么天条大律?

说起"优人",刘家祖辈可谓历尽苦难辛酸。刘伯承的曾祖父叫刘国宁,原籍四川省云阳县白岩山。为了生计,后来搬到开县张家坝,一边开荒种地,一边以打铁为生。到了刘伯承的祖父刘政富这一代,家计日窘,尽管继承了父辈的家业与手艺,仍不能维持入不敷出的生活,于是又不得不学了吹唢呐这一行当,靠吹唢呐为人婚丧嫁娶挣点小钱,艰难度日。又打铁,又吹唢呐,加之又连遇了几年风调雨顺,刘家的日子居然一天胜似一天,摆脱了赤贫的困境。于是这位所谓当过"优人"的刘政富想改换门庭,选了6个儿子中最小的一个——刘伯承的父亲刘文炳,送进私塾读书。

刘伯承的父亲刘文炳也是一个多才多艺的人,能写会算,还懂点医道,只是一人养活着全家9口人,硬是把他累成痨病(肺结核),只活了45岁便早早离开人世,撇下刘伯承的母亲拖着一家儿女(刘伯承的母亲生过10个孩子,只养活了7个,4男3女,刘伯承是4个男孩子中最大的一个),硬是从死亡线上把他们一个个拉扯成人……

这就是所谓的"优人之后"!

经过这一次打击之后,小小年纪的刘伯承仿佛一下子成

第六章 生死与共战友情

熟了很多,对人生、社会都有了一种单纯而刻骨的认识,他发誓不再习读封建礼教那一套,可巧那时四川乡下有了洋学堂,少年刘伯承便发奋苦读,终以国文第一名的入考成绩,考取开县的洋学堂。并且在入学报到时,断然改名为明昭,已见出其少年心高志远之端倪。

人生自有千条路,有志何愁举步艰。

科举考场不让进,就进洋学堂,文学堂不能进,就进武学堂。也许由于那次被逐出考场的打击太深了,少年刘伯承忽发矢志习武的理想,洋学堂学习不久,即转而投考重庆都督张烈武主办的"陆军将校学堂",决心文武双习,能文善武,一展抱负。从少年刘伯承考入陆军将校学校时又为自己改名为"伯承",就可以想见其小小心灵深处,已经崇拜上历史上的军事家,萌发了习武报国之宏愿。而且,以后他博览群书,尤其对天文、地理、经、史、易、子,深为精研细读,大有穷天地之理,通阴阳之窍的志向。

1911年辛亥革命爆发之后,刚刚19岁的刘伯承参加了新军,并且组织川东起义,打起反袁护国的旗帜,开始了他的军事生涯。也就在那时,年方23岁的刘伯承,在一次战斗中,不幸头部中弹,子弹从右眼穿出,从此便有一只眼永远失去光明。

刘伯承开始确立共产主义信念,应当归诸于1923年秋后,他在成都养伤时结识了两位重要人物:一位是杨闇公,一位是吴玉章。杨、吴二位经常到医院看他,刘伯承也经常找吴、杨二位长谈,他们交往日密,友情益重,无话不谈,还是一谈即很投机,很有些一见如故知的意思。自然,杨、吴向他灌输了很多共产主义的思想。由于吴玉章和杨阁公的影响，刘伯承决意离开新军，一边养伤，一边致力于十月革命和共产主义思想研究，经过两年多时间的读书思考与杨、吴二位的思想熏陶，刘伯承最后选择了一条全新的人生道路——为共产主义理想奋斗。并且于1926年5月13日，由杨、吴两人介绍，正式加入中国共产党。参加"八一"南昌起义后，1928年到1930年，刘伯承被党派往苏联深造，就读于著名的伏龙芝军事学院。回国之后，即担任了江西中央苏区一名重要的军事领导人。从此，他便作为中国工农红军的一员战将，转战南北，历经反"围剿"，二万五千里长征，率军东征，挥师太行抗日前线等。"他既是一位卓越的战术家，善于随机应变，他还是谈判能手。他懂得川、藏交界一带的少数民族的语言……"身经百战、战功赫赫的刘伯承，以其非凡的胆略、谋略和卓越的指挥才能，赢得世所公认的"常胜将军"、"神机军师"（日本军事评论家语）、"论兵新孙吴"（陈毅贺诗句）、"赛如刘伯温"（根据地民谣）等等美誉。朱德总司令在《祝刘师长50寿》贺文中盛赞刘伯承"有仁、信、智、勇、严的军人品质"、"有古名将风"。

12月16日这天，虽然时值隆冬，天气却异常温暖，暖洋洋的日头，照得赤岸的山水闪闪发光，空气里游动着明明亮亮的光环。赤岸村早早地就沉浸在一片难得的欢乐气氛之中。

赤岸村外的河滩上，为刘伯承庆祝50寿辰的会场布置得异常隆重。红纸写的会标高高悬挂，一溜排开的方桌上，摆了来自全国各地的贺电贺信：有来自延安的朱德、彭德怀两位老总与叶剑英等老友新朋的祝贺诗；有来自江淮一带的陈

第六章 生死与共战友情

毅等新四军将领的贺诗贺信；还有来自一二九师官兵、来自全体伤病员、来自赤岸村和根据地父老乡亲们的各种各样表达敬意的贺信与礼品。

刘伯承和夫人汪荣华坐在会场的中间位置。

邓小平和李达、蔡树藩、黄镇等师领导，以及当地政府干部群众代表分别坐在刘伯承师长的两边。

祝寿仪式由政治部蔡树藩主任主持，邓小平以他个人的名义，首先向刘伯承致祝寿词。

这是一篇热情洋溢、感情深重的长篇贺词，字里行间处处闪耀着对一位功崇业广、德高望重、无限赤诚的将军的敬仰之情。

不妨全文转录于下：

庆祝刘伯承同志五十寿辰

热爱国家，热爱人民，热爱自己的党，是一个共产党员必须具备的优良品质。我们的伯承同志不但具备了这些品质，而且把他的全部精力献给了国家、人民和自己的党。

在30年的革命生活中，他忘记了个人的生死荣辱与健康，没有一天停止过自己的工作。他经常担任着最艰苦最危险的工作，而每次都是排除万难，完成自己的任务。他为国家和人民的解放事业负伤达9处之多。他除了为国家和人民的福利，除了为党的事业而努力，简直忘记了一切。在整个革命过程中，他树立了不可磨灭的功绩。

我同伯承同志认识是在 1931 年,那时我们都在江西中央苏区。后来都参加了长征。而我们共事,是在抗战以后,5 年来,我们生活在一块,工作在一块。我们之间感情是很融洽的,工作关系是非常协调的。我们偶然也有争论,但从来没有哪个固执己见,哪个意见比较对,就一致地去做。我们往往听到某些同志对上下、对同级发生意气之争,遇事总以为自己对,人家不对,总想压倒别人,提高自己,一味逞英雄,充"山大王",结果弄出错误,害党误事。假如这些同志一切从国家、人民和党的利益出发,而不是从个人的荣誉地位出发,那又怎么会犯这样的错误呢?伯承同志便是不断地以这样的精神去说服与教育同志的。

伯承同志对于自己的使命,始终兢兢业业以求实现的。过去的事情不用谈它,单以最近 5 年来说,奉命坚持敌后抗战,遵行三民主义、抗战建国纲领和党的政策,未尝逾越一步。他对于上级命令和指示,从不粗枝大叶,总是读了又读,研究了又研究,力求适应自己的工作环境而加以实现,在实行中,且时时注意着检查,务使贯彻到底。"深入海底",差不多是他日常教导同志的口语。

伯承同志热爱我们的同胞,每闻敌人奸掳烧杀的罪行,必愤慨形于颜色;听到敌人拉壮丁,便马上写出保护壮丁的指示;听到敌人抢粮食,马上就考虑保护民粮的办法;听到敌人烧房子,马上提倡挖窑洞,

第六章 生死与共战友情

解决人民居住问题；听到了有同志不关心群众的利益，便马上打电话或电报加以责备。还是不久前的事情吧，他看到村上的道路被水冲坏了，行人把麦地变成道路，他便马上督促把路修好，麦地得到了保全。这类的事情，在他身上是太多了。他不仅率领着自己的部队，从大小数千次血战中，来保护我们国家的土地和人民的生命财产，而且在日常的生活中，处处体现着共产党员热爱国家和人民的本色。

伯承同志热爱自己的同志，对干部总是循循善诱，谆谆教诲，期其进步。他同同志谈话的时间很多，甚至发现同志写了一个错字，也要帮助改正。在他感召下得到转变和发展的干部，何止千万！

伯承同志是勤读不厌的模范。他不但重视理论的研究，尤重视理论与实际的结合。他常常指导同志向下层向群众学习，他自己也是这样做的。

伯承同志可供同志们学习的地方太多了，这些不过是其中的一枝一叶。他的模范作用，他的道德修养，他的伟大贡献，是不可在短文中一一加以介绍的。

假如有人问，伯承同志有无缺点呢？我想只有一个，就是他除了读书工作之外，没有一点娱乐的生活。他没有烟酒等不良嗜好，他不会下棋打球，闲时只有散散步，谈谈天。他常常批评自己，对于时间太"势利"了。难道这真是他的缺点吗？这只能说是同志们对他的健康的关怀罢了。

在伯承同志50寿辰的时候,我祝福他健康,祝福我们共同努力的事业胜利!

(引自1942年12月15日《华北日报》华北版特刊)

邓小平宣读完贺词,接着举行了祝寿仪式。

顿时,会场内外,锣鼓喧天,鞭炮齐鸣,献花的献花,祝酒的祝酒,场面十分热烈。

刘伯承十分感动,情动于衷,兴之所至,当即挥毫写了《五十岁自铭》一文。文中充满真挚的感情:

……离开党,像我们这些人,都不会搞出什么名堂来的。因此,我愿意在党的领导下,做毛主席的小学生,为中国人民尽力。

为刘伯承做过50寿辰庆典之后,刘、邓心上还总也放不下一件大事,重新安葬为国捐躯的左权将军。

左权将军牺牲后,战士们冒着生命危险,把他的尸体从敌人那里抢夺下来,当时由于战争形势紧张,天气酷热,来不及认真料理,就匆匆临时安葬在十字岭附近。早在1942年9月18日,八路军总部、一二九师与辽县人民共5000多人,隆重召开纪念九一八事变11周年大会,会上宣布了晋冀鲁豫边区政府的决定:为了纪念左权将军,从即日起,将辽县正式改名为左权县。当时刘、邓就想重新安葬左权将军,可由于战事频繁,实在抽不出时间,就搁置到现在。

刘伯承与邓小平一商议,当下择定日子,便率领一二九

第六章　生死与共战友情

师和八路军总部将士与地方武装、民兵自卫队,以及晋冀鲁豫边区政府部分干部群众数千人,重赴十字岭,设奠举哀,隆重举行仪式,重新安葬左权将军的遗骨。

三二、长夜守候报平安

50年代初,常跟了大人到附近的村镇上去赶庙会,经常见到一些拉"西洋景"的人,一边啪嗒啪嗒拉动小匣上的绳子,一边拖着长长的嗓子高声叫唱:

——快来看,快来看!
刘邓大军过黄河喽!
……刘邓大军开过来了!
——刘邓大军打败了小日本,
回头又去打老蒋,
打得老蒋没处躲,
一头钻进那小台湾,
……

每逢这时,孩子们总要缠住大人讨个三分五分钱,去扒到那西洋景的小匣子上,过一过"西洋景"的瘾。

村村镇镇的土墙上、砖壁上,也到处刷写着人高人大的方块字大标语:刘邓大军万岁!欢迎刘邓大军……

刘邓,作为一个有口皆碑的伟人的形象,深深地印在我幼稚的心灵深处。到读了小学、完小,我才慢慢明白过来:

原来刘邓是两个人!

这是在太行山区那个特殊的年代,用战火与热血浇铸出来的一个特殊的伟人形象!

正如曾经在第二野战军担任过新华分社社长的新华社前线特派记者李普所说:"在刘邓之间,是难以放进一个顿号的"。

1942年3月的一天夜里,已交子时,刘伯承还坐在赤岸一二九师司令部作战室,一会儿静静地看书,一会儿望着墙上的军用地图出神,一会儿不时掏出怀表看看,或者也不抬头也不转身问声几点了。

——哦,12点了,应当到了什么地方呢?……从黎城西井,翻一架大山,到武乡洪水……若从洪水出发,快一点,不会出什么问题,或该到了沁县……该通过了白晋线!……不会出什么意外吧?

刘伯承自言自语,使得一个打盹的年轻参谋一激灵立起来,以为是师长又让他去机要室看有没有电报来。

刘伯承却真个站起来,在地上走了一个来回,对他说,你去,再问问!

中年参谋犹豫了一下,想说,刚才才去问过……却把话咽下去,只好又掩了掩走风漏气的棉袄,开门往外走。

3月的深夜,天气还特冷,河谷里的风呼呼的直往裤口袖口里钻。这位中年参谋倒并不是怕冷,实在是今天这一夜,光往机要室已经不知跑了多少趟。从打刘师长在河边送走邓政委,刘师长就没有一天不问有没有政委的电报来,今天下午(3月23日)收到一封电报,说邓政委带着一个团今晚要

第六章　生死与共战友情

通过敌人封锁的白晋线，刘师长的心更吊了起来，天刚擦黑就坐到作战室来了，隔一会就叫他去机要室看看邓政委有电报来没有。

邓小平是3月中旬率七七二团出发的，此行的主要目的是先到太岳军区去检查建党、建军、建政与反"扫荡"工作情况，然后再从太岳区转道中条山视察。往太岳军区所在的沁源县去，途中要通过几道敌人的封锁线，特别是要穿过敌占区的白晋线。所以刘伯承的心一直牵挂着邓小平路上的安全。今夜过白晋线就是最危险也最关键的一段路了，刘伯承虽然知道邓小平有与敌人周旋的丰富经验，可毕竟是带着一个团的人马，目标太大了，万一被敌人发觉，难免要发生一场恶战……

卓琳与刘伯承的夫人汪荣华也放不下心，一连来司令部问过两遍，都没有新的消息。刘伯承安顿她们放心去休息，自己却放心不下，心想着一旦通过白晋线，邓政委一定会有电报来的。

然而，时间一分一秒过得真慢，12点过去了，没有什么消息，零点过去了，两个值班参谋又去机要室问过，还没有有关政委的电报。刘伯承索性叫两个值班参谋去休息，自己坐在作战室一边等电报，一边替他们值班。

赤岸的气候，虽然比西河头和桐峪那边要早暖和一个节令，但到了夜里，依然寒气袭人，屋子里还离不开炭火。刘伯承不想再一遍两遍地去惊扰译电员，拢拢火盆里的木炭，挑亮灯头，索性看起书来。可是一口气看完大半本书，还不见有消息来，于是再也坐不住了，便披了大衣，亲自去敲机

要科的门。

也真巧,刘伯承刚走进机要科不一会儿,就有太岳军区司令员陈赓发来电报。刘伯承立在译电员身边,看着译电员一个字一个字往出译,译一个字,低头看一个字,有时译电员还没译出来,他就先猜出下一个是什么字,一连猜了好几个字,都猜得非常准确。译电员全部译完了,刘伯承也已经完全明白了电文的意思。只见刘伯承慢慢直起腰来,长长地出了口气,疲倦的面容上露出一种放心的微笑。

这时天已经麻麻亮。刘伯承忘记长夜守候的疲倦,仿佛突然来了精神,大步流星地回到卧室。夫人汪荣华一听见门响,就坐起来问,有消息了没有?

刘伯承连声说,通过了,通过了,算是平安过去了,陈赓来了电报……

汪荣华一翻身跳下床,就要去告诉卓琳。

刘伯承师长叫住她说,都还睡着,等一会儿起了床再告诉她也不误。

汪荣华说,你还睡不着觉,她能睡得着呀?

话没落音,果然卓琳就跑过来敲门了。

这时,司令部和住在赤岸附近的各个部队起床的号声也吹响了,嘹亮的军号声,在清漳河两岸的群山中此起彼落,遥相呼应,传得又远又响亮,格外好听……

三三、浮翼大捷与阳城突围

自邓小平离开太行山,前往太岳区和中条山检查工作走

第六章　生死与共战友情

后,一二九师一切行文、命令、号令等都照例以刘伯承与邓小平两个人的名义签发,一则这是刘、邓共事以来形成的老规矩,刘伯承赴延安开会走后,邓小平主持工作时也曾经是这样做;二则也可迷惑敌人,使其搞不清刘邓的行踪。

然而,敌人的嗅觉如狐狸一样,还是搞到了情报,知道邓小平此时已经离开太行区,到了太岳区。所以邓小平刚到太岳军区,敌人就大量印发了八路军一二九师政委邓小平的照片,下面赫然注出"在太岳"三个字,发往敌人的各个部分。

当然,在太行区,日军也绝不会放过刘伯承。日本特务始终选定要刺杀的第一个目标就是"独眼将军刘伯承",所以也把刘伯承的照片印在履历表上,以供"捕捉"或"暗杀"。

邓小平在太岳军区待的时间不长,3月19日率七七二团到达太岳军区所在的沁源县阎寨村,听取了太岳军区司令员陈赓、政委王新亭的工作汇报,5月初即离开前往中条山一带新开辟的晋豫区。不过在这短短一个半月时间内,却干了一件使阎锡山丧胆噎气的大事:直接指挥了浮(山)翼(城)自卫反击战。

当时,阎锡山派他的干将黄梁培,率第六十一军进占了岳南地区的浮山、翼城两地,接着又发兵7000余众,与日军暗送秋波,互相勾结,正联手向太岳根据地步步进逼。阎军所到之地,抢夺民财,无恶不作。太岳军区领导陈赓、王新亭等一再忍让,避免摩擦,并屡屡向黄梁培等提出警告。黄某置若罔闻,气焰嚣张,非但不听善告,反而以为八路军一个小小太岳军区好欺好捏,于3月31日,再次向太岳军区部队占领的浮山佛庙岭阵地发起进攻。

这时,邓小平即令以晋冀鲁豫边区抗日民主政府副主席薄一波、戎子和的名义,急电阎锡山,抗议其部第六十一军危害地方,制造摩擦,阻挠抗日等倒行逆施行为,期其制止之。

主子的脸色就是奖赏,黄梁培更加肆无忌惮。

于是邓小平即令太岳军区——陈锡联的三八五旅（太行部队）、陈赓的三八六旅、薄一波的决死纵队第一旅、二十一旅等,共10个团,组成左右两个纵队,于4月11日进入反击战斗阵地,4月15日5时,正式向阎军发起猛烈反击。以三八五旅和决死一旅二五团组成的右路纵队,一举重创浮山东北左村一带的阎顽军六十九师。先后攻克茶房、杨家掌、李家堡、胡子岭等据点;以三八六旅七七二团、十六团、决一旅三十八团、二十二旅组成的左路纵队,击退浮山东南的阎顽军四十六师、四十八旅,连连夺取天檀里、帝家垣、米家垣、大圪塔山等阵地。

战斗从4月15日5时打响,到次日拂晓胜利结束,打得干脆利落,共俘虏阎顽军718人,毙伤392人,缴获重机枪5挺,轻机枪43挺,步枪352支。教训了阎顽军头子黄梁培之流,也警告了太行区与别的地方阎顽、蒋顽的反共大合唱。

远在太行山赤岸的刘伯承,得知邓小平在视察太岳区的同时,直接指挥了浮翼大战,并且重创顽军,打得痛快淋漓,禁不住高兴得连连抚掌说好。然而,不久刘伯承的心就又悬了起来:邓政委了转道去了中条山的晋豫区,那儿是新开辟的地方,八路军尚立足未稳,情况更为复杂啊!

中条山在山西的中南部,是太岳山脉伸向黄河岸边的支

第六章　生死与共战友情

脉。自1941年5月由国民党军将这块土地丢失沦陷后,日军在此地区建立了大小据点140多个,并普遍建立了伪政权;同时,残留的国民党地方武装与土匪武装也趁机发展,使这片土地成了日、顽、匪三恶为所欲为的小天下。人民群众深受其害,苦不堪言,日夜盼望八路军重返中条山区(当年八路军渡河东征时曾经路过中条山区的部分县)。刘伯承和邓小平创建了太行山抗日根据地后,即想到这块土地。为了解救中条山人民,1942年1月下旬,刘伯承和邓小平即命令太岳军区以三八六旅旅直一部、第十七团、十八团和决一旅五十七团等组成南进支队,由太岳军区政委王新亭与聂真率领,南下中条山,重新开辟抗日根据地。

尽管王新亭与负责晋豫区党委工作的聂真一进入中条山地区,即以连队为单位,深入各地,大刀阔斧地发动群众,建立基层政权,发展地方武装,工作很有成效。并且4月中旬即成立了由刘忠为司令员、聂真为政委的晋豫联防区指挥部,下辖十七团、十八团、五十七团及三个军分区,将其分为以阳南、晋城、沁阳、济源为一分区,曲沃、翼城、垣曲、绛县为二分区,沁水、阳北为三分区分而治之。刘伯承和邓小平还是念念不忘中条山的建党、建军、建政工作,不忘开辟与巩固这块根据地的工作,这块地方太重要了。它是山西通往豫北、陕西的门户,是将来打过黄河去的跳板!八路军在那里立住脚就等于把住了晋、豫、陕三省的大门。所以,刘、邓断然决定,由邓小平率领七七二团,于5月上旬,由太岳区出发,再转道中条山视察指导工作。

邓小平对中条山这一带并不算十分陌生,早在1938年他回延安参加党中央六届六中全会，于当年年底返回太行山八路军根据地时，即曾途经中条山的垣曲、阳城等地。所以，此次重返中条，一路在马上便禁不住回想起那天由垣曲到达阳城时的情景。

那天晚上，在阳城县一个叫甄家岛的村子，晋豫特委书记聂真和阳城县委领导向他汇报了发动群众开展抗日救亡工作，以及国民党顽固军第三十三军在阳城各地寻衅滋事、破坏抗日地方组织等情况。他向他们介绍了党中央六届六中全会的精神，并明确指示他们要审时度势，学会斗争策略，以革命的两手，随时准备对付反革命的两手。第二天一大早，就策马上路，北上太行。啊！晃眼已经快4个年头喽！

5月16日，邓小平一行，风尘仆仆，汗马淋淋，终于辗转来到晋豫区党委机关所在的暖迪村。

晋豫区党委书记聂真见邓小平还是一身灰土布军装，只是腰扎武装带，一左一右佩带着两把手枪，胸前还挎了只大望远镜，胯下骑一匹滚瓜溜圆的黄骠马，甚是威武，一副军事指挥官的风度。虽然脸上平添了几多岁月的印痕，一路风尘掩去了许多容光，却分明显得比4年前要刚健成熟、深沉明睿得多了。

邓小平一到村口，看见晋豫区党委聂真和太岳军区王新亭等远远迎上来，便离鞍下马，与大家一一握手问候。

晋豫区党委机关特意为远道而来的邓小平做了一锅小米干饭，黄豆芽炒酸菜，外加一碗"杂面米棋"汤，便是为上级首长接风洗尘。

这种太行山区特有的饭菜，本也就非常好吃，加上旅途

第六章 生死与共战友情

饥渴，邓小平一行一个个吃喝得满头大汗，连声地称道好吃。

当天傍晚，晋豫区党委和联防区指挥部得到情报：日军近日内要袭击区党委机关！王新亭和聂真等考虑到邓政委昼夜兼程，鞍马劳顿，长途跋涉，甚是疲劳，这件事要告诉他，注定这一晚上又不得安睡，实在不愿告诉他；可是不告诉，又怕万一日军今晚就行动，让邓政委受惊。两人考虑再三，最后还是决定暂不告诉；同时当即部署兵力，制定几种方案，做好一切应急战斗准备。

这一晚，邓小平一行着实睡了一个好觉。这是他们从浮翼大战以来没有睡过的好觉。次日一早醒来，王新亭和聂真等就把昨晚的事告诉了邓政委。

邓小平听了，笑说，我们早已经成了钟鼓楼上的麻雀哟，还怕这个？你们就告诉了我，我也不会失眠的哟。

刚吃过早饭，日军就分东、西两路，向暖迪村夹击而来。

邓小平听了聂真和王新亭等事先制定的行动方案，认为很好，即带领部队与晋豫区党委机关人员一起向暖迪村村西突围，但刚到村口，就远远看见一股鬼子，又是轻重机枪，又是60炮、迫击炮冲过来。邓小平镇定自若，看看西南方向有一座大山，当即命令部队炮火阻击，掩护晋豫区党委的机关人员折向西南方的析城山转移。析城山又名圣王坪，海拔1838米，山势陡峻，只有一条羊肠小道可达山顶。邓小平率众登上圣王坪，只见山顶平坦开阔，可纳千军，即居高临下，向敌人展开反击，将其击退。

从圣王坪突围之后，邓小平等便回师西北，抽一小部分兵力进驻黑龙、横河两地，监视王屋山方向的敌人，邓小平

则随同大部队进驻吉德村。

当天晚上，就在敌人还在集结力量准备卷土重来之时，邓小平在吉德村听取了聂真和王新亭的工作汇报。并指示说，你们南进支队开进中条山区以来，只有两个月，已经控制了有20万人口的地方，基本地区有5万多人，这非常不容易。我八路军南下，确是救民于水火，纪律严明，秋毫无犯，我一路听到群众对你们南进支队的反映极佳。又对晋豫区党委所采取的精干隐蔽，长期埋伏，利用合法，开展斗争，等待时机，准备反攻的斗争策略给予了肯定与赞扬。最后给他们提出今后的任务，要进一步巩固与发展根据地，进一步贯彻党的政策，发动群众，宽严结合，开展反奸清霸、减租减息斗争；进一步扩大地方武装，纯洁地方武装，提高部队的作战能力，在豫北和中条山以西一带长期埋伏，积蓄力量，对伪军与伪政权开展长期工作；要进一步安定群众生活，筹集资财，建立税收……

次日，日军又"扫荡"过来。邓小平与王新亭、聂真等率领晋豫区党、政、军三方面的人马又向西转移，经雪圪坨到达煤坪附近的峪圪堆小村。一行人马在这里休息了一夜，第二天正准备继续向西转移，忽然发现东、西、北三面都出现了大批日本鬼子；往南又是悬崖陡壁，无路可走。一时，一些人乱了阵脚，十分惊慌。难道真是天绝我也？

邓小平与王新亭、聂真等立马山隅，四下观望一番，发现有一条林木茂密、巨石嶙峋、人迹罕至的深沟，当机立断，便带领一行人马深入沟谷，借助茂林掩护，顺沟南进。这条深沟越走越窄，天呈一线，而且很长，一行人马沿着沟两边

第六章 生死与共战友情

的悬崖陡壁走了很长时间还望不见头看不见尾。走了足有两个多小时,看看就接近南面的沟口了,以为总算将鬼子甩掉了,不料不知又从哪里钻出一股鬼子,早已占领了两面的山头,突然向沟里开火,密集的子弹像暴雨般射向沟底,在石头上激起一片火花。邓小平、王新亭、聂真等命令部队各自选择有利地形隐蔽前进。那沟两边有的是奇树巨石,敌人的子弹光在石头上崩钢豆般溅火星,就是打不到人。战士们像欣赏放铁梨花一样,边走边停停看看,得空儿还摔一颗两颗手榴弹出去,叫鬼子尝尝,倒觉开心。一到了有利地形,邓小平立即命令部队开火还击。

这一次突围又是有惊无险。待全部人马走出深沟,安全到达柴圪塔村与李圪塔村时,清点人马,无一人一马伤亡。只是部队一出了山口,走到沁水与翼城交界的大鹤山时,天色已晚,突然雷鸣电闪,风雨大作,道路更加难走。刚刚汗水洗身,又浇成个落汤鸡,肚子里又咕噜咕噜饿得直叫,还得摸黑前进,一步一步踏着又滑又险的崎岖小路翻山越岭,那滋味要多么难受有多么难受。

王新亭与聂真生怕邓小平吃不消,有个闪失,派人一路保护。邓小平谢绝大家的好意,非但不要别人照顾,有时还不断伸手拉这个一把,推那个一下,替这个拿拿东西,帮那个扎扎背包带……并风趣地说,你们自管看好自己脚下的路,不要自己滑沟里把我也拖下去就不错了!还不时说句逗笑的话:——嗨!鬼子撵得我们出一身汗,老天爷又给我们浇一头水,他们穿一条裤子哟!——

这一次突围之后,在大鹤山休息了一星期,邓小平又带

队返回阳城的黑龙、青龙一带。

5月13日，晋豫区党政军三方面主要干部，在阳城枪杆村的河边草地上召开大会，邓小平给大家作了重要报告，那铿锵有力的四川嗓音在沁河两边的大山中不断回响。

邓小平还鼓励大家说，吃烧饼总是一口一口吃，一片一片啃，不可能一口吞个圆烧饼。开展工作也是这样，一开始不可能是大面积的根据地，只能是斑斑点点的，一两个县，几个区，若干个村，然后经过我们的工作，打破敌人的割据，连成一片，那时局面就相当可观了。

邓小平提出，要尽快抽调一部分有较高政策水平和作战经验的连排干部，组成武装工作队，深入下去。主要任务：一是打击小股鬼子和汉奸的骚扰活动；二是宣传群众，尽快建立地方抗日民主政权；三是建立情报机构，及时上传下达，四是征集国民党军队丢失的作战物资，补充我军所急需；五是配合地方党组织和地方政权，做好各项工作。

此后，晋豫区党委又于5月20日在阳城西南一个叫上河的小村，召开了营级以上干部会议，并吸收了部分地方干部如阳城的陆达、李敏唐、李光奇、崔松林等参加。会议主要内容是分析与讨论晋豫区的开展工作有哪些有利条件与不利因素；应当怎样掌握政策，利用矛盾，克服困难；以及对敌占区、游击区、根据地三方面的政策应注意的问题等。邓小平与王新亭从始至终参加并听取了大家的发言。

这次会议之后，已经到了5月底，邓小平、王新亭等即率晋豫区党政军机关人员，还有党校的工作人员和一部分学员，共几百人的队伍，继续向西转移。一天夜里，他们从沁

第六章　生死与共战友情

河边上的独立村集合出发,披星戴月,翻山越岭,到达东川村,部队决定宿营休息。一听说不走了,有的向老乡们借了些门板、谷草,有的连门板、谷草也不用,随便找个麦秸堆,在一个大打麦场上,横七竖八,撂倒便睡。

邓小平也与大家一样,夜宿打麦场,头枕青砖,身铺谷草,和衣而卧。

王新亭自然比别人多操的一份心,他先在村前村后派了岗哨,又特别派出几名侦察员,前往垣曲方面侦察敌情。安排完毕之后,听说邓小平也已经安顿睡下,才在打麦场上找了个地方休息下。刚躺下没多一会儿,听见麦场上一片鼾声,自己的困劲也上来,翻了一个身便呼呼入睡。

突然,西川村方向传来心急火燎似的喊声:

——敌人来了!敌人来了!赶快走,赶快走!……

这声音在深夜传得特别响,但只有少数人被惊醒过来,大部分人还在梦中。王新亭正睡得两只眼睛像粘米面沾在一起一样,猛然惊醒,一个鲤鱼打挺坐了起来,同时一只手已经拔出腰里的手枪。只见派出去侦察的一个侦察员,一面一拐一拐地朝麦场上跑来,一面上气不接下气地高喊,快跑快跑!鬼子来了!

王新亭迎上去问他怎么回事,这位侦察员连声不断地说,他们刚走到西川村口,就遇上鬼子,好像是从垣曲那边过来的,人马很多,有鬼子,还有伪军,加起来总有几千人,正朝东川包围过来……他的腿上还挨了一枪。

王新亭回头就吩咐警卫去照看邓小平,恰好邓小平已经扎着腰带正朝他这边走来。这时,已经听到西川方向鬼子的枪声。

情况紧急，怎么办？往东往北方向撤退，敌人肯定也会想得到，只有一条路：向西南方向突围，也就是往敌人来的垣曲方向突围，来个出其不意。王新亭一边指挥大家迅速到村南口集合待命；一边脑子像闪电一样思考着突围办法。他把这个主意向邓小平讲了，邓小平立即表示同意，并当机立断，决定将一部分骡马交给当地群众喂养，一部分女同志也暂时隐蔽在老乡家里，部队全部轻装前进。

这一切工作都进行得非常迅速。然后，王新亭陪同邓小平来到东川村南口，命令所有的人员与留下的骡马分两路突围，一路是人员，全部步行，从东洪洪与西洪洪之间的峪后里突出去，再回头向岳南方向去；一路是骡马，沿着从横水到垣曲的公路上走，如遇敌情，就向山的两侧森林里疏散。

这时，天刚凌晨三四点钟的样子。邓小平与王新亭看着大家都分头行动，回头听了听越来越近的鬼子的枪声，便跟了正在前进的部队，顺着一条小溪，进入东洪洪与西洪洪之间的大峡谷。东洪洪与西洪洪都有鬼子的据点，邓小平与晋豫区党政军机关人员正是要从敌人的眼皮底下通过。大家屏声息气，隐蔽急进，警惕地望着东洪洪与西洪洪两面的动静，有时远远还听见碉堡上鬼子哇哩哇啦说话的声音。开始还比较顺利，快要走到山口时，敌人碉堡上的探照灯突然扫过来，接着便响起枪声，密集的火力将山口封住。

在最后的关口被敌人发现了！

邓小平与王新亭断然命令大家选择隐蔽地形冲过去。

这是唯一的选择，尽管敌人封锁山口的火力很猛。

第六章　生死与共战友情

冲是冲出去了,但冲出去之后,再往西走,迎面就是一座仰头望不见顶的大山,当地人叫桦挝山,不但高陡险峻,且山上森林密布,无路可走;后面的敌人已经一边打枪,一边嗷嗷嚎叫着追了上来。

王新亭看了看邓小平,邓小平说了一声"上",所有的人员便像猴子似的,钻进密密树林,攀树而上,由这一棵树攀到那一棵树,再由那一棵树攀到另一棵树上……如此攀援不止。上山不易,下山更难。不过大家都有了攀援的经验,下山自然也不怎么发愁了。一个个又像倒挂金钟、摘葡萄串一样,拉着树枝,一棵一棵倒着往下溜。密密麻麻的树枝荆棘,不是打在眼上,就是在脸上划一个大血记号,待到下了山时,所有的人,没有一个的衣服是囫囵的。

大家彼此看着那副样子,禁不住哈哈大笑。

邓小平开玩笑说,这一次我们用行动证明了人确实是从猴变来的哟!

从桦挝山下来,正好又是一条深沟。不过这条深沟沟底平缓,还有一条清粼粼的河水,大家终于跳出敌人的包围圈,脱了险,一时忘了一路攀援的腰酸腿痛,纷纷又蹦又跳地跑到河边,双手捧起一掬掬清凉的河水,喝个不止,可解了渴。

这一夜,邓小平与晋豫区党政军机关人员,就在这条大沟里的河边露营,他们架起行军锅,拢火造饭。所谓造饭,因为粮食极少,实际上是煮了一锅锅野菜。即使这样,大家吃得异常香甜。

邓小平与大家就这样在野外露营,过了两三天,一直等到鬼子走远,才又开始向外转移。不久,王新亭根据邓小平

的指示，将中条山区的部队交由刘忠统一指挥，他便随同邓小平辗转北上，跋山涉水，风餐露宿，经岳南的东西峪，返回到岳北太岳军区所在的沁源县阎寨村。

途中，在一个小镇子上，遇见一个提着篮子卖纸烟的女人，邓小平突然对王新亭说，快停下来，停下来！

王新亭不知有什么事，急忙勒住马的缰绳。

只见邓小平已经跳下马去，追上那个卖纸烟的女人，一下就买了好几包纸烟。高兴得什么似的说，嗨！这回中条山之行，这玩意儿可把我想苦了哟！说着，来不及上马，就先抽出一支，拿洋火点着，美美地抽了一大口……

第七章　挺过难关又逢灾

三四、人蝗大战

伴随着一种巨大、奇特而令人毛骨悚然、震耳欲聋的"嚓嚓"声音，天边的地平线上出现一片滚滚升腾的"乌云"，那"乌云"急速地向前向上滚动膨胀，霎时变成几里宽、几十里长的长阵，像七月的天空突然浓云密布，遮天蔽日一般，天日失色，方圆几十几百甚至几千平方公里的大地被笼罩在浓重的黑影之中。但这"乌云"要比夏日的雷雨云可怕得多，它发着令人恐惧的声音，它有着吞噬一切的"伶牙利爪"，它滚滚而来，遮天蔽日，扑下来如急风暴雨，扫过去如风卷残云，所过之处，所有的绿色一扫而光，绿树浓阴变成枯枝干桠，青苗碧浪变成千亩荒漠，一片焦黄；甚至逃不脱的动物都可能被这长着"伶牙利爪"的"乌云"生吞活剥，当作美餐，咀嚼成根根枯骨。

莫不是希腊神话中打开盖子的潘多拉的魔盒作祟吗？

亲爱的读者！这不是神话，这是笔者曾经看过的一部长纪实影片中的一个镜头，它是活生生的事实！

这部长纪实影片是美国人拍摄的，但这恐怖的事实却是发生在1944年的中国！发生在中国的中原大地！发生在中国

的太行山!

这是蝗灾!

蝗灾,对于今天的人们来说,可以说已经非常陌生,尤其是年青一代,不知其为何物何害。"自古蝗不过河",这是中国老百姓千年的经验总结。然而,到了国民党统治时期,这蝗虫,也居然不甘故地重游,发誓要改换门庭,改变口味,竟一举而创造了飞过黄河天险,直上太行山的奇迹!

请看两段有关史料记载:

在日寇占领的沦陷区和国民党统治的河南一带,对于初发的蝗虫置之不理,使蝗虫漫山遍野产下蝗卵。蝗卵生出蝗蝻,蝗蝻吃光所有的庄稼后,长成生着翅膀的飞蝗,飞蝗吃尽了这些地区的农林作物,又产下蝗卵。如此循环往复,蝗虫便以亿万只为基数,成十倍,成百倍,成千倍,成万倍,成亿倍地疯狂膨胀,酿制着完全无法控制的千古奇祸。直到这些地方所有的庄稼、草木都被吃光了以后,突然有一天,由亿万只寸长的蝗虫,聚集成二三里宽,百里长,厚若滚滚乌云的飞蝗阵,以异常凶猛之势,呼啸着飞过浊浪排空的黄河,进入太行山。

(引自《邓朴方的路》)

让我们回顾一下今年的蝗情吧。二三月份,五分区首先发现蝗卵,继之六、七分区也发现了。当时就发动群众挖卵,拿到合作社换米。到四月中旬,卵孵

第七章 挺过难关又逢灾

为蝻，各地便发动群众打蝻，在打蝻中创造了很多办法。五月中旬，蝻变为蝗，经过群众大规模的剿除之后，于五月二十五日前后，五、六、七分区的蝗虫便基本上肃清了。五月二十八、二十九日两天，从平汉线向我五、六、七分区飞来第一批飞蝗，四分区平（顺）、黎（城）、潞（城）等县也有波及。六月十二、十三日，武安、磁县等地又从平汉线飞来第二批飞蝗，蔓延到涉县、林北等地。六月底七月初，这两批飞蝗都先后肃清了，而第三批飞蝗却在此时又从平汉线向我邢台、沙河、内邱、临城、汲县飞来。赞皇和林县，则又产生一批本地蝻子。七月十二、十三日，武安、内邱从平汉线飞来第四批飞蝗，和东也受波及。到七月底，本地和外来的蝗蝻，又基本上肃清了。八月十三、十四日林北、武安等处，又从平汉线飞来第五批飞蝗，八月二十二、二十三日，磁武、安阳从平汉线飞来第六批，二十七日入侵左权县。八月底九月初才先后肃清。总之，除五、六、七分区及赞皇等地本地孵化的蝗蝻外，从五月底到八月底，由平汉线飞来的六大批，其余由白晋线飞往八分区及零星小批还不计在内。全区除二分区外，都遭受到侵袭。

截至七月底，全区共吃坏麦苗192 878亩，吃光10 141亩，吃光秋苗19 061亩，吃坏的麦苗减收30％，这个损失是很大的……但由于大规模打蝗运动的开展……绝大部分的庄稼是保护住了……五分区二月底就开始挖蝗卵，至四月初不完全统计，三个县就

挖了 70 600 斤，六分区武安沙河在同一时间挖 3 万余斤，如以一斤蝗卵孵蝗 38 000 个计算，简直是个天文数字，挖 1 斤卵，就等于打 48 斤飞蝗……

（引自《群众运动——太行革命根据地史料丛书之七》）

当此外寇未灭，旱灾连年，生产自救刚刚让人们从饥饿的死亡线挣扎过来之时，蝗祸又生，作为中共中央北方局代理书记的邓小平，肩上的担子可想而知了！

1944 年 5 月 3 日，中共太行山区委与太行山军区政治部，在赤岸一二九师总部（此时一二九师已与八路军总部合而为一），联合发出了《关于扑灭蝗虫的紧急号召》的命令。

对于如此大规模的蝗灾，一些老乡都吓坏了，因为蝗虫多到随便什么地方捣一下都会捣死几十个，随便抓一下都能抓一把，有时一片地上的蝗虫厚可盈尺，几亩几十亩的青苗，不到一顿饭的工夫就像割韭菜一样，齐刷刷的一扫而光，哪里见过这样的事啊！这分明是老天爷要灭咱哩！于是就有人烧香祷告，求神赎罪，祈求老天爷保佑。不讲迷信的群众则希望八路军能给想想科学办法。

一二九师有位从美国留学回国后参加革命的农业专家，是师部生产部部长，也是刘、邓特别爱惜的人才，叫张克威。太行山区的老百姓对他可以说真是感恩戴德不尽。就是这位从美国"留洋"回来的张部长，把"洋白菜"（茴子白）、"洋玉菱"（又名金皇后，一种高产玉米）、"西洋柿"（又名西红柿）以及一种优种萝卜等引进太行山区种植，给太行山区的农业带来革命性的变化。这时"蝗祸灭顶"，大家自然

第七章 挺过难关又逢灾

就又把拯救的希望寄托给张部长的科学良策了。张克威的确也想了许多办法，最后提出用白糖加药物灭蝗措施。

用白糖加药物灭蝗，办法好则好，可连粗糠拌野菜都吃不上、吃不饱的根据地军民，上哪里去找那么多的白糖呀？

5月的冀西、冀南地区，天气已经相当炎热，邓小平召集军队与地方分管生产的领导，顶着烈日，在蝗区的田野上讨论灭蝗办法，有人提出要不就用张部长的办法，马上从敌占区尽量搞回些白糖来。邓小平摇头说，即使搞来白糖也远水不解近渴，杯水难浇车薪。还是用八路军的土办法，用手打，来个群众性的灭蝗运动！

中共中央北方局党政军各级都成立了"除蝗指挥部"，南起黄河北岸，北迄正太铁路，东至平汉铁路，西到太行山巅的涉县，方圆5000多平方公里、43个县区的土地上，八路军官兵、游击队员、民兵、工人、农民、学生、士绅、医生甚至连巫婆、神汉、和尚、道士等等，都参加到灭蝗战斗的行列里来，形成数十万人的灭蝗大军，如潮水般漫卷开来，处处点火，田田冒烟，用火烧的火烧，用水淹的水淹，用土埋的土埋，更多的人则是用锹拍，用树枝抽，用鞋底搓，用双手捏……日夜轮番围歼，可谓招数使尽，力气费了不少。然而，蝗阵却屡攻不退，本地孵化的，外地飞来的，多得如黄河决口，源源不断，永无枯竭。

这时，《新华日报》（华北版）上发表了一则消息，以醒目的大标题告诉人们：《蝗虫可以吃，养料还很多！》

这则消息很快传开来，但一到老乡们那里，谁都不敢作为第一个吃螃蟹的勇士。加上迷信传播，说蝗虫是天神派来

的"大军",打蝗灭蝗就已经违驳天意,再要吃蝗虫,更是大逆不道,谁吃谁就要生怪病。

为了增加群众的打蝗灭蝗积极性,同时解救饥饿中的灾民。邓小平即让八路军官兵带头吃蝗虫,并且一边吃,一边向群众宣传——打蝗吃蝗,共度饥荒!

俗话说,饥不择食。涉县峻口村有位叫孟祥英的妇女,一家几口日无隔夜粮,全靠八路军和政府发给的一点救济粮和野菜度日,她听说蝗虫能吃,心想,既然八路军都带头吃蝗虫,咱还怕什么,一家十来口,总不能叫活活饿死吧?管它神不神!吃!孟祥英带头吃蝗虫,吃了一天没有事,吃了两天还没有事,而且觉得"蝗肉"还真个并不难吃,就叫全家人都吃。这一吃,一家面黄肌瘦、皮包骨头的老小,居然一天天有了精神,长了力气,一天比一天脸上有了些人的颜色。

吃蝗救活了孟祥英一家人!这消息不胫而走。于是灾民们都吃起来!连机关干部、工厂工人、城里商贾、地主老财家的人都听说"蝗虫香得甚",也纷纷逮了来,或炒吃,或烧吃,或烤干磨成面烙蝗面饼、蒸蝗面窝头吃。甚至有的人家还把蝗虫磨成面储备起来,以防断粮。

这场蝗吃人转而变为人吃蝗的"大战",使太行山成千上万的灾民从死亡线上活出来,使太行山从日寇的疯狂扫荡与大旱三年天灾人祸的夹击合围中突围出来!

于是,人们又有话讲了:啊啊!原来天神是用"蝗肉"来拯救大灾荒中的万民百姓!是来支持咱们八路军和老百姓打日本鬼子!这当然是笑话了。

第七章　挺过难关又逢灾

三五、大生产呀么嗬咳……

> 努力生产，注意积蓄，准备迎接更加艰苦局势的到来，这是完全对的，请你坚持此方针。
>
> ——毛泽东　彭德怀

这是1943年12月16日，毛泽东和彭德怀从延安给远在太行山主持中共中央北方局与前总工作的邓小平的回电内容。也是1944年，中共中央毛泽东主席和八路军总部副总指挥彭德怀，对中共中央北方局领导开展大生产运动的首肯与坚决支持。

早在1940年4月，中共中央北方局在黎城召开的高干会议上，邓小平即非常明确地指出："发展生产是坚持根据地的重要保障。"1943年7月2日，邓小平又在《解放日报》发表了《太行区的经济建设》一文。文中也指出："敌后的经济建设和尖锐程度，绝不减于军事战线""一旦人民元气耗尽，一旦军需民食没有保证，敌后抗战的坚持是不能设想的"，因此"发展生产是经济建设的基础，也是打破敌人封锁，建设自给自足经济的基础"、"我们的减租减息和交租交息政策，给发展生产开辟了一条广阔的道路"。

同年12月6日，邓小平主持召开了中共中央北方局工作会议，论证与确定1944年工作方针，明确提出1944年四大任务——对敌斗争、生产运动、整风审干和新区工作，而生产运动则是作为战争条件下本年度的中心任务提出来的。

邓小平在根据地经济状况已经处于"枯竭点"的严重时刻，毅然提出1944年的中心任务：在根据地原有生产自救的基础上，大力发展生产、开展大生产运动、增加积蓄这条治本开源的根本性措施。然而，邓小平的意见并非为所有人都能欣然接受并同心协力去做的。

所以才有了邓小平给毛泽东、彭德怀的"汇报"，也才有毛泽东、彭德怀三日之内即给邓小平以明确、肯定的回电。

毛泽东对邓小平"发展生产，增加积蓄"的意见能够如此坚决支持，也是有"前因后果"的。早在1943年7月28日，毛泽东即给邓小平来电，向他详细询问了太行山抗日根据地关于三三制；减租；拥政爱民与拥军优抗；军队轮番大整训的可能；民兵工作；沦陷区合法与非法工作的配合；中央对城市工作的指示；大生产运动是否减轻人民负担；大生产运动是否改善了人民、战士和工作人员的生活；领导各界人民发展生产、文化、卫生方面等10项重大问题。邓小平于8月24日，即按照毛泽东的10大问题，将太行区的情况，以书面汇报形式，向毛泽东作了详细汇报。所以毛泽东对这位中共中央北方局代书记——邓小平，以及他所领导的整个太行山根据地的状况是甚有了解的。

1944年1月1日，邓小平领导的中共中央北方局发出《关于1944年的方针》的指示，指出"团结全华北人民的力量，克服一切困难坚持华北抗战，坚持抗日根据地，积蓄力量，准备反攻，迎接胜利是1944年全华北的方针。"

同年1月8日至12日，邓小平领导的中共中央北方局在左权县麻田镇召开根据地财政经济会议，确定了1944年的财

第七章 挺过难关又逢灾

政预算,讨论贯彻毛泽东关于"组织起来"的指示;决定晋冀鲁豫边区发展1000个合作社;决定种植5万亩棉花;决定生产贷款的总额提高到64万元。

与此同时,新四军军长陈毅从中原赴延安途中,来到左权县麻田镇八路军总部,与老友邓小平相会。文武双全的陈毅军长在集总逗留一月有余,有感于八路军开创的太行山抗日根据地之煌煌大业,特别是老友邓小平发动的大生产运动,诗兴大发,挥笔写下脍炙人口的长诗《过太行山书怀》。诗中极赞:

> ……
> 人心有向背,所到皆振臂。
> 政治尊民主,联合定大计。
> 经济重生产,首事减租息。
> 文化归大众,工农兵统一。
> ……
> 请看解放区,人足家自给。
> 盗匪告肃清,乞丐无处觅。
> 稼穑与工商,生产事积蓄。
> 在在无贫乏,耕三而余一。
> 大同尚有期,小康已中的。
> 华夏五千年,治隆谁能匹?
> ……

1944年4月1日,邓小平支持公布了在大生产运动中诞

生的《滕杨方案》，引起极大的震动。

所谓《滕杨方案》，是八路军总部正副参谋长滕代远与杨立三根据毛泽东和李富春提出的"公私兼顾""先公后私""公私两利"的原则，结合太行山区抗日根据地的实际情况，为了充分调动生产单位和个人的生产积极性，而制定出的一套生产节约方案，名为《滕代远、杨立三手订总部伙食单位生产节约方案》。这个方案中，旗帜鲜明地提出："坚决反对个人经营商业、投机取巧、损公利私、损人利己的不正当的唯利是图""提倡劳动，奖励劳动，你生产得越多，你所得的也越多""提倡节约，奖励节约，只要节约合理，你节约得越多，所得的也越多""提倡个人积蓄，只要是劳动所得的代价，你越积蓄得多越好"。

邓小平首先看到这个方案后，认为这个方案创意很好，观点也正确，出台得十分及时，对于调动根据地军民生产、节约积极性很有"推波助澜"的积极意义。便坚定地支持滕代远、杨立三将这个方案公之于众，随后又于4月13日让《新华日报》（太行版）发表了题为《响应"滕杨方案"，检查生产运动》的社论，给予肯定并大加宣传提倡。

《滕杨方案》正式规定了参加集体生产和节约所得以"二八分红"（即公八私二）的分配原则。"个人利用业余时间从事手工业生产的，30%上交伙食单位，70%归己。个人采集野菜（每斤以二角收购），饲养鸡、兔、蚕、蜂所得，'全归自得'"。邓小平不但口头上响亮地支持《滕杨方案》，而且行动上身体力行，坚决贯彻。当时太行军区司令部机关的生产运动由李达负责，政治部的生产运动由黄镇领导，太岳军

第七章 挺过难关又逢灾

区的生产运动由陈赓挂帅。邓小平约同刘锡五等总部领导,百忙之中每日都要挤出时间到他们"承包"的地里锄麦子。滕代远参谋长是方案的"始作俑者",更是以身试"法",自己率先开了一块小块地,作为自己的"自由地",修畦种菜,甚是快意。张际春也开了一片河滩地,种了南瓜和萝卜。在邓小平和总部领导影响下,在太行区的朝鲜义勇军和在华日本人反战同盟,也纷纷参加了劳动竞赛,不甘落后。

正如谢武申回忆说,《滕杨方案》的公布,把太行山的大生产运动推向了高潮。"太行山上成千上万的英勇战士,拿着锄头在开垦着处女地,劳动的歌声,响彻了每一个山谷。"

> 解放区呀么嗬咳,
> 大生产呀么嗬咳,
> 军队和人民——
> 西里里里,嚓啦啦啦,嗦罗罗罗太
> ……

这支《边区十唱》,原词为十段,从八路军抗日根据地大生产运动中诞生的新民歌,老幼能唱,妇孺皆会,唱红了一个时代,唱遍了全中国;至今余音尚存,为中老两代中国人所熟耳上口,闻之倍感亲切。至于歌唱大生产运动的左权民歌则更多不胜举。

尽管1943年和1944年,太行山抗日根据地遭受空前的蝗灾,但由于开展的大生产运动,1944年太行山抗日根据地

的生产与经济也达到了前所未有的高峰。请看以下的数字:

太行军区本年度共开垦荒地 120 042 亩,其中个人开垦的小块荒地 5782 亩;

太岳军区共开垦荒地 5.8 万亩,是 1943 年的 9 倍多;

太行军区生产的杂粮、山药蛋、蔬菜和手工业、畜牧业、商业的收入,共折合小米 970.9276 万公斤。加上节约部分,共折合小米 664.45 万多公斤,等于减轻根据地人民负担 10 万石小米(每石折合 67.5 公斤)。太行军区的手工业生产也有了空前的发展,全军区有 108 个单位从事手工业生产,其中从事毛织的 62 个单位,共 1521 人,收入 18.7294 万元,平均每人 123 元;从事编织业(编草帽、苇席、箩筐等)11 个单位,98 人,收入 9396 元,平均每人 96 元;从事制鞋业 6 个单位,153 人,收入 51168 元,平均每人 334 元;从事铁木业生产的 4 个单位,9 人,收入 33 275 元,平均每人 3697 元;从事烧制瓦器的 1 个单位,3 人,收入 3 万元,人均 1 万元;从事印刷雕刻等 5 个单位,26 人,收入 61 750 元,人均 2375 元。

太行军区还建有油坊、粉坊、豆腐坊等加工作坊。特别是还建了几个规模不一的兵工厂,能自己制造子弹、步枪、手榴弹,甚至还成功试制迫击炮。这些"太行造",除了供太行区部队自己需要,还支援延安等外地兄弟部队。

大生产非但给部队集体带来丰硕的成果,使部队的装备与生活都得到空前的改善,太行军区生产搞得好的部队生活水平每人每天可吃到 2 斤小米、3 钱油、6 钱盐、半斤菜;同时给干部战士个人也带来莫大的收益,许多干部战士有了一笔数目可观的存款。据统计,1944 年底,太行军区部队个人

第七章 挺过难关又逢灾

有积蓄人数达到9411名,储蓄总额达到167.348万元(以当时币额计)。储蓄5000元以上的有4人,共33450元,人均8000多元。储蓄在千元以上的有247人。

大生产运动使根据地的群众产生了"组织起来的"欲望和要求,各种各样的互助组、变工队应运而生,全太行区互助组达到57 492个,参加人数多达114 666人。特别是妇女们,她们真个顶起了根据地又打仗又劳动生产的半边天,她们或在田头,或在炕头,一边劳动,一边哼唱着新编的民歌小调:

> 开荒呀开荒,前方的战士要军粮;
> 织布呀织布,前方的战士要衣穿;
> 大嫂子、老爹爹、妻子、妹子和哥哥,
> 不要惦记他呀,我们努力来耕织,
> 不少他们吃和穿,打败鬼子把家还……

就在太行山抗日根据地军民大生产运动夺取丰硕成果之际,11月1日至19日,日伪勾结,纠集了5000多人,对正在喜庆丰收,开展冬学运动,准备明年更大规模生产运动与迎接战略反攻的左权、襄垣、武乡、黎城等地进行又一次大"扫荡"。刚从大灾荒中挺过来的太行军民,这一回自然不会让鬼子、顽军逮了便宜,仅太行二、三、四分区军民在战斗中,就歼灭了日伪军500余人,使鬼子与顽军共谋的秋季大"扫荡"又以彻底失败告终。

经中共中央北方局代书记邓小平批准,太行军区、太行

273

区党委与晋冀鲁豫边区政府，于 11 月 21 日至 12 月 7 日，在山西黎城县南委泉联合召开了太行区杀敌英雄、劳动模范表彰大会。出席这次英模大会的有杀敌英雄 120 人，劳动模范 206 人，其中诸如杀敌英雄左权县的刘二堂、陈炳昌，涉县黄金庄的刘兰馨；劳动模范赵申年、合作英雄张玉清、纺织英雄赵春花、植树英雄左文才等。太行区党委书记李雪峰、太行军区司令员李达分别在会上作了报告；边区政府副主席戎伍胜宣布了 1945 年的生产计划；最后由中共中央北方局代理书记邓小平作了重要讲话。大会通过了《太行区第一届劳动英雄大会宣言》和《太行区第一届杀敌英雄大会宣言》。会议期间，还举办了反"扫荡"战绩与大生产运动成果展览会；左权县剧团特别向大会献演了自编自演的反映互助合作搞生产的现代戏《土林背》。

紧接着，12 月 23 日，中共中央北方局、八路军总部和一二九师师部又联合举行了招待群英大会，邓小平、滕代远和张廷发等首长亲自招待了太行群英。

三六、有力的保证

八路军太行抗日根据地军民所以能够挺过重重难关，所以能够粉碎日寇无数次的"围剿""扫荡"，能够战胜蝗灾，夺取大生产运动的胜利，其中有一条政治上和思想上的保证：这就是开展整党整风运动。

整风运动是中国共产党在党内开展的政治思想教育运动，这是鉴于从遵义会议之后，经过 6 年多时间，中国共产党在

第七章 挺过难关又逢灾

组织上、军事上都大大发展,革命事业也大大发展,然而由于连年战事不断,放松了思想教育,党内在思想上、政治上和组织上都出现和存在许多诸如官僚主义、宗派主义、自由主义和党八股等不良倾向和作风。因此,中央于1941年就发起了一个党内政治教育运动——整风运动,以此来进行普遍的马克思列宁主义教育,提高党的素质和战斗力。1943年4月,邓小平主持北方局的工作之后,根据中央关于开展整风运动的决定,首先组织领导干部反复认真学习,在领导干部中把整风运动的精神与意义弄明白。

特别值得一提的是,由于在整风运动中同时进行了审干工作,邓小平及时地发现并纠正了审干工作中一些地区出现过"左"的做法。比如当时兵工厂有些工程技术人员是来自敌占区的知识分子,在审干中自然首先成了被审查的"对象"。而且兵工厂的某些领导开始那股子"左"劲还很大,对有的同志的问题明显地错了还不肯马上纠正。邓小平发现后,专门深入到兵工厂,一方面给一些领导"换脑筋",一方面帮助把一些同志的问题尽快搞清楚,该平反的平反,该纠正的纠正。对整风运动和审干工作的健康发展起了十分重要的指导作用。

第八章 把鬼子赶出去

三七、尖刀插向豫西

在通往麻田镇的崎岖山路上，两匹红鬃烈马如流星一般急驰而来。骑在马上的是两位身穿灰土布军装的八路军，马已经大汗淋淋，可它们的主人还嫌它们跑得慢，不停地"驾驾"抽打，或者用马刺刺之。后面还紧追不舍地跟着两匹快马，显然是警卫员。

一前一后跑在前面的，一个是中共太行区委组织部长徐子荣，一个是太行军区第五军分区的司令员皮定钧，两人都是久经沙场的八路军军政干部。两人边打马飞奔，边高声说话。跑在后面的皮定钧冲上来，高声大嗓问，老徐，你说，这紧急通知可能会有什么行动？

徐子荣在马上还贪烟瘾，狠抽了一口，高声说，我看，反正会有行动，不是又有仗打，就是又要打仗……

皮定钧高声说，你等于没说！我看这回总部紧急通知的来头不大一样，你是搞党的，我是打仗的，怎么把咱们搞到一块来了？

徐子荣反问道，你说怎就不能搞到一块来哟？我看咱们两个搭档就很不错嘛。

第八章　把鬼子赶出去

1944年7月20日,中共中央北方局委员会,在左权县麻田镇召开了一次重要会议。参加会议的有中共中央北方局代书记邓小平,八路军前方总指挥部参谋长滕代远,中共中央北方局委员刘锡五、李大章、张际春、周桓、张廷一,还有列席会议的杨立三和杨奇清,另外还有被特别召来领受任务的徐子荣、皮定均、孔祥祯和方升普四位同志。

会议开得异常严肃,首先由邓小平传达了中央的指示精神。1944年5月11日,中共中央根据敌我态势的变化和夺取抗战最后胜利的战略准备,发出向黄河以南发展的号召,并指示华中局和北方局,在日军大举向河南进攻,国民党军队不战而退,河南秩序出现严重混乱的情况下,河南人民的抗日情绪必然高涨,各地抗日武装必然蜂起。

中央的指示精神,即敌进我进,深入敌后,开展敌后武装斗争,正是邓小平主持北方局工作后所特别重视的问题。现在,可谓与中央的指示精神不谋而合,只是没有想到中央高瞻远瞩,渡河南下的指示会来得这么快。

邓小平十分坚定地说,中央明确指示,太行、太岳和冀鲁豫三个军区,要迅速派部队过黄河,开辟河南地区。根据中央的这一指示精神,北方局和前方总指挥部决定,即从太行军区和太行区党委,抽调部队,组建豫西抗日支队,迅速渡河南下,开进豫西。经北方局批准,现将新组建的豫西抗日游击支队领导人员任命宣布如下:

任命徐子荣为八路军豫西抗日游击支队党委书记兼政治委员;

任命皮定钧为八路军豫西抗日游击支队队长;

任命方升普为八路军豫西抗日游击支队副队长；

任命郭林祥为八路军豫西抗日游击支队政治部主任。

（另有孔祥祯在豫西抗日独立支队第一支队出发前组成的豫西地委，任宣传部长）

由太行军区和太岳军区抽调部队组成的豫西抗日独立支队，宣告正式成立。

任命宣布完毕，接着大家又坐下来，邓小平又对即将渡河南下、开赴豫西的徐子荣、皮定钧等人，作了详细的指示与交代。

邓小平满怀期望，语重心长地说，此次诸位率领独立支队渡河南下，去开辟豫西，虽然人数不多，但意义重大，它无异于一枚信号弹，预示着我军即将由守势转为攻势，是抗战即将由持久战转向战略反攻阶段的开始。诸位知道，四五月间，驻守河南的国民党汤恩伯部，面对日军的进攻，40万大军不战而退，扔下十几万支枪支一路溃败南退，让日军轻而易举地就占领了38座县城，使豫西很大的地方都变成敌后地区。这是国民党的耻辱，是中华民族的耻辱！但大家不要以为日军有多么厉害，这完全是国民党军队的无能造成的。实际上，占领河南的日军，在郑州、洛阳、渑池、新安等地，只能控制交通干线，广大敌后地区仍然是可以供我们大显身手的。中央决定，速派部队过河，把尖刀插进去，去发动群众，开展游击战争，去开辟这一地区，是非常及时的、正确的。你们作为我太行军区和太岳军区派出的第一支部队，是非常光荣的，但任务也是非常艰巨繁重的。国民党军队败退了，国民党并不想完全丢掉这块地方，国民党的势力也不会

第八章 把鬼子赶出去

欢迎你们去"做客"的。这就形成日本人、国民党人与你们"三分天下"。邓小平说着，走到身后挂着的地图前面，指着地图上黄河以南、济源、沁阳以西的一大片地方，画了一个大圈说，这就是说，你们去开辟这片地方是有很大困难的：其一，客观上国民党在那里搞了很多年，国民党的基础比较雄厚，这次国民党军队的败退，失了地盘，丢了民心，政治威信受了很大损失，但国民党还搞了一套曲线救国的政策，他们可以和日本人配合起来搞我们。这就是说你们一去就面临着人家"孙刘联盟"，有被吃掉的危险；其二，敌人有了华北的教训，会对我们警戒更严的，你们去了可能立足未稳即会遇到战争；其三，当地人民群众对我们是生疏的，你们去了，对敌情、地形、社会情况等都了解甚少，这就是说，我们在那里的基础还是很薄弱的。除此之外，一定还会有许多意料不到的困难。只有充分估计到这些困难，你们去了才会兢兢业业地谨慎地开展工作，才会一步步站稳脚跟。

邓小平讲着，又回到座位上，重新点着一支烟，望着刚刚被任命的八路军豫西抗日游击支队的领导，威严的面孔掠过淡然一笑，接着说，我先给你们讲的是困难，是不利条件，既然有困难的不利的一方面，也必然会有有利的积极的一些方面，而且有利的方面会更多一些。比如：豫西的地形有利于开展游击战争；豫西人口多，民性强悍；豫西物产丰富，吃用不愁，起码不用你们搞"生产自救"；国民党军队这次将豫西拱手交给日本人，大失民心，豫西的老百姓是会跟我们走的；日本人刚刚占领豫西，与你们一样，也是"立足未稳"；豫西有些地方的地主反动武装不多，比较容易立足……

还有一个重要的有利条件，就是你们是太行区派出的插进豫西的唯一的一支队伍，但你们并不孤立，这不仅仅是因为你们直接受北方局和八路军前指总部领导，还因为你们进入豫西的同时，还有几个地区也派有兄弟部队进去。所以你们要有胆略，有信心，有方法，要将这把尖刀坚决有力地插进豫西敌后！接着，邓小平又进一步向豫西独立支队的领导交代了部队的纪律与政策问题。要求他们在纪律上，无论干部战士，都不能有去抓一把的思想，不能去了就乱打汉奸乱没收，要严格执行八路军的一切纪律，拿行动来征服人心；要训练战士，使其每个人都能成为宣传员，做宣传群众，争取群众的工作；要拜访当地的绅士、老百姓，了解风俗人情，提醒全体官兵注意；要买卖公平，对群众客气；要在部队官兵之间经常开展讲评，鼓励大家的模范行动；还有，党的支部工作要健全，不要搞形式主义等。

然后，邓小平还对建立抗日民主政权、经济文化政策、宣传政策、除奸政策、干部政策等等，都作了详细的指示。最后，他又对豫西抗日独立支队何时出发，从什么地方过黄河，如何侦察渡河点，收买渡口，秘密渡河等项准备工作作了周密详细的交代。

邓小平讲话之后，滕代远也对豫西独立支队进入河南地区之后的工作作了指示。滕代远说，河南目前的形势，从5月27日日军以六七万兵力占领河南广大地区，打通了平汉路后，现已转至粤汉线。实际驻在河南的日军兵力并不多，豫西的孟县就只有一个大队，当地的伪军也一时还不能建立许多，维持会等敌伪组织因时间短也不会十分健全，孟县的县

第八章 把鬼子赶出去

长都是由东北调来的人当任的……河南的重要性，在于它的地理位置，河南地处平汉线以西，陇海线以南，位居中原，如果开辟成功，会成为一个独立的战略区。

会后，大家一起到食堂吃饭，邓小平指着餐桌上的几样菜和香喷喷的素饺子，半开玩笑半认真地对皮定钧、徐子荣等同志笑着说，今天我特别让食堂多炒了两个菜，还包了素饺子，算是为你们送行。但这两个菜也不能白加呦，要求就是一个，就是到河南去给我开辟一块新的根据地！徐子荣刚吃了两口菜就掏出烟来，皮定钧这才猛然想起，这个"烟筒"居然一个上午没有看见他抽一支烟，就故意逗他说，吃饭了，你掏烟怎么着？徐子荣嘿嘿地笑着说，我先抽一支再吃。皮定钧刚要夺他手上的烟，邓小平却笑着说，给我也来一支！吃饭过瘾两不误嘛。

返回去的路上，皮定钧一上马就拍了徐子荣一掌，高声大嗓说，老徐，算叫你猜准了，真还把你我搭档到一块来了！

7月25日，新组建的豫西抗日独立支队正在积极准备渡河之时，中央又来电发出尽快向河南进军的部署命令与政策指示，"中央指出，由北方局从太行、太岳抽调精干部队尽快挺进豫西开辟抗日根据地，以冀鲁豫水东区的部队积极策应，以新四军第五师一部从平汉路北上配合行动，华中以新四军第四师一部西进豫皖苏边，打通与睢杞太地区的联系，相机控制新黄河以东地区。"中央还指示，进入河南的部队，要善于插入日伪空隙地区求得立足；积极发动群众抗日，发展人民武装，建立抗日民主政府；广泛进行统一战线工作，宣传抗日救国纲领，并指出河南久遭天灾人祸，我军必须严

格遵守纪律,与人民同甘共苦,以坚持长期抗日斗争。

邓小平接此命令后,立即要太行军区司令员李达通知豫西抗日独立支队第一支队副政委兼政治部主任郭林祥速到北方局来。

郭林祥刚在赤岸向太行军区司令员李达汇报完渡河准备情况,接到通知后,即马不停蹄地从赤岸向麻田赶来。时值8月中旬,从赤岸到麻田的漳河川两岸,谷子、玉米金闪闪沉甸甸,已经丰收在望;核桃树、柿子树更是浓阴如伞,果实累累。郭林祥顾不得欣赏这抗战以来太行山最好的一个丰收景象,一路打马急驰,进入麻田镇,已经是傍晚时分。

邓小平先安排他用过晚饭,才听他汇报支队组建与渡河准备情况。从一个月前,徐子荣、皮定钧、郭林祥和方升普在总部会议上领受了南下任务后,即一边紧张地组建部队,一边到黄河沿岸侦察敌情水情,选择渡口。他们已经把郑州至洛阳之间的敌伪河防部署侦察得一清二楚。

邓小平听完汇报,即对郭林祥说,中央对中原局势十分关注,多次来电要我们即速派部队去开辟河南的工作,你们第一支队出发的准备工作应加速进行,尽快做好渡河准备工作。邓小平斩钉截铁地说,你们过了河怎么样站住脚,靠什么开辟根据地?光靠打仗是不行的,国民党40万大军全线崩溃,你们只有两个团,1000多人,怎么打?你们必须依靠党的政策,用党的政策去宣传群众,组织群众,武装群众,才能站稳脚跟,开展工作……仗也还是要打的,但一定要打得巧,仗不在大,打则必胜!豫西民性强悍,很讲义气,不打一点该打必打的仗,群众也是瞧不起的。只要你们坚持执行

第八章 把鬼子赶出去

党的政策,坚定地执行三大纪律八项注意,再打一点胜仗,人民群众就会信任,就一定能扩大武装,建立政权,开辟根据地夜深了。清漳河边的夜风带着庄稼成熟的浓浓香气,不时从窗口送进来。

邓小平谈兴不减,一支接一支地抽着烟,最后站起来说,你们过河后,只能是独立工作的局面,中间隔了条黄河,同中央、北方局和总部的联系,除了电台,没有别的办法,所以斗争非常艰苦复杂。你们又都很年轻,不够老练。所以,你们一定要互相尊重,加强团结,发挥集体的智慧。你们四个,我看除了徐子荣同志三十七八岁,剩下皮定钧、方升普和你,都是三十岁吧?

1944年9月初,由皮定钧、徐子荣率领的豫西抗日独立支队第一支队,开始从林县出发,经太岳区南下,急进黄河岸边的王屋山下,在王屋县、区游击队和杜八联地方武装之配合下,于21日深夜,对蓼坞渡口的敌河防部队突然发起进攻,一举击毁敌人的河防工事,胜利渡过黄河天险。然后兵分两路,一路甩开敌人,朝预定目标急进,一路与敌追击部队交战。从新安以西穿越陇海线,过洛河、伊河,在伊川以东之杨岭一带打退追击之敌,旋即挥师向箕山、嵩山地区挺进。在向箕山、嵩山地区挺进途中,时近仲秋,皮、徐二人确认支队突袭敌人占领的登封机场可以成功,即致电前总请示,在邓小平与前总通过电台指挥下,皮定钧与徐子荣等率第一支队以迅雷不及掩耳之势,于仲秋前夕偷袭登封机场,一举歼敌一部,并解救被日寇关押的民夫数千人,然后兵进临汝以北之大峪店。以第一团主力进入嵩山地区活动;以第

三五团进入箕山地区活动；以支队直属部队在大峪店以南之东、西白栗坪一带活动；以第三五团一部到宜阳西南之东赵堡一带活动。像种子，像火种，撒向茫茫豫西大地。

各部队进入预定地点后，即大刀阔斧开展宣传群众，发动群众，组织群众工作，广泛开展游击战争，先后成功地袭击了偃师县的回廊镇和巩县的黑石关等敌人据点，声威大震，鼓舞了群众的抗敌情绪；与此同时，他们率先在四个县建立了抗日政权和联络办事处，初步打开了豫西的抗战局面。

八路军打过黄河并向豫西迅猛发展的消息，兴奋了河南人民的情绪，激发了河南人民的抗战热情，同时也必然会使日寇心惊胆战，被视为眼中钉。先后有密县、临汝、登封、伊川等县的日军向皮、徐支队发起一次次"扫荡"，但都被皮、徐支队击退。皮、徐支队深深认识到，要想立足豫西，必须打几个有影响的胜仗，才能鼓舞人心，威慑敌胆。所以战士们情绪很高，接连在密县西南一战，全歼联日反共的伪军两个保安团；又伏击由登封出犯的日伪联军100余人，连克敌人9个据点，粉碎了日伪实行箕、嵩夹击阴谋，使箕山与嵩山地区连成一片，先后又建立了10余个县的抗日民主政权，并于1945年年初，正式成立了豫西第一军分区。

此后不久，邓小平又根据中央的部署，从太岳军区抽调两个团的兵力，组建了豫西抗日独立支队第二支队，任命李聚奎为司令员兼政治委员，于1944年11月18日渡过黄河，在新安、渑池、洛宁、陕县等地开展工作。第二支队在当地党组织的大力支持下，发动群众，开展游击战争，摧毁日伪政权，击退日伪联军的一次次进攻；并于12月底又接纳了中央党校干部100余人,与晋绥军区第六支队南下的3个连会合,更加壮大了第二支队的力量。第二支队以一手软、一手硬的策略,一面打击敌人,一面争取伪军投诚,战绩辉煌,先后解放了陕州以东、洛宁以北广大地区,使根据地面积很快发展到5000多平方公里。并且也于1945年元月成立了豫西第二军分区,由韩均担任司令员,刘聚奎担任军分区政委兼地委书记,贺崇升担任行署专员。

与此同时,由王震和王首道率领的三五九旅(即南下支队)4000余众,由延安出发,途经太岳区(1944年12月12日到达太岳区郎壁),向豫、鄂、湘、粤诸省挺进。太岳军区慷慨解囊,支援了"王王南下支队"伪币100万元、冀南币115万元,给南下支队每人每日发粮1斤半,每人发鞋2双、袜1双,并补充了一部分棉被、棉衣,以保证南下部队顺利进军。

1945年2月中旬,以王树声、戴季英率领七七二团和警备旅第二团组成的豫西抗日独立支队第三、第四支队,由陕甘宁边区出发,经太岳区渡河,进抵伊河与洛河之间地区。他们根据中央决定,成立了河南区党委和河南军区,将所有豫西支队统归河南军区建制,军事上都受八路军前方总指挥部领导,王树声任司令员和戴季英任区党委书记兼军区政委。

1945年3月下旬,太行军区又以十三团主力为骨干组成第六支队,开进豫西。

1945年2月,八路军总部滕代远参谋长代表邓小平致电河南军区王树声司令员和戴季英政委,告诉他们太行第七、第八分区部队已进入原武地区继续南下中牟,在郑县以北建

立游击区,已完全控制道清路以南至黄河边地带;水东八团南下后也未遇敌人较大阻力;太岳我军已占领垣曲一段黄河北岸……总之,豫中敌伪力量薄弱,顽军全属地方武装,战斗力不强,对我军开展工作甚为有利。唯伏牛山地区为顽军主力所在,势所必争。并特别指出,豫中地区控制平汉、陇海两铁路及郑州、洛阳、许昌诸城,东连豫东皖苏,北接华北,南连豫南鄂北,如我不及时开辟与巩固此地,反攻到来,顽军必先占领,置我于被动。电文具体建议:以陈先瑞所部,遣于伏牛山区,而主力重点指向豫中地区,东与水东(水者,指黄河也)、东北与太行七分区打通,北与太行八分区及太岳四分区相呼应或打通,南沿平汉线向南发展,期与李先念北上部队取得联系……在实施党中央与中央军委进军河南的伟大战略意图中,邓小平主持领导的中共中央北方局、八路军前方总部率先进军豫西,开辟了拥有20个县、300余万人口的豫西抗日根据地;同时紧密协助兄弟部队占领河南战略要地,为八路军大军挺进中原,向日军展开大反攻,创造了极其重要的条件。

三八、看不见的战线

"城市工作极为重要,不占领大城市与交通要道,不能驱逐日帝出中国。不争取在日寇压迫下的千百万劳动群众,瓦解伪军、伪组织,并准备武装起义,不能配合军队与农村占领大城市与交通要道。"

1944年6月5日,中共中央发出关于城市工作的指示,

第八章 把鬼子赶出去

犹如敲响向敌后大城市撒网点火,为大反攻作准备的钟声。中央要求各地党委,"必须改变那种认为只有国民党才能从大城市与交通要道驱逐日军,要认识有些城市只能依靠我党或主要依靠我党才能驱逐日军。因此各局各委必须把城市工作与根据地工作作为自己同等重要的两大任务,而担负起准备夺取所属一切大中小城市与交通要道的责任来。"

开展大城市敌工工作,向大城市布网,设点,牵线,进行瓦解策反工作,"里应外合的思想,是从大城市驱逐敌人的根本思想",没有这条战线,就不可能赢得最后胜利。因此,中央还特别指出,"必须把准备群众武装起义的工作,提到极重要的地位……"

1944年7月24日,邓小平主持北方局委员会议,专门讨论了中央关于开展城市工作的指示。与会同志一致认识到,中央指示把开展大城市工作与交通要道工作提高到与根据地工作同等重要位置,并明确提出要提高到准备武装起义,里应外合,配合反攻,夺取大城市,占领交通要道的高度来认识,分明是要求根据地广大干部官兵在思想上要有新的认识,新的准备。这就是以农村包围城市,最后夺取城市,将日本侵略者彻底赶出中国领土的大反攻暴风雨即将到来。会议分析了各地区城市工作的情况与问题,研究了今后城市工作的具体实施意见。最后,邓小平作了总结性的发言。

邓小平就中央关于开展城市工作的思想认识,关于计划与组织,关于工作方向与工作方法,关于干部和工作经费等问题的指示,作了很详细的讲解。他接着说,刘晓同志最近同我谈到在南方大城市开展工作容易得多,搞社会活动、建立机关都比较容易，敌占区人民进行抗日斗争的积极性很高，工人阶级也知道共产党好，积极性也很高，建立党的据点是能够做到的。由于群众基础广泛，只要我们方针对头，以合法为主，我们的工作就能开展，就能为群众谋利益，就能引导群众革命化。我们华北这种工作做得差些，我们是有条件做好的。根据各位委员的意见，会议总结归纳了几条具体做法意见：

一是中央指示很详细，不再另发指示了（11月7日还是又颁发了《北方局开展城市工作的指示》文件）；

二是尽快帮助太行区召开一次城市工作会议，总结这几年的城市工作成绩与经验教训；

三是各地区抽调100至200名干部，要抽能力强的干部进行培训，专门做城市工作；

四是华北各大中城市的工作应具体分工，由各中央分局和各区党委分别负责，如平、津两地工作主要由晋冀察中央分局负责；

五是发挥目前已在敌占区活动的敌工站、武工队干部的作用，现在敌工站有很大一批干部，要从中选出干部负责建立城郊交通线和建立秘密据点的任务，敌工站及城市工作的组织形式，应有统一，又要专门分工；

六是经费问题的解决；

七是具体工作由各区党委做，北方局城工部负责经常了解情况，做具体指导，并向各地介绍经验，也可直接派人去建立工作。

邓小平重申了温村高干会议上所讲的观点："革命两面

第八章 把鬼子赶出去

派政策是深入到敌人（主要是敌占区的伪军、伪组织）内部的进攻政策。"

会后，各区党委城工部和各军区敌工部都立即行动起来，确定重点目标，抽调精兵强将，向被各自包围的大中城市及交通要道，开展地下策反布网工作。邓小平找北方局宣传干部朱穆之谈话，派朱前往太行南部，去做争取伪军起义的工作，同时还同宣传部另一位干部谈话，派往天津去开展敌工工作；冀鲁豫区先后派出得力干部组织了陇海工委、徐州工委和开封工委。这些城市工委，不仅在城市建立秘密组织，同时还派人打入伪军内部，做争取伪军工作。

由于城市工作的开展，大批敌工人员深入虎穴，策反瓦解敌伪部队或敌伪组织，在八路军开始局部转入对日进攻作战的1944年底至1945年春，一些阎伪部队纷纷起义，或者向八路军不战缴械，使日寇陷入空前孤立的绝境，为八路军向日军发起的春季大反攻、夏季大反攻，开辟了另一条极其重要的看不见的战线。

三九、迎接最后的胜利——春夏大反攻

1944年的冬天终于过去了！

1945年的春天终于来临了！

这年的春天太不寻常了，春姑娘带来的不仅是鲜花，是绿叶，是漫山遍野明媚的春光，更让太行山——不，让整个中国人民赏心悦目的是，这年的春天，春姑娘给中国大地带来的是史无前例的四亿五千万颗怒放的心花！

其实，1944年当八路军大规模渡河南下，向中原挺进的脚步声奏响之时，已经预示着1945这年，将是非同凡响的一年！将是人类历史上要给一个大屠杀的血腥时代划句号的一年！将是人类反法西斯战争取得最后胜利的一年！

啊！八年了！——太行山发出一声沉重的浩叹！

啊！八年了！——黄河发出一声沉重的浩叹！

啊！八年了！——喜马拉雅山之珠穆朗玛峰，面对中华大地上的焦土狼烟，发出一声沉重的浩叹！

啊！整整八年了！——毛泽东、朱德、彭德怀……刘伯承、邓小平发出一声声感慨万端、吐纳古今的浩叹！

八年的沉重代价，是中国人民数以几万几十万几百万计的头颅！

八年的沉重代价，是八路军、新四军以及抗日游击队汇聚成江河一般的鲜血！

八年的沉重代价，是中华大地变成侵略者杀人放火任意践踏掠夺的屠宰场！

自1937年七七事变始，到1944年冬，八路军、新四军及华南抗日游击纵队，在华北开辟了晋察冀、晋冀豫、山东、晋绥、冀热辽6个解放区；在华中开辟了苏北、苏中、苏浙皖、浙东、淮北、淮南、皖南、河南、鄂豫皖、湘鄂10个解放区；在华南开辟了东江、琼崖2个解放区。连同旧日之陕甘宁边区，共有19个解放区，24个行署，104个专署，678个县。八路军由4.5万人，发展到60万人，新四军由1.2万人，发展到26万人，华南抗日游击纵队由数十人，发展到2万人，民兵220万人。7年半中，总计进行大小战斗11.5万

第八章 把鬼子赶出去

多次。

仅在1944年一年内,日军几乎每战必败,士气极度低落,各解放区军民共进行了大小战斗1.13万多次,歼灭日伪军20万人,俘虏敌伪6万多人,争取敌伪反正3万多人,攻克县城20多座,攻克和逼退据点2580多个,解放人口1700万人,光复国土18万多平方公里……

1944年,国际形势也发生着根本性的变化,在日本国内,政界不稳,政坛出现严重混乱,东条英机内阁迫于人民的厌战反战情绪,和战争的消耗造成人力财力物力的极度空虚,向日本天皇提出总辞职,军界要员也时有更替,陆军宣布由关东军司令梅津美治郎继任陆军参谋长之职;在欧洲战场,苏联红军也已发起反攻,连连进逼德军占领的保加利亚、匈牙利等国……

到时候了!八路军被动挨打、在大山里与敌人兜圈子、捉迷藏的日子过去了,到了我们主动出击敌人的时候了!

早在1944年10月14日,中共中央军委就关于华北准备反攻给邓小平、滕代远发出指示,指出华北可能成为主要的决战战场,在可能条件下,我军应乘虚尽量消灭伸入根据地内的伪军、顽军及敌军的小据点,扩大根据地,但一般的暂时不要打交通要道及较大城市。

历史进入1945这个纪年的元月,在太行山左权县麻田镇八路军总部主持北方局、八路军总部和一二九师工作的邓小平,断然向晋冀鲁豫区发布命令:

——集中优势兵力,向敌人守备薄弱的地方,发起进攻作战!

于是，继 1944 年攻势之后，迎接抗战最后胜利的枪声——1945 年春季大反攻，在太行山、在晋冀鲁豫全区打响了！以山西为中心的敌后山区各抗日根据地军民，向敌伪发动了规模更大的攻势作战。

1 月中旬，冀鲁豫区组织发动了著名的大名战役，一举攻克山东古城大名府，歼灭敌伪军 800 余人；

1 月下旬，太行区军民组织发动的道清战役为对日攻势作战的开始，以第七、八军分区和中共平原分局党校警卫团等共 4 个团 3 个独立营的兵力，攻克道清铁路以南伪军所盘踞的小郭、宁郭两镇，完成了道清战役第一阶段作战任务；

2 月中旬开始实施道清战役第二阶段作战任务，一举扫清道清线以北所有的敌伪据点；

3 月 22 日，八路军太行军区第七分区主力一部越过平汉线，挺进原武、阳武地区，实施道清战役第三阶段乘胜追击、扩大战果的任务，至 4 月 2 日，太行军区第七分区部队越过老黄河，进攻中牟北之杨桥，伪军溃退南逃。

至此，道清战役历时两个多月，总计歼灭日伪军 2500 余人，解放人口 75 万，收复国土 2000 余平方公里，将道清线两侧、沁河以北、卫河以北（除辉县城外）的两大块地区之敌伪据点全部肃清，建立了 4 个抗日县政权，并将以新乡为交点的平汉、道清、新（乡）汴（开）三条铁路线全部置于八路军直接打击目标之下，道清战役宣告胜利结束。

与道清战役相配合，在太行山其他地区也展开了攻势作战：2 月 20 日，第三军分区部队袭击襄垣城，歼敌百余人；

3 月 5 日，第二军分区部队拔除马坊据点，歼灭日军一个

第八章 把鬼子赶出去

小队；

3月中旬，第三、五军分区部队和地方武装相配合，向安阳以西之敌发起进攻，攻克据点6处，歼灭伪军近一个团；

4月初，第二、三军分区部队和八路军总部警卫团，合力进击同蒲线上的祁县、太谷、平遥等地之敌，攻克敌据点10余个，歼灭日伪军近300人；

4月初，第四、七军分区部队袭击陵川县城，并收复之，解放人口5万多，光复国土1225平方公里，使第四、七两专区连成一片；

4月下旬，第二军分区部队和八路军总部警卫团，先后攻克左权与和顺两县城，解放人口4万余众，收复国土2000多平方公里……

在太行军区对日伪进攻作战连战连捷之时，邓小平于3月初，亲率中共中央北方局组织部长刘锡伍、宣传部长李大章、中共第三地委书记彭涛、北方局秘书处处长陈鹤桥及机关干部10余人，离开麻田，赴冀鲁豫区视察指导工作，进一步策划冀鲁豫区的对日伪进攻作战。

历史到了1945年这个纪年，好像有意开了个大玩笑：前两年是日寇春季"扫荡"、夏季"扫荡"、秋季"扫荡"、冬季"扫荡"，接连不断地向共产党领导的八路军根据地发起进攻，致使八路军和根据地军民几无喘息之隙；到了1945年（或可说1944年夏秋以后），八路军颇有点以其人之道治其人之身的意思，春季对日伪进攻作战的枪声还余音在耳，夏季对日伪进攻作战的炮声又隆隆而起。

进入夏季之后，太行区军民先后发动主要进攻作战有：

6月初，由第一、二分区部队发动了元（氏）获（鹿）战役，以猛烈的炮火接连攻克敌伪据点数十处，歼灭日伪军400多人，使元氏、获鹿、赞皇之大部地区得到解放；

6月30日，第三、四、五、七、八军分区和八路军总部警卫团，以及林县、安阳等县的地方武装，总计10个团的兵力，并由3万余民兵和自卫队助战，由太行军区司令员李达、政治委员李雪峰亲自指挥，对盘踞安阳一带的日伪军，发动了大规模运动作战方式的安阳战役。历经短短8天时间，连克敌伪据点30多处，毙伤日伪军800余人，俘虏日伪军2500多人，击溃伪军900余人，收复国土1500余平方公里，解放人口35万之众。可以说，安阳战役是继道清战役以后又一次成功的运动战战役的尝试。

太岳区对日伪军的进攻作战也势如破竹，太岳区攻势作战首先是从进击汾南的顽固军开始的：

3月20日，阎锡山的第七十三师出犯八路军占领的汾南地区，抢占闻喜县的上丁、下丁一带，并进逼第五专区的边沿地区。25日，太岳军区主力一部，突袭阎军第七十三师师部，一举俘虏阎顽军参谋主任以下300余人，进一步拓开汾南局面，建立了新绛、稷山、万泉等3个抗日县政权。

4月1日，太岳军区第二、四军分区主力各一部近4个团的兵力，配合地方武装，以"歼灭伪军，孤立日军，开辟豫北广大地区"为作战主旨，发动了第二次豫北战役。战役至月底结束，共计攻克敌伪据点40余处，歼灭伪军2800余人，投诚反正伪军1700余人，从而使八路军控制了黄河以北除济源、沁阳、孟县等县城以外的广大地区。

第八章 把鬼子赶出去

与豫北战役相呼应,太岳区其他地方的进攻作战也普遍展开。计有:

3月中旬至4月上旬,沁源军民加紧了著名的"围困作战",从而使日寇占据了两年半之久的沁源县城胜利光复;

4月7日至13日,阳城抗日军民向县城之敌发起攻击,一举收复阳城县城;

4月15日至20日,阳城、阳南、阳北、晋南、士敏及太行区的地方武装,进逼晋城之敌,晋城宣告解放;

4月中旬至5月下旬,屯留抗日军民接连摧垮18个村的"维持会",瓦解伪军一个中队,迫使一部伪军反正,并袭击了余吾据点;

4月下旬到5月中旬,太岳军区部队组织闻(喜)绛(县)作战,连克敌人据点10余处,歼灭日伪军300多人,俘虏100余人,扩大了条西根据地,并使四五个专区连成一片;4月下旬至5月上旬,安泽县抗日军民对肢城发起攻击,解放安泽县全境;

4月上旬至5月下旬,高平抗日军民围攻县城,将县境日伪军全部肃清;

太岳区春季反攻的枪声与夏季反攻的枪声几无中断,在夏季攻势作战中,5月下旬至6月上旬,太岳军区集中了5个团的兵力和一部分地方武装,向同蒲线南段晋南地区之敌发起强大攻势,先后拔除敌伪据点40余处,歼灭日伪军700余人,控制了祁(家河)夏公路,肃清了腹地之敌,并进抵黄河北岸,取得了条西战役的胜利。

同样,1945年的春夏,在山西晋绥边区的抗日军民也按

捺不住复仇的烈火,对日伪军展开了春季大反攻、夏季大反攻,接连不断地肃清了离岚、忻静、神五等公路沿线的敌伪据点,先后取得了离岚线、五(寨)三(岔堡)线等攻势作战的胜利。

1945年——在太行山,在山西,在整个中国的版图上,每一寸土地都燃烧起埋葬日本帝国主义侵略者的熊熊烈火;每一个角落都按捺不住迎接八年抗战最后胜利的焦急、兴奋的心声!

为了这最后时刻的姗姗来迟,太行山的人民都望眼欲穿!

为了这最后时刻的姗姗而来,中国人民的眼泪都变红了!

为了这最后时刻的到来,中国共产党在革命圣地延安,隆重召开了党的第七次全国代表大会!——中国面临着两个前途和两种命运的斗争,党的任务是要用全力去争取光明的前途和光明的命运,反对另一种黑暗的前途和黑暗的命运——毛泽东的开幕词,像洪钟一般,预报着抗日战争最后胜利即将到来,向全党全军全国人民发出严峻的警示!

为了这最后时刻的到来,国民党也不甘落后,几乎同时间,也在国府偏安的大西南陪都——重庆,召开了国民党第六次全国代表大会,也在为即将到来的胜利焦急筹划……

为了确保这最后时刻的到来,中共中央北方局代书记、八路军前方总指挥部负责人、一二九师政委邓小平,未能出席中国共产党历史上这次具有非凡历史意义与现实意义的空前盛会。他,仍然坚守在太行山腹地的麻田小镇一隅农家小院内,长夜挑灯,运筹谋略,指挥着北方局统辖的四大区的千军万马,向日本侵略者发起最后的进攻……

第八章　把鬼子赶出去

1945 年 5 月，国际反法西斯战线乃至全人类，也在举目瞩盼着最后时刻的到来。这个时刻终于怦然一声，石破天惊地到来了——

4 月 16 日，苏联红军发起了攻克柏林的战斗！

5 月 2 日，苏联红军的最高统帅斯大林，向全世界宣布：苏联红军占领了德国法西斯的大本营——柏林！柏林残余的法西斯卫戍部队宣告投降！

5 月 7 日，德国法西斯宣布无条件投降！

5 月 8 日，德国正式签署无条件投降书，欧洲的反法西斯战争，从此胜利宣告结束！

剩下的就是东线亚洲战场了。

7 月 6 日，延安第十八集团军总部，发布八路军、新四军及华南抗日纵队抗战八周年主要战绩：

从 1937 年 6 月至 1945 年 6 月，作战次数 30 342 次，日军总损失（毙、伤俘、投诚）61 735 名，伪军总损失 27 3504 名；攻克县城 50 座，攻克据点 30 743 个，解放国土 87 000 平方公里，解放人口 1380 万。

7 月 17 日，苏、美、英三国首脑斯大林、杜鲁门、丘吉尔于德国波茨坦举行会议，商讨并发表了关于敦促日本无条件投降的《波茨坦公告》。

8 月 6 日，美国向日本广岛投掷第一枚原子弹！

8 月 8 日，苏联对日宣战。

8 月 9 日，苏联百万红军从北、东、西三个方向，在总长 4000 公里的战线上，向日本关东军发动了大举战略进攻。

同日，毛泽东、朱德致电斯大林，对苏联政府对日宣战表示热烈欢迎，并表示中国一万万解放区人民和军队，将全力配合红军及其他同盟国军队消灭日本侵略者。

同日，毛泽东发表《对日寇的最后一战》的严正声明。声明指出：对日战争已处在最后阶段，最后地战胜日本侵略者及其一切走狗的时间已经到来了。在这种情况下，中国人民的一切抗日力量应举行全国规模的反攻，密切而有效地配合苏联及其他盟国作战，八路军、新四军及其他人民军队，应在一切可能条件下，对于一切不愿投降的侵略者及其走狗实行广泛的进攻，歼灭这些敌人的力量，夺取其武器和资财，猛烈地扩大解放区，缩小沦陷区。必须放手组织武装工作队，成百队成千队地深入敌后之敌后，组织人民，破击敌人的交通线，配合正规军作战。必须放手发动沦陷区的千百万群众，立即组织地下军，准备武装起义，配合从外部进攻的军队，消灭敌人。

同日，美国又在日本长崎投掷了第二枚原子弹。

8月10日，朱德总司令为日本投降一事向各解放区所有武装部队发布第一号命令：限令日伪军投降，我军应立即进占所有城镇交通要道，实行军事管理，维持秩序，如遇到拒绝投降缴械者，应坚决消灭之。

同日，正在延安开会的刘伯承、邓小平和滕代远命令太行、太岳、冀南、冀鲁豫各军区的八路军迅速夺取敌占城市，破坏敌交通线。

同日，日本政府向苏、中、美、英四国请降。日外相东乡访苏联驻日大使马立克，表示日政府愿意接受《波茨坦公告》，准备无条件投降，唯一要求是保留天皇。

第八章 把鬼子赶出去

然而,曾经不可一世的日本法西斯分子面对穷途末路,仍然有一小撮执迷不悟者,或者自知罪大恶极而不甘心接受彻底失败的死硬派,妄想孤注一掷,进行本土决战,作最后的垂死挣扎。虽然日本外相已经向苏联大使表示了日本政府准备无条件投降,但8月13日,铃木首相召集最高战争指导会议成员东乡外相、阿南陆相、米内海相、梅津参谋总长(陆军)与丰田军令部总长(海军)等6人,仍在讨论如何对待波茨坦宣言。会议整整开了3个小时。阿南陆相和东乡外相各代表一种意见,双方展开激烈争论,以致唾沫横飞,争吵成一团。双方在不改变天皇地位——即维护国体为条件接受《波茨坦公告》这一点上取得一致意见,但阿南陆相、梅津参谋总长和丰田军令部总长坚持还要再加三个条件(即占领军不在日本登陆;在海外的日本军队不以无条件投降而是以自发的形式撤兵;审判日本战犯由日本方面实行)方可接受《波茨坦公告》;而首相铃木、东乡外相和米内海相等则坚决反对,认为眼下已经不是那种个人打算能通得过的时候了,再坚持下去只能带来亡国的危险。双方各执己见,互不相让。其实阿南陆相等所谓"强硬派"、"条件派"也非常清楚,他们的"三条"对方是绝对不会接受的,只是实在不想被历史押上战争罪犯审判台,所以他们不惜把战火引向日本国土。他们叫嚣:

如果死里求生,进行本土决战,一亿人都拿起枪进行拼死战斗,敌方的伤亡就会很大,我方也就能捕捉到有利时机,那时再提出求和,至少可以得到有条件的和平。

会上形成3对3,争吵毫无结果。

首相铃木连吃午饭时间都没有,最高战争指导会议刚结束,便又召开内阁会议,提出同样的问题让大家讨论。然而仍然由于陆相的反对,内阁会议从下午两点半一直开到晚上10点钟,中间只休会1个小时吃晚饭,又接着开,双方都在兜圈子,总共开了6个多小时,毫无结果。时已80岁的铃木首相从午前10点半开始的最高战争指导会议,到午后的内阁会议,连续开了12个小时的会议,晚上11时50分又不得不拖着疲劳至极的身体出席天皇亲自主持的御前会议。

出席御前会议的除了参加最高战争指导会议的原班人马,枢密院议长平沼(原首相)也被紧急召来参加。7个人在御文库的地下防空室鸦雀无声地列坐在天皇面前。

铃木首相抢在御前会议之前已经把内阁会议的情况向天皇作了汇报。老谋深算的铃木首相为了防备陆相和两位总长顽固坚持已见而使御前会议重蹈前两次会议的覆辙,早向天皇面授机宜。

其实这一天天皇也如坐针毡,前两次会议的情况他早已通过皇宫内大臣秘书长官了如指掌。他也认为,战争大局已定,日本危在旦夕,除了铃木首相的办法,别无选择。御前会议就是在天皇与铃木首相达成默契的情况下召开的。果如铃木首相的预料,会议一开始,东乡外相刚发表了只能无条件接受《波茨坦公告》的意见,阿南陆相即起而反对,而且声色俱厉,大有左右天皇的意思。平沼议长玩了个滑头,既表示赞同外相的意见,又说若从作战上的理论论之,也可以继续打下去,置之死地而后生嘛。结果仍是3比3对峙。

于是首相霍地站起来,走近天皇,深施大礼说,会议已

第八章 把鬼子赶出去

经两个半小时,但仍未能议决。事态已经处于刻不容缓的状况。因此尽管违反惯例,感到十分惶恐,但既然事已至此,我希望依据圣断作出会议决定。

席地而坐的6位大臣大为愕然,目瞪口呆,凝视天皇。

此刻的天皇已经有点急不可耐的样子,首相话音刚落,即开口说,那么,讲我的意见,我赞成外务大臣的意见。说是要进行本土决战,但十分紧要的九十九里浜的防备却不充分,甚至连决战师团的武器准备都不充分……飞机的增产也没能按预定计划进行,计划总是不落实。这样能打得胜吗?……但是,现在必须忍所不能忍者,耐所不能耐者……最后裕仁天皇甚至无可奈何地表示说,大家可以不必担心我个人的命运。

片刻死一般的静默之后,与会者是面面相觑,接着不约而同地朝向天皇,伴着一声无奈的"哈衣",深深地一鞠躬。

此时时间已经到了8月14日凌晨2点20分。

14日凌晨4点钟,日本内阁会议以不改变天皇国体为条件,正式作出接受波茨坦会议宣言的决定。紧接着又召开了御前会议,在一片呜咽之声中,天皇又再一次少气无力地重申说,我考虑再把战争拖延下去是不合适的……关于大家对于国体的忧虑,也是很自然的,但对方的解释说怀有相当的好意,我不想那样去怀疑……无论我自己将会怎么样……

就这样,日本政府于8月14日正式照会美、英、苏、中四国政府,宣布无条件接受《波茨坦公告》;继5月7日德国法西斯宣布无条件投降之后,东线太平洋战争终于又以日本天皇的"圣断"形式,宣告日本法西斯宣布无条件投降而结

束。

  8月15日，朱德总司令发出令冈村宁次投降命令，指出日本政府已经正式接受《波茨坦公告》条款，宣布投降。你应下令你所指挥下的一切部队，停止一切军事行动，听候中国解放区八路军、新四军及其华南抗日纵队的命令，向我方投降，除被国民党军队所包围的部分外。

  同日凌晨，日本裕仁天皇，通过无线电台向全世界广播了"停战诏书"，宣布无条件投降。

  即此，中国一场历时整整八年的抗日战争，终于画上了一个完整的句号！

第九章 偷桃子的来了

四十、一次"够悬"的飞行

李达看过侦察科送来的最新情报,示意一个参谋端过燃烧的煤油灯,贴在那张军事地图上,一连找出襄垣、潞城、屯留、长治、长子、壶关等6县的位置,并将它们用红铅笔重重地画了一个大圈,把铅笔往桌子上一掷,愤愤地骂了一句"妈的",然后便不停地在地上走来走去。

旁边的参谋们一个个屏声息气,知道参谋长此时正火着呢。一连几天的情报,都是一个内容:国民党正加紧向华北调兵。尤其是刚收到的情报,胡宗南刚过了黄河,阎锡山居然也派出史泽波率领5个师侵占晋东南地区的6个县城!仿佛知道八路军前线指挥作战的就一个参谋长,欺我李达无能!

——妈的!一边高唱和谈,一边穷兵黩武,分明是项庄舞剑,意在沛公,想把晋东南这块地盘作为赌注,想在谈判桌上压我共产党就范!

李达一边背操手大步来回走着,一边愤愤地像是自言自语,又像是对几个参谋人员说话。两条又浓又黑的眉毛拧成疙瘩。一连又走了十几个来回,忽然在桌边站下,一拳捣在摆着又是文件又是书的方桌上。说,看来火药味很浓,老蒋

这一仗是非打不可了!

这时,一名参谋又递过一份情报,是关于史泽波侵占长治等6县城的兵力部署情况。李达看过,往桌子上一摆,神情分明有几分焦急,又拧着眉头思考片刻,忽然说,给延安发电!发急电!

一名参谋急忙拿起纸笔准备记录。李达参谋长却一转身夺门而去,径往机要科的译电室去了。

1945年8月,正当中国人民沉浸在胜利的狂欢之中,蒋介石已经扣紧了发动内战的扳机,以反革命两面派伪装,一面连下三道"命令",要解放区人民军队"就地驻防待命",不得"擅自行动",要他的嫡系部队"积极推进""切勿松懈",要伪军"切实负责维持地方治安";同时连续三次致电中共最高领导人毛泽东:"倭寇投降,世界永久和平局面可期实现,举凡国际国内各重要问题,亟待解决。特请先生克日惠临陪都,共同商讨。事关国家大计,幸勿吝驾。"(8月14日电)"如何以建国之功,收抗战之果,甚有赖于先生之惠然一行,共定大计,则受益拜惠岂仅个人而自已哉。特再驰电奉邀,务请惠诺为感。"(8月20日电)"承派周恩来先生来渝洽商,至为欣慰。惟目前各种重要问题,均待与先生面商。时机迫切,仍盼先生能与周恩来先生惠然临,则重要问题方得迅速解决,国家前途实利赖之,现已准备飞机迎,特再驰电速驾。"(8月23日电)一面假惺惺地邀请毛泽东赴重庆进行国共两党谈判;另一面却频繁调兵遣将,紧锣密鼓地策划消灭八路军的阴谋诡计。

司马昭之心,路人皆知。

第九章 偷桃子的来了

蒋介石不但要下山摘桃子，还要贼喊捉贼，把挑起内战的责任推给共产党，进而达到彻底消灭共产党八路军之阴谋。显然，蒋介石要比日本人更了解共产党八路军之实力所在，所以一下就把这一战略赌注压在华北地区。各路大军分别从陆上、海上、空中，源源不断地向北调集。在陆路，主力部队由平汉路北进；右翼部队从津浦路北进；左翼部队由同蒲路、正太路北进；从而使八路军的晋冀鲁豫区陷于背腹受敌之处境。而太行山之上党盆地——晋东南地区，正是晋冀鲁豫区的腹心之地。所以，8月19日，国民党胡宗南部北渡黄河，强行占领八路军太岳区的平陆县城之后，蒋介石又密令阎锡山于8月23日派国民党第十九军军长史泽波率5个师的兵力，在日军十四旅团的掩护下，强行侵占了太行山上党地区之襄垣、潞城、壶关、屯留、长治、长子等6个县城。意在先端你八路军在山西的老窠！

大军当前，危在旦夕，十万火急！

这时，在太行前线八路军总部指挥对日伪作战的主要领导只有李达参谋长！朱德、彭德怀、刘伯承等主要领导于早些时候就先后回了延安。

邓小平也于1945年6月29日离开八路军总部所在地麻田镇，赴延安参加党的七届一中全会。邓小平虽然未能参加党的第七次代表大会，却荣幸地被选为七大中央委员，并且在8月20日中共中央决定撤销中共中央北方局、成立晋冀鲁豫中央局时，被任命为中共中央晋冀鲁豫中央局书记；同时中央还决定将一二九师和太行军区改编为晋冀鲁豫军区，刘伯承任司令员，邓小平任政治委员。这次同时任命的还有滕代远、王宏坤为副司令员,薄一波为副政治委员,张季春为副政委兼政治部主任,王新亭为副主任,李达为参谋长,以及下辖太行、太岳、冀南、冀鲁豫四个军区的领导人。

李达参谋长固然是身经百战、临危不惧、指挥有方的"老将",当此兵临城下,大战在即之时,只身运筹,也不能不感到身单力薄,焦急万分。如果刘、邓二位首长能在此时回来有多好!所以便连夜给远在延安的刘、邓发出急电:

"组织大军与指挥强大野战军,急需主要干部,请带陈锡联等同志回太行。"

催促刘、邓速返太行的急电发出去了,李达却仍有点急不可耐,一是刘、邓接电后能不能马上动身,这是要中央定的;二是从延安到太行山,以过去经常走的秘密交通线的路程计算,少说也得一两个月,战争分明已经迫在眉睫,蒋介石会等到那个时候吗!所幸8月24日晚上,当李达正在前线指挥夺取襄垣城之时,收到刘、邓的回电。电报讲,他们一行数人即于25日乘飞机返回太行山!

李达参谋长与司令部干部战士听到这个消息,高兴坏了,大家仿佛感到有了依靠似的。可是李达忽然一拍脑门一愣,说,不对,他们哪来的飞机坐啊?

却说刘伯承和邓小平在延安,得知阎锡山派国民党第十九军军长史泽波率军侵占了太行腹地上党盆地的6县城后,心中也非常焦急,恨不得长翅膀飞回太行山,却不料真就有人给他们"长"上了翅膀。这个人就是中共中央主席毛泽东!

其实,毛泽东表面从容泰然,心里比他们还着急。蒋介石一方面高唱和平谈判高调,几次三番邀请毛泽东赴重庆

第九章　偷桃子的来了

"共商大计";一方面却天上地上频繁调兵,图谋用军事压力迫使共产党在谈判桌上就范,订城下之盟。这种阴谋,路人能知。

　　蒋介石把挟制毛泽东、共产党就范的赌注押在刘伯承、邓小平的太行山根据地;毛泽东也把赴重庆谈判之安危顺利的厚望寄托在刘伯承、邓小平身上。你蒋介石不是要打吗?不是想用军事压力作为谈判桌上的筹码吗?我毛泽东是没有你蒋介石的军队多,我毛泽东充其量也不过120万军队,你蒋介石有440万军队,你好厉害呦,日本刚投降你就出动了5个师一下把我毛泽东在太行山上党盆地的6个县城侵占了,叫我毛泽东在谈判桌上能不怕你!你又错了!我毛泽东怕你就不单枪匹马到你的重庆去谈判!我毛泽东偏就是个不怕你蒋介石!上党这个脚盆恐怕你好进难出,非烫两脚水泡你不会明白呦!

　　毛泽东比谁心里都清楚,在上党前线,八路军打得越好,打得越狠,国民党的军队败得越惨,重庆谈判桌上的筹码就越有力量,深入虎穴的毛泽东等人也就越安全。

　　所以,毛泽东也非常着急怎么样让刘伯承、邓小平赶快回到太行山前线,而且在他28日赴重庆之前,就必须让刘、邓回到前线指挥部,去对付蒋介石兵发上党的阴谋,打一个漂漂亮亮的胜仗,让蒋介石在谈判桌上哑巴吃黄连——有苦没法说。

　　也是天意,毛泽东急需要的,居然就有人非常及时地给送来了。这时,毛泽东猛然想到,美国驻延安观察组不是有一架飞机吗?他们每周六或半个月在延安与西安之间往返一

次，为美军观察组运送东西；而且刘伯承和邓小平早在7月份就准备用它去太行山接被俘美军飞行员……此时何不借它一用！事情就非常具有戏剧性了。

再说太行山襄垣城外八路军前线指挥部，李达参谋长收到刘、邓的回电后，尽管心中纳闷延安哪里弄来的飞机，还是立马拿起电话通知师部，命令立即派一个骑兵排，于25日必须赶到黎城长宁机场，做好一切飞机降落的准备，迎接刘、邓等首长。

这又奇怪了，黎城向为八路军的根据地，哪里突然来的飞机场？八路军跟鬼子打了8年仗，全靠"11号"开路，连四个轮子的汽车都没有，修飞机场玩把戏？

这又与美国人沾上了——

1944年秋天，美国援华飞行队的B29型飞机，被日军击落在平顺县的一个山沟里。飞行员跳伞后，有的落在荒地里，有的掉在山顶上，还有的挂在半山腰的树上，被我民兵救了起来。他们都不会讲中国话，但身上都带着一个本子，上面用英文写着"我是美国人，请你们不要杀我"等等。幸好请来了大行中学校长李棣华担任翻译，并由一个骑兵排把他们接到一二九师师部。

路上，美国朋友对根据地的一切都感到新鲜。当他们看到周围的一片盆地时，惊讶地说：啊！你们八路军的根据地，原来有这么大呀！这是我们想象不到的。我们刚到中国时，国民党人员对我们说："八路

第九章 偷桃子的来了

军的根据地只有巴掌那么大。"

　　这些客人,还把我们涉县(当时属河南省,现在属河北省)赤岸村以西百多华里的长宁附近的一片开阔地,误认为是飞机场。他们到了师部后就对李达参谋长说:"不知道你们这里还有一个秘密飞机场。要是事先知道,我们的飞机就可以迫降到这里,不会出事了。"

　　李参谋长告诉他们说,那里并不是飞机场,而是一片天然的开阔地。以前,我们也曾想过,这里是修建飞机场的理想地点。尽管我们还没有飞机,但还是有意识地让部队在这片空地上跑步和进行队列训练,把它踏得平平的,一旦有了我们自己的飞机,马上就可以投入使用。这几位美国飞行员认为,只要稍加修建,即可作为简易飞机场。滕代远也来这里视察过。以后,又组织部队和附近群众,进行了简易的施工整理,太行山第一个简易飞机场就这样诞生了。后来,还成为美军观察组飞往延安去的中转站。

　　　　　　　　　(引自杨国宇、陈斐琴回忆文章)

话分两头,再说延安那头。
还是让我们听一听当事人杨得志将军的回忆吧!

　　1945年8月24日夜间,我接到了第二天上午9点前到延安东关飞机场的命令。命令只让我一个人去,参谋和警卫人员都不许带。也不准其他同志去送行。延安的东关机场我是去过的,但坐飞机去是有生以来的头一次。到机场前,我不清楚还有哪些同志一起去前线。到机场后,首先看到杨尚昆同志,还有黄华同志。尚昆同志是那天现场活动的组织者。我和黄华同志是在朱老总家认识的。那时他在朱老总身边工作。大家都知道他会外语。我到机场不一会,看到刘帅来了,陈老总来了,邓小平也来了。还有一些熟悉的老同志也来了。尚昆同志简单介绍了一下情况,大家便开始登机。

据黄华同志后来说,这是一架美国制造的DC型飞机,即道格拉斯运货机,是美军驻延安观察组的。每周六或半个月在西安与延安之间往返一次,为观察组运送东西。这次是专供我们使用的。当然这些美国人他们不知道乘坐这架飞机的都是些什么人。也许以为我们这些"土八路",搭他那破飞机开一开洋荤吧!

飞机是绿色的,有两个螺旋桨,舱门很矮。给我印象最深的是飞机的大门关不严,起飞时螺旋桨还得靠人推动。

机舱的小窗口下是铁座位。机舱板是弧形的,坐下去直不起腰,头也抬不起来。黄华同志告诉我们,这个飞机最大的特点是安全。只要有个较大的平地就可以降落。

在飞机上坐定之后,我才看清了全部同机人员。他们是刘伯承、邓小平、陈毅、薄一波、陈赓、肖劲光、傅秋涛、李天佑、邓华、陈锡联、陈再道、宋时

第九章 偷桃子的来了

轮、邓克明、王近山、滕代远、黄春甫（江华）、聂鹤亭、张际春、黄华和我。还有林彪。看到这样一架极普通的飞机中，集结了我们党这样多的高级党政领导和军事指挥员，我的心情既兴奋又有些紧张。

（引自杨国宇、陈斐琴回忆文章）

的确如杨得志将军回忆所说，将这么多党政军高级干部都置于一架连大门都关不严的破飞机上，又是美国人驾驶，降落地点又是从未降落过飞机的一处简易机场，每一个"乘客"都身背一个大降落伞，"这除了说明任务的急迫，也表现了党中央的非凡胆略"。

据当事人回忆说，当时到机场送行的人发现开飞机的全是美国人，而这些美国人又都不会讲中国话，机上的中国人又全都不会讲英语，这样的飞行是非常危险的，杨尚昆这才临时把负责美军驻延安观察组联络工作的黄华拉上飞机。

9点多钟，飞机的螺旋桨转动，开始在东关机场凸凹不平的跑道上滑行，不一会，大地下沉，飞机起飞了。

飞行了大约四五个小时，发现地面有火把、烟雾。黄华同志说："请首长们注意，很快就要降落了。"

飞机降落的地点是晋东南黎城县的长宁机场。

（引自杨国宇、陈斐琴回忆文章）

据左权县的史料记载，这架飞机飞行途中，曾经在左权西关庙沟村前的左权机场降落，停留了数十分钟，然后飞抵黎城长宁简易机场。

按照太行山群众的土话，这实在是一次"闹悬"！"闹大悬"！邓小平晚年回忆起这次坐飞机，也不无感慨地笑着说，反正"够悬"的了！

一次"闹大悬"的飞行，为共产党八路军赢得了极宝贵的时间与空间，为毛泽东与蒋介石的谈判桌上送上了一份厚礼——新成立的晋冀鲁豫军区司令员刘伯承、政委邓小平、副司令员滕代远、副政委薄一波、副政委兼政治部主任张际春等由延安到了太行山赤岸村的司令部，马上投入指挥上党战役作战。杨得志、陈再道、陈锡联、陈赓等不久也分别担任了新组成的野战第一、第二、第三、第四纵队司令员。

刘伯承和邓小平一行风尘仆仆地来到赤岸司令部，离鞍下马，滴水未进，刘伯承即摇通了正在前线指挥作战的李达的电话，得知李达已经指挥太行军区部队打下了武乡新城——十段村，并且乘胜追击，挥师南下，进逼襄垣等情况后，刘、邓断然命令：

坚决把襄垣城拿下来，作为太行军区部队屯兵之地，准备合太岳、冀南部队打上党战役！

四一、上党战役

为什么国民党要动员那么多的军队向我们进攻呢？因为它的主意老早定了，就是要消灭人民的力

第九章 偷桃子的来了

量,消灭我们。最好是很快消灭;纵然不能很快消灭,也要使我们的形势更不利,它的形势更有利一些。和平这一条写在协定上面,但是事实上并没有实现。现在有些地方的仗打得相当大,例如在山西的上党区。太行山、太岳山、中条山的中间,有一个脚盆,就是上党区。在那个脚盆里,有鱼有肉,阎锡山派了13个师去抢。我们的方针也是老早定了的,就是针锋相对,寸土必争。这一回,我们"对"了,"争"了,而且"对"得很好,"争"得很好。就是说,把他们的13个师全部消灭。他们进攻的军队共计3.8万人。我们出动了3.1万人。他们的3.8万被消灭了3.5万,逃掉2000,散掉1000。这样的仗还要打下去。

这是毛泽东在1945年10月17日《关于重庆谈判》报告中的一段话,也是毛泽东对上党战役作的极精彩描述和高度概括;也可以说是对毛泽东为什么要急于让刘伯承、邓小平和那么多党政高级干部与军事指挥官冒那么大的险,坐美国人驾驶的一架破飞机赶回太行山前线,作出的最好回答。

上党战役,是共产党领导的八路军在晋冀鲁豫军区司令员刘伯承、政委邓小平统一指挥下,在抗战刚刚胜利之后,为保卫人民的胜利果实,粉碎国民党假谈真打的阴谋,对入侵晋东南上党地区的国民党军阎锡山部,进行的一次大歼灭战。毛泽东对这次战役寄托了厚望,把它作为重庆谈判桌上的一个重要筹码:"为支援毛泽东谈判而战",刘伯承、邓小

平对这次战役也可以说竭尽了全力，最终使毛泽东如愿以偿。所以毛泽东才有上面那一段踌躇满志、好生轻松惬意的话。

经过激烈的攻城战斗，9月1日中午12时，李达率领的太行部队终于攻下襄垣城，在攻城部队向襄垣城源源开进的同时，刘伯承、邓小平和张际春三位军区领导也策马进入襄垣城。他们在襄垣县署二堂东边的一个大房子前驻马观望，只见那大房子上挂着一块匾，上写"寅畏堂"三字。刘伯承注目说道，寅者，为虎，畏者，惧也，协威音，虎威者，是让老百姓惧怕也。看来这里不是县太爷的刑堂，也是令人敬畏的地方。邓小平笑着说，好哟，那我们就把指挥部设在这里，也让国民党惧怕惧怕嘛。

于是他们就决定把指挥部设在这寅畏堂。

当天下午，刘、邓即在这寅畏堂召开了紧急军事会议，研究决定上党战役方针和具体兵力部署。

此前，在8月27日，刘、邓即与滕代远、薄一波、张际春等军区领导在赤岸司令部召开了晋冀鲁豫军区领导干部会议，讨论组织上党战役及全军区的战略部署问题。打下襄垣城后，根据攻城实战经验与战场形势的发展变化，刘、邓认为有必要召开一次紧急军事会议。

在正式开会前，刘伯承与邓小平以其渊博的历史学识，向与会各部军事指挥官简略地介绍上党地区的历史沿革与战略地位说，晋东南的长治，地处太行山之腹心之地，古为上党郡，商周时为黎国，战国时始由韩国置上党郡。何为上党？古语有云："太行山与天为党"，极言其高。其后入赵，后秦设三十六郡，其为之一。汉时辖14县，诸如长子、屯留、襄

第九章 偷桃子的来了

垣、潞城、黎城、壶关、高平等县均属。民国时属冀宁道……上党地区，东制太行，西据太岳，群山环抱，地势险要，中间有一块不大不小的平地，是为上党盆地；其外沿东出太行直下邯、郑，南渡黄河可捣宛、洛，得上党可保华北，失上党中原无依，诚为历代兵家必争之军事重地也。

众人连连作惊悟状：哦哦，难怪老蒋第一口就先啃这块肥肉！

紧急军事会议正式开始。

邓小平首先传达了党中央与中央军委关于这次战役的指示：

8月28日，党中央与中央军委致电刘、邓："集中太行、太岳优势兵力，首先歼灭阎伪进入长治的军队。"

8月31日，又致刘、邓电："阎部1.6万占我长治周围6城，乃心腹之患，必须坚决彻底全部消灭之。"在歼灭敌人的战法上，又指出："惟诸城堡坚垒密，需有充分准备，切不可草率，进攻时宜选择一两城，各个击破，不宜同时攻击6城。如攻而不克，可围城打援。"

邓小平说，我们大家首先要明白我们为什么要打这一仗，要充分认识这次战役的重要意义：根本问题是抗战胜利果实落在谁手里的问题，蒋介石、阎锡山伸手来抢，我们能答应他吗？当然决不能让他们抢走！

刘伯承也说，蒋介石的军队沿四条铁路开进，四个爪子伸开向我们扑来了。人家的足球向我们华北解放区的大门踢过来了，我们要守住大门，保卫华北解放区，掩护我东北解放军作战略展开。平汉、同蒲是我们作战的主要方向，但现在的问题是阎锡山侵占了我上党 6 城,在我们背上插一把刀子,这就是人们通常说的芒刺在背,脊梁骨发凉嘛。不拔掉这把刀子,心腹之患未除,怎么放得下心分兵平汉、同蒲去守大门呢?

接着,刘伯承就目前敌我双方兵力情况作了说明。先从敌人方面讲起,敌人为了实现其扩张控制整个晋东南地区的计划,在敌十九军 5 个师侵占长治等 6 城以后,即收编了上党地区 3000 余伪军,修筑工事,加强守备。敌人的兵力部署是:以 3 个步兵师的主力及 1 个山炮营和伪军一部,共 1.1 万人守长治;以 1 个挺进纵队及伪军一部,共约 2000 人,守长子;以 1 个挺进纵队的主力及伪军一部约千余人守屯留;其余襄垣、潞城、壶关则以伪军为主,结合正规军一部守备,兵力均在于人以下。而且,上述各城之敌,均各以一部兵力守备其附近若干据点。

我们的兵力配备情况是怎么样呢?刘伯承从敌人的兵力部署图前走到另一张军事地图前,指着说,为了适应大兵团作战,加速我军由游击兵团向正规兵团的转变,这次战役中,司令部决定,将各个军区的参战部队统一编为三个纵队,它们分别是:

太行纵队(又称太行军区野战兵团)——司令员李达,副司令员陈锡联。下辖第二支队,司令员曾三,政委卢仁灿,下辖十三团、三十团、三十一团;第三支队,司令员郑国仲,政委卢南樵,下辖决九团、十四团、警卫团;第四支队,司令员马全忠,政委赵兰田,副政委周维,下辖七六九团、三十四团、五十一团。共 6000 人。

第九章 偷桃子的来了

冀南纵队——司令员陈再道,副司令员杜义德。直辖一团、十一团、二十二团、二十三团、二十五团。共6000人。

太岳纵队——司令员兼政委陈赓,副司令员王新亭。直辖二十五团、三十八团、七十三团、十七团、二十团、士敏独立团,共7000余人。

刘伯承还就敌我双方长处与短处作了分析,特别是对我方——晋冀鲁豫军区部队,指出本军区部队是在抗战胜利后刚刚改编的,第一次将太行、太岳、冀南三个军区的主力部队集中起来实行对国民党军队作战。这些部队虽然老底子都是战斗力很强的主力旅,但在抗日战争后期,各部都曾分遣到各个军分区的基干团,又主要进行游击战,直到抗战结束逼于日伪军的反攻才又集中作战,目前各个部队的编制还不充实,多数团在千人以下,装备也非常差,全军仅有6门山炮,半数的团只有迫击炮2至4门,重机枪也不多,部队的枪支弹药也很缺,每支步枪只有数发子弹……

但是,同志们!刘伯承将本次战役的作战方针与兵力部署讲了之后,最后坚定有力地说,敌人的弱点也正是我们的优点,敌人不善野战,害怕近战,特别害怕白刃格斗,这些正是我军之优长。而且敌人孤军深入,分散守备,正好有利于我军各个击破……

邓小平自然不能不作临战前的政治动员了,对这次上党作战,向全军与全体根据地人民提出响亮的战斗口号:

——为保卫胜利果实而战!

——为支援毛主席谈判而战!

这次紧急军事会议上,刘、邓听取了李达关于太行部队攻打襄垣城战斗汇报后，特别感兴趣，并决定会后立即组织部队开展攻城演习。会后，刘伯承、邓小平和张际春等在李达的陪同下，视察了攻打襄垣城的太行部队。刘伯承十分高兴地说，长治的城墙有3丈多高，城墙外面还挖有深壕，攻城战斗是我们将要开始的上党战役少不了的战斗，太行部队攻打襄垣城为我们创造了经验，我们一定要抓紧时间加强攻城战斗训练。

邓小平另有紧要军事任务，刚从部队视察回到指挥部就向刘伯承、张际春等告辞。刘伯承也不加挽留，匆匆吃过晚饭就送邓小平一行连夜策马上路。

晋冀鲁豫军区准备参加上党战役的三个纵队，目前还有太岳纵队和冀南纵队未向上党地区集结。邓小平此行就是要赶回涉县赤岸军区司令部，指挥陈再道、杜义德率领的冀南部队和陈赓率领的太岳部队，尽快向上党地区作向心集结。从襄垣城到涉县赤岸，要经过潞城、黎城、左权三个县界，将近200公里的山路。按照刘、邓定了的上党战役正式发起时间，只有五六天时间了，而还有两个纵队的参战部队尚远在几百里之外。所以邓小平心急如火，顾不得山高路险，口干腹饥，一路打马飞奔。好在这一带的路他已经走过多次，了如指掌，甚至老乡们没有走过的路，他都走过，不但少走了许多枉道冤路，还抄了不少近道……

9月2日晚上，也就是邓小平前去带兵走了的第二天晚上，天渐渐沥沥地下起雨，夜里都有些凉丝丝的感觉。刘伯承、张际春和李达在指挥部关了门，一边商谈军务，一边估计着邓小平今晚该走到麻田过夜，明天准能到达赤岸，只是

第九章 偷桃子的来了

担心这场秋雨滴滴嗒嗒下个不停，漳河又要发大水，到麻田和到赤岸都要过河，三天两日过不了河怎么办？

刘伯承倒是非常有信心有把握地说，放心，小平会有办法，我比你们更了解他。那次鬼子"扫荡"，正遇上漳河发洪水，小平硬是凭一条麻绳组成一堵人墙，把村上的老人小孩都安全转移过河去。说着，突发感慨地"唉"了一声，倒是麻田村北的确需要修一座桥了！我们八路军在麻田驻了五六年，连座桥也没有给老乡们修起来，总是一件憾事……

李达也说，是呀，邓政委到了麻田主持总部工作后，就多次提出修桥的事，可是战争频繁，叫日本鬼子搞得一直没有提到议事日程。

张际春说，赤岸那边的漳南渠总算修成了，也算我们为老乡们做了一件实事好事嘛。

刘伯承说，那也是叫老天爷逼出来的。

三人由担心邓小平过不了河，扯到麻田河修桥、赤岸村修漳南渠的事。正随便说着话，机要科长匆匆推门送进一份电报。刘伯承接住连忙扶了扶眼镜凑近灯前。

是邓小平来的！邓小平已经到了赤岸！

这封电报文稿较长，前边邓小平先向刘伯承和张际春、李达通报了太岳部队与冀南部队目前向前运动的情况：

太岳部队于9月3日可全部到达屯留县的张店集结待命；

冀南部队由于长途行军，又不习惯山路，过于疲劳，估计杜义德部2日方可到达贾壁，3日到达张家庄，4日到达河南店，5日方能到达黎城附近集结；

先期到达涉县的陈再道，将于3日可到达长治以东的老

顶山作战地侦察。

之后，邓在电报中特别提出两条建议：

（一）估计部队集结的时间，提议上党战役正式发起时间推迟两天；

（二）建议太行部队攻屯留，太岳部队（石志本支队在内）攻长子，冀南部队攻潞城，另以一部监视可能从壶关窜长治的敌人。三城攻克后，即三军会攻长治。

刘伯承看过电文，凝神思考片刻，轻轻颔首说，嗯，有道理，有道理。兵行诡道，疲惫之师，不宜攻坚……

李达也有领悟，以其长期担任参谋长的思维习惯与善于分析的条理性，一条一条地说，邓政委的建议完全是从太行、太岳和冀南部队集结的实际时间表和态势出发。第一，太行部队刚打完襄垣战斗，目前正集结于襄垣、虒亭一带，无长途行军之疲劳，便于迅速南下，首先发起对屯留的攻击；第二，太岳部队西来，集结于长子城东北、屯留以西的张店地区，便于向南攻击长子，向东切断长子与长治之间的公路，截击可能由长子出逃长治的敌人；第三，冀南部队东来，长途跋涉，于9月2日方可到达彭城、峰峰以西的贾壁，3日才可到达涉县以东的张家庄，4日才能到达涉县城对岸的河南店，5日才最后到达潞城东北的黎城附近集结。这样，他们到达黎城后需要稍事休息。待攻克屯留、长子后，即可由他们向潞城发起攻击。

于是，刘、张、李经过认真考虑之后，一致同意采取邓小平的建议，将上党战役的正式发起时间，由原定的9月8日拂晓前，改为9月10日2时30分正式实施上党战役的第

第九章 偷桃子的来了

一步计划：对屯留县城与上村同时实施攻击，并以运动战伏击长治来援之敌。立即电告邓小平，并令其指挥冀南部队务于8日凌晨4时前进入预定地区集结待命。

9月5日，刘伯承下达了《晋冀鲁豫军区关于上党战役中某些战术问题的指示》。指示开宗明义："当前我们战术中某些问题的指示，是根据襄垣战斗的经验及当前作战的需要"作出的。"目前我们作战的对手，是侵占我上党腹心区的阎伪基干十九军等5个师及其所编地方保安队，消灭这些伪军，将是一个艰苦的战役任务。在这一战役中，我们将主要进行许多城市战斗，也进行野外战斗（运动战）。"认为"在野战（运动战）中，阎是采取三只老虎爪子的战术（正面钳制左包右抄）……因此这种战斗是我有组织而机动的战斗，应以全部精力组织，勇敢地实施之。"其中关于城市战斗的战术指导一项，特别强调攻击准备、接城运动要隐蔽突然，登城战斗要一举登城，毫不犹豫等。

9月7日，部队开始向前沿阵地运动，刘伯承也带领张际春、李达离开襄垣，进入到太岳部队所在的张店地区实施前线指挥，并马上与邓小平取得联系，发出了刘、邓联名签发的《晋冀鲁豫军区战字第一号命令》。命令同时通告各作战部队、各后勤指挥部，刘、邓指挥部于战役、战斗发起前3小时30分，即9月9日23时将进到潞城（当时尚在敌人占领下）以西的中村，战役、战斗发起之后3小时30分，即9月10日6时前，将进到长治以北之故县镇，靠近冀南部队实施前线指挥。这是刘、邓指挥作战一丝不苟的惯例，临战之前，总要向各个参战部队通告他们所在的时间、位置，使下级指

挥员时时能够知道刘、邓指挥部的位置以及他们进入指挥位置的确切时间。

这时，邓小平已经指挥陈再道的冀南部队日夜兼程，经黎城北社南庄，于8日凌晨4时前准时到达南漳、北呈镇集结待命，并实施对太行四分区长治附近的小部队的指挥。

9月10日2时30分，太行纵队准时向屯留、上村发起进攻。同时以太岳、冀南两纵队隐伏于长治至屯留的公路两侧，准备歼击由长治出援屯留之敌；以太行军区两个团及地方部队隐伏于长治东北的老顶山地区，准备尾击长治出动的援兵；以太行、太岳军区4个团加4个独立营，监视长子之敌，并准备以主力投入歼击长治援兵的作战；以潞城独立营及民兵一部，监视潞城之敌；对壶关之敌则以地方武装围困之。

攻打屯留的战斗打响后，刘、邓前线指挥部由中村转移到故县镇，刚把通信联络线路接通，就接到侦察部队报告：驻守长治城内的国民党第十九军军长史泽波果然开始调集部队，准备出援屯留！

11日，侦察部队又报告：由长治出援屯留的敌人已经出动！

12日，侦察部队又报告：敌人又增派援兵出城，驰援屯留！前后大约出动了6000多人。

刘、邓命令设伏部队严密隐蔽，待敌援兵进入伏击区再行歼击。但试图增援屯留的敌人也是很狡猾的，他们走走停停，显然是惧怕中了我军围城打援之计。

刘、邓一再命令设伏部队要沉住气，等敌深入，不可轻动。

第九章 偷桃子的来了

然而,还是有些部队沉不住气了,过早地暴露了自己。敌人前头部队与设伏部队略一接触,放了几枪便仓皇退兵,龟缩进长治城门。

功亏一篑!刘伯承气得拳头握得咯叭叭响。邓小平也不胜其憾,拿起电话想狠狠批评设伏部队的指挥人员,但最后还是长长出一口气,将电话话筒重重放下。

打援无望,继续执行原定作战计划!

12日,太行纵队奋起攻克屯留,全歼城内守敌。

同日,刘、邓又发出《晋冀鲁豫军区战字第二号命令》,宣布全歼屯留守敌,完成第一步作战计划,开始实施第二步攻打长子的作战计划。同时,刘、邓于当天18时进至长治城之西北呈史村以北7里处的南岗上,将自己置于呈史村冀南部队之背后、驼坊村太行部队之侧后实施指挥。刘、邓在电话上对太岳纵队的陈赓风趣地说,打长子城是打圈猪,这里主要是准备打野猪,你陈赓就专心致志去打圈猪,我们则同陈再道、陈锡联一起去打野猪。

13日2时30分,陈赓率太岳纵队发起攻打长子城的战斗(早于12日即以一定兵力对长子城实行包围,以防守城之敌向长治逃窜)。同时刘、邓指挥陈锡联、陈再道以太行、冀南部队隐蔽于长治至长子公路以北,以太行、太岳四个独立营组成第二支队,隐蔽于长治至长子公路以南,试图再次引蛇出洞,聚而歼之。然而,史泽波这个老蛇精有了出援屯留之鉴,深惧刘、邓"围城打援"的战法,宁是置长子于不顾,任你长子方面的炮火打得怎么猛烈,任你长城内的难兄难弟是死是活,长治方面一无出援迹象。

不过史泽波也还是有所表示的，他先出动了相当一大部分兵力，只在离长治城不到15里的范围内进行骚扰活动；到14日又以六十九师、三十七师主力千余人，带了数门迫击炮、3辆汽车窜到长治城北（长子在长治城西）之景家庄、关村飞机场一带活动，大概想这样来尽点救援之心，但均遭独立支队痛击，丢弃了16挺轻重机枪，整个二〇六团一个营被消灭，惨败而回。从此，史泽波便任尔三面炮声隆隆，紧闭城门，固守不出。

9月16日22时，在继续攻打长子城的同时，刘、邓又作出执行第三步作战计划的决定——转移冀南部队兵力，附以潞城独立团，开始攻打潞城。

17日攻克潞城。

这时，刘、邓在南岗上得到情报：原由沁州北移之日军（8月15日日本宣布无条件投降，但驻守长治的日军一个师团北移沁州，尚未缴械，并仍与阎军勾结对抗刘、邓大军）700余人，又复于13日窜回沁州，且集结了日军残部1400余众，意欲何为，尚不明了。鉴于此情报，刘、邓决心加速战斗进程，于9月17日发出《晋冀鲁豫军区战字第四号命令》，决定执行第四步行动：于18日拂晓以太行军区部队对壶关县城发起攻击；同时命令陈赓独立团提前消灭长子之阎军，并派出一个团至夏店，对沁州方面之日军实行警戒。

在攻打壶关城战斗发起之前，17日13时半，刘、邓又从长治西北之南岗上，转移到长治正北40里之黄碾镇，继而又东移至潞城，指挥第四步作战行动。

19日，壶关与长子两座县城同时被攻克。

第九章 偷桃子的来了

同日,刘、邓颁发了《晋冀鲁豫军区战字第五号命令》,宣布晋冀鲁豫军区部队胜利完成上党战役之初步作战任务:从9月10日到19日,先后攻占了屯留、潞城、长子、壶关、襄垣等5座县城,扫清了这6座县城附近之敌据点,共消灭上党地区伪军兵力的1/3。从而使国民党阎部史泽波第十九军据守的长治城,陷于刘、邓大军"围三阙一"(东南西三面包围,北面虚留生路,实则暗设口袋)之大包围之中。

话分两头。却说阎锡山自1945年7月率其要员驻孝义县樊家庄,一心筹划与日军合作对上党八路军老区进行大肆进攻,只是日军穷途末路,士气不振,总不那么得心应手。8月11日晚上,突然收听到日本天皇向日本国民宣布"接受盟军条件,准备投降"的广播消息后,急忙连夜召开会议,采取紧急对策,其中一策就是"电史泽波抢占上党"。

8月底,阎锡山在日军保护下匆匆回到太原,当天就收到史泽波来自上党古城长治的第一号捷报:第十九路军附第六十九师周建祉、挺进二纵队白映蟾;挺进六纵队徐其昌及五专署保安队,已顺利接收上党地区之一长治、长子、屯留、潞城、壶关、襄垣各县。并告知日军第十四:旅团元泉部自动移师沁州(即沁县)。接着史泽波有事没事总有捷报飞报阎督军府。

阎锡山好像从来没有这么得意过,大方过,特命他的内膳房精制了一份一份的中西点心,摆上北内厅晚间碰头会的会议桌。又是热乎乎的可可,又是红茶,又是"老西"们根本喝不惯的苦涩的咖啡,一一摆在将军们面前。阎锡山笑容微展,踌躇满志,不停地用手指撇着小胡子,不住地要这个

325

"喝喝",要那个"动动","蒙"(阎锡山老家五台方言,蒙即我意)长"蒙"短的走来走去说个不住嘴。与会的那些"高干"与将军们,一个个也仿佛风光无限,罗斯福呢、将校呢军装,在华灯照耀下笔挺灿烂,脸上更是竭尽媚态谄笑,与华灯争辉。

这中西点心、咖啡、红茶、可可,好吃好喝了没几日,阎锡山便命,"'蒙'(我)不说话,统统的不要"(话是这么说,每晚碰头会,还是有点心可吃的),脸上的笑容也渐渐消失殆尽。原来史泽波的捷报日复一日的不见来,代之而来的是一封又一封告急电报!先抢占之6城一个个告失,守城军士大部被歼!前边的告急电报还未看完,后面长治被围,情势危急,乞求增援的电报、战报又雪片似的飞来。

阎锡山气急败坏,连忙在督军府北内厅召开秘密军事会议。孙楚因牙痛在川至医院住院,这时也顾不得牙痛不牙痛,急忙赶回作战小组拟定新的作战方案。会议还没开始阎锡山就板着脸不停地喃喃,蒋先生说派空军来,蒙(我)先认为无此需要,现在看来,飞机还是有用的,载阳(郭宗汾字)给次宸(徐永昌字)打电报,提提此事。

孙楚拿了作战小组草拟的一份作战方案,力呈己见,慷慨陈词,会长,上党形势十分重要,东出太行直下邯、郑,南渡黄河可捣宛、洛,有上党可保华北,自古为兵家必争之战略要地。我军上党初战,对本战区今后局势关系至关重大!还请会长三思!

会议正开着,吴绍之拿着一份译出的电文匆匆进来。

阎锡山头也没抬,说了声"念"。

第九章　偷桃子的来了

　　吴绍之宣读道，恩澍来电说：弹尽粮绝，困守孤城，情势危急，乞速增援。

　　阎锡山绷着的脸色更加难看，一脸说不清是沮丧抑或怒气。等孙楚继续把作战方案念完，阎锡山这才从沙发上站起来，闷悻悻地低着头，在毛茸茸的地毯上慢慢悠悠走着来回，两只手习惯地从背后插进裤腰，像挠痒痒似的。半晌才抽出右手，眼睛依旧在地毯上，做着手势说，还要再加两点，每个战士除自带充足的弹药粮食以外，还得给长治守军也带上一份，恩澍（史泽波字）说已经弹尽粮绝。然后狠狠出口气，抬头盼咐道，把印甫（赵承绶字）叫来。这时孙楚等人已经意识到叫赵承绶显然是阎会长已经拿定主意，要让赵率军驰援长治。大家面面相觑，谁也怕摊到自己头上，屁也不敢放，乖乖的干坐着静候赵承绶到来。

　　赵承绶旋风似的进来，一边说声"会长叫我？"一边快步走到阎锡山面前，等把作战方案看了，脖梗一直，显然已知阎意，看看木然静坐的诸位，然后便堆起笑容，把长长的嘴巴贴近阎锡山耳朵，当着众人窃窃私语起来。一双松鼠似的小眼睛不停地在阎的脸上溜着。良久，看到阎锡山先是面无表情，继而微微颔首，便大了胆子，进而坐直了，大声说，蒙的意见，绍周（彭毓斌字）去就好，许鸿林、孙锐周（福麟）都是干练的用兵好手，我看八路军没多大气候。

　　郭宗汾插话说，绍周脚伤未愈，还在请假休息！

　　赵承绶目中无人地说，绍周的脚伤并不严重，坐车乘马不成问题，蒙说没问题！语气中有一种逼人的锋芒。

　　其余的人知道赵承绶是阎锡山眼里的红人，外号二虎，

又叫二毛子，甚得阎锡山宠信，甚至敢与孙、王抗衡；平素人们就盛传赵经常与阎卧榻密语，此时能够在大庭广众之下与阎贴耳密语，实为任何一个"高干"所难能，也就各自明哲保身，不作多言罗事之蠢。

倒是这位郭宗汾颇有点不服气的样子，还要说什么，只见阎锡山做了个刀劈之手势，不耐其烦地说，就这样决定了吧，萃崖，着绍周去一趟！

当下又把绍周从家里找来。

彭毓斌一瘸一拐地走到阎锡山面前，艰难而却力争作得毕恭毕敬地敬过礼，叫了一声，会长！

阎锡山看到彭那副难受的样子，示意他一旁坐了。然后表示关心地问，绍周，你的脚怎么样？

但不容彭毓斌回答，又说，印甫实在离不开，你去走一趟，孙锐周、许鸿林都很有打仗的本事，你去坐镇指挥……蒙（我）想恩澍、济川（续如楫字）会里应外合，把共产党消灭。

倒是阎锡山一语泄露天机：果然他原来是打算要赵承绶去行此驰援重任的！果然是赵承绶不知在阎耳里花言巧语了些什么，阎便认为"印甫实在离不开"而改变了主意。

就这样，阎锡山派了一个跛腿将军彭毓斌，率领孙锐周与许鸿林两个军的兵力连夜径往太谷东观，乘白晋铁路上的小火车，南下沁县，驰援困守孤城长治的史泽波部。但东观到沁县的铁路运输能力极低，一次列车只能挂14个车皮，只能运载武器弹药、后续粮秣和一些必要人员，大部队只有徒步行军，穿越150多公里的崇山峻岭。

第九章 偷桃子的来了

这时,正值秋雨连绵,山道崎岖,泥泞难行。驰援之阎军又奉"阎会长"之命,每人除自带充足的粮食弹药外,还必须为长治守城的将士加带一份,负重而行,艰难跋涉,其情其苦,实实难以名状。

再说刘、邓。攻打长治,是上党战役之关键一战。为了更有利于实施前线指挥,刘、邓以非凡的胆略,于22日12时将其指挥部又从潞城转移至离长治小南关仅有数里之遥的北天河村。这里地势较高,可以鸟瞰长治东、南、西三面城垣。

在各路纵队进行战地短暂修整与向前线阵地运动的时间内,太行、太岳和冀南各部队的通信部队却异常地忙碌,按照刘邓的命令,他们于24日黄昏之前,分别架通了老顶山至北天河与壶关至北天河、冀南纵队所在地与北天河、太行部队所在之郝家庄至北天河太岳部队所在地与郝家庄等电话线路,完成环长治城的电话网的敷设任务。

长治城内现在伪军近万人。但攻打长治,要远比攻克襄垣、屯留、长子等6城难度大得多。长治乃一历史名城,古称潞州、潞安府,春秋时为黎侯国,西汉置壶关县,后上党郡,以后历代为治,故名长治,系上党区之首府。日军侵入上党地区后,也首先以长治城为设防之重点。长治的古城墙高约3丈,城外挖有深数十米的堑壕,皆以水灌之,形成一条护城河;堑壕外筑有无数的明碉暗堡,敌人的防御工事坚固而严密。

刘、邓早于上党战役发起之前就加紧攻城训练,实意尽在此一举也!

根据敌人占据长治的企图，刘、邓认为必须迅速攻克长治。否则，晋冀鲁豫军区主力部队久留长治地区，而平汉、同蒲大门洞开，蒋介石主力部队必然乘虚而进，长驱直入平津，分割华北，进而与共产党争夺东北。所以尽管连日天降瓢泼大雨，刘、邓还是于9月27日在北天河指挥部断然发出《晋冀鲁豫军区战字第六号命令》，实施对长治三面攻城战斗。命令要求分别从东、南、西三面进攻的冀南纵队、太行纵队和太岳纵队要协同动作，按各规定时间向各自攻城地段发起突然登城攻击，不可犹豫。为保证突然性，使敌人猝不及防，一般不作炮兵火力准备（实际上，以八路军当时那点装备极其薄弱的炮兵部队，面对3丈多高的长治古城墙，实在是没多大作为的）。命令一下，各路攻城部队冒着倾盆大雨，从各个前沿潜伏阵地一跃而起，抬着云梯，扛着炸药包，如猛虎下山，蛟龙入海，向高大的古城墙扑去，像壁虎一样爬上3丈多高的城墙。

尽管各个部队事前隐蔽得都很好，突发动作也非常迅猛，但困守城内的敌人知道早晚有一天八路军要实施攻城，防守甚紧，加上风雨交加，视线受阻，所以攻城部队损失很大，攻城战士冲上去一批，被敌人打下来；再冲上一批，又被阻击下来。从城下往城墙上扔手榴弹非常吃力，且命中率也极低，而从城墙上往下扔手榴弹却既省力命中率又高。

正当攻城战斗刚刚打响之时，军情突变——侦察报告：太原方面阎锡山的驰援部队正冒雨昼夜兼程，沿白晋路大举南下！于是刘、邓决定立即停止攻城战斗，改为围城打援。并于9月28日发出《晋冀鲁豫军区战字第七号命令》，命令

第九章 偷桃子的来了

在援敌进至屯留常村、上村一带时,坚决于野战中消灭之,并同时消灭可能由长治出城接应或突围之敌。

根据战场形势变化和新的作战方针,刘、邓又一次进行了指挥转移,复将指挥部设于长治以北、白晋路东侧之咽喉地带——黄碾镇。

但9月29日7时,刘、邓按通告的时间进入黄碾镇后,敌情又有变化:援军至襄垣虒亭镇后,突然离开白晋线,折向西南,改由虒(亭)屯(留)大道前进,并在屯留西北之王家渠、白龙坡至井道上之线,与太岳纵队主力部队接触后,立即据守屯留之老爷山、磨盘垴、西洼和榆林地区。

于是刘、邓当机立断,改将打援主力部队太岳纵队向虒(亭)屯(留)大道两侧转移,仍以"三围一阙"之战法,在北面虚留一条生路,包围并强行攻占老爷山与磨盘岭两个制高点,改十七师及独立营支队尾随敌后跟进。

彭毓斌率领的援军两个军还是很有点作战经验的,特别是善于防御作战。当他们发现被我军包围之后,立即依山构筑工事,以其强大的火力,实行顽抗。刘、邓根据敌我优劣,实行避强击弱战术,命令部队发挥八路军惯打夜战、肉搏之优势,白天进行组织兵力,准备火力,抗击敌人反扑,疲惫敌人,夜间向敌人发起攻击。经过3个昼夜的激战,敌人被歼甚众,开始步步收缩,困缩于磨盘垴、老爷山和关上村,地盘越来越小;昼夜激战,加上缺粮断水,饥饿疲劳,伤亡惨重,军心开始不稳,已经是只有招架之功,无有还手之力。但抓获俘虏后才知道:敌人援军的实力,并不是原来估计的3个师7000多人,而是由第七集团军副总司令彭毓斌率领的第

331

二十三军、第八十三军、省防军等8个师,还配备两个炮兵团,一共2万多人!

敌我双方力量大体相当。但八路军是以逸待劳,又得民心民助,占尽天时地利人和之优势;彭毓斌2万之师,却是远道疲惫,猝遭激战,天时地利人和无一得益。这种对峙局面,显然只能是极短暂的。

这时,太原阎锡山的督军府上,却接到困守长治城内的史泽波来电,称:长治城内听到密集猛烈炮声,彭军距城在30里之内。却既不提出出击作战,也不言配合行动!

阎对此也已心力交悴,似也无虑及!作战小组孙、郭诸公,因老头子过分偏听偏信赵承绶,皆有愤愤之色,却无置喙之地,也就不那么尽心尽力为之出谋划策了。故此,阎锡山真个成了孤家寡人,如坐针毡,茶饭不思,连一两面条的鸡汤面也难下咽,五妹子只好叫内膳房的张老头做了清炖莲子羹,一勺一勺像哄小孩一般的往嘴里喂给他喝。

倒是老头子对前方战事还是时时牵肠挂肚,令其作战小组无论何时只要有前方来的消息,就是他睡在被窝也得叫起来说给他听。

自派出彭毓斌率2万余众驰援长治后,每日总有彭的电报来。先是接连不断的叫苦电报,"长期阴雨,山道崎岖,士兵负重,泥泞难行,日仅前进10余里,炮兵运动困难,炮弹须士兵扛负,倍增困难……"继而便是"郭、张两师主力在磨盘垴、老爷山、关上村与敌太岳军区部队展开激战,敌我伤亡均重……"再继而则更令老头子不寒而栗:"主阵地郭、张两部溃散后撤。"

第九章 偷桃子的来了

打此以后，老头子倒是清静了：彭毓斌的电讯也完全断绝，显然不是全军覆没，也是被八路军打得丢盔卸甲，溃不成军了。老头子感到大事不妙，这时再不能不叫他的心腹爱将赵承绶出马了，叫赵承绶连夜前往沁县打探彭部消息，或胜或败，就地适当处置；同时即电长治城内史泽波。续如楫立即弃城突围，向临汾转移。

10月9日，接赵承绶沁县来电：孙、许撤至沁县；杨诚腿部受伤，已回太原。却无关于副总司令彭毓斌的只字消息。

10月8日，史泽波来电，兵分三路，准备编组突围……

10月中旬，驰援长治的孙福麟和许鸿林以败军之将来到督军府的北内厅来见阎锡山。老头子铁青着脸，坐在沙发上，一言不发。孙、许二人诚惶诚恐，悚然呆立，笔挺站在老头子左右。实在没办法了，孙福麟终于放胆汇报，我们对不起会长……那天前线一退就乱了。回渡漳河时，我们和彭总指挥是在一块的。过了漳河走了一段，遭到伏击一乱，和前方溃下来的搅和在一起，路窄人多，走了一阵，我发现彭总指挥不……不不见了。我们又回去找，始终没有找见他。撤到沁县，据一个士兵讲，曾看见彭总指挥腿部受伤，倒倒……倒在地里……

阎锡山冷冰冰地来了一句，这就是说绍周没死。腿部受伤，不是要害，没有找到，不知下落，失踪了。一旁浑身发抖的许鸿林军长也唯唯诺诺说了几句对不起会长的话。

阎锡山突然指着许鸿林，气急败坏地骂道，你……你跟杨一如（效欧）多年，一如是怎么打仗的？而今，蒙（我）叫你当了军长，是不是？回头又指了孙福麟军长，气得手都

哆嗦，你当旅长的时候，是有名的战将，我一向重用你，这样紧要关口，你，你……你丢了我的脸！

一阵气急败坏的训斥之后，孙、许二人深知阎的阴险毒辣，只以为这回完了，不杀头也没有好果子吃，头上一阵阵冒冷汗。但最后，老头子还是手下留情，无可奈何、没精打采地朝他们摆了摆手，说了声，你们先回去吧，把部队好生调理调理。

孙、许承蒙会长宽恕，大出意料，如释重负，连忙尊声"会长"，一个90度的鞠躬呈上去，然后便心惊肉跳地蹑足退出北内厅。

上党战役一战，阎锡山输掉的兵员：

长治方面1.5万人，白晋方面2万人，加起来总共伤亡兵员3.5万人；增援上党的总指挥彭毓斌阵亡（上报、通报与公布为失踪）；

被刘、邓大军俘虏的将级军官有：

第十九军军长史泽波；

炮兵司令胡三余，副司令李春元；

第六十八师师长郭天辛；

暂三十七师师长杨文彩；

第六十六师师长李佩膺；

暂四十九师师长张宏；

暂四十六师师长郭溶；

炮兵团团长侯殿威及副师长、参谋长、政治主任等将级军官20多人。

损失山野炮70余门，迫击炮300余门，重机枪200余

第九章 偷桃子的来了

挺，轻机枪、步枪、手枪共约两万支……

上党战役一战，刘、邓未负正在重庆与蒋介石谈判的毛泽东的重望，他们为毛泽东及时地送上足以致蒋介石被动的一大笔筹码——10月7日全歼阎军援敌2万人；10月8日，困守长治城的国民党阎部第十九军军长史泽波率部突围向西逃窜，但最终未逃出刘、邓的手心，被全歼于沁河以东的将军岭，赫赫有名的军长史泽波被刘、邓大军活捉。

至此，中外瞩目的上党战役，以共产党的彻底胜利，宣告结束。

机关算尽太聪明，反误了卿卿性命。蒋介石抛出的第一笔赌注彻底输光，最后不得不屈衷驳意，赧然捉笔，一边心里骂着"娘希匹"，一边同毛泽东在一纸和平协议——"双十协定"上签字！

对于抗战胜利之后国共两党军队正面展开的第一次交锋——上党战役，国民党对刘、邓实施战役指挥的评价是：

长于机动，处处争取主动；兵力运转，灵活迅速；计划周密，命令彻底；善伺机会，巧于出奇制胜；控制上党区后，复回师平汉线，阻扰北上接收冀省之国军，益获兵力运用之自由，影响战略，实为至大。

共产党对上党战役的评价是：

上党战役是我军对国民党军作战的一个大战役，是保卫抗战胜利果实的第一仗。在实际上，这个战役揭开了伟大的解放战争的序幕。因此，它在中国人民解放战争的光辉史册上写下了重要的一页。

1945年10月17日，毛泽东发表了《关于重庆谈判》的重要讲话,一针见血地指出,国民党向共产党进攻的"主意老早定了","我们的方针也是老早定了的,就是针锋相对,寸土必争","这样的仗,还要打下去"。

也在1945年10月17日这同一天,毛泽东好不得意地祝贺上党战役大捷的同时,断然命令刘伯承、邓小平,立即挥师东下太行,亲临平汉前线指挥,再打一个"上党战役第二"——平汉战役。

四二、别了,赤岸

1945年12月初,刘伯承和邓小平身上的硝烟未净,从峰峰煤矿的太行楼指挥部匆匆赶回到赤岸,在赤岸举行了声势浩大的庆祝平汉战役胜利大会。

接连取得上党战役与平汉战役两个大战的大胜利,可把赤岸的老乡们高兴坏了,大家又像当年迎接八路军进驻赤岸一样,把大街小巷、家家门前屋后,打扫得干干净净,把炕火烧得热乎乎的,准备迎接得胜的大部队回来休整。

可是没几天,就风传出一个消息:

刘伯承和邓小平的司令部要离开赤岸了!

这消息开始是少数几个人私下悄悄地掏耳朵,后来一传十,十传百,就传成一阵风。这一下,又把赤岸的干部老乡们急坏了。纷纷找上司令部的门,或者向战士们打听虚实。

军事行动,绝对机密,纵然有的事谁也回答是没有的事。可是老百姓的眼尖着哩,谁谁家部队借用的扫帚送回来了,谁谁家的锄头箩筐部队一直借着用,也给还回来了,哪个战

第九章 偷桃子的来了

士给村上哪个姑娘写下通信地址……分明看到部队上的人忙忙碌碌,借各家各户的东西该还的都还了,街上角角落落也给打扫得干干净净,这不是要走嘛?

老百姓心里也明白,部队上的事,说开拔就开拔,是拦也拦不住的。可刘司令员和邓政委不比寻常哪,在咱赤岸整整住了几年哪!打鬼子,反扫荡,苦日子跟咱一块熬,人不亲水也亲,山也亲了!能不难过不想吗!

1945年12月底的一天早上,这消息终于证实了:天刚发亮,司令部的全体人员便背着被包扛着枪,整整齐齐集合在赤岸村中间的大场子上,一个个眼泪模糊地望着送行的父老乡亲、姐妹兄弟们,想哭又不敢哭出来的难过样子;老乡们一下子都拥了上去,哭着喊着,拉着拽着,不肯放他们走。

刘伯承和邓小平一再向乡亲们解释说,5年之前他们率师进驻赤岸,是抗战形势的需要;现在他们率师离开赤岸,又是自卫战争形势发展的需要(根据晋冀鲁豫中央局和晋冀鲁豫军区的决定,刘、邓司令部将由此迁往邯郸以西武安县的下柏村和龙泉村一带)。我们的人离开了赤岸,我们的心永远与赤岸连在一起,如同乡亲们的心永远同八路军连在一起一样。刘、邓的嗓眼子也涩巴巴的直堵。乡亲们明知留不住也不肯丢手。只有军令行事了。一声口令,官兵们纷纷归队出发了!

乡亲们喊着叫着送出村口……村农会、村党支部干部和民兵自卫队紧紧跟着送过河去,送上大道,追出十里八里……

乡亲们!战友们!回去吧!回去吧!战士们一边走,一边回头望着,分明还远远望见赤岸的村口上、山垴上、河畔

上晃动着一双双手……

赤岸的乡亲们也分明望得见,刘师长、邓政委又勒住马,回过头来,望着咱赤岸村,朝咱赤岸不住地招手,许久许久……

是啊,赤岸村的乡亲们舍不得刘师长、邓政委走。刘伯承、邓小平以及他们的夫人汪荣华和卓琳乃至他们的小儿女,又何尝割舍得下生死与共、甘苦同尝,伴他们度过整整五个春秋的赤岸山、赤岸水、赤岸人哪!

那清粼粼的漳河水饮过他们的战马,那满山的沟壑掩护过他们的生命……就是那个晨曦普照下的小山村,他们为她奉献过,牺牲过;他们也曾经被她哺育过,爱护过,从她那炽热的怀抱里得到过,那里有他们永远说不完道不尽的真真实实的故事。

他们不会忘记,那年他们刚刚来到这个三面环山、一面临水、完全陌生的小山村,老乡们家家户户为他们腾房支铺;把向阳的正房和西房都腾给八路军干部战士住,把阴暗窄小的东南房留给自己住,为了这个缘故,老乡们与八路军官兵都闹了小小一场争住南房的"风波"。他们两个师首长最后硬是一个住在村子中的小戏台上,一个住在戏台旁边的一个小房子里。

他们不会忘记,为了他们的安全,赤岸村的干部民兵,无日无夜不在为他们警戒,替他们操心,跟着他们一次次往大山里转移,躲避鬼子的扫荡。有的村干部、民兵和一般村民甚至因为不肯向鬼子说出刘、邓在什么地方,遭到鬼子的残酷杀害。

第九章 偷桃子的来了

邓小平和卓琳更不会忘记，他们在太行山出生的三个孩子，其中就有两个女儿（大女儿邓琳和二女儿邓楠）先后出生在这个小山村——赤岸。虽然赤岸村没有好吃好喝哺育他们的小儿女，但赤岸的山可作证，赤岸给予他们的是一颗颗赤诚的心；赤岸的水可以作证，赤岸无愧无悔于他们的儿女，也无愧无悔于八路军！

当然，赤岸人也绝不会忘记，赤岸村西面的半山腰上，那条30多华里的漳南渠（俗称将军渠）是怎么修成的，那四季长流、玉液琼浆般的渠水，是谁为他们引来的。1942年之后，太行山连年大旱，几乎寸草不长，赤岸的老乡眼看就连糠菜也快接不上了，是刘师长和邓政委在部队也处于极端困难的情况下，决定帮助地方政府修渠引水，彻底拔掉赤岸人祖辈靠天吃饭的穷根。除了部队官兵上山开山炸石头，刘、邓还从一二九师有限的经费中硬挤出每人每天三斤小米的经费，帮助地方解决修渠民工的吃饭问题；引水技术有困难，刘邓就派专人到河南请了二三十个懂技术的石匠来帮助修渠；不但战士们上工地抬石头，刘、邓一有时间也亲临工地同老乡和战士们一起挖土抬石头或者指挥。就这样，他们终于为赤岸留下了一条泽被千秋、永世流芳的漳南水渠。

与此同时，一二九师还向黎城方面修有一条"漳南渠"，但由于战争的影响，这条渠却未能最后修成通水。

当然，赤岸人也绝不会忘记刘、邓的许许多多小故事。比如邓政委分粮呀，刘、邓跃马过危桥呀，刘、邓种菜呀，刘、邓田头攀家常呀，刘师长临危不惧率众突围呀，邓政委打蝗虫呀，邓政委与卓琳学纺线呀……特别是刘、邓不吃请

的故事给赤岸人留下极深刻的印象。

　　一次，赤岸附近的常乐村，感激刘、邓实行减租减息，又率领一二九师官兵为涉县人修了一条30里的水渠，庄稼丰收了，日子好过了，一心想请刘、邓吃顿好饭，表示表示村民百姓的谢意。他们杀了两头猪，三只羊，准备摆上两桌，同时派了两个农会干部去司令部请刘师长和邓政委，可是两个农会干部去了多时，也不见回来，又打发人去请，才知道刘、邓猜着他们的意思，一再婉言谢绝，不肯前来。村上的老乡们数说干部没出息，连刘师长、邓政委也请不来，辜负了乡亲们的心意。村干部两头为难，还是不服气，非要了了村民百姓这桩心头大事不可。可是有什么办法才能把刘、邓请来呢？大家挠头抓耳想来想去，终于又想出了一条激将法：故意放出风去，说咱们常乐村庙小，刘师长和邓政委都是大官，哪里看得起咱们这个小村小庙！

　　这话真就传到刘邓耳里。没过几天，一二九师司令部果然派了李自明等三位干部代表刘邓前来常乐村"赴宴"。

　　刘师长、邓政委忙忙的，来不了，派手下的人来也算是看得起咱们！于是全村人都喜气洋洋，有的烧水，有的洗菜，有的掌勺，有的操刀，红白两案、厨里厨外，忙得不亦乐乎。终于像办喜事一样好酒大肉的摆了满满两桌。席间，村农会干部一边向三位刘、邓的代表敬酒，一边请他们提意见。李自明遵照刘师长和邓政委的吩咐，先举杯讲了些感谢乡亲们盛情厚意的话，接着故作严肃地说，要说提意见嘛，刘师长和邓政委确实对你们很有些意见哩！门里门外的大人小孩干部百姓顿时都竖起耳朵听着。李自明忽然一乐，转而又认真

第九章 偷桃子的来了

地说,让群众摊钱,请客吃饭,这不是我们八路军的作风。门里门外的干部群众马上插话说,这是我们老百姓自觉自愿摊钱……李自明有点慌了,高声说,自觉自愿也不中!刘、邓两位首长说了,这种事,今后不能再办了。这次买猪买羊买菜花的钱,都由部队出!

饭后,李自明硬是把两桌酒饭钱给他们放下。

诸如此类的关于刘、邓的小故事,赤岸人好像谁都能讲出一两个,多得不胜枚举。有的故事都演义成近乎神话故事。

赤岸地属涉县管辖,涉县古称沙侯国,乃秦晋之要冲,燕赵之名邑。历史上就有诸如大禹治水、黄帝力分九州、女娲补天、望槐思祖等许多与涉县有关的传说与神话故事。特别是离赤岸不远,有一座建于悬崖陡壁之上的娲皇宫(俗称奶奶庙),云依雾绕,一如仙境,长年祭祀的香火不断,关于这位人类始祖的神话传说也自多多。自刘、邓率师开进涉县赤岸,行救国救民之大义后,这位娲皇女祖居然又有了与刘、邓相关的传说故事:有一次日本鬼子扫荡,邓小平的部队在大山里与敌人周旋,突然被鬼子四面包围,鬼子端着上了刺刀的长枪,挥舞着东洋大刀哇哩哇啦冲上来,八路军眼看着身陷绝境。突然天降大雾,一如混沌再现,将邓小平与他带领的部队团团护住。鬼子冲上来之后,不但看不到、搜不着八路军的影子,连他们自己的人马也互相看不见摸不着,吓得连忙退兵,有的失脚掉下万丈深沟,有的摔下悬崖绝壁,有的被自己的人当八路打死,乱作一团。等鬼子刚刚退下山去,那神秘而降的大雾,又突然神秘而去,天又恢复晴朗朗的一片。事后,老乡们都纷纷传说,是娲皇娘娘暗中做法布

雾救了邓政委。

如此传说,固然带有浓重的迷信色彩,然而它毕竟说明太行人民对刘、邓的敬仰与崇拜之情。

啊,别了,赤岸!

第十章　千军万马下太行

四三、三破"邯郸梦"

1945年10月11日。

中国共产党的主席毛泽东,以胜利者的姿态同在飞机场欢迎他的同志们轻轻地摇动着礼帽,微笑着,从容地走下飞机。毛泽东最清楚这胜利还仅仅是迫使蒋介石在全国人民面前签了一纸空文,作数不作数还有待历史回答。所以毛泽东一下飞机,就一针见血地说:

已经达成协议,还只是纸上的东西。纸上的东西并不等于现实的东西。

我们的任务就是坚持这个协定,要国民党兑现,继续争取和平。如果他们要打,就把他们彻底消灭。

果然被毛泽东言中了!

"双十协议"墨迹未干,蒋介石就大发"娘希匹"的窝囊气,撕下和平的假面具,迫不及待地准备向华北大举进攻。在美国的协助下,海陆空全面出动,向北平、天津源源不断运送部队,同时将进攻共产党解放区的军队猛增到80万,大有一口吞掉毛泽东的气势。

毛泽东也不犯怵,且信心十足,他们要打,就把他们彻

底消灭。于是就命令在上党战役刚刚取得胜利的刘、邓挥师东进,再打第二个上党战役!

重庆谈判之后,蒋介石借助"和平协议"作掩护,为了达到其割裂华北解放区,抢占北平、天津,进而夺取东北的目的,以胡宗南部、孙连仲部、马法五部、高树勋部、傅作义部等,分别从同蒲路、正太路、平汉路、津浦路、平绥路等五条铁路沿线向八路军的解放区进犯。其势如刘伯承所言:敌人沿五条铁路向我们进犯,就像五个爪子向我们伸来。其中平汉路贯穿晋冀鲁豫区的中央,也是蒋介石重点进攻的战略要线。它的企图就是要抢占战略要地邯郸,从而打通战略要线平汉路的安阳、石家庄段。

邯郸,古为赵国国都,位于平汉线上,是河北省最南边的一座历史名城。唐代作家沈既济所写的传奇小说《枕中记》,就借此地为依托,敷衍出脍炙人口的寓言故事——黄粱梦。故事讲有个卢生,在邯郸旅店中遇见道士吕翁。卢生自叹穷困,道士借给他一个枕头,要他枕着睡觉。这时店家正煮小米饭。卢生在梦中享尽荣华富贵。一觉醒来,小米饭还没有熟。如今邯郸北面有个小车站,名字就叫"黄粱梦"。

蒋介石此时大军压境,一心贪求邯郸重地,正有如《枕中记》里卢生之贪,故时人皆言蒋介石在作"邯郸梦"。

惜乎蒋氏好梦不长,便被刘伯承、邓小平大喝一声,猛击一掌,悚然醒来,两手空空。

为了粉碎蒋介石的进犯,毛泽东指示晋冀鲁豫中央局和军区,除以太岳部队全力展开同蒲路的作战外,必须集中力量,歼击沿平汉线北犯之敌。

第十章 千军万马下太行

刘、邓指挥平汉战役的打法又同上党战役的打法完全不同,基本上实行了两步走:第一步是"像猫抓老鼠那样,把老鼠盘软了再吃的战法"。按照刘、邓的指示就是"在敌精力尚未大大耗散、疲惫与挫折,我后续部队尚未到达之前,暂不与敌决战。先将敌围困于滏阳河河套沙漠地带,以局部消灭手段实现大部消耗,借此争取时间最后消灭敌人之主力。"各个部队以 1/3 的兵力与敌人接触,不断"零敲碎打",或几路合击其一点,或同时骚扰其几处,小打小闹,各个击破,意在消耗其实力;同时地方游击队也分头出击,还组织了精干的小分队,夜里深入敌人的腹地,以小炮、掷弹筒等袭击其核心部队,甚至首脑机关,使敌人日夜不得安宁,意在疲劳敌人;对于敌人有可能北渡而我又难以控制的桥梁,全部予以炸毁,意取断敌退路之效。这第一步,等于已经把敌人置于刘、邓大军预先设计好的战场之内,只等实行第二步合围钳形攻击战法,一举而歼灭之。

平汉战役的胜利,还有一个十分重要的策反计划起了关键性作用。

国民党第十一战区副司令长官兼新八军军长高树勋是一位爱国将领,八路军同他早就建立了一种心照不宣的关系。早在上党战役之前,刘伯承和邓小平的战略目光就已经盯上平汉线,并且为早晚要打的平汉线这一仗设了伏笔:他们选派了富于策反经验的敌工人员长期打入敌人内部,争取高树勋及其部下战场反戈。策反工作做得很有成效。在上党战役之前,高树勋已经有了弃暗投明的意向,并且经常派人与八路军取得联系,刘、邓开赴上党前线之前,还亲自接见过高树勋派来的联系人。平汉战役正式打响之后，刘、邓又特别派出最有力的助手李达越过两军交战的火线，化装进入新八军的营区，与高树勋军长的指挥部取得联系，向高树勋及其有关部下力陈大义，从而更加坚定了高树勋弃暗投明的决心，并且具体商定了双方行动计划，终于才有了高树勋最后率军万余举行火线起义的义举，也才确保了八路军夺取平汉战役这一仗的彻底胜利。所以说平汉战役的胜利也是八路军敌工工作的胜利，策反工作的胜利。

高树勋率军举行战场起义，对国民党部队的震动很大，使前线敌人各部军心大乱，有的小股哗变，有的已成惊弓之鸟，不战自溃。最后敌人看到前进无望，只好后退突围，不料刘、邓大军乘机掩杀过来，势如瓮中捉鳖，一战而大获全胜。

平汉战役，蒋介石赌上了两个战区副司令长官率领的三个军零一个纵队的兵力。从1945年10月6日至11月2日，历时近一个月，一心梦想着抢占邯郸这块战略要地，结果不仅邯郸没有抢到手，"一枕黄粱再现"，醒来却是两个军全军覆没（其中第十一战区副司令长官兼第四十军军长马法五及其以下1.7万余人被俘），一个军和一个纵队举行战场起义，大批武器物资拱手奉献给刘、邓大军和地方游击队！

至此，全军区共组成6个纵队：

第一纵队：司令员杨得志、政治委员苏振华；

第二纵队：司令员陈再道、政治委员宋任穷；

第三纵队：司令员陈锡联、政治委员彭涛；

第四纵队：司令员陈赓、政治委员谢富治；

第六纵队：司令员王宏坤兼政治委员；

第十章 千军万马下太行

第七纵队：司令员杨勇、政治委员张霖芝。

刘、邓指挥打赢上党战役、平汉战役之后，蒋介石不得不与共产党在全国人民面前签订了"双十协议"和"停战协议"。然而，和平也罢，停战也罢，对于蒋介石来说都只不过是逢场作戏，遮遮世人耳目的把戏而已。就是这一场"邯郸梦"，蒋介石也还远没做完，还在痴心梦想着卷土重来。而且果然于1946年8月28日，集结了14个整编师（军）32个旅共30万人之众，对八路军晋冀鲁豫区第二次大举进犯。同年12月又调集郑州绥署顾祝同部，第三次寻找八路军主力作战。先后两次，仍以抢占邯郸这一战略要地为目的。其梦好苦也。

所以逼得刘、邓又不得不二破、三破蒋介石的"邯郸梦"。接连又打了定陶战役——"我刘邓军在定陶附近，9月3日至9月6日歼敌一个旅，9月6日下午又歼敌一个旅，9月7日至9月8日又歼敌两个旅"（毛泽东语），一共歼敌4个旅；巨鹿战役——歼敌5000余人；鄄南、濮滑两战役——前后歼敌2.5万余人，缴获榴弹炮8门、山炮7门等，为刘、邓武装了一个炮兵团；巨（野）金（乡）鱼（台）城（武）地区战役——歼敌2.64万余人，恢复县城9座，有力地配合了华东野战军在徐州东北歼敌5万余人的峄（县）枣（庄）战役与苏北作战。

抗战胜利之后，共产党的全副精力几乎就这样消耗在对付国民党军队的一次次进犯之中。而蒋介石则两只手都不肯闲着，一手抢夺共产党的地盘，一手"接收"日伪财富。国民党的"接收"大员满天飞，

在苏浙皖、湘鄂赣、粤桂闽、冀察热、鲁豫晋、

东北和台湾 7 个区，国民党共接收日伪工厂 2411 个，价值 20 亿美元；接收了大量的物资、金银、房地产等，价值 10 亿美元。

……

在接收过程中，各式各样的国民党接收大员满天飞，各大员、各机构竞相抢掠各地的金条、房屋、汽车，竞相瓜分日伪资产。他们假公济私，名为接收实则私吞。仅北平一地被接收的物资，就有五分之四没有入库。国民党上海市党部主任委员吴绍澍，利用职权侵占日伪房产 1000 余幢，汽车 800 余辆，黄金 1 万多条。上海市长钱大钧竟然盗卖日伪物资 42 亿法币。这些都是国民党官员以"接收"为名，堂堂皇皇地劫掠而得。

（引自《我的父亲邓小平》）

正所谓，上行下效。如此国民党达官要员中，大作黄粱美梦的又何止蒋氏一人！只不过与所梦寐以求的"锦衣美食"不同而已！

四四、两次誓师大会

1946 年 6 月 28 日。

东方的天空云蒸霞蔚，气象万千，一轮红日正在河北大平原的地平线上，崭露光芒，喷礴欲出。

在邯郸以南数公里的马头车站，晋冀鲁豫野战军全军将士誓师大会正在这里庄严隆重地举行。全副戎装的八路军将

第十章 千军万马下太行

士,排着整齐的队列,昂扬威武地肃立在站前广场上,像一片蕴藏着无穷力量的蓝色海洋。

队伍前面,是临时用一列小火车皮搭成的大会讲台。晋冀鲁豫军区司令员刘伯承、政治委员邓小平,身着戎装,腰挎手枪,一身正气,威严地站在讲台上。

誓师大会在隆隆的礼炮声与激昂的军乐声中宣布开始。

首先由刘伯承讲话。面对着讲台下面黑压压的六路纵队将士,面对着那刀枪如林、人群如海的壮烈场面,面对着那一张张熟悉的与不熟悉的斗志昂扬的面孔,刘伯承未曾开口,眼圈先湿了,记忆的闸门砰然而开。他仿佛看到的是另一幅壮烈的场面:倾盆的大雨,横扫着搭在旷野上的检阅台,检阅台是临时用粗厚的木板钉成的,45岁的刘伯承站在检阅台上,望着眼前排满方圆四五里地,一眼望不到尽头的红军将士。上万人的队伍哪!全师官兵没有一个穿雨衣,一动不动地肃立在大雨里,泥地里。战士们的衣服全都淋湿了,雨水不停地从前面小战士的脸上往下流。他下意识地摸了摸自己身上,自己又何尝不也是和战士们一样淋在大雨里!他的红军军帽、红军军服,全都是水淋淋的。突然,雄壮嘹亮的军乐吹响了。时间到了!那施暴的风雨仿佛被这军乐声镇住了,迷茫的雨雾中,他发现眼前一片红星闪闪,宛如一片星的海洋。啊!那是全师将士的红军军帽上的红五星!今天的大会,不就是举行易帜换帽仪式吗?他的心如刀绞如针刺一般难受。可是,他的理智使他不得不挺起胸脯,跨前一步,向全师将士高声宣布:现在换军帽和授旗仪式正式开始!上万顶红军军帽,马上要全部更换成缀着青天白日帽徽的国民党军队的黄

军队的黄军帽！旷野上顿时响起一片撼天动地的恸哭声，压倒了狂暴的风声雨声。全师官兵一个个捂着头上的红五星军帽，就是不肯往下摘，恨不得把那顶发给他们的缀着青天白日帽徽的国民党军帽踩在脚下，踩进泥里。于是作为一师之长的刘伯承不得不声音嘶哑语重心长地劝告大家……

这是发生在1937年9月6日的事情，那时他们是在陕西省的泾阳县，也是召开全军将士誓师大会，只不过誓师大会的内容、目的决然相反。那时他刘伯承是为了国家、民族大义，为了率师东上抗日，甘愿不计前仇，服从统一战线，与杀害共产党的蒋介石国民党合作，服从国民政府军事委员会的统一指挥，而举行的誓师大会；8年多时间过去了，日寇刚灭，家国未安，想不到蒋介石国民党又重新抄起杀戮共产党的屠刀，发动全面内战，妄图从中国的土地上彻底消灭共产党八路军……这一前一后相隔8年多时间的两次誓师大会，多么具有讽刺性啊！

刘伯承想到这些，禁不住感慨万分，百感交集，义愤填膺，声音如雷鸣般在广场上炸响……

接着是邓小平讲话。邓小平声音洪亮，句句如斩钉截铁，在广场上空久久回响。全军将士不时举起枪的森林，以雄壮的口号声给以响应。

他说，蒋介石不遵守政治协商会议和停战协定，并已公开撕毁停战协定向解放区全面进攻了。要迅速做好一切准备，粉碎蒋介石的进攻。蒋介石虽有美国援助，但他发动反人民内战，遭到全国人民的反对。他的军队士气不振，经济困难，是他无法克服的。我们虽无外援，但人心所向，士气高涨，

第十章 千军万马下太行

经济亦有保障。我们一定能够打败蒋介石。我们要有足够的信心,打好自卫反击这一仗。

晋冀鲁豫野战军这次誓师大会,是在经过1946年初政治整训和6月邯郸高级干部会议之后召开的一次战斗动员大会。此时内战的隆隆炮声已经在中原大地轰响。敌人欺我太甚,我自不得不打。"扬汤止沸,不如釜底抽薪"。所以,邯郸马头车站誓师大会之后,即1946年8月,中共中央军委批准了刘、邓三出陇海线的作战计划。

四五、豫北大反攻

刘伯承、邓小平所以要主动向敌人发动陇海战役,实在也是因为人家要打,不得不打。

1946年6月,蒋介石为了掀起全面内战,在中原以重兵围攻八路军李先念部,并加紧对苏北解放区的进攻。为了牵制敌人,配合中原、华东野战部队作战,同时消灭陇海线汴(开封)徐(州)段北侧反动武装地带的敌人,刘、邓断然决定以晋冀鲁豫野战军主力部队,于8月10日,在陇海线汴(开封)徐(州)段发起陇海战役。

在陇海线开封至徐州段北侧150公里长,60多公里宽的地带内,到处是敌人据点、工事、封锁沟、封锁墙,为国民党军队与地方反动武装所严密控制。刘、邓将全野战军分成两路大军,由七纵司令员杨勇、政委张霖芝率领左路军,三纵司令员陈锡联、政委彭涛率领右路军,分别从虞城和长垣、考城一带,于10日夜秘密急进,穿过敌人密如蛛网一般的据点、封锁沟、封锁墙，插入纵深60多里的地区，在300多里长的正面战线上，同时以迅雷不及掩耳之势，向陇海线汴徐段之敌发起总攻击。

陇海战役这一仗显然打得够漂亮了，以至于得到毛泽东的赞赏。

毛泽东曾在9月16日向全国、全军发出的《集中优势兵力，各个歼灭敌人》的指示中，特别指出："8月10日至8月21日，我刘邓军攻击陇海路之汴徐线十几个城镇而占领之"，是实施"在敌处于防御地位、我处于进攻地位的时候"，我军"可以同时攻击若干部分的敌军"的成功战例之一。

按照邓小平的形象比喻，这次战役还只不过是为将要进行的更大战略进攻进行"探路"。不过仅这一次小小的"探路"行动，就攻克了兰封、砀山、杞县、通许、虞城等5城及12个车站，毙伤敌人13 600余人，缴获大批物资，还控制了100多公里的铁路线。

陇海战役打胜了，担任左路进攻的杨勇司令员和张霖芝政委却受到邓小平的严厉批评，在纵队召开的团以上干部紧急会议上邓小平非常严厉地说，陇海战役已经打了4天。第一阶段你们打得很好，解放了砀山，俘虏了几千人，缴获武器也不少。但必须指出，你们有人违犯了群众纪律。你们打仗牺牲了那么多人，为了什么？为什么又这样损害群众利益，你们要认真赔偿群众的损失。

时值盛夏，天气非常炎热。与会的干部坐在泥水浸泡的秫秸上，一个个低着头，他们心里明白，邓政委批评得的确没有错，他们仗打得是不错，干部战士都挺勇敢，连杨司令

第十章 千军万马下太行

员和张政委都冲锋陷阵身先士卒。可是战斗中纪律不好,损坏了群众不少锅碗家具。

邓小平正讲着话,敌人的飞机远远飞来,像苍蝇似的不住在头顶上嗡嗡盘旋。杨勇担心邓小平的安全,着急得跑到附近的高地去观察飞机的动向。邓小平大声叫住他,杨勇!怕什么,有什么关系嘛,敌人的飞机又不是没见过,飞机不是天天来吗?

杨勇和张霖芝着急地说,政委,我们错了,我们以后一定严格要求……你看,要不……

要不什么,它飞它的,我们开我们的会。

敌人的飞机不停地在天上兜圈子,邓小平依旧泰然自若地继续严肃地说,违犯群众纪律,就得不到人民群众的支持,没有人民的支持,取得胜利是不可能的。

最后,杨勇、张霖芝当众作了检讨,并命令部队对损坏老百姓的东西全部给予赔偿。

是为一出陇海线。

陇海战役刚刚打完,蒋介石的"邯郸梦"还不死心,又趁刘、邓部队未作休整之时,分六路向陇海路以北的山东定陶、曹县等地杀来。怎么办?这时中央刚有指示:凡无把握之仗不要打,打则必胜;凡与敌正规军作战,每战必以优势兵力加于敌人,各个击破之。

邓小平深思熟虑之后,指着巨大的军事地图分析说,从津浦路北上的共3个师,其中两个是蒋介石的王牌部队。蒋介石一共五大王牌(新一军、新六军、新五军、整编十一师、整编七十四师),这一下把两大王牌都拿出来了。新五军和十一师全部美械装备，战斗力强，比较难对付。西边来的敌人数量多，但战斗力不强。针对这一情况，刘司令员和我考虑有两个方案：一个是暂避开敌人的锋芒，将我主力迅速撤到老黄河以北作短时间休整，尔后再寻机会，南下歼敌。这个方案从局部情况考虑，是比较有利的，但这样一来，势必增大对陈毅、李先念的压力，对全局不利。另一个方案是咬紧牙关再打一仗。这样，我们的包袱会背得重些，但陈毅、李先念他们那里就轻松多了！我的意见以第二方案为好。

刘伯承坐在旁边会心地笑着说，我完全同意你的意见。蒋介石是饭馆子战术，送来一桌还不等你吃完，又送来一桌，逼着你吃。来而不往非礼也，既然送来了，我们就得放开肚皮吃哟！

于是在二出陇海线之前，刘、邓又打定陶战役，二破蒋介石的"邯郸梦"。之后又按毛泽东的指示，"用各个击破的方法将刘汝明、孙震两集团大部歼灭，使王敬久集团陷于孤立，尔后歼灭该敌，转变战局。"又打了鄄南、濮滑等战役，三破蒋介石之"邯郸梦"。为了配合华东作战，刘邓又根据中央军委指示，以刘伯承率领一、二、三纵队为路北作战集团，以邓小平率六、七纵队结合豫皖苏军区武装为南路作战集团，于1947年1月24日二出陇海线，举行了豫皖边大战，至2月4日止，共收复8座县城，炸翻敌装甲列车1列，控制与破坏铁路70多公里，歼敌近2万人。

是为刘、邓二出陇海线。

二出陇海线战争是打赢了，但邓小平却十分痛惜地说了这样一番感叹的话，我们这个部队，在外边名声很大，都叫什

第十章 千军万马下太行

么刘邓大军,其实我们就这么点家底,兵不足5万,外加几门山炮、迫击炮,弹药也很缺。我们部队的这一批战士,大部分都是翻身解放的农民子弟,素质很好。陇海战役伤亡5000人,补充不多,拿这批骨干打,实在有些心痛。

没有一个常胜将军不爱惜他的战士!

接着就是蒋介石重兵围攻中原解放区,打响全面内战第一枪,迫使刘、邓三出陇海线,进行豫北大反攻。

蒋介石在某些方面真与日本人有许多相似之处。还记得,日本侵略军发动侵华战争伊始,气焰嚣张,不可一世,对我中华实行全面进攻战略,大有一口吞掉960万平方公里的气势。八路军一挥师东上,跟八路军打了一阵子,就仿佛聪明起来,将全面进攻变为以华北战场为主要攻击目标的重点进攻战略。蒋介石走着走着,居然亦重蹈日本侵略者的老路:开始那副急不可耐、贪婪无度的样子,那种叫嚣"3到6个月消灭关内共军"的张狂,驱使他的军队无处不在地向解放区展开全面进攻,打着打着,觉得不对劲了,于是也忽然变得聪明起来:罢!罢!看来全面进攻不成,解放军这块骨头不好啃。于是也一改全面进攻的战略,变为以重点消灭山东、陕北两根据地为目标的重点进攻战略。

不过,别误会!此种战略上的改变只是军事上的需要,并不意味着蒋介石的力量不行。此时的蒋介石腰杆正硬气得很!不妨看一看此时国民党与共产党的实力对比(以1946年6月全面内战开始时为准):

国民党——

拥有430万人的总兵力;

拥有从日本侵略者手中接收的可供100万人使用的全部装备；

拥有大量的各式美国援助，88个整编师中，就有22个为美械、半美械装备；

拥有大量的炮兵、飞机、军舰和坦克等多兵种作战能力；

拥有大大强于共产党的战争物资；

拥有国土总面积的76%、国民总人口的71%；

拥有全国几乎所有的大城市、主要交通要道；

拥有几乎全部近代工业……

共产党——

总兵力只有127万人；

军事装备只有从日伪军手中缴获而来的步兵武器和少量大炮；

控制国土面积只有230万平方公里、人口1.36亿；

基本上没有近代工业……

国民党对共产党的实力对比是——3.4∶1。

以这样悬殊的力量对比，蒋介石本不该输给共产党的，然而历史已经为那场大搏斗作出不容置疑的结论。

到刘、邓二出陇海线胜利结束，亦即1947年2月11日，这时国共军事力量的对比就开始发生微妙的变化。到1947年2月，共产党的军队共歼灭国民党军队71万余众，总兵力一下上升到160万之众；武器装备也得到充实，并正式建立了炮兵部队。

而国民党军队不仅损失了71万，而且由于抢占了解放区105座城市，背的看守包袱过重，实际上此时用于前线作战的

第十章　千军万马下太行

兵力，已经从 1946 年 10 月的 117 个旅，下降为 85 个。

1947 年 2 月，蒋介石被迫放弃全面进攻战略后，集中了 94 个旅的兵力对山东陈毅部和中共中央核心所在地陕北实施重点进攻，同时炸开黄河花园口大坝，使黄河水复归故道，构成西起风陵渡、东至山东济南的千里"黄河防线"；而置其他诸如晋冀鲁豫、晋察冀、东北等战场于守势。

这就给刘、邓创造了有利之机。刘伯承、邓小平根据中央军委的战略计划——在敌人转入防御的方面，我军则转入进攻——选中河南的北部地区与山西的南部地区，率领晋冀鲁豫野战军主力部队，发起了声势浩大的豫北大反攻作战。

在豫北，从 3 月 23 日起发起进攻，刘、邓亲率大军作战，先后攻克了延津、阳武、封丘后，继续向北扩张战果，至 5 月 28 日，又攻克淇县、浚县、滑县、汤阴等城，重创敌王仲廉、孙殿英、孙震部，歼敌 4.5 万余人，控制了 150 公里长的平汉铁路段；

在晋南战场，陈赓率晋冀鲁豫野战军之一部，于 4 月 4 日发动进攻，至 5 月 4 日止，连续攻克曲沃、新绛、永济等 22 座县城和黄河渡口的禹门口、风陵渡等地，收复与解放了 300 多万人口、南北长 150 公里、东西宽 100 公里的广大地区，歼敌 18 000 人，控制了 230 多公里长的同蒲铁路段。

3 月至 5 月间在豫北和晋南同蒲路两侧所展开的攻势，是我军实施战略上的中央突破，由战略防御转入战略进攻的前奏，毛主席指出，晋南、豫北反攻，是"战略性的反攻"。

豫北大反攻，刘、邓大军在豫北广阔的战场上纵横驰骋，大显身手，为全国大反攻揭开了战幕。

与刘、邓大军豫北大反攻作遥相呼应的全国战场上，陈毅之师在山东孟良崮一战，全歼蒋介石嫡系整编第七十四师等32 000多人，并且击毙了蒋介石的得意门生、整编第七十四师师长张灵甫；聂荣臻之部在晋察冀发起正太战役，歼敌35 000余人；林彪、罗荣桓部在东北战场，发动了50天的大规模攻击作战，歼敌4个正规军，连同非正规部队共消灭敌人8万多人。

与此同时，毛泽东正在陕北的大山里，一边实施对全国战场的指挥，运筹实施全国战场的战略大反攻；一边带着一支小小的部队，与进犯陕甘宁边区的国民党军胡宗南部十几万大军玩着一场极其惊险而又富于戏剧性的军事"捉迷藏"的游戏。

四六、突破"黄河防线"

国共两党两军战争的形势，正在以完全出乎蒋介石意料而又不可逆转的规律，向着"以弱胜强"的战局发展变化着。或者说正在证明着毛泽东的预言，我们所依靠的不过是小米加步枪，但历史最后将证明，这小米加步枪比蒋介石的飞机加坦克还要强些。虽然在中国人民面前还存在着许多困难，中国人民在美帝国主义和中国反动派的联合进攻之下，将要受到长时间的苦难，但是这些反动派总有一天要失败，我们总有一天要胜利。一如邓小平回忆讲的，战争开始3个月以后，毛主席就说，只要每个月消灭敌人8个旅，这个仗就肯定能打胜。果然，第一年就略超过了一点，消灭了敌人九十

第十章 千军万马下太行

七八个旅。这个时候,毛泽东就说,仗肯定能胜利。在二野地区来说,完成了分配给的份额,可能还超过了一点,总算是圆满地完成了任务。

这些根本性的变化,最明显地表现在内战全面爆发的1947年上半年双方军队力量的对比:

国民党的军队,总兵力由 430 万锐减到 370 万,其中正规军由 200 万下降到 150 万;

共产党的总兵力则从 127 万猛增到 195 万,其中正规军由 61 万发展到 100 万以上。

这时,刘、邓的晋冀鲁豫野战军也已新增了——

第八纵队(司令员兼政委王新亭);

第九纵队(司令员秦基伟、政委黄镇);

第十纵队(司令员王宏坤、政委刘志坚);

第十一纵队(司令员王秉璋、政委张霖芝);

第十二纵队(司令员张才干、政委汪锋)。

总共扩大到 12 个纵队,12 万兵员。

从战略意义讲,共产党军队已经掌握了整个战局的主动权,而蒋介石则开始捂着屁股到处躲避我军的板子。人们还记得,早在抗战开始不久,蒋介石生怕共产党的势力扩大,千方百计跟八路军搞摩擦,以其国民革命军总头目的权威几次三番地命令八路军进驻黄河以南,并以不发给装备而压服之;而朱、彭率领的八路军宁可不要你蒋介石的一切军事装备补给,就是一个不过黄河。如今却反了个个儿,蒋介石最怕刘、邓大军过黄河,甚至不惜承担千古罪名,决黄河之水,设置千里黄河防线,以拒之渡河南进;而刘、邓却不过黄河誓不罢休,率领的晋冀鲁豫野战军偏就是非要打过黄河去不可。

1947年6月3日,中央军委发布命令,要刘伯承、邓小平率领晋冀鲁豫野战军于6月底前,必须突破黄河防线,渡河南进中原作战。这时,蒋介石还在拼命搞他的重点进攻,把赌注集中下到陕北与山东战场。殊不知毛泽东正好就利用了这个"天赐良机",采取"避重就轻""避强打弱"战略战术,"决心不待敌人的重点进攻全部被粉碎,不待我之总兵力超过敌人,立即组织中国人民解放军主力转入战略进攻,以敌人兵力薄弱的中原地区为主要突击方向,实施中央突破。"

刘伯承、邓小平接到中央军委命令后,立即开始紧张的渡河准备工作,一面在全军开展思想动员,使部队上下都认识到渡河作战,从政治上意味着中国人民彻底推翻国民党反动统治的革命高潮已经为期不远,从战略战术上是由战略防御转入战略进攻的极有利时机;一面加紧修造船只,在强渡黄河命令下达之前必须把300条船只如数在各个渡口下水;一面加紧部队渡河实战训练,专门集中训练了一批水手和船工;同时,刘、邓策马亲临黄河沿岸,顶着烈日,迎着黄河河谷的滚滚风沙,观察敌人防御火力部署,选择强渡渡口。

时值6月,离黄河洪汛到来还有些日子。但由于蒋介石决堤花园口,将黄河水引入黄河故道,致使这条天然屏障,从山西南端的风陵渡,到山东济南一带,千里之内,洪波汹涌,险象丛生。加上敌人沿岸构筑防御工事,明碉暗堡林立,给强渡造成很大的困难。

6月30日。强渡黄河命令在刘、邓大军各个部队神秘而迅速地传开。

第十章　千军万马下太行

这是一个隐伏着千军万马、酝酿着雷霆万钧、集聚着暴风骤雨的夜晚!

这又是一个星稀月朗,凉风习习,蛙声阵阵,充满着诗情画意的夜晚!

中条山、太行山以南150公里长的黄河北岸,神速急进的部队在夜色朦胧中,像一支支利箭射向黄河岸边……

无数的村庄、城镇,无数的男女,捧着煮好的鸡蛋,端着适口的开水,拿着一双双军鞋……沿路夹道欢送着南下的刘、邓大军……

午夜12时整。隐藏在芦苇丛中的大炮,终于迫不及待地纷纷昂然抬头,向黄河对面的敌人猛烈开火了!

顿时,排山倒海的爆炸声,向全国人民宣告:我刘、邓大军开始渡河南下,向中原挺进了!

炮火将天空染红了!

炮火将黄河染红了!

炮火将蒋介石的"千里黄河防线"化为灰烬!

早已隐伏河边芦苇丛中的几百条战船,犹如万箭齐发,在隆隆炮声中向黄河对岸冲去……

当曙光染红滚滚黄河之水、晨风徐徐抚慰着芦苇丛中烧红的炮口之时,刘伯承、邓小平屹立在黄河岸边,临风畅怀,极目远眺,无限欣慰无比惬意地望着他们的4个主力纵队12万大军,浩浩荡荡,在150公里长的黄河线上,就这样在一夜之间突破蒋介石的"黄河防线",强渡成功,势不可挡地冲向中原大地,杀上中原战场……

从此,邓小平、刘伯承两位与太行山同生死、共命运的

时代巨人,也正式离开了太行山这片热土……

从1937年跟随朱德、彭德怀率师东上太行山,到1947年同刘伯承一起,率领千军万马强渡黄河、南下中原、挺进大别山,邓小平——这位时代巨人,在太行山的怀抱里,整整生活、战斗了十个春秋……

这是充满爱与恨、情与泪的十个春秋!

这是充满血与火、生与死的十个春秋!

这是永远给后世以回忆、以启迪、以教益的十个春秋!

因此,也是值得大书特书、永远解读不完的十个春秋!

后 记

我不曾有过打算撰写这本书。

但冥冥之中好像早已注定就该我来撰写这本书。

我的创作计划是要撰写一部反映现实生活的长篇小说的，且已经有编辑上门敲定给他们。就在这时宋富盛同志突然来电话，第一句话就没头没脑地问：嗨！考虑好了没有？

我莫名其妙。

宋富盛是时任山西人民出版社社长，又是我的同乡，我们关系甚好，但他身为一社之长，又是青年书法家协会主席，工作特忙，平时见面的机会却不很多。

我问：什么事？富盛说，怎么，你倒忘记了？写书的事！

哦哦！我想起来了：数月前，他是曾经向我讲过，他们社有一个重大选题，希望我来为他们完成撰写书稿的任务。当时我的整个思想都集中在构思长篇小说，本来就没有"全心全意"倾听他讲些什么，一听说是写邓小平的，头便大了，以为他只是说说而已，这么大的题材便是写也不一定十分着急，一时盛情难却，便随着他的话答应说，好吧，我考虑考虑。以为这一"考虑"就搪塞过去了。不意他还如此耐心地等着我的回答。

富盛为人十分认真，说，邓小平的革命生涯中，在太行山整整生活、战斗过十个春秋，这一段历史也是中国人民和中国共产党领导的革命斗争历史上最艰难也最光辉的一页。撰写这部书稿,是省新闻出版局和出版社领导共同研究、一致同意的重点书稿,也是我们这一代人义不容辞、责无旁贷的历史使命。你是个作家,又是从太行山里出来的,理当……

我说,你越是重大,我越是胆小。你们社领导能看得上我,自然是我的幸运,我应当感激你们。可是,也许是这题材太重大了,老虎吃天,我真感到有点四顾茫然,无从下手,怕是心有余而力不足,胜任不了。

富盛说,我们是经过再三考虑一致认为你能够胜任,才特意请你的。我们张副局长还要找你谈的。

时任张副局长叫张成德,现在官做大了,十几年前却同我一样在同一个文艺编辑室当小编辑。张副局长说,你就不要推辞,正因为这个题材难度大,才专找你干!你不干谁干?第一,这部书稿不是通常的史料汇编,我们要写成纪实文学作品,既要真实,还要有文学性、生动性,你是有成就的作家,具有这个能力,所以我们才请你来完成这个任务;第二,你就是太行山上长大的,地理风貌、人文环境、生活习惯、语言等等,都比较熟悉,听的、见的也比别人多;第三,你又是一把快手。这部书不但要写,要写好,保证质量,还得快。今年是中国人民抗日战争胜利和全世界人民反法西斯战争胜利50周年,要赶上纪念活动出书!

什么,赶上纪念活动出书?半年时间,八字还没划一撇……采访,搜集资料,三四十万字……你想要我的命不是!

想一想,他们讲的也有道理,太行山是我的故乡,从儿

后 记

时起我即听到许许多多关于八路军打日本鬼子的故事,关于"刘邓大军"的故事,跟上大人赶庙会看"西洋景"里都看的是刘伯承、邓小平挎着盒子枪,骑着大洋马,跃马太行,驰骋中原的战斗故事;我的家乡,我家,都曾经住过八路军的"工作员",我的叔伯、兄长中有的曾经当过民兵,当过"暗八路",支过前,参过战;儿时的我就曾经跟儿童团的大孩子们一样,手握红缨枪,腰里别着木头"手榴弹",站岗放哨"查路条",捉汉奸特务,就跟着大人学习纺线、织布、做军鞋,"参加"过大生产运动……我的童年可以说是在抗日战争和解放战争的烽火硝烟中度过的,是伴着层出不穷的神话般的"刘邓大军"的故事成长的。长大之后,特别是进入"文学圈"之后,太行山的山山水水始终是我创作的依托,尤其是这一段生活,一直在我的潜意识中时隐时现,激励、呼唤着我写点什么,常常引发一种朦朦胧胧的创作冲动,好像不写点什么就对不住什么一样,有种良心上的折磨。究竟写点什么,怎么写,却一直没有认认真真地思考过。现在,经他们这一提一"将",仿佛茅塞顿开,哦哦,原乃天意!这不正是我偿还这笔良心债的机会吗?

这样重大的题材,这样短的时间完成这样一部大部头书稿,困难是大了些,但我还是下决心把既定的创作计划暂搁一边,把一切家务、人事、社会活动,统统置之度外,全身心地投入到这一"使命"之中!

接着就是时任副总编董高怀、编辑部主任田红具体安排我的先期采访活动;再接着就是编辑贾娟和司机杨和国陪同我一道上太行山,下河北,赴上党,过黄河,到延安……沿着邓小平当年生活、战斗的足迹采访；再就是钻图书馆、资料室搜集资料，无日无夜地伏在等身高的"资料"上寻找、勾画、标记关于邓小平的那段历史的记载，反复对证一些资料中史实的前后矛盾，正是五黄六月、酷暑难耐的盛夏，开始正式动"笔"了。说我是把快手，其实外人哪里知道，一把资料和电脑搬进一间昏暗的外人不晓得的小房子里，就无异于过起与世隔绝的苦行僧生活。每天早上7点钟从床上爬起来，在水管上冲把脸，就坐到电脑前面，不停地"敲"呀"敲"，一直"敲"到晚上零点甚至凌晨两三点钟，脑袋实在涨得不转了，才算一天的结束。整整40天，中间除了3天时间因为停电不能继续"敲"，几无一日不是这样"赤膊上阵"熬过来的。能不快吗？大热天，电脑都不甘忍受其苦，一次次"发难"，个中甘苦，唯一能够收取点精神补偿与安慰的是，这本书稿——《邓小平在太行》，终于经过中央有关部门审读，通过了，付梓了！

《邓小平在太行》一书的出版，是我个人的劳动成果，也是众多人的劳动成果。在整个采写过程中，曾经得益于许许多多老同志的帮助与支持，得益于大量的历史文献与回忆录，因此除了对这些老同志与回忆录的作者们表示衷心的感谢外，还应当特别感谢山西省新闻出版局、山西人民出版社的领导与编辑对我的信任与支持；感谢中共左权县委宣传部、麻田乡政府和麻田八路军总部纪念馆同志的大力支持与帮助；感谢中共武乡县委宣传部、武乡县文联、武乡八路军总部纪念馆、王家峪八路军总部纪念馆和砖壁八路军总部纪念馆等同志的大力支持与帮助；感谢河北省赤岸一二九师司令部纪念

后 记

馆的领导大力支持与帮助；感谢山西省作家协会资料室等多家资料室、图书馆给我提供借阅资料的方便；感谢山西人民出版社编辑贾娟、司机杨和国陪同我一道顶骄阳，淋暴雨，上太行，过黄河，下延安，吃了许多本不该他们吃的苦头……

太行山是我的故乡，自古有"与天为党"之盛誉，堪称一座亘古丰碑。

谨以此书献给我伟大的母亲——太行山！

王东满

1996 年 7 月 31 日